CB079467

#ELATAMBÉM

(#Hertoo)

BONNIE KISTLER

#ELATAMBÉM

(#Hertoo)

Tradução
Jacqueline Damásio Valpassos

JANGADA

Título do original: *Her, Too — A Novel.*

Copyright © 2023 Bonnie Kistler.

Copyright da edição brasileira © 2024 Editora Pensamento-Cultrix Ltda.

1ª edição 2024.

Todos os direitos reservados. Nenhuma parte desta obra pode ser reproduzida ou usada de qualquer forma ou por qualquer meio, eletrônico ou mecânico, inclusive fotocópias, gravações ou sistema de armazenamento em banco de dados, sem permissão por escrito, exceto nos casos de trechos curtos citados em resenhas críticas ou artigos de revistas.

A Editora Jangada não se responsabiliza por eventuais mudanças ocorridas nos endereços convencionais ou eletrônicos citados neste livro.

Esta é uma obra de ficção. Todos os personagens, organizações e acontecimentos retratados neste romance são produtos da imaginação do autor e usados de modo fictício.

Este livro contém referências a agressão sexual e outras formas de violência.

Obs.: Este livro não pode ser exportado para Portugal, Angola, Moçambique, Cabo Verde, São Tomé e Príncipe, Guiné-Bissau.

Editor: Adilson Silva Ramachandra
Gerente editorial: Roseli de S. Ferraz
Preparação de originais: Marta Almeida de Sá
Gerente de produção editorial: Indiara Faria Kayo
Editoração eletrônica: Ponto Design Gráfico
Revisão: Vivian Miwa Matsushita

Dados Internacionais de Catalogação na Publicação (CIP)
(Câmara Brasileira do Livro, SP, Brasil)

Kistler, Bonnie
#Elatambém : (#hertoo) / Bonnie Kistler ; tradução Jacqueline Damásio Valpassos. -- 1. ed. -- São Paulo : Editora Jangada, 2024.

Título original: Her, too
ISBN 978-65-5622-093-2

1. Ficção policial e de mistério (Literatura norte-americana) I. Título.

24-217078 CDD-813.0872

Índices para catálogo sistemático:

1. Ficção policial e de mistério : Literatura norte-americana 813.0872

Cibele Maria Dias - Bibliotecária - CRB-8/9427

Jangada é um selo editorial da Pensamento-Cultrix Ltda.

Direitos de tradução para o Brasil adquiridos com exclusividade pela
EDITORA PENSAMENTO-CULTRIX LTDA., que se reserva a propriedade literária desta tradução.
Rua Dr. Mário Vicente, 368 — 04270-000 — São Paulo, SP — Fone: (11) 2066-9000
http://www.editorajangada.com.br
E-mail: atendimento@editorajangada.com.br
Foi feito o depósito legal.

A todas que foram silenciadas, e a todas que se recusaram a ser.

"Cada palavra tem consequências. Cada silêncio também."

— Jean-Paul Sartre

1

LÁ ESTAVA: A ADRENALINA, a emoção, a euforia correndo por suas veias como ouro derretido. As sensações a invadiram no momento que ela passou pelas portas da sala do tribunal. Outros advogados sentiam essa excitação quando se levantavam para abrir, ou para encerrar, ou no momento em que o júri proferia o veredicto. No entanto, para Kelly McCann, o momento era este, a volta olímpica, seu passeio triunfal conduzindo a biga ao redor do coliseu enquanto a multidão rugia nas arquibancadas. Era melhor que drogas. Melhor que sexo — pelo menos, do que ela se lembrava ser sexo. Afinal, um orgasmo não passava de uma compensação por talvez vinte minutos de esforço. Já isso — *isso*! — era a recompensa por semanas de provação, meses de preparação, anos de sacrifício.

A multidão se aglomerava na calçada em frente ao fórum e se espalhava pela rua. Os repórteres haviam forçado sua passagem até a frente; na parte de trás, estavam as vans de notícias da TV com suas antenas parabólicas apontadas para o céu como satélites do SETI Institute em busca de vida inteligente. Kelly foi recebida por uma rajada de *flashes* das câmeras quando se deteve no topo da escadaria. Diante dela, um mar de rostos voltados para cima e microfones em varas que se estendiam como pescoços de grous sobre suas cabeças. A imprensa estava lá — sua equipe cuidara disso —, e os manifestantes também estavam lá — a imprensa também cuidara disso —, com seus cartazes rabiscados à mão erguidos tão alto quanto as câmeras e os microfones. #METOO E JUSTIÇA PARA

REEZA e LEVEM O ESTUPRO A SÉRIO e ACREDITEM EM REEZA. Alguns deles estavam lá desde o primeiro dia da seleção do júri, e seus cartazes agora estavam gastos e com os dizeres borrados por conta da chuva, um orgulhoso emblema de sua resistência.

Do outro lado, postavam-se os manifestantes contrários, em igual número. Seguravam seus próprios cartazes: JUSTIÇA PARA GEORGE, NÃO CANCELEM O DOUTOR B, a frase SALVEM NOSSO SALVADOR recebendo destaque — podia até ser um exagero, mas não era a primeira vez que o chamavam assim. Afinal, era o homem que, ao que tudo indicava, havia encontrado a cura para o mal de Alzheimer.

Kelly permaneceu parada a fim de permitir que os fotógrafos tirassem fotos suas. Estava vestida de maneira impecável: com um terno preto e blusa branca, óculos de tartaruga, seus cabelos louros penteados para trás presos em um coque francês apertado, e usando sua única joia, uma aliança de casamento. Calçava não as sapatilhas sóbrias de praxe, mas escarpins pretos com saltos de dez centímetros. Como tinha apenas pouco mais de um metro e cinquenta e sete, ela precisava dessa estatura extra.

Esse era seu visual característico desde seus primeiros dias no escritório da promotoria, quando descobriu que seus colegas a chamavam de Líder de Torcida. Com toda a probabilidade, esse apelido era inevitável, embora nunca tivessem desencavado seu histórico escolar. Ela era, afinal de contas, uma *petite blonde* com sotaque sulista, com uma queda por cores vivas e um entusiasmo além da conta por seu trabalho. Não podia fazer nada em relação à sua altura, e não muito também quanto ao seu sotaque, mas abandonou de imediato os tons espalhafatosos. Quanto ao seu entusiasmo — faleceu de morte natural antes mesmo de ela ir para o tribunal de defesa.

Sua equipe do tribunal se posicionou atrás dela numa formação em V, como se fossem gansos voando para o sul. À frente estava sua sócia, Patti Han, uma jovem e brilhante advogada cujos talentos eram desperdiçados em sua atuação no tribunal como assessora de Kelly. Logo atrás vinha a assistente Cazzadee Johnson, uma beldade de pernas longas cuja competência e compostura também eram indispensáveis para o sucesso de Kelly. Dois homens fechavam a retaguarda: o advogado da Filadélfia servindo como seu consultor local e o advogado suburbano como seu consultor hiperlocal — ambos homens, ambos brancos e ambos tão desprovidos de características marcantes próprias que Kelly sempre confundia um com o outro. Eles também eram necessários, mas apenas porque as regras do tribunal local assim exigiam — uma forma de proteger a advocacia natural do lugar de advogados de fora do estado, como Kelly. O último membro de sua equipe era Javier Torres, seu investigador. Ele também estava lá, mas não nos degraus do fórum. Fazia a ronda, movendo-se pela multidão como uma pantera, furtivo, suave como seda.

— Durante dez longos meses — Kelly começou a falar, sua voz ressoava escada abaixo e pela rua —, o doutor Benedict carregou o terrível peso de uma falsa acusação. Sua reputação foi manchada. Sua família ficou traumatizada. Ele recebeu cartas de ódio e até ameaças de morte. E seu trabalho... seu trabalho importante, vital... foi seriamente prejudicado. Este é o enorme poder de uma falsa acusação. E talvez o pior de tudo seja o fato de ele ter de suportar tudo isso em silêncio. A realidade de nosso sistema legal fez com que o doutor Benedict não pudesse dizer uma única palavra em sua defesa.

Claro, foi a própria Kelly quem o proibiu de falar, mas a multidão não precisava saber disso.

— Hoje, enfim, doze bons homens e mulheres falaram por ele. Eles provaram ser falsa essa terrível acusação. — Ela se permitiu sorrir, então, um largo e radiante sorriso que irrompeu como o nascer do sol sobre a multidão. — O júri retornou um veredicto unânime de inocente em todas as acusações!

Sua declaração foi recebida com vaias e assobios dos manifestantes, mas ela ouviu apenas aplausos e assobios dos manifestantes contrários. Como qualquer boa líder de torcida, ela sabia como estimular seu próprio lado para abafar o outro. A técnica funcionava até hoje. Ela ergueu os dois braços em triunfo, e o Time Benedict rugiu em aprovação e fez o sangue correr por suas veias.

Esse momento foi sua compensação por tudo o que ela sacrificara e tudo o que ainda suportava. Durante dez anos, ela não fez nada além de defender homens acusados de crimes sexuais. Atletas e músicos eram seu ganha-pão, assim como um CEO de vez em quando. Era um trabalho sórdido. As acusações em si, é claro, mas também todas as táticas que beiravam a torpeza necessárias para refutá-las. Todas as formas absurdas de criar dúvidas razoáveis. Isso a fazia sentir-se suja, às vezes, como se suas mãos estivessem maculadas com as malditas manchas da cumplicidade. Mas esse momento eliminava essas manchas. Era como jogar um fósforo em material inflamável e observar as chamas irromperem. Ela foi purificada pelo fogo, como prata no crisol do refinador.

Ela gostava de ganhar. *Vivia* para ganhar. Era todo o segredo de seu sucesso. Suas vitórias no tribunal não se deviam a nenhum grande brilhantismo de sua parte. Seu talento para o direito não era acima da média. O que ela possuía era essa sede permanente de vitória.

Logo cedo, percebeu que nunca passaria de segunda colocada em competições atléticas ou acadêmicas, então, encontrou outras maneiras de empregar seu espírito competitivo: em equipes de líderes de torcida, clubes de teatro, ligas de debates. A faculdade de direito foi uma progressão natural, e os julgamentos criminais, a culminação natural. Ela resolvia a maioria de seus casos de maneira rápida e discreta, mas duas ou três vezes por ano ela os levava a julgamento. Sempre pensando no bem de seus clientes, como ela afirmava, mas com certeza também para conservar sua reputação e granjear grande visibilidade. E ela estava inebriada com a visibilidade que tinha naquele momento.

— Quero agradecer aos jurados pelos serviços prestados — ela gritou. — Eles sacrificaram mais do que apenas três semanas de suas vidas; eles tiveram que suportar horas intermináveis de testemunhos e várias outras horas de cuidadosa deliberação. Mas, no fim, fizeram justiça ao doutor Benedict. E, com isso, restauraram a esperança para todas as pessoas ao redor do mundo que dependem do doutor Benedict e de seu trabalho de salvar vidas!

Os aplausos ficaram ainda mais altos, o suficiente para abafar os ruídos de indignação que vinham dos manifestantes.

— E agora, graças a esses jurados e ao seu excelente trabalho, o doutor Benedict não precisa mais ficar calado. Doutor?

George Carlson Benedict, médico e Ph.D., com seu andar arrastado, ocupou o lugar de Kelly no topo da escadaria. Ele era um homem grisalho de 50 anos que usava óculos e estava trajando um terno cinza meio amarrotado. Seus ombros eram curvados, sem dúvida, em virtude dos anos que passou debruçado sobre um microscópio. Ele não parecia um multimilionário, mas, com o controle acionário da UniViro Pharmaceuticals, com certeza, ele era. Assim como não parecia uma celebridade internacional, o que também passara a ser. Era raro um cientista alcançar tal *status*, mas o doutor Benedict o havia alcançado. Era o homem que talvez, esperava-se, tivesse curado a doença mais temida do mundo. Ele já havia recebido a Medalha Presidencial da Liberdade. O Prêmio Nobel de Medicina com certeza estava em seu horizonte.

Kelly deu um passo para o lado quando seu cliente pigarreou e murmurou seus agradecimentos ao júri em seu habitual tom monocórdio e grave. As câmeras voltaram a disparar fotos, e Kelly sorriu ofuscada em meio às explosões de luz.

Quando sua visão clareou, um rosto na multidão se destacou de forma abrupta, como se ela o tivesse ampliado. Uma exuberante morena na casa dos 50 anos, alta e bonita, mesmo com os olhos marcantes apertados de revolta e a boca retorcida de repulsa. Kelly deteve-se naquele rosto inesperado por um instante antes de seus olhos se moverem como uma câmera para a direita e darem *zoom* em outro rosto a seis metros de distância. Desta vez, era uma jovem discretamente bela, com cabelos castanhos curtos e, por trás dos óculos, olhos fundos que ainda pareciam tão assombrados quanto no dia em que Kelly a conheceu. Então, a câmera de sua visão fez uma panorâmica para a esquerda, recuou, e um terceiro rosto entrou em foco na multidão ao fundo. Outra mulher, esta, bastante jovem, uma loura magra de olhar tímido e acanhado. Três rostos diferentes, três mulheres diversas, três diferentes casos com apenas um elo comum.

Kelly teve vaga impressão de ter escutado seu nome ser pronunciado. Era o doutor Benedict, agradecendo-lhe com sua voz robótica por todo o trabalho árduo da advogada..

Ela não esperava ver aquelas mulheres, nem ali nem em qualquer outro lugar, nunca mais. Seus casos estavam encerrados, os cheques, entregues e descontados, documentos, assinados, e os acordos, selados. Ela procurou Javi Torres no meio da multidão, encontrou-o e ergueu uma sobrancelha. Ele assentiu para confirmar que também havia percebido a presença delas. Como, é claro, não poderia deixar de fazer. Ele também sabia seus nomes, enquanto tudo de que Kelly conseguia se lembrar eram seus cargos e o montante em dólares: diretora de TI, 2,5 milhões; cientista pesquisadora, 500 mil; profissional de limpeza, 20 mil. Dinheiro pago a elas em troca de seus acordos de confidencialidade (NDAs)[1]. As mulheres dos NDAs, como eles as chamavam.

Seu coração começou a martelar com um segundo pico de adrenalina. Não era para elas estarem ali. Elas não deveriam estar ali. Isso só poderia significar uma coisa: problemas. Kelly se forçou a respirar fundo e a observar cada uma delas. As mulheres não estavam segurando cartazes, ela percebeu. Não pareciam fazer parte de grupo nenhum. Não estavam olhando umas para as outras. Elas nem se conheciam. Não tinham como se conhecer. Então, não deveriam estar ali para fazer uma cena. Não ousariam.

Ela tornou a procurar Javi, e ele encontrou seus olhos e deu de ombros. Não era nada, como indicava seu gesto, então, a pulsação dela desacelerou.

Agora, o doutor Benedict estava agradecendo a sua esposa, Jane, que permanecia três passos atrás dele. Ela era uma mulher rechonchuda, de bochechas rosadas, com uma touca de cabelos grisalhos, e o encarava com olhos brilhantes por trás dos óculos.

---

1. NDA, sigla para Non-Disclosure Agreement, ou o famoso Acordo de Não Divulgação. (N. da T.)

Ouviu-se um tumulto vindo de trás da esquina enquanto ele agradecia ao conselho da UniViro por apoiá-lo durante toda aquela penosa experiência. Um grito soou, depois, um coro de gritos, e parte da multidão se separou e correu para os fundos do tribunal. A maioria das câmeras e dos microfones foi atrás. Kelly sabia o que isso significava: a doutora Reeza Patel, a suposta vítima, estava tentando sair de fininho pela porta dos fundos. Mas ela não teve essa sorte. A multidão e a imprensa estariam lá para flagrá-la na angústia de sua derrota, essa triste perversão da caminhada da vergonha.

Um homem se adiantou para escoltar o doutor Benedict e a esposa até o carro que os aguardava. Era Anton, a sombra sempre presente dos Benedict. Se esse era seu prenome ou sobrenome, nunca ficou claro para Kelly, nem a descrição exata de seu trabalho. Ele era um homem imponente, careca, com profundas rugas na testa, como um shar-pei.

Kelly sinalizou para sua equipe se reunir no outro lado da praça do tribunal. Ela dispensou os cumprimentos bajuladores de seu conselheiro local e retomou o seu trabalho. Havia questões de ordem prática a tratar. Lembretes para apresentar suas declarações finais o mais rápido possível. A logística de empacotar seus arquivos e mandá-los de volta para Boston. Havia transporte para providenciar, e sua assistente, Cazzadee, já estava ao telefone reservando os voos. O advogado da Filadélfia se ofereceu para levá-los de volta ao hotel na cidade. Kelly recusou — ela precisava de uma hora para si mesma —, mas indicou a Patti e Cazz o carro do homem e prometeu encontrá-las no aeroporto para o voo de volta para casa.

Patti hesitou e lançou um olhar ansioso ao redor da praça do tribunal.

— Não se preocupe — disse Kelly. — Ele vai voltar para casa sozinho.

Patti corou e entrou no carro. Estava apaixonada por Javier e pensava que ninguém sabia disso, enquanto a triste verdade era que todos sabiam, menos Javier.

PASSARAM-SE VINTE minutos antes que o Uber de Kelly chegasse, e ela afundou no banco de trás emitindo um suspiro longo e trêmulo.

— Dia difícil? — perguntou o motorista.

Dia difícil, mês difícil, década difícil, ela pensou, mas não respondeu. Por três semanas, esteve no palco; seus gestos, suas roupas e expressões foram examinados por dezenas de pessoas. Cada palavra que pronunciasse seria importante. Qualquer deslize da língua poderia ter sido fatal. Uma reação descuidada era um sinal para o júri que ela não queria enviar. Depois de tudo isso, estava determinada a não representar ao menos pela próxima hora, e com certeza não para uma plateia constituída de um motorista do Uber. Diante da ausência de uma resposta, ele se mancou e não falou mais nada enquanto se afastava do tribunal.

Em minutos, as vitrines de tijolos da sede do condado deram lugar às suaves colinas do campo aberto. Era fim de setembro, o último suspiro do verão, e a paisagem ondulante parecia seca e quebradiça sob o sol do fim de tarde.

Ela fechou os olhos e recostou-se no estofamento, mas logo sentiu um torcicolo no pescoço. Moveu-se para a esquerda e depois para a direita em busca de uma posição mais confortável, mas não adiantou. Ali estava o problema com o fogo purificador da aclamação. Consumira-se quando a manifestação terminou, deixando-a com cinzas nos cabelos, fuligem nas mãos e um gosto de queimado na língua.

Esse caso tinha sido, em particular, um tanto sórdido. Reeza Patel era uma virologista Ph.D. que trabalhara na equipe de pesquisa de Benedict. Um dia, no ano anterior, ela se atreveu a corrigir um de seus comentários e, pior, o fez na frente de outras pessoas. Sua versão, se tivesse crédito, era a de que ele a estuprou em sinal de retaliação. Fora um estupro violento e repugnante que ela descreveu em detalhes chocantes.

Mas não acreditavam nela. A areia movediça nas evidências foi o fato de que Benedict a demitiu apenas alguns dias antes do suposto ataque. A demissão em si poderia constituir a essência da assim chamada retaliação, enquanto a acusação de estupro por parte dela poderia ter sido sua própria retaliação por ter sido demitida. Essas circunstâncias deram a Kelly muito material para trabalhar. Sob interrogatório, Patel foi se afundando cada vez mais até que, por fim, sucumbiu. O júri não acreditou em sua história e absolveu Benedict.

O telefone de Kelly apitava numa cacofonia de alertas enquanto ligações, mensagens de texto e *e-mails* chegavam. Ela não conseguia desligar o telefone — podia ser Todd ou as crianças — e também não podia ignorá-lo. Assim como os cachorros de Pavlov, ela fora condicionada a responder a cada toque emitido. Ela abriu os olhos e verificou o telefone. Já havia uma enxurrada de *e-mails* de repórteres, e ela apagou todos sem ler.

Havia uma mensagem de voz de Harry Leahy, seu quase aposentado sócio sênior. Muitos outros septuagenários adotaram o envio de mensagens de texto em vez do correio de voz, mas Harry parecia se deliciar em ser um dinossauro e, infelizmente, um dinossauro ao qual sua fortuna permanecia ligada. "Ligue para mim", dizia sua mensagem de correio de voz, como se isso transmitisse algo mais do que um alerta de chamada perdida.

Ela não ligou para ele. Haveria tempo suficiente para isso no dia seguinte. Em vez disso, enviou mensagens para Todd e as crianças avisando que estaria em casa naquela noite. Todd respondeu de imediato com um emoji de polegar para cima, seguido por um emoji de chapéu de festa, seguido por um emoji que significava "ufa!". Ela não podia culpá-lo por esse último. Eles desenvolveram uma boa divisão de tarefas ao longo dos anos, mas, quando ela estava fora da cidade, ele tinha que arcar com todas as responsabilidades e os cuidados com as crianças sozinho. Ele merecia uma folga.

Ela ergueu os olhos do telefone e contemplou a beira da estrada, que passava em borrões pelas janelas do carro. O campo aberto os canalizara para uma autoestrada de oito pistas, ladeada por parques de escritórios de um lado e conjuntos habitacionais do outro. O *campus* da

UniViro ficava em algum lugar à esquerda, junto à sede de mais uma dúzia de empresas farmacêuticas, de biotecnologia e de aparelhos médicos. Esse trecho do subúrbio da Filadélfia era a sede da Big Pharma, um ímã de emprego para biocientistas, que fora responsável por grande parte do êxodo de cérebros do sul da Ásia, incluindo, lembrou Kelly, os pais da doutora Reeza Patel. A indústria fora afetada por escândalos de manipulação de preços e pela epidemia de opioides, mas, graças a George Benedict, de repente, estava se aquecendo no brilho celestial da estima pública. Sua ciência voltara a ser boa, os remédios eram ótimos e as vacinas, milagrosas.

Ela mudou de posição de novo. Sua perna direita havia adormecido e ela teve que sacudi-la para restaurar a sensibilidade. Este tinha sido um problema recorrente durante o julgamento. Muito tempo sentada imóvel no tribunal e na sala de conferências. Ela precisava dar um jeito de fazer uma longa corrida no dia seguinte.

Seu telefone tocou. Esta era a ligação que ela estava esperando.

— Javi — ela atendeu. — Alguma novidade?

— Nada — respondeu seu investigador. Ele era um ex-policial, mas em seus modos não havia nada de um valentão ou intimidador. Ele apresentou seu relatório num tom tranquilo. — Elas se separaram e seguiram em três direções diferentes. Nada de telefonemas. Nenhuma troca de sinais entre si que eu pudesse perceber. Elas nem se olharam.

— OK. Ótimo.

— Eu segui uma delas, a LaSorta...

— Refresque minha memória.

— A mulher da tecnologia. Ei, adivinhe só o que ela está dirigindo. Um Porsche novinho em folha.

Kelly se lembrava dela agora: 2,5 milhões de dólares.

— Eu a segui para ver se encontraria alguém depois, mas ela foi direto para Nova Jersey. É onde está morando agora. Eu deixei de segui-la na ponte.

— Ótimo. Obrigada, Javi.

— Vou pegar a estrada agora. Posso passar no hotel e buscá-la, se preferir ir de carro em vez de ir de avião.

Ela riu.

— Seis horas em um carro com você? Bastante irresistível. — No entanto, enquanto dizia isso, ela sabia que havia inúmeras mulheres que o achariam irresistível em qualquer ambiente.

O telefone vibrou em sua mão. Outra ligação estava chegando e, ao ver o nome, ela soltou um alarmado "*O quê?*".

— Eu disse: a menos que você precise de alguma coisa!

— Não, não. Boa viagem. — Ela atendeu à chamada recebida. — George?

A voz seca do doutor Benedict soou em seu ouvido.

— Você não achou que escaparia de mim assim tão fácil, achou?

Na verdade, ela achou. O negócio deles estava encerrado. Era como ela sempre instruía sua equipe: siga em frente. Não olhe para trás. Sem arrependimentos. Sem recriminações.

— Venha jantar conosco esta noite — convidou Benedict. — Vamos receber algumas pessoas para comemorar.

— Obrigada, mas meu voo parte às oito.

— Remarque para amanhã.

— Desculpe, não dá. Preciso voltar hoje à noite. — Ela estivera ausente por três semanas sem sequer uma rápida viagem para casa nos sábados intermediários. Os advogados não tinham folga nos fins de semana durante o julgamento. Esse tempo era dedicado à preparação das testemunhas.

— Vamos fazer o seguinte… — disse ele. — Vou mandar o helicóptero levá-la para casa.

— Ah, obrigada, George, mas eu preciso mesmo...

— Eu insisto. Por consideração a Jane. Ela quer lhe agradecer pessoalmente

Kelly hesitou com a menção ao nome da esposa dele. Sua noiva, como ele a chamava — uma afetação, talvez, mas, neste caso, era literalmente verdade: estavam casados havia pouco tempo. E ela era uma escolha tão inesperada como segunda esposa para um homem poderoso… A esposa número um era uma loura frágil que preferia saias curtas e saltos altos, enquanto Jane poderia ter interpretado a doce vovozinha em um filme antigo em preto e branco. Era uma enfermeira que cuidara da mãe de George nos últimos anos de sua doença.

Kelly a considerou sua melhor testemunha no julgamento, embora ela não fizesse nada além de ficar sentada em silêncio atrás do marido o tempo todo. Sua aparência falava por ela. Parecia uma mulher para quem o sexo era apenas uma lembrança um tanto embaraçosa, o que devia significar que o marido era o tipo de homem que também não ligava muito para isso. Não, talvez ele valorizasse o companheirismo, a amizade, o bom caráter; senão, por que escolheria uma mulher assim?

Kelly sempre se perguntou qual era de fato o lance entre eles.

— Bem...

— Você estará em casa antes da meia-noite, eu prometo.

Ela riu, emitindo um som fraco de derrota, e aceitou o convite para jantar, junto com a oferta de um carro para buscá-la e um helicóptero para levá-la para casa.

Sua ligação seguinte foi para Cazz.

— Mudança de planos — ela suspirou.

2

DE VOLTA AO HOTEL, KELLY esvaziou o quarto, providenciou para que suas malas e caixas de arquivo fossem despachadas para casa e colocou um vestido preto básico que teria de passar por roupa de noite.

Benedict disse que enviaria um carro às seis e meia, e, às seis e vinte e cinco, um Bentley azul-bebê estacionou na entrada do hotel. O homem de Benedict, Anton, saiu de trás do volante e se empertigou com toda a sua altura como um guindaste telescópico. Sem dizer nada, abriu a porta traseira do passageiro e, sem proferir uma palavra, Kelly entrou. Anton a deixava nervosa. Ela nunca conseguira entender qual era o papel dele na vida de Benedict. Às vezes, parecia ser seu assistente executivo, outras vezes, apenas um garoto de recados, mas sempre seu motorista. Nos últimos tempos, parecia também ser seu guarda-costas.

Ele saiu do meio-fio e ela olhou em volta — o estofamento de couro acolchoado, as bandejas em madeira nobre, todos os outros ornamentos luxuosos do veículo. Às vezes, Benedict era chamado de bilionário, embora ainda não fosse. Não demoraria muito, porém. Assim que a FDA aprovasse sua vacina, o preço de suas ações da UniViro dispararia. E, assim que a vacina entrasse em produção, seu contrato de licença com a empresa lhe renderia uma cota de cada venda. Pessoas de todo o mundo estariam fazendo fila para tomar essa picada. Ele se tornaria um megabilionário.

Eles rodaram em silêncio enquanto Anton dirigia pelas ruas congestionadas até a via expressa. O tráfego fugindo da cidade era intenso na hora do *rush*, e os carros estavam atravessando as pistas, manobrando e forçando passagem de todos os lados para obter alguma vantagem. O apoio de braço de Kelly contava com uma espécie de painel de controle, e ela estava analisando os botões quando Anton olhou pelo espelho retrovisor e disse:

— Você quer tela de privacidade?

Parecia rude dizer sim, mas ela disse; então, assim que o painel translúcido se elevou entre eles, ela pegou o telefone e ligou para casa. Seis e meia era o horário em que ela ligava para casa todos os dias quando estava fora, era o momento em que as crianças já teriam terminado o jantar e, ela esperava, o dever de casa.

— Oi, mamãe — Lexie atendeu.

— Oi, querida! Estou voltando para casa esta noite!

— Eu sei — disse a menina.

— Como foi a escola hoje?

— Foi le-gal.

Lexie estava usando sua voz mal-humorada.

— O que há de errado, querida?

— Courtney está aqui.

— Ah, é?

— Ela está com o papai.

— Que bom.

— Não é! Ela nem fala. Ela apenas *olha* para ele! — Lexie ergueu a voz, passando de mal-humorada a indignada.

— Mesmo assim. Isso o deixa feliz.

— Eu odeio ela.

— Não diga isso. Ela é sua irmã.

— Meia-ir-mã. — Ela pronunciou as palavras com sílabas suficientes para deixar seus parentes do sul orgulhosos.

Kelly mudou de assunto.

— Como foi seu teste de vocabulário hoje?

— OK, eu acho. Ei, mamãe! O que significa *cúmplice*?

— Uau. Essa é uma palavra muito avançada para a quinta série. Bem, significa ajudar alguém a fazer algo ruim.

— E... o que significa *traidor*?

— Oh, querida, você conhece essa. Como Benedict Arnold, lembra? Alguém que prejudica seu próprio lado para ajudar o outro.

Lexie ficou em silêncio por um instante.

— Eu não entendo. Como você pode prejudicar seu próprio sexo?

Kelly sentiu uma pontada de pânico por sua filhinha estar falando sobre algum tipo de lesão em seus órgãos genitais. Então, ela percebeu.

— Oh. A Courtney disse *traidora de seu sexo*?

— Sim! Sobre você! Então, o que ela quer dizer?

— Significa que ela discorda de um dos meus casos. Só isso. Não é nada de mais. — Mais uma vez, ela mudou de assunto. — Onde está seu irmão?

— No quarto dele. Com certeza, mandando mensagens de texto para a namorada.

Kelly não mordeu a isca porque não acreditou. Justin tinha apenas 14 anos, por um lado, e, por outro, era inegavelmente um *nerd*, e se orgulhava disso. Desajeitado e de óculos, seus únicos interesses eram ciências, matemática e videogames. E isso estava bom para ela. Os tipos jogador de futebol americano atingiam o auge cedo e depois se tornavam fracassados. Já os *nerds* cresciam para comandar o mundo.

— Vou ligar para ele e lhe dizer para sair. E, quando você acordar amanhã, adivinhe?! Eu estarei aí! Vamos comer panquecas, OK?

— OK. — O tom de Lexie agora era relutante, uma ligeira melhora em relação ao tom mal-humorado.

Kelly desligou e então ligou para o telefone de Justin.

— Olá, Mercy! — ele atendeu.

— Olá, Doomfist — ela disse.

Eram os nomes de dois dos personagens de *Overwatch*, o videogame que jogavam juntos quase todas as noites. Era o único *game* que Kelly estava disposta a jogar, considerando que não era tão violento e não havia personagens femininas hipersexualizadas. Ela não conseguia impedi-lo de jogar aqueles outros jogos em seu tempo livre, mas poderia deixá-lo ciente de que os desaprovava, que era o único poder real que a mãe de um adolescente tinha.

— Como foi o laboratório de química hoje?

— Incrível! Nós empesteamos toda a ala de Ciências! Cheirava a peidos.

Ela tentou não rir.

— Como está indo sua redação sobre *Gatsby*?

Ele soltou um gemido, e todo o seu entusiasmo foi junto.

— Eu não entendo — disse ele. — O cara é rico pra burro, certo? Ele pode ter qualquer garota que quiser. Então, por que ele está tão interessado nessa tal de Daisy?

— Porque ela é inalcançável. Você percebe como ele olha para a casa dela através da água? Tão perto, mas tão longe... Ele pode vê-la, mas não pode tocá-la, e esse tipo de desejo e frustração leva à obsessão.

— Hum — ele disse, e Kelly quase pôde ouvir as engrenagens em sua cabeça girando. — Sim. Eu posso entender isso muito bem.

Ela sorriu. Era bom saber que o filho cientista também conseguia entender questões emocionais.

— Ouça, me faça um favor... Faça companhia a Lexie até que Courtney vá embora.

— Tá bom, tá bom. — Seu tom mudou de repente. Agora, ele estava tão relutante quanto a irmã.

ANTON PEGOU A SAÍDA Gladwyne da via expressa, e o nível de ruído dentro do carro despencou até se tornar um total silêncio. Gladwyne era um enclave suburbano a oito quilômetros da cidade e um dos códigos postais mais ricos da América. As ruas ali eram alamedas estreitas sobre colinas suaves, ladeadas por grandes mansões antigas de pedra cinzenta com telhados de ardósia. O calor do fim do verão não havia tocado essa paisagem. Os gramados eram exuberantes e verdes, irrigados com bom gosto por aspersores subterrâneos.

Kelly checou seu *e-mail* antes de guardar o telefone. Havia mais pedidos de entrevistas de repórteres, e ela os apagou um após o outro. Exceto por comunicados à imprensa cuidadosamente elaborados e seus pronunciamentos no dia do veredicto nos degraus do fórum, ela recusava todo e qualquer contato com a imprensa. Essa fora sua política constante desde uma entrevista desastrosa que dera três anos antes, depois da absolvição de um cliente, estrela do rap. Era para ter sido uma pergunta boba; perguntaram se *ela já tinha sido vítima de uma agressão sexual*. Ela deveria ter se recusado a responder. *Isso não é sobre mim*, ela deveria ter dito. Em vez disso, ela respondeu: *Não, mas também nunca fui uma garota festeira*. Tudo o que ela quis dizer foi que a maioria dos estupros por alguém conhecido — que, afinal de contas, constitui a maior parte dos estupros — ocorria durante as festas ou depois delas. Era um dado estatístico. Ela quase nunca ia a festas, portanto, considerando as estatísticas, era improvável que sofresse violência sexual. Jamais foi sua intenção sugerir que as mulheres que iam a festas desejavam isso.

No entanto, essa foi a conclusão de todos. Da noite para o dia, ela se tornou o saco de pancadas favorito da internet. Foi chamada de acusadora da vítima. De reprovadora de conduta. Manifestantes marcharam do lado de fora de seu escritório. Centenas de mulheres se apresentaram nas redes sociais com relatos de ataques sofridos em locais que não eram festas. No local de trabalho, claro. No transporte público. No *shopping*. Até mesmo na igreja.

Ela tentou se defender. O repórter havia perguntado apenas sobre agressão real, não sobre outras formas de abuso sexual. Ela suportou muito disso. Entretanto, piadas sujas e olhares maliciosos não estavam no mesmo universo do sexo à força. Aqueles manifestantes no tribunal com seus cartazes #MeToo eram como pacientes reclamando de unha encravada em um hospital de câncer.

E, agora, depois de tudo isso, lá estava ela, indo para uma festa mesmo assim, e por nenhuma outra razão senão curiosidade sobre Jane Benedict. Era um mistério para ela o fato de uma mulher tão boa querer se casar com aquele tipo de homem. A menos que ela honestamente não soubesse que tipo de homem ele era. Kelly tinha feito um trabalho bem minucioso para suprimir essa verdade.

ANTON GIROU O volante para acessar uma longa entrada para carros que fazia uma curva em torno de um bosque com árvores que projetavam sombras profundas no carro. O crepúsculo adentrava a noite. Ele passou por um lago coberto de nenúfares e depois por um jardim bem tradicional. Uma última curva revelou a mansão dos Benedict.

Instituição seria uma palavra mais apropriada. Com colunas gregas no pórtico e um telhado que culminava literalmente numa rotunda, poderia ter sido um museu de arte ou o Federal Reserve. E, ao contrário das construções vizinhas de pedra cinzenta, a mansão dos Benedict fora erguida com blocos de calcário. Suas superfícies lisas como marfim estavam agora tingidas de rosa à luz do sol poente.

Os carros dos outros hóspedes foram estacionados em um pátio de paralelepípedos e, discretamente escondida ao lado da mansão, havia uma van do bufê. Anton parou na escada da frente enquanto os Benedict emergiam das portas duplas em arco. A senhora Benedict deu um caloroso aceno com as duas mãos quando Kelly saiu do carro. Ela se vestira em tons sombrios durante todo o julgamento, mas esta noite estava trajando um terno cor-de-rosa e uma blusa de gola com um laço. O doutor

Benedict estava com a carranca pensativa de sempre e o mesmo terno cinza amarrotado que usara no tribunal naquele dia.

— Bem-vinda, bem-vinda! — a mulher gritou enquanto apertava as mãos de Kelly entre as suas. Por trás dos óculos, seu olhar era ameno e gentil. — Muito obrigada por ter vindo e... por tudo!

— Obrigada por me receberem, senhora Benedict. — Kelly teve que reprimir o desejo de chamá-la de *dona*; ela a lembrava muito das senhoras que iam à igreja em sua cidade natal.

— Me chame de Jane, por favor! Nunca seremos capazes de agradecer o suficiente por tudo o que você fez. — A voz de Jane tinha toda a inflexão que faltava ao marido. Subia e descia como a de um cantor praticando escalas. Ela já havia sido enfermeira de oncologia, e Kelly podia facilmente imaginá-la entrando em um quarto de hospital com um coquetel de produtos químicos e exortando alegremente seu paciente a *agora, sente-se, isso mesmo, devagar, muito bem, agora, engula isso.* — Ah, o que estou fazendo? Deixe-me abraçá-la! — Jane disse enquanto apertava Kelly contra seu seio almofadado.

— Vamos levar isso para dentro — disse Benedict.

Sua esposa recuou, ainda radiante, e pegou Kelly pela mão a fim de puxá-la para o *hall* de entrada, um vasto espaço cilíndrico encimado pela cúpula da rotunda. De algum lugar além dali vinham os sons de risadas de festa e música clássica suave.

— Lamento que seu marido não possa estar aqui também. — A voz cantarolante de Jane ecoou pelo piso de mármore. — Ele está em casa, em Boston, imagino?

— Sim. Sim, ele está.

— Ele também é advogado? É algo que fiquei me perguntando.

— Sim. Sim, ele é — Kelly respondeu.

Benedict pigarreou.

— Jane, querida, por que você não se junta aos nossos outros convidados? Kelly e eu temos alguns negócios para resolver.

— Tudo bem, mas não se demore muito. — Jane pousou a mão em seu braço de um modo afetuoso, e mais uma vez Kelly se perguntou o que os mantinha juntos, esta mulher gentil e este homem sem humor nenhum. — Todo mundo está morrendo de vontade de conhecê-la! — Com um abanar de dedos, Jane se retirou apressada em seus sapatos de salto baixo.

Kelly ergueu uma sobrancelha, olhando para Benedict.

— Que negócios?

— A pequena questão de seus honorários em caso de resultado positivo.

— Oh. Sim.

— Harry Leahy administrava o lado financeiro de seus negócios e, dessa vez, negociara um bônus para uma absolvição. Em geral, ele tinha que perseguir os clientes após o julgamento para cobrar deles. Ele ficaria emocionado ao saber que Benedict pagara os honorários em caso de resultado positivo no mesmo dia do resultado positivo. Isso poderia até impedi-lo de persegui-la sobre o próximo grande caso por uma ou duas semanas.

— Vamos até o meu escritório — disse Benedict.

Ele a conduziu por uma porta à esquerda que dava para uma longa galeria que tinha uma parede de janelas de um lado e um mural de arte do outro. Ela observou as pinturas enquanto o seguia. Eram, em sua maioria, quadros a óleo e, em grande parte, apresentavam grupos de homens cofiando suas barbas ou verificando seus relógios de bolso ao lado de uma mesa de exame onde um paciente estava deitado em decúbito dorsal.

— Identifico um tema — disse ela às costas de Benedict.

Ele não reagiu. Continuou até o fim da galeria e abriu um conjunto de portas duplas. No interior do aposento, havia um espaço inteiramente branco que mais parecia um laboratório do que um escritório. As paredes não estavam cobertas por estantes de livros, como era de se esperar, mas com armários brancos. O chão era de mármore branco reluzente. A escrivaninha era um longo tampo de vidro chanfrado grosso. Em frente, havia duas poltronas estofadas brancas. Mesmo sem ter janelas, a sala era iluminada a ponto de ofuscar a vista.

— Sente-se — ele disse, sentando-se atrás de sua mesa e abrindo seu talão de cheques.

Seus saltos estalaram no chão de mármore enquanto ela se acomodava em uma cadeira. Ela já estava sentada quando a almofada de repente se mexeu. Teve um sobressaltado e disse "Oh!", saltando para longe quando um elegante gato branco pulou para o chão.

— Este é Jonas Salk — disse Benedict.

— Olá, Jonas. — Ela estendeu a mão, mas o gato ergueu o focinho no ar e se afastou.

Ela foi se sentar em outra cadeira. Havia um cheiro estranho na sala, semelhante ao de desinfetante, como se todas as superfícies tivessem sido desinfetadas com álcool.

— Harry Leahy me contou a história, sabe... — Benedict não ergueu os olhos do cheque que estava preenchendo.

— Que história?

— De como ele atraiu você para o lado sombrio.

— Ah. Isso. — Ela soltou uma risada desajeitada.

— Você estava com o promotor, ele me disse, processando crimes sexuais. Processando seus clientes, de fato, e ganhando sempre. Ele tentou várias vezes contratá-la. Ele sabia que uma mulher poderia defender esses casos melhor do que ele, do que qualquer homem. A óptica feminina é muito melhor. Então, ele lhe ofereceu cada vez mais dinheiro, até mesmo uma sociedade, mas você o recusou todas as vezes. Você não queria fazer parte disso. Ele disse que você não queria sujar as mãos...

— Não, não foi isso...

— ... com clientes como eu. — Benedict ergueu os olhos e sustentou o olhar dela enquanto destacava o cheque do talão. Parecia um curativo arrancado de uma ferida.

Ela piscou primeiro.

— Nenhum dos clientes dele era como o senhor, doutor Benedict.

Com um sorriso triste, ele passou o cheque sobre o tampo de vidro de sua mesa. Ela suprimiu um arquejo de espanto pela quantia. Era de duzentos mil dólares. A conta final seria um múltiplo desse valor, mas essa cifra refletia as horas reais de trabalho árduo dela e de toda a equipe. Esse cheque era a cereja do bolo.

— Vamos tomar uma bebida para comemorar este momento, que tal? — Ele se levantou e abriu uma das portas do armário para revelar prateleiras de copos e garrafas e uma pequena geladeira embaixo. — O que posso lhe servir?

Ela ergueu os olhos do cheque, ainda um pouco atordoada.

— Hã... Gim-tônica, eu acho. Mas com apenas um pouco de gim. Só um toque de leve mesmo.

Ele esticou a mão para apanhar uma garrafa, mas refreou sua mão antes de tocá-la.

— Por que você mesma não se serve? Você pode preparar do jeito que preferir.

Ela assentiu, levantou-se e caminhou até o bar, muito mais confortável com aquele arranjo. Ela abriu o selo de uma garrafa nova de gim e despejou uma pequena quantidade em seu copo. Havia uma garrafa fechada de água tônica no frigobar, e ela também a abriu e completou a bebida. Ele se serviu de uma dose de uísque e ergueu o copo para ela.

— A mais uma vitória em sua carreira de tantas outras.

Ela deu de ombros enquanto tomava um gole de sua bebida.

— Tive minha parcela de derrotas.

— Não desta vez, fico feliz em dizer.

Ela voltou para sua poltrona e ele ocupou o assento ao lado dela. Jonas Salk pulou do chão para a mesa e de lá outros dois metros no ar para pousar em cima de um armário.

— Falando em derrotas… — Benedict disse enquanto Kelly recostava-se e cruzava as pernas. — Você já ouviu a história de um dos maiores fracassos farmacológicos de todos os tempos? Curare?

— Acho que não. Não. — Ela tomou outro gole de sua bebida.

— Aconteceu lá na década de 1940. Curare era um veneno paralisante que os povos primitivos usavam em suas pontas de flecha. Quando a medicina ocidental o descobriu, pensaram que daria uma boa anestesia. Ao contrário de muitas outras drogas usadas na época, esta deixava o paciente completamente imóvel. A última coisa que um cirurgião deseja é que o paciente se debata ou até se contorça enquanto está com o bisturi na mão. O Curare paralisa os músculos, sabe?

— Aham. — Seu pé direito começou a zumbir mais uma vez com aquela sensação de adormecimento. Ela descruzou as pernas. Precisava mesmo de uma corrida longa.

— Só que tinha um problema — Benedict disse. — Os pacientes continuavam conscientes. Eles podiam ouvir tudo. Podiam sentir tudo. A agonia de cada corte em sua pele e em seus órgãos. E não podiam nem gritar.

— Oh, meu Deus! Que coisa horrível! — Seu outro pé estava dormente agora.

— Eu desenvolvi minha própria fórmula — disse ele.

— Sério? — Ela se levantou para fazer o sangue fluir para seus pés. — Para quê?

— Para situações como esta — ele disse e a segurou quando ela caiu.

O copo escorregou de seus dedos e se espatifou no chão.

— Estava na água tônica, sabe… — Ele a levantou em seus braços. — Mais uma coisa que seu sócio me contou. Você sempre pede um gim-tônica.

O horror se espalhou por ela tão rápido quanto a paralisia. Ela começou a gritar, mas o ar morreu como um gorgolejo em sua garganta. Ela tentou bater nele, mas agora seus braços também estavam dormentes.

Ele a deitou como um cadáver na superfície de vidro de sua mesa.

— Você me amordaçou — disse ele. — Durante dez meses, você me amordaçou. Você me tratou como a porra de um cachorro. — Sua voz robótica desapareceu. Agora, ele cuspia suas palavras em um jorro gutural. — Como um cachorrinho de estimação. Sente-se aqui. Fique ali. Vista isso. Não faça isso. Não faça aquilo. Fique. Ande junto. Sente-se e peça. Como se você fosse o macho alfa e eu fosse a porra da sua vadia. Eu! O homem que encontrou a cura para o Alzheimer! Vou ganhar a porra do Prêmio Nobel e você me trata desse jeito? Como uma bosta grudada na sola do seu sapato que você mal pode esperar para limpar? Bem, adivinhe só, doutora advogada...! Agora, você é que é a porra da *minha* vadia.

Ela estava congelada, um *iceberg* flutuando em um mar frio sob um céu incrivelmente branco. Podia sentir as mãos dele sobre ela. Podia senti-lo virando-a de lado. Podia ouvir o raspar de metal do zíper deslizando na parte de trás de seu vestido. Dava para ouvir o rangido abafado de seus escarpins batendo no chão. Ele a rolou para trás e seu rosto pairou sobre o dela. Ele tirou os óculos de seu rosto e ela tentou fechar os olhos com força. Não conseguia.

— Que sorte — disse ele. — Perfeito. Você precisa ver. Você precisa ver tudo o que vai acontecer.

A toxina paralisante atingira-lhe as pálpebras no pior momento possível. Seus olhos estavam bem abertos, fixos e encarando diretamente o teto branco.

— Devo lhe contar a melhor parte disso? — ele disse, enquanto arrancava o vestido dela. — Não preciso me preocupar com DNA desta vez. — Ele tirou o paletó. — Eu não tenho que pagar nenhum suborno. Este não vai me custar nada. Porque você não ousará denunciar isso. Você nunca vai contar isso para ninguém. Nem para uma única alma — ele disse enquanto deslizava sua calcinha para baixo. — Porque tudo o que você prega, tudo o que você defende, seria arruinado se você admitisse que um de seus clientes é, na verdade, um estuprador. Sua reputação seria destruída. Você seria tão humilhada quanto me humilhou. Nada de clientes endinheirados que atraem alta visibilidade para você. — Ele cuspia as palavras enquanto tirava seu sutiã. — Sua carreira de alto nível estaria acabada. E o promotor nunca aceitaria você de volta depois de todas as coisas que você fez. Mesmo se você pudesse voltar, o que não aconteceria, não com os custos exorbitantes de administrar sua casa. Então, veja, *doutora advogada* — ele zombou das palavras —, esta é a minha vingança contra você. Agora, é você quem está amordaçada.

Seu rosto pairava sobre o dela, retorcido e grotesco em sua expressão de ódio. Ela tentou, com todas as forças que tinha, fechar os olhos e se desligar daquilo, mas não conseguiu.

Ela podia ver tudo.

Ela podia sentir tudo.

De seu poleiro em cima do armário, Jonas Salk enfiou as patas dianteiras sob o peito e testemunhou o que aconteceu a seguir.

3

Reeza Patel

SOFRI UM ACIDENTE DE CARRO em março passado, quando bateram na traseira do meu pequeno Honda em um cruzamento. Não foi culpa só do outro motorista (um fato que ele foi rápido e enfático em apontar quando saltou do carro). Não consegui prosseguir depois que o sinal ficou verde. Eu apenas parei no cruzamento, fitando o para-brisa em meio a um nevoeiro cego.

Essa névoa surgira com frequência nos dias imediatamente seguintes ao Incidente. (Incidente era como eu me referia a ele mesmo em minha própria mente. Qualquer coisa mais descritiva do que isso pode fazer as lembranças irromperem.) Mas o Acidente aconteceu meses depois do Incidente e não foi desencadeado por nada que eu pudesse identificar. Eu estava apenas voltando da loja para casa. Então, de repente, eu não estava. Dirigindo, quero dizer. Eu estava sentada em frente a um sinal verde em uma estrada movimentada. E fui atingida por trás com força suficiente para me lançar no cruzamento, onde colidi com outro carro e meu *airbag* foi acionado.

Meus sintomas chegaram com fúria no dia seguinte: dores nas costas e nos ombros, uma dor de cabeça latejante que começava na base do crânio e subia, e um pescoço tão rígido que parecia que minhas vértebras cervicais haviam sido soldadas. Meu médico considerou minha condição como sendo *mero torcicolo* e prescreveu Tylenol. Como os sintomas pioraram, ele me encaminhou para a fisioterapia. Como isso não ajudou, quando a dor se tornou tão incapacitante que eu mal conseguia enxergar, ele sugeriu que era psicológico. (Este, muitas vezes, é o caso de lesões nos tecidos moles; na ausência de evidências físicas prontamente verificáveis, a ciência médica presume como padrão que *está tudo na sua cabeça*.)

(Isso se provou verdadeiro no mundo jurídico. Na ausência de evidências forenses sólidas, aquilo de fato aconteceu? Ou eu estava apenas imaginando? Ou, pior, inventando tudo?)

Foi preciso persistência em ambos os casos. Voltei ao médico várias vezes com as mesmas queixas até que ele, por fim, cedeu e receitou um opioide (embora na dosagem mais baixa possível). E voltei ao promotor distrital diversas vezes até que ele, enfim, cedeu e obteve uma acusação do grande júri contra George Benedict.

Lutei muito pelos dois resultados. Mas, enquanto a oxicodona me proporcionou algum alívio, a lei não me trouxe nenhum.

NÃO HAVIA mistério sobre o motivo de eu estar me lembrando do Acidente hoje. Minha volta para casa, do fórum, me levou ao mesmo cruzamento. A força daquela colisão traseira em março pareceu um ataque — como se uma força inimiga tivesse avançado atrás de mim com um aríete. E pareceu um ataque hoje também, quando o jurado se levantou e declarou: "Inocente".

Foi exatamente como o carro que bateu em mim. Eu não estava esperando aquilo. Eu acreditava que a justiça iria prevalecer até o momento em que isso não aconteceu. Talvez tenham sido as manifestações diante do tribunal que me deram essa falsa esperança. Todas aquelas mulheres agitando cartazes que diziam ACREDITEM EM REEZA e PONHAM UM FIM AO ABUSO SEXUAL. (Muitos deles tinham os dizeres #MeToo, mas fiquei menos grata por eles. *Você também?*, eu queria dizer. *Então, faça suas próprias acusações e pare de se aproveitar das minhas.*)

Não foi nem um caso de "a palavra de um contra o outro", porque ele não disse nada. Ele não testemunhou; não levantou a mão e jurou dizer a verdade, somente a verdade e nada mais que a verdade; ele não suportou três dias naquele cercado como eu, com dores nas costas e no pescoço tão fortes que me enchiam os olhos de lágrimas.

Não, foi apenas um caso de "É a palavra dela, mas ela está mentindo!". E "Onde estão as provas?". (Como se as palavras que saíram da minha boca não contassem como prova.)

Eu tinha algumas provas de DNA, mas não o suficiente. Porque tomei banho logo após o Incidente. Eu sabia que isso era burrice. Eu sou uma cientista — uma bióloga, ainda por cima —, então, sabia que não deveria fazer isso. Mas a necessidade de me limpar era um imperativo físico semelhante ao vômito; o corpo tinha que se purificar.

Como resultado, quase não havia evidência forense de que Benedict tivesse estado no meu apartamento. Não havia sêmen. Ele usou camisinha e deve tê-la levado consigo, pois não consegui achá-la depois. A polícia encontrou fios do cabelo dele no sofá, com fibras que combinavam com o paletó de *tweed* que ele usava. Mas sua advogada descartou isso. Afinal, ela me forçou a admitir, trabalhei próxima ao homem, muitas vezes, lado a lado, com ele no laboratório e nos atris. Os cabelos e as fibras do paletó que ele usava poderiam ter ficado presos em minhas roupas uma centena de vezes, e poderia ter sido eu a pessoa a trazê-los para o meu apartamento.

Depois, havia a prova da impressão digital, ou a ausência dela. Se ele de fato tivesse estado no meu apartamento, teria deixado suas digitais na maçaneta, no balcão, em qualquer lugar. Sua advogada insistiu nesse ponto, provavelmente porque minha explicação me fez parecer uma idiota ou uma mentirosa. Benedict chegou à minha porta usando luvas de látex e as manteve o tempo todo. *Por que eu deixaria um homem usando luvas de látex entrar no meu apartamento?*, sua advogada me questionou, acuando-me. *Não lhe pareceu estranho?*, disse sua advogada dirigindo-se ao júri. (Ela fez isso durante o interrogatório — fingir que estava me fazendo uma pergunta que na verdade era apenas um discurso para o júri.) Mas não me pareceu estranho. Ele usava luvas quase todas as vezes em que estávamos juntos. Assim como eu. Trabalhamos em laboratórios. As luvas eram como uma segunda pele para nós. Éramos cientistas. Mas ninguém no júri era.

Claro, o grande questionamento foi: por que eu abri a porta para ele? Ele havia me demitido; eu já havia contratado um advogado para processá-lo; não havia dúvida de que éramos inimigos àquela altura. Simplesmente, nunca me ocorreu que ele representasse algum tipo de perigo físico. Quando menina, aprendi a levantar a guarda contra homens que fossem muito amigáveis, mas não contra um homem que me odiava de forma tão aberta. Ninguém nunca me advertiu a respeito de um homem que me olhava com aversão. Eu pensava que estava a salvo de um homem que nutria esse tipo de sentimento por mim. Achava que estupro era um crime sexual, não um crime de ódio. (Agora, eu sabia que era as duas coisas.)

(Muitos dos meus pensamentos vêm entre parênteses hoje em dia. Os arcos gêmeos dos sinais de pontuação parecem encapsular minhas ideias mais perigosas. Dessa forma, elas podem ser dispensadas em dosagens de liberação lenta e absorvidas com cautela.)

EU ESTAVA QUASE em casa agora, e a dor corroía a minha espinha como um rato enjaulado. A dor desencadeou minha asma (outra coisa que meu médico sugeriu ser psicossomática). Eu podia sentir meus bronquíolos constritos. Podia ouvir o chiado em cada respiração, então, procurei o inalador de salbutamol no banco do passageiro e dei uma tragada.

Na minha área, em todas as ciências, há responsabilidade. Se algo deu errado, por exemplo, se uma amostra foi contaminada, rastreamos cada etapa do processo para determinar onde está a falha. Algo deu muito errado no tribunal hoje, então, no caminho para casa, pensei em onde depositar a culpa.

1. Em mim mesma, obviamente, por falhar na preservação das provas. (Ou por abrir a porta, para começo de conversa.)

2. No promotor, por seu desempenho medíocre no julgamento. (Além de estar pouco inspirado, ele parecia absolutamente intimidado pela advogada de Benedict.)
3. No júri. Eu odiava usar o racismo como justificativa, mas o fato era o seguinte: Benedict era um homem branco, e eu, uma indo-americana. A Constituição garantia um júri de seus iguais apenas para o réu, não para a vítima. Esse júri era composto de seis homens e seis mulheres, nove brancos, dois negros e um latino. Nenhum asiático. (Faça as contas.)
4. Em Kelly McCann.

Eu poderia parar aí mesmo. Isso tudo era culpa dela.

Kelly McCann. Vestida de forma impecável todos os dias. Esbanjando autoconfiança. Nunca um fio de cabelo louro fora do lugar. Sobrancelhas perfeitamente desenhadas que ela usava como legendas para as palavras que saíam de sua boca — uma sobrancelha levantada em ceticismo, as duas em surpresa, ambas franzidas em uma carranca. Óculos que Reeza tinha certeza de que eram mais para fazer gênero do que para a visão em si. Lábios finos e cruéis que se abriam em um pequeno sorriso afetado que levava minha mente a regressar aos tempos da escola preparatória.

Meus pais se sacrificaram para me mandar para lá, e foi a escola que mais tarde me colocou em Harvard. Mas eu a odiava. Estava cheia de garotas brancas sorridentes exatamente como Kelly McCann. As líderes de torcida, as atletas, as populares, todas tão confiantes de que eram queridas e admiradas que nunca precisavam se preocupar com nada. As portas se abririam de modo automático para elas. Suas cadeiras seriam puxadas, como que por mágica ou direito divino. Garotas que nunca se dignaram a notar a garota morena em seu meio até eu ganhar um prêmio acadêmico — *Oh, Reezy, quem me dera ter a sua inteligência!*, diziam elas de uma forma que fazia parecer que a inteligência era algo bastante esquisito. Ou até que minha asma atacasse — *Tadinha...*, elas murmuravam, depois trocavam olhares que diziam: *Ainda bem que não sou defeituosa como essa daí.* (Fui idiota ao me sentir lisonjeada quando passaram a me chamar de *Reezy* — um apelido era um sinal de afeto, certo? —, até que percebi que era apenas para que pudessem rimar com *wheezy* [asmática].)

Para ser justa, devo dizer que essas meninas ficaram assim naturalmente, pois suas mães mantinham panelinhas ainda mais excludentes do que as filhas. Eu costumava vê-las fofocando no estacionamento da escola, em seus suéteres de golfe e trajes de tênis, de pé em pequenos círculos para manter os outros afastados, mesmo quando suas vozes se projetavam muito além de seus limites. Minha mãe passava de sári e tênis e lhes desejava bom-dia, e elas respondiam com pequenos acenos e sorrisos; depois, falavam mal dela pelas costas enquanto ela se afastava.

Meus pais me imploraram para eu não prestar queixa. Isso me afetaria pelo resto da vida, disseram. Todos os meus diplomas, minhas honras acadêmicas, minhas descobertas feitas por meio de pesquisas, minhas publicações — tudo isso seria esquecido. Tudo o que eu e eles, é claro, trabalhamos tanto para conseguir seria apagado. Eu sempre seria conhecida como a mulher que acusou um grande homem de estupro. Eles não duvidaram de mim, juraram que não. Mas eu precisava superar o que acontecera, e a única maneira de fazer isso era deixar para lá.

Eles optaram por não comparecer ao julgamento. Não queriam que eu ficasse envergonhada, disseram. (Eu sabia que era o próprio constrangimento que os mantinha afastados.)

Ele não era um grande homem, mas um grande cientista, e eu fiquei emocionada por trabalhar ao seu lado. Tão emocionada que não apenas tolerei seu comportamento abusivo como também inventei desculpas para acobertar isso. Claro que ele era um supervisor severo. Não se pode esperar que um gênio seja um tipo de chefe gentil e carinhoso. Claro que ele gritava e xingava; inclusive, uma vez, atirou um béquer de vidro em um técnico de laboratório. Não se pode esperar que um gênio suporte tolos. (E ele pagou por sua cirurgia plástica depois.) É claro que devíamos manter nossos telefones ligados o tempo todo. Claro que devíamos dormir com eles no peito. Ele poderia ter uma epifania a qualquer momento, e todos precisavam estar atentos para recebê-la e aplaudi-la.

Eu não tinha nenhuma objeção a nada disso. Trabalhar na UniViro era um privilégio e valia cada indignidade. Quer dizer… meu Deus! Estávamos prestes a encontrar a cura para o mal de Alzheimer. (Embora ainda não estivéssemos lá, apesar da propaganda das relações públicas da empresa. Ainda precisávamos provar que a correlação também era a causa, ou seja, que o vírus não apenas coexistia com as proteínas beta-amiloides no cérebro como também causava o acúmulo de tais proteínas. Eu desenvolvi um estudo com o objetivo de responder a essa questão fundamental. O comitê de financiamento ainda estava considerando minha proposta quando fui demitida.)

(E é claro que restava a questão abrangente de saber se a hipótese amiloide era mesmo válida, ou seja, o acúmulo de proteínas beta-amiloides era a causa real do declínio cognitivo? A ciência médica considerava isso um dado, mas não era, ainda não.)

A ciência era mais do que uma carreira para mim. Era minha vocação, e quis dizer isso no sentido de ser um sacerdócio mesmo. A ciência era mais milagrosa do que qualquer religião. Ao longo do último século, a expectativa de vida média humana havia dobrado — dobrado! Em parte, graças à segurança industrial e a uma melhor obstetrícia, mas principalmente graças a antibióticos, vacinas, pasteurização e desinfetantes. Isso era ciência em ação, e nenhuma vocação poderia ser mais importante que a minha.

No entanto, a ciência exige precisão. Não tive escolha a não ser apontar seu equívoco quando ele narrou, de forma errônea, uma descoberta importante de nossa pesquisa. Meu erro foi fazer isso enquanto estávamos no palco do auditório da UniViro. *Com licença, George*, eu disse. (Esse foi meu primeiro erro. Ele permitia que eu usasse seu primeiro nome em particular, mas em público eu deveria ter me dirigido a ele como doutor Benedict.) *Com licença, George*, eu disse, *acho que você quis dizer...*

Ah, sim, obrigado, Reeza, ele respondeu por consideração à plateia. Mas a expressão em seus olhos era letal. Quando voltei ao meu escritório, nosso diretor de RH estava aguardando com meu aviso de demissão e um guarda para me escoltar para fora do local.

(Eu não pude nem levar minhas anotações de laboratório comigo. Minhas próprias anotações.)

FALTAVAM AINDA OITO quilômetros, e minha respiração ofegante só piorava. Minha língua parecia inchada na boca e meu pulso estava acelerado. Eu sabia que estava entrando em anafilaxia, por isso, parei no acostamento, peguei o EpiPen do banco do passageiro e me espetei na coxa.

O alívio veio de imediato, mas eu me forcei a permanecer sentada ali e a tentar relaxar enquanto o tráfego passava tão perto e tão rápido que balançava meu pequeno carro no eixo. Eu havia recorrido diversas vezes às canetas de epinefrina nas últimas semanas. Minha pele estava tão coberta de picadas de agulha que eu parecia uma galinha depenada. Se eu morresse nesse dia, o legista pensaria que eu era uma viciada em drogas.

(Se eu morresse hoje... Aí estava um pensamento perigoso que definitivamente exigia ficar isolado entre parênteses.)

Não cancelem o doutor B, entoavam suas *groupies* no tribunal, mas e quanto à doutora P? Eu é que fui cancelada. Incluída na lista proibida de todos os outros trabalhos de pesquisa em virologia no país. Desempregada há quase um ano. Não empregável. Declarada incapaz pelo grande doutor Benedict. Declarada uma fantasista por todos os demais. Mergulhada em dívidas e vivendo de uma pequena mesada de meus pais que não poderiam me sustentar por muito mais tempo. Ah, a advogada dele fez uma generosa oferta de acordo, mas havia condições: eu teria que assinar um acordo de sigilo e não difamação e desmentir em público minha acusação. Essas cordas formavam um nó de forca, então, eu me recusei a colocá-las no pescoço.

QUANDO MINHA RESPIRAÇÃO voltou ao normal (o que quer que seja considerado normal na minha vida, de todo modo), voltei para a estrada e dirigi o restante do trajeto para casa. Mas minha condição musculoesquelética não havia melhorado. Cheguei à minha saída, e o simples esforço de virar a cabeça para verificar o tráfego na parte inferior da rampa fez agulhadas incandescentes de dor apunhalarem minha nuca e meus ombros. Mal podia esperar para chegar em casa e tomar um analgésico. Por três semanas, recebi ordens do promotor assistente que julgou o caso (o advogado do Estado, não o meu, ele sempre me lembrava) de não levar nenhum Oxi comigo ao tribunal, porque a advogada de defesa poderia perguntar sobre isso e me fazer parecer uma dependente química perante o júri. Na época, julguei isso um risco remoto. Mas hoje em dia… hoje em dia, eu esperaria qualquer coisa de Kelly McCann.

Fiz a curva final para o meu complexo de apartamentos e meu pescoço gritou de dor quando vi os repórteres reunidos na entrada do saguão do elevador. Eles me perseguiram no tribunal, mas essa foi a primeira vez que ousaram vir à minha residência.

Então, ali estava mais uma humilhação para eu suportar hoje. Saí do carro e caminhei com firmeza até a porta, com os olhos fixos adiante, passando por microfones estendidos, mantendo minha cabeça erguida, apesar dos disparos ofuscantes das câmeras e da dor pungente em meu pescoço.

Como você está se sentindo?, eles gritavam. (*Agonizando de dor*, eu poderia ter respondido.) *Você está dececpionada com o veredicto?* (Gostaria de poder responder: *dããã, é óbvio.*) Um repórter intrépido perguntou melhor: *Você está surpresa com o veredicto?*

(Sim. A idiota aqui.)

Pareceu a caminhada mais longa da minha vida, mas, enfim, eu havia entrado e estava no elevador e, logo depois, no meu apartamento.

O frasco de remédios estava no balcão da cozinha. Agarrei-o e o sacudi, despejando um comprimido, e segurei-o na minha mão.

Perguntei-me como chamar essa última placa de sinalização na estrada para minha ruína. Primeiro, veio o Incidente; depois, o Acidente. E agora?

O Veredicto.

Como você está se sentindo?, os repórteres gritaram.

Violentada. Pelo Incidente, pelo Acidente, e agora... pelo Veredicto.

Eu joguei a pílula no fundo da garganta e a engoli.

4

DOUTOR BENEDICT CUMPRIRA SUA PROMESSA. Kelly estava em casa à meia-noite.

Anton teve que carregá-la da mansão para o Bentley, e do Bentley para o helicóptero, e do helicóptero para o táxi em Boston. Mas seu controle motor estava retornando quando o táxi parou em sua casa em Weston, a trinta minutos de distância. Ela pagou a corrida com dedos desajeitados e saiu com suas próprias forças.

— Ei — o motorista gritou, dando uma risada. — Pega leve da próxima vez, hein?

— Certo — ela grasnou. Os músculos de sua garganta ainda estavam rígidos.

Ela percorreu com as pernas bambas o caminho de tijolos até a porta da frente. A casa branca em estilo colonial tinha fachada de sarrafos com persianas pretas e uma porta da frente vermelha — um visual clássico da Nova Inglaterra —, mas esta noite a tinta vermelha lustrosa girava de um modo sinistro em seu campo de visão. Todd havia deixado a luz da varanda acesa para ela, mas ela mal conseguiu enfiar a chave na fechadura para entrar.

Lá dentro, conseguiu inserir o código de segurança antes que o alarme soasse. Ela apagou a luz da varanda. A escuridão desceu, e ela desceu junto, encostando-se à parede e escorregando até cair no chão estatelada.

A casa estava escura e silenciosa. Não havia uma lâmpada acesa em lugar nenhum. Nada de barulho do aquecedor e nenhum silvo do ar-condicionado também, não nesta época do ano. Nem mesmo um zumbido distante da geladeira. Foi um alívio não ver nada, não ouvir nada. Ela tentou se imaginar em um campo de privação sensorial, isolada de tudo. Mas não adiantou. Ainda podia sentir, e podia sentir tudo.

Doía se sentar. Ela se levantou. Doía andar também, mas ela se guiou pela memória através da casa escura, pelo corredor central e pela cozinha até o lavabo. Tirou os sapatos e o vestido e, depois, tirou a calcinha. Quando desabotoou o sutiã, algo caiu no chão. Ela se abaixou para pegá-lo. Era o cheque de duzentos mil dólares de Benedict, mas não o que ele lhe dera antes. Aquele cheque se dissolveu em pasta depois que ele o enfiara em sua boca. *Agora é você quem está amordaçada, vadia.* Esse cheque estava estalando de novo e fora cuidadosamente dobrado, ainda no valor de duzentos mil, mas, em vez de Leahy & McCann, a beneficiária era Kelly McCann. Fodendo-a no âmbito psicológico para acompanhar todo o resto.

A única luz no lavabo vinha de um tubo fluorescente utilitário. Ela colocou o cheque de lado e piscou para si mesma no espelho. Na luz forte, podia distinguir os hematomas que se formavam em seu pescoço e em seus braços, nas costelas e nos ombros. Havia uma marca de mordida em seu seio direito. Nenhuma marca em seu rosto. Ele era cuidadoso com isso. Seus olhos, no entanto, estavam afundados em seu crânio como se estivessem tentando recuar. O espelho não refletia nada abaixo de sua cintura, mas ela podia olhar para baixo e constatar o restante por si mesma. Hematomas afloravam em seus quadris, e suas coxas estavam manchadas com sangue e com o lodo viscoso do sêmen de Benedict.

Ela conhecia todos os protocolos. Mesmo que uma mulher optasse por não chamar a polícia, havia certas medidas que ela deveria tomar. Mais tarde, poderia decidir o que queria fazer, mas, enquanto isso, tinha que preservar as evidências. Tinha que ensacar suas roupas. Tinha que recolher amostras com cotonetes e ensacá-las também; fotografar a si própria de todos os ângulos e salvar as fotos com metadados para comprovar quando tinham sido tiradas. E — isso era essencial — ela precisava confiar em, pelo menos, outra pessoa com quem pudesse contar como testemunha corroboradora.

Kelly não fez nenhuma dessas coisas. Ela ligou o chuveiro no máximo, o mais quente possível, e, quando o aposento estava denso e nebuloso com o vapor, ela entrou e esfregou o corpo e observou as evidências escoarem pelo ralo. Pegou o chuveiro de mão e irrigou todos os orifícios. Virou o jato para a boca e cuspiu e voltou a cuspir, vezes seguidas. Quando terminou, sua pele estava vermelha. Formigava como se um milhão de agulhas minúsculas a estivessem picando. Isso era bom. Seu corpo fora descontaminado.

Mas não sua mente. *Isso é muito melhor do que Rohypnol*, ele riu em um determinado momento. *Com um boa-noite-Cinderela, é tudo uma névoa depois. Não dá para ter certeza do que aconteceu. Mas com minha pequena poção... você se lembrará de tudo.*

Ela pegou um casaco de um gancho no corredor e enrolou-o em torno do corpo nu. Abotoou-o até o pescoço e amarrou o cinto bem apertado na cintura. Então, juntou suas roupas e seus sapatos do chão do banheiro e foi até a garagem e enfiou tudo bem fundo na lata de lixo.

Quando voltou para dentro de casa, abriu caminho em meio à escuridão até o *hall* da frente e subiu em silêncio a escada. Parou do lado de fora da porta de Lexie, onde ficou escutando até ouvir os sons suaves da respiração da menina. Atravessou o corredor e foi até o quarto de Justin. Através de sua porta vinham sons de percussão, blips e pings, a trilha sonora de um de seus videogames vazando pelas bordas de seus fones de ouvido.

O oposto acontecera com os fones de ouvido que Anton colocou em suas orelhas, no helicóptero. Com eles, o ruído externo entrava. Ela podia ouvir o gemido agudo do motor e a batida ritmada dos rotores. Podia ouvir o piloto gritando para Anton: *Ela está bem?* E a resposta de Anton: *Exagerou na comemoração.* A risada do piloto. *Essa é festeira mesmo, hein?*

Festeira. Haveria de se lembrar desse detalhe para sempre.

Ela hesitou do lado de fora do quarto de Justin. Era dia de semana, ele tinha aula no dia seguinte; ela deveria bater na porta e lhe dizer para desligar o jogo e ir dormir.

Não bateu. Afastou-se nas pontas dos pés pelo corredor até seu quarto. Este cômodo nunca estava completamente escuro, nunca totalmente silencioso. Os monitores emitiam um sinal sonoro constante, como os bipes do sonar de um submarino. Eles lançavam uma luz azul suave no quarto enquanto a câmera do circuito interno de TV emitia uma luz verde contínua em direção à alcova da janela. Ela desligou a câmera, foi até o *closet* e trocou o casaco pelo pijama.

As luzes do monitor iluminaram seu caminho para fora do *closet*, ao redor da cama queen-size no meio do quarto e para a alcova onde ficava a cama hospitalar. Ela destravou a grade de proteção, baixou-a e subiu no leito.

Adam cheirava a sabonete e xampu. Seus cabelos estavam limpos e penteados para trás da testa. Os pelos das orelhas e do nariz também se encontravam bem aparados, e seu rosto estava recém-barbeado. Parecia um bebê macio contra a palma de sua mão enquanto ela a deslizava sobre sua bochecha e queixo. Todd cuidava tão bem dele... Ela não sabia o que fariam sem ele. Pela janela, podia ver as luzes se apagando no apartamento de Todd sobre a garagem. A câmera do circuito interno de TV enviava um vídeo ao vivo para um monitor em seu apartamento e para aplicativos nos celulares dela e dele; desligá-la sinalizava que Kelly estava de plantão agora. Ele podia ir dormir.

Os olhos de Adam estavam bem abertos no escuro, mas isso não significava necessariamente que ele estivesse acordado, disseram-lhe os médicos. "Acordado" ou "dormindo" não tinha mais muito significado, falaram-lhe, mas ela não acreditava. Ele não podia falar ou se mover nem comer ou beber, mas podia respirar, e seu coração ainda podia bater, e ela sabia que ele ainda estava lá, trancado dentro de seu corpo congelado.

Ele ainda estava lá, seu marido forte, engraçado e inteligente. O homem que chamava atenção em qualquer ambiente em que entrasse. Cuja autoridade sempre foi reconhecida em todas as reuniões de que já participara. Que fundou seu próprio escritório de advocacia e representou a maior imobiliária da Nova Inglaterra e quase que sozinho foi responsável pela maioria dos parques de escritórios de alta tecnologia nos subúrbios de Boston. Ele ainda estava lá, trancado dentro daquele corpo inútil, submetido à humilhação diária de ser virado para um lado e para o outro, de ter seus cateteres inseridos, seu ânus limpo, sua boca forçada a abrir para escovar os dentes.

Ele ainda estava lá, e quase todas as noites, antes de se deitar na cama grande do outro lado do quarto, ela se deitava na cama estreita ao lado dele, abraçava-o, beijava-lhe o rosto e contava-lhe sobre seu dia.

Ela não lhe contaria nada esta noite, no entanto. Nunca contaria a ele, ou a qualquer outra pessoa. Esta noite ela se deitou na cama ao lado dele, abraçou-o e o beijou. Ouviu os pings e bipes de seus monitores e as respirações profundas e ásperas de seus pulmões. Lágrimas escorriam por seu rosto enquanto ela lhe contava outra coisa.

— Oh, Adam, meu amor, meu doce, doce Adam, eu sei agora. Eu finalmente sei. Eu sei exatamente como você se sente.

5

LEXIE NASCEU EM UM dia de neve em janeiro, duas semanas antes de Kelly estar pronta. Ela ainda não estava em licença-maternidade; tinha que entrar com petições até o fim da semana; teria uma audiência no tribunal no dia seguinte. Nem tinha feito a mala e não conseguia encontrar seu sutiã de amamentação nem seus chinelos favoritos. Zanzava pelo quarto como uma barata tonta.

Mas Adam estava imperturbável. Era um velho profissional nisso, junto com tudo o mais em suas vidas. Ele a fez sentar-se e entregou-lhe o relógio enquanto arrumava a bolsa dela. Ligou para o médico, para a babá, para a assistente de Kelly e depois para sua própria assistente. Telefonou para a mãe dela e remarcou o seu voo. Tirou Justin da cama e deu-lhe o café da manhã, e quando a babá chegou e era hora de ir para o hospital, tudo estava em ordem.

A neve já tinha alguns centímetros de profundidade nas ruas que não tinham sido bloqueadas, mas Adam não se intimidou. Era um nativo da Nova Inglaterra, e aquilo não era nenhuma novidade para ele. Kelly, por outro lado, era do sudoeste da Virgínia, então, teve de fechar os olhos enquanto ele dirigia. Eles gostavam de brincar dizendo que o casamento deles era misto. Todos presumiam que se referiam a um casamento inter-religioso, mas de fato não havia muita disparidade entre judeus seculares e católicos não praticantes. Era em relação ao choque cultural do Norte e do Sul com o que brincavam.

Havia outras disparidades, é claro. Ele era quase vinte anos mais velho que ela, mas era magro e estava em forma, tinha cabelos escuros e era bonito, e ela estava tão obcecada por ele quanto no dia em que se conheceram. Eles atuavam em mundos diferentes — processo criminal e imóveis comerciais —, e seus caminhos nunca teriam se cruzado se Kelly não tivesse decidido ingressar no comitê de ética da ordem dos advogados. Ela era uma advogada recém-formada que estava enojada com as táticas de tantos outros advogados em ambos os lados do tribunal. Insuflada por sua própria superioridade moral, ela se apresentou como voluntária para o trabalho pesado do comitê de ética.

A maioria dos advogados se juntava a comitês de advogados apenas para reforçar seus currículos e suas biografias para o *Martindale*,[2] mas Adam levava suas responsabilidades a sério, e Kelly também. Ele era o presidente, e ela logo se tornou sua principal assistente/escrivã. A tarefa dos dois era responder a questões éticas ou preocupações levantadas por outros advogados. Uma vez por semana, eles se reuniam para revisar as perguntas, pesquisar as regras aplicáveis e emitir pareceres por escrito ou conselhos confidenciais. Como seus dias de trabalho eram cheios, eles se encontravam depois do expediente. Às vezes, mandavam buscar sanduíches. Outras vezes, saíam para jantar. Em outros momentos, havia bebidas.

Começou de maneira inocente. Elogios sobre o trabalho um do outro para o comitê. Conversas que desviaram para outros assuntos. Seus casos, seus prazos. Quando Kelly fez sua primeira apresentação solo no tribunal naquele janeiro e venceu, ela se virou com um sorriso aliviado para seu supervisor na galeria, e lá estava Adam no fundo, dando um furtivo soquinho no ar e sorrindo que nem bobo.

Era ele o líder de torcida então. Acompanhava os casos dela e a observava em ação no tribunal quando sua agenda permitia. Ele a

2. A Martindale-Hubbell, fundada em 1868, é uma tradicional empresa de serviços de informação voltada para a área jurídica. Publica o *Martindale-Hubbell Law Directory*, que fornece informações básicas sobre advogados e escritórios de advocacia nos Estados Unidos e em outros países. (N. da T.)

incentivava e a apoiava. Sempre que ela expressava alguma dúvida sobre suas chances, ele a encorajava com um trocadilho: *Claro que você consegue. Você é Kelly McCann, não Kelly McCan't.*[3]

Certa noite, em sua sala de conferências, ela tentou retribuir com um trocadilho próprio: *Adam Fineman, você é um bom homem.*[4] Para dar ênfase, ela caprichou no seu sotaque sulista — "fahhn man" —, mas a piada era esfarrapada e muito reveladora. Ele não riu nem sorriu. Apenas a encarou por um longo instante até que se inclinou sobre a mesa e a beijou.

Foi inesperado, mas de forma alguma indesejável. Kelly estava cansada de namorar homens de sua idade. Os homens de sua idade eram meninos. Adam era um adulto. Ele sabia ser sério sem se levar a sério. Sabia o que queria e não precisava olhar por cima do ombro para verificar o que seus amigos pensavam de sua escolha. Ele não se vangloriava. Não precisava disso.

De sua parte, o fator oposto estava em ação. Ele foi atraído por sua juventude. Ela era uma jovem brilhante, não afetada pela experiência, desprovida de amargura, de pele macia, corpo firme, olhar adorável. A garota dos sonhos de todo homem de meia-idade.

Portanto, a atração inicial do par foi baseada em motivos errados, como muitos, e totalmente superficiais, como a maioria. Mas, com o tempo, suas idades deixaram de ter qualquer relevância. Ele podia ser tão pateta e despreocupado quanto um menino de 12 anos. Ela podia ser tão prática e perspicaz quanto uma fazendeira de meia-idade. Suas expectativas foram frustradas, e a surpresa disso foi que eles, por fim, se apaixonaram.

Embora o desenrolar do romance nunca tenha sido tranquilo. Houve obstáculos, solavancos na estrada, algumas cenas não tão bonitas, longas recuperações lacrimosas. No entanto, quando chegou aquele dia de neve em janeiro, tudo havia sido superado. Eles tinham uma

---

3. "Kelly McPode, não Kelly McNãoPode". (N. da T.)
4. Em inglês, "fine man". (N. da T.)

bela casa, carreiras gratificantes, um adorável filho de 4 anos e uma garotinha a caminho. A vida deles era tão perfeita quanto Kelly jamais poderia esperar.

Adam dirigia com uma das mãos no volante e a outra mão segurando a mão dela, um olho na estrada e outro no relógio para cronometrar suas contrações. E, no meio disso tudo, ainda conseguiu atender algumas ligações de trabalho. Ele conversou um bom tempo com seu maior cliente, Erik Kloss, sobre a compra pendente de um enorme terreno ao longo do corredor da Rota 128. Era um baita negócio: centenas de milhões de dólares estavam em jogo. Era tudo tão diferente da carreira de Kelly... Ela amava o que fazia e já havia alcançado um bom sucesso na época, mas nunca ganharia mais do que uma renda de cinco dígitos. Não que isso importasse, não quando Adam tinha um capital de quase sete dígitos.

Ao fim da ligação, Erik desejou-lhes boa sorte e gritou para seu assistente enviar uma caixa de charutos.

— Um macacão teria sido ótimo — Kelly resmungou quando ele desligou.

Adam riu e fez sua ligação seguinte para seu principal associado, Kevin Trent, e disse-lhe para encontrá-los no estacionamento do hospital. Quando chegaram, Kevin já estava lá, aguardando em seu carro coberto de neve. Adam estacionou ao lado dele, uma janela do motorista ao lado da outra janela do motorista, como dois policiais conversando atrás de um *outdoor* na estrada. Ele passou a Kevin o arquivo Kloss junto com algumas instruções concisas para as tarefas do dia.

— Entendido — disse Kevin, cuidadosamente mantendo os olhos em seu chefe e evitando o olhar da mulher ofegante ao lado dele. — Não se preocupe com nada. — Adam não estava preocupado. Ele confiava tanto em Kevin que planejava oferecer-lhe uma parceria dentro de um ano.

Nenhum dos dois tampouco estava preocupado com o bebê, mesmo quando a obstetra se levantou entre as pernas de Kelly com a testa franzida. O bebê não estava na posição certa para o parto — estava com o lado ensolarado para cima, como eles chamavam, um termo que Kelly achou caloroso e alegre. Sim, a posição estava causando a temida dor lombar no trabalho de parto, mas Kelly tinha um limiar notoriamente alto para a dor; ela aguentaria, sobretudo com Adam ao seu lado. Ele a orientou em cada contração, massageando suas costas, dizendo como ela era corajosa e o quanto a amava.

Havia o risco de a cabeça do bebê ficar presa contra o osso pélvico, mas havia truques que podiam ser feitos para girá-la. Fizeram Kelly descer para o chão e ficar de quatro. Adam sentou-se ao lado dela e ficou fazendo piadas obscenas. *Estilo cachorrinho quando sai também*, ele brincou, e a risada escandalizada de Kelly a ajudou a enfrentar a próxima contração.

Como o bebê ainda não tinha virado, eles a ajudaram a voltar para a cama e, então, a obstetra tentou a inversão manual. Ela inseriu o braço até o que pareceu ser seu ombro, e a técnica de respiração de Kelly a abandonou. A dor a atacou de todas as direções, e, quando ela soltou seu primeiro gemido, Adam agarrou suas mãos e disse que ela conseguiria dar conta, que ela podia fazer qualquer coisa, ela era Kelly McCann, não Kelly McCan't. Esse lembrete foi o suficiente. Ela riu, assentiu, cerrou os dentes e aguentou a dor até que a obstetra retirou o braço e meneou a cabeça. O bebê ainda não havia se virado.

Foi quando eles trouxeram o vácuo extrator. E foi então que Adam desabou no chão.

Kelly abriu a boca de espanto, mas a médica e a enfermeira apenas riram enquanto o ajudavam a se sentar em uma cadeira.

— Não é o primeiro pai a desmaiar — disse uma delas.

— Um pouco de emoção demais, hein, pai? — disse a outra, dando-lhe um tapinha nas costas enquanto ele se sentava com a cabeça entre as mãos.

— Adam? — Kelly o chamou do outro lado da sala.

— Dê a ele um minuto para fazer o sangue voltar a fluir — disse a enfermeira. — Ele vai ficar bem.

Kelly esperara por outro parto sem drogas, mas o vácuo extrator logo mudou seus planos. Ela recebeu uma epidural, ofegou durante as contrações até a anestesia começar a fazer efeito e, então, empurrou quando mandaram, e por fim Lexie nasceu. Alexis, um nome que eles escolheram com base em seu amor compartilhado pela lei, o mesmo que fizeram com Justin.

— Adam! — Kelly o chamou de novo, rindo e chorando quando o bebê foi colocado sobre seu peito. — Venha ver! Ela é linda!

Mais tarde, ninguém saberia dizer quanto tempo fazia que ele estava caído naquela cadeira do outro lado da sala. Mais tarde, ninguém quis admitir que não havia prestado atenção nele durante esse tempo. Mais tarde, descobriu-se que, enquanto Kelly ofegava, empurrava e se empenhava no parto da filha, Adam havia sofrido um extenso derrame cerebral hemorrágico. Um vaso estourou e vazou sangue em seu cérebro; um filete, a princípio, depois, uma poça e, então, uma inundação repentina que esculpiu desfiladeiros através da paisagem de seu cérebro, eliminando pensamentos e lembranças em todos os lugares por onde fluía.

Você é Kelly McCann, não Kelly McCan't. Essas foram as últimas palavras que ele disse a ela.

6

ELA FEZ PANQUECAS DE MANHÃ e, antes que a primeira concha de massa chegasse à frigideira, Lexie estava à mesa da cozinha com garfo e faca na mão. Justin desceu minutos depois. Em geral, Kelly tinha que ligar para ele várias vezes antes que o garoto se arrastasse para fora da cama, mas nessa manhã ele correu para a cozinha e foi até onde estava Kelly, no fogão.

— Bate aqui! — ele gritou, com a palma da mão erguida.

Seus reflexos estavam lentos, e sua pontaria, completamente errada. Ela foi bater na mão dele e sua mão escapou.

Em geral, ele reviraria os olhos para um fiasco desses, mas nesse dia ele apenas riu e deu um abraço nela. Kelly estremeceu um pouco quando ele a apertou, mas o filho não percebeu.

— Mandou bem, mãe!

— Mandei?

— Você venceu seu caso!

Ela se voltou para a frigideira. As pequenas poças de massa nadavam em sua visão.

— Eu venço todos os meus casos — disse ela.

— Sim, mas, desta vez, a justiça foi feita, ou algo assim. Sabe?

— Terminou de falar com sua namorada? — Lexie zombou dele.

— Cale a boca — disse ele, se jogando na cadeira ao lado dela.

Lexie tinha 10 anos e ainda era pequena, embora tivesse uma abundante cabeleira escura e encaracolada, herdada do pai. Justin tinha 14 anos nessa época, era esguio e tinha uma juba de rebeldes cachos cor de cenoura que tanto poderia ter vindo de um lado da família como do outro. Quaisquer que fossem os genes responsáveis, os dois odiavam tanto seus cabelos que Lexie usava os dela em um coque apertado todos os dias e Justin não saía de casa sem um gorro enterrado na cabeça, mesmo no calor do verão. Talvez por isso não lhe parecesse estranho que Kelly estivesse usando uma blusa de gola rolê por baixo do roupão.

— Quero dizer, não podemos deixar o doutor Benedict ser derrubado, ou cancelado, ou o que quer que seja — disse ele. — Não por uma oportunista idiota.

As reações de Kelly estavam tão lentas quanto seus reflexos. Demorou um pouco para ela responder.

— A doutora Patel definitivamente não é uma oportunista. Ela é uma cientista muito respeitada.

— Ah, é? Então, por que ele a demitiu?

Ela piscou surpresa.

— Você acompanhou o julgamento?

Ele encolheu os ombros ossudos.

— Claro.

Kelly colocou outra poça de massa na frigideira.

— Você nunca acompanhou meus julgamentos antes.

— Você nunca representou alguém tão legal antes. Quero dizer, qual é?! O cara é um gênio certificado. Médico e Ph.D., neurologista, virologista, bioquímico e nem me lembro mais o quê. Ou seja, caramba! Ele encontrou a cura para o mal de Alzheimer!

— *Talvez* tenha encontrado a cura para o Alzheimer.

— O que é Alz-heim-er? — Lexie pronunciou a palavra com cuidado.

Justin explicou enquanto Kelly olhava atordoada para as panquecas. Na noite anterior, ela sentira tudo, mas hoje ela não conseguia sentir nada, exceto um latejar nas têmporas e um pulsar latente entre as pernas. Ela estava insensível a todo o resto. Quando os filhos a cumprimentaram, ela só conseguiu puxar os lábios para trás em uma imitação de sorriso. Recebeu abraços e beijos que lhe deram vontade de recuar de repulsa. Era terrível se sentir assim. Ou não sentir nada.

A dormência era um mecanismo de autodefesa, ela pensou, a maneira de seu corpo se proteger do trauma. A dor desapareceria, ela sabia que sim. O horror diminuiria. Ela iria esquecer. Ela se obrigaria a esquecer. A vida continuaria. Tinha que continuar.

Ela virou as panquecas enquanto Justin falava sobre o mal de Alzheimer. Ele estava naquela fase da adolescência masculina em que falava em grunhidos monossilábicos ou pontificava de modo extenso, sem traços de uma conversa civilizada e comum no meio. Ele estava claramente no modo pontificante naquela manhã. Descreveu os depósitos de proteína que se acumulavam no cérebro — chegou a chamá-los pelo nome científico, beta-amiloide — e a forma como eles destruíam a memória, a personalidade e a capacidade de realizar tarefas simples.

— Lembra da velha senhora Brannock, na rua? — ele perguntou, e os olhos de Lexie se arregalaram e a boca dela se abriu. — A pobre mulher, uma vez, vagou nua pelo quintal antes que a filha, morta de vergonha, pudesse convencê-la a voltar para casa.

Kelly mantinha o olhar fixo na frigideira enquanto as bolhas começavam a subir como pequenas covinhas na massa.

— A única coisa que os outros médicos conseguiram inventar foram drogas que talvez retardassem o acúmulo dessas proteínas. Ninguém além do doutor Benedict tentou descobrir o que estava causando o acúmulo, para começo de conversa.

— Então, o que era? — Lexie perguntou.

— Um vírus! — Justin pronunciou a palavra com um floreio histriônico.

A porta dos fundos se abriu e Todd entrou, vestindo seu uniforme turquesa.

— Bom dia, filhos de mentirinha — ele gritou.

— Bom dia, papai de mentirinha — as crianças responderam em uníssono.

— Bem-vinda ao lar, heroína conquistadora — ele cantarolou enquanto fazia um salamaleque para Kelly.

Ela apontou a espátula para ele.

— Panquecas?

— Não, obrigado. — Ele estendeu a mão por trás dela para alcançar o liquidificador. — Já comemos. Bruce tem uma sessão cedo, hoje.

Seu marido trabalhava como preparador físico em uma academia no centro da cidade, tinha o físico de um boxeador. Todd tinha o corpo de dançarino. Pouco mais alto que Kelly, era magro e flexível e movia-se com fluidez pela cozinha enquanto preparava o café da manhã de Adam — uma pirueta até a geladeira, um *plié* profundo no armário inferior, um *grand jeté* para chegar ao fim do balcão e pegar a proteína em pó.

— É um vírus como o da gripe? — Lexie perguntou.

— Sim, ou como o da herpes simples — disse Justin. — Como o vírus que causa herpes labial... Sabe essas coisas que as pessoas pegam nos lábios?

— Eca!

Não ficou claro se o comentário de Lexie foi motivado pela menção de herpes labial ou pela mistura de salmão, brócolis e farinha de aveia que Todd estava colocando no liquidificador. As crianças sempre achavam repugnante o que entrava no tubo de alimentação, e Kelly sempre tinha que lembrá-las de que aquilo não passava pelas papilas gustativas. Os nutrientes eram tudo o que importava.

— Mas é meio como uma gripe — Justin gritou acima do ruído do liquidificador. — Sabe como tomamos vacina todo outono para não pegar gripe? Esse tipo de vacina? Bem, o cliente da mamãe inventou uma vacina para esse vírus do Alzheimer. Só que é apenas uma dose, e você nunca terá Alzheimer pelo resto da vida. — Todd desligou o liquidificador, mas Justin ainda estava gritando quando disse: — É incrível!

Kelly virou as panquecas em dois pratos e colocou-os sobre a mesa.

— Ainda não existe vacina — disse ela.

— Existe — disse Justin. — Ainda está em testes clínicos, mas isso é apenas burocracia da FDA.

— Bom dia! — Outra voz juntou-se ao clamor quando Gwen meteu a cabeça pela quina do corredor. Uma mulher com jeito de menina, na casa dos 30, era a babá deles ocasionalmente, embora Kelly tomasse cuidado para não chamá-la mais assim. Agora, ela era a cozinheira, o único dos serviços que prestava que Justin se dignava a aceitar. Ela estava com uma alça de mochila em volta do ombro e uma mala de rodinhas ao seu lado. — Só queria me despedir.

— Tchau, Gwen! — Lexie gritou e pulou da mesa para lhe dar um abraço apertado.

— Café da manhã? — Kelly ofereceu.

— Não, obrigada. Tenho que correr.

— Tchau, boneca — disse Todd, e os dois saíram da cozinha, Gwen em direção à porta da frente, Todd para a escada.

— Não gosto de tomar injeções — disse Lexie, retomando a conversa.

Justin considerou o comentário da irmã.

— Sabe, aposto que ele vai inventar algum tipo de sistema de inoculação alternativo. Porque esse é o tipo de cara que o doutor Benedict é. Sempre pensando fora da caixa.

— Alternativo tipo o quê? — Lexie perguntou.

Justin enfiou na boca uma garfada de panquecas pingando calda.

— Uma bebida com sabor de cereja em um copinho, que tal?

— Pode ser de uva?

— Ele provavelmente vai oferecer trinta e um sabores!

Kelly observou os filhos conversando e rindo durante o café da manhã. Era uma visão rara. Justin não costumava falar muito com a irmã, e nunca com tanto entusiasmo. Normalmente, Kelly teria ficado emocionada com essa conversa. Mas não dessa vez. Ela beijou o topo do coque de Lexie e a parte de trás dos cachos de Justin e saiu da cozinha.

7

OS ESCRITÓRIOS DA LEAHY & McCann ocupavam três andares em um arranha-céu em frente ao Boston Common.[5] Kelly estacionou em seu lugar reservado na garagem subterrânea e pegou o elevador para ir até o vigésimo andar. O ruído a atingiu no momento em que as portas do elevador se abriram. Não havia ninguém no balcão da recepção, e um som lento e ritmado de estalo vinha do corredor à esquerda. Ela parou, confusa, e então soltou um pequeno gemido quando se deu conta do que era.

Harry instituíra o ritual na primeira vez que ela voltou de um julgamento importante fora da cidade. Ele fez com que todos se alinhassem e batessem palmas para ela em seu trajeto até a sala de conferências principal para uma reunião comemorativa. Agora, era uma tradição, mas não era uma tradição que ela apreciasse, mesmo em circunstâncias normais. Não havia nada de purificador nessa aclamação. Tinha apenas a ver com dinheiro.

Ela ajeitou o lenço no pescoço, respirou fundo e dobrou a esquina para o corredor. Eles estavam todos lá, colegas, sócios, paralegais e funcionários, até o interino daquele mês, todos sorrindo para ela enquanto juntavam as mãos em um monótono e excessivo bater de palmas. Sua própria equipe estava entre eles, Patti e Cazzadee, é claro, mas também Javier, que passava pouco tempo no escritório e devia ter vindo especialmente para a ocasião. Era a vitória deles também, Kelly lembrou a si

---

5. Parque público no centro de Boston, o mais antigo dos Estados Unidos. (N. da T.)

mesma, e então ela forçou um sorriso e foi abrindo caminho em meio ao corredor polonês. Ela apertou as mãos estendidas enquanto avançava, estremeceu sob tapas repentinos e calorosos nas costas e aceitou um beijo de Javi que fez todas as mulheres desmaiarem.

Harry Leahy estava parado no fim do corredor. Ele estendeu a mão quando ela se aproximou. Ela estendeu a dela também, mas apenas para lhe entregar o cheque. Seus olhos se iluminaram. Ele o virou para verificar se ela o havia endossado para a firma, então, um grande sorriso apareceu em seu rosto.

— A coisa mais inteligente que já fiz — ele gritou para o grupo reunido enquanto segurava o cheque no alto — foi persuadir esta mulher a se juntar a mim aqui. — Com a outra mão, ele agarrou ambas as mãos de Kelly e as ergueu. — Nossa estrela! — ele exclamou, e as palmas monótonas se transformaram em aplausos desenfreados.

HAVIA ESPERANÇA para Adam, a princípio. Os médicos o operaram em poucas horas, repararam a artéria rompida e drenaram as poças de sangue de seu crânio. Ele não acordou logo após a cirurgia, mas isso era comum. Sim, a falta de oxigênio havia matado algumas células cerebrais e elas nunca mais voltariam à vida, disseram-lhe, mas o cérebro tem uma incrível capacidade de se recuperar. Há um fenômeno chamado neuroplasticidade, por meio do qual áreas saudáveis do cérebro podem eventualmente assumir funções danificadas pelo derrame. Ele tinha apenas 52 anos e corria oito quilômetros três vezes por semana. Era um excelente candidato para uma boa recuperação, garantiram-lhe.

A mãe de Kelly planejava vir de Roanoke para ajudar com o novo bebê. Em vez disso, ela pegou o avião e ficou cuidando de Justin, de 4 anos, enquanto Kelly permanecia de vigília na UTI, amamentando o bebê e conversando com Adam em uma tagarelice interminável de banalidades e bobagens. Falar com ele pode ajudá-lo a recuperar a consciência, disseram-lhe. De qualquer forma, não faria mal algum.

Depois de uma semana, disseram-lhe que poderiam tirá-lo do respirador, então, ela se arrumou para a ocasião como se fosse um primeiro encontro. Ela arrumou a bebê também, colocando nela um pequeno avental e um gorro que achou que o faria rir. Ela estava lá quando extraíram o tubo de sua garganta, o rodeando o mais perto que lhe permitiram, e o observou e o aguardou com um sorriso de boas-vindas nos lábios. Eles desligaram a máquina e seu peito subia e descia enquanto ele respirava sozinho. Mas, ainda assim, ele não acordou, e quando o médico lhe abriu as pálpebras e moveu o dedo para a frente e para trás, os olhos de Adam não se moveram com ele.

O médico saiu do quarto. As enfermeiras saíram do quarto.

Por fim, Kelly sentou-se.

No dia seguinte, Adam passou por uma cirurgia para que um tubo de alimentação fosse inserido em seu estômago. Duas semanas depois, ele foi transferido para o que os médicos chamavam de instituição de cuidados prolongados, mas Kelly insistia em chamar de *reabilitação*.

Sua rotina mudou depois da transferência. Agora, ela passava as noites ao lado de sua cama e os dias em seu escritório com o bebê amarrado ao peito. Ela teve acesso ao *e-mail* do escritório dele desde o início e enviou respostas em seu nome para qualquer assunto que exigisse um retorno imediato, explicando que ele estava fora do escritório por um curto período de tempo comemorando a alegre chegada de sua nova filha. Mas os *e-mails* e os telefonemas foram se tornando mais urgentes, sobretudo os de seu cliente mais importante, Erik Kloss. Ela precisava de uma desculpa diferente. Ela enviou *e-mails* em nome de Adam explicando que ele tinha um caso grave de laringite e que, então, conversaria por mensagens de texto e *e-mail* nas semanas seguintes. Por favor, tenha paciência com ele.

Isso trouxe uma enxurrada de desejos de melhoras e entregas de flores e cestas de frutas.

Ela se lembrou das histórias sobre Woodrow Wilson e como sua esposa escondeu seu derrame e agiu como presidente-sombra. Kelly decidiu que poderia fazer o mesmo por Adam. A prática de direito imobiliário devia ser mais fácil de administrar do que um país inteiro. Adam havia antecipado quase todos os possíveis percalços no caminho para fechar a compra do terreno de Kloss. Ao insistir em dar respostas por escrito a todas as perguntas e demandas, Kelly ganhou tempo para vasculhar seus arquivos e descobrir qual teria sido sua resposta.

Mas essa não era a sua área, então, ela logo se viu em uma situação com a qual não conseguia lidar. Surgiu um buraco que ameaçava tragar tudo, e ela não sabia como tapá-lo. O principal sócio de Adam, Kevin Trent, dava uma passadinha no escritório todos os dias, perguntando sobre a laringite de Adam, enviando seus votos de melhora. Ele havia sido copiado em todos os *e-mails* de Erik Kloss e estava mais ou menos a par do projeto. E ela sabia o quanto Adam confiava nele. Ela decidiu confiar nele também.

A cor sumiu de seu rosto e as lágrimas brotaram de seus olhos quando ela lhe contou a verdade sobre a condição de Adam.

— Kelly, eu... Eu não sei o que dizer. Eu não consigo acreditar. Adam... Ele é o homem mais forte que já conheci. Com certeza, o mais inteligente. Eu nem consigo imaginá-lo... assim. — Seus olhos úmidos vagaram pela sala. — Nunca cheguei a dizer a ele...

Kelly o interrompeu antes que ele pudesse fazer seu discurso fúnebre.

— Ele vai se recuperar, Kevin. Ele vai voltar a ficar tão bem como antes. Mas precisamos manter este local em atividade para que ele tenha algum lugar para onde voltar. Posso contar com você?

— Com certeza — ele disse e a abraçou antes de sair com sua lista de tarefas.

Uma noite, ela estava ao lado de Adam quando, de repente, seus olhos se abriram. Ela quase gritou de emoção. Ele estava acordado, estava de volta! Mas ele não reagiu à presença dela, nem a nada. Apenas passou de um coma para um estado vegetativo. Isso era uma boa notícia, disseram os médicos. Alguns pacientes nunca saíam do coma. O próximo passo seria migrar para um estado minimamente consciente. Seus olhos podiam recuperar o movimento primeiro, daí outras respostas voluntárias se seguiriam aos poucos.

Depois disso, ela passou todas as noites olhando nos olhos dele, com mais intensidade agora do que quando estavam se apaixonando.

Adam não tinha seguro de cuidados de longo prazo. Também não tinha seguro de invalidez. Tudo o que tinha era uma apólice de seguro de vida de quinhentos mil dólares com sua filha Courtney como beneficiária, uma condição de seu acordo de divórcio. Seu seguro médico básico cobria a maior parte das taxas de reabilitação, mas eles também tinham uma hipoteca e as mensalidades da escola particular de Courtney para pagar, e as contas estavam se acumulando. O chefe de Kelly concordou em estender sua licença-maternidade, mas não era mais uma licença remunerada, e ela estava gastando suas economias para se manter. Uma segunda hipoteca da casa teria ajudado, mas, como Adam não podia assinar os papéis, ela teria de entrar com um pedido de tutela no tribunal, o que significava tornar pública sua condição. Em vez disso, pediu dinheiro emprestado aos pais, o suficiente para durar até o fechamento do acordo com Kloss, quando a remuneração final de Adam seria paga. Depois disso? Ela se convenceu de que Adam voltaria ao trabalho.

Más notícias foram disparadas por um cano duplo no mesmo dia, e ambas atingiram o alvo. O diretor da clínica de reabilitação pediu para vê-la e, quando ela chegou ao seu escritório, seis outros homens também estavam na sala, em cadeiras dobráveis arrastadas em semicírculo. Havia um novo rosto entre eles e, pela maneira obsequiosa com que o tratavam, Kelly presumiu que ele fosse o médico-chefe. Mas não... era o representante da companhia de seguros.

Não houvera benefício terapêutico no tratamento atual de Adam, disseram-lhe os médicos.

Na ausência de benefício terapêutico, seu seguro não cobriria mais os custos do tratamento, informou-lhe o representante da empresa.

Na ausência de seguro, ele não poderia mais permanecer na clínica, disse o diretor da reabilitação.

Kelly deu tapinhas nas costas da bebê enquanto eles falavam, e quando a sala, por fim, ficou em silêncio, quando os homens pigarrearam e olharam para o chão, ela se levantou e saiu.

O ESCRITÓRIO DE ADAM ESTAVA estranhamente silencioso naquela tarde. Ela se sentou atrás da mesa dele enquanto Lexie dormia no carrinho ao seu lado. Não havia *e-mails* nem mensagens de texto para responder, e ela não fez nada além de ficar sentada ali com o olhar perdido até que a recepcionista entrou com uma correspondência registrada. Era de Erik Kloss. Lamentavelmente, ele estava transferindo todos os seus negócios para o recém-formado escritório de advocacia Kevin Trent & Associates. Por favor, envie todos os arquivos para o novo escritório de Kevin pelo correio hoje.

Ela saiu do escritório de Adam e atravessou os corredores silenciosos. A maioria dos escritórios e das estações de trabalho estava escura. A nata dos funcionários de Adam tinha ido trabalhar com Kevin.

Ela voltou ao escritório de Adam e balançou o carrinho para a frente e para trás enquanto fazia uma série de ligações. Primeiro, foram todos os preparativos para obter a alta de Adam da reabilitação e levá-lo para casa, comprar uma cama de hospital e todo o equipamento e contratar um auxiliar de saúde domiciliar. Em seguida, providenciou todos os arranjos para dissolver a empresa de Adam e liquidar os poucos ativos restantes.

Sua última ligação foi para Harry Leahy.

— Harry — ela disse, quando a voz surpresa do homem respondeu do outro lado da linha —, vamos conversar.

O APARADOR na principal sala de conferências estava arrumado com bandejas de *donuts*, um bufê de *bagel*, jarras de suco de laranja e garrafas de champanhe. Todos vieram do corredor e encheram seus pratos e prepararam suas mimosas antes de se sentarem ao redor da longa mesa de reunião. Harry sentou-se à cabeceira, com os outros advogados do escritório agrupados ao seu redor, enquanto a equipe de Kelly se reuniu em torno dela na outra extremidade. O grupo de Harry era, em sua maioria, composto de homens brancos, e o grupo de Kelly era basicamente formado por mulheres e incluía uma afro-americana, uma sino-americana e até um venezuelano-americano.

O burburinho de vozes aumentou ao redor da mesa, um zumbido mecânico, como o som de um gerador. Era sempre constrangedor fingir dar uma festa em uma sala destinada a reuniões de negócios, e sobretudo fazê-lo no início do dia de trabalho, quando todos tinham telefonemas a dar ou documentos a arquivar. A alegria dos participantes parecia forçada. Com certeza, a de Kelly era. O martelar na cabeça e o latejar na virilha haviam desaparecido, mas o torpor ainda não a havia deixado.

Cazzadee inclinou-se em sua direção.

— Você está bem? — ela sussurrou. Ela era hipercompetente e também hiperobservadora.

— Estou só um pouco cansada — Kelly disse, mordiscando a borda de um *donut*.

Harry bateu uma caneta num copo para pedir silêncio. Ele tinha 70 anos, era calvo e atarracado, com um rosto redondo de querubim que lhe dava um ar mais benevolente do que ele de fato era. Essa fora sua arma secreta em seu auge — o fato de ele parecer um padre ou o inofensivo tio solteiro de alguém. Testemunhas oponentes foram pegas de surpresa quando suas facas impiedosas eram desembainhadas no interrogatório. Mas, com o passar dos anos, ele começou a parecer mais um tio solteiro assustador do que inofensivo, sobretudo ao interrogar as vítimas femininas de seus clientes. Ele começou a perder a maioria de seus casos, principalmente os processados por Kelly.

Agora, ele erguia a taça para fazer uma saudação.

— Um brinde a Kelly McCann — ele entoou. — A mulher que nunca perde!

Do ponto de vista técnico, isso era verdade, mas apenas porque ela se recusava a levar a julgamento qualquer caso que não tivesse certeza de que fosse ganhar. Ela se livrou dos perdedores por meio de acordos ou por intermédio de declarações de culpa ou encaminhando-os para outro advogado. Ela perdeu alguns honorários no processo, mas manteve sua reputação intacta.

— Kelly, nos dê este prazer — Harry gritou do outro lado da mesa. — Todos nós adoraríamos saber como você fez isso. Em especial, como você destruiu aquela mulher no interrogatório.

Ela meneou a cabeça com um pequeno aceno autodepreciativo de sua mão.

— Ah, vamos lá. Pelo menos, conte-nos os melhores momentos.

— Sim! Vamos lá. — Os advogados que o rodeavam aderiram ao apelo do chefe e bateram com os punhos na mesa.

Aqueles eram os homens que cuidavam do feijão com arroz da firma, pequenas questões nos tribunais locais. O trabalho deles nunca chegava às manchetes, mas mantinha as contas pagas na entressafra dos casos mais polpudos de Kelly.

Ela balançou a cabeça mais uma vez.

— Não, mas permitam-me chamar Patti Han para recapitular. Ela foi a arquiteta do meu interrogatório, e eu não poderia ter vencido sem ela.

Patti corou de prazer com o elogio e lançou um rápido olhar para Javi, para ver como ele reagia a isso. Infelizmente, ele não reagiu. Estava ocupado tentando flertar com Cazz, que estava ocupada ignorando-o. A expressão de Patti desanimou um pouco. Ela era gorducha, sem atrativos, e estava perdidamente apaixonada por Javier, que só tinha olhos para a bela Cazzadee, enquanto Cazz mantinha os olhos firmes em seu trabalho.

— Bem, acho que tudo dependia da testemunha corroboradora da doutora Patel — Patti começou a falar, hesitante. Seu domínio do inglês escrito era impecável, mas ela ainda mostrava alguma hesitação em falar em público, e era por isso que Kelly a obrigava a praticar em momentos como esse. — Era o advogado trabalhista dela. Assim que ele testemunhou sobre o que ela lhe disse, pudemos estabelecer que o privilégio foi renunciado em relação a toda a questão. Então, Kelly foi capaz de questionar a doutora Patel a respeito de todos os seus esforços para obter um acordo monetário do doutor Benedict antes de ir à polícia e alegar estupro.

— Uma extorsão, em outras palavras — disse Harry.

— Isso é o que o júri pareceu pensar.

A recepcionista da firma entrou na sala e sussurrou algo no ouvido de Harry.

— Eu tenho uma pergunta. — Isso veio de Steven Schultz, um dos advogados que rodeavam Harry, e ele se dirigiu não a Patti, mas a Kelly. — Provas de negociações de acordo são inadmissíveis, então, como você contornou isso?

Kelly acenou com a cabeça para Patti responder, mas ela mal havia começado a falar antes de Harry interromper.

— Excelente — disse ele à recepcionista. — Conecte a chamada aqui e coloque no viva-voz.

A recepcionista saiu apressada da sala, e então todos moveram os olhos com expectativa para o viva-voz no centro da mesa. Schultz pareceu irritado por ter sido cortado no que ele esperava ser sua pergunta capciosa.

— Bem, quem é? — ele quis saber.

Harry o silenciou com uma cara feia.

Kelly sabia quem era. O que ela não sabia era como reagiria a isso. Não sabia se tremeria de medo ou se vomitaria de repulsa, ou talvez não reagisse. Ela ainda se sentia entorpecida.

O viva-voz era um oval de baquelite preto sustentado por três arcobotantes. Parecia uma espaçonave em miniatura, e todos olhavam para o objeto como se esperassem que uma forma de vida alienígena saísse dali. O que, por fim, surgiu foi um estalo de estática.

— Olá! — Harry respondeu de um jeito cordial. — Você está no viva-voz.

A voz seca e monótona de George Benedict invadiu a sala.

— Ótimo. Eu queria falar com toda a firma. Sei que foi necessário um esforço de equipe para vencer meu caso e limpar meu nome, então, deixem-me aproveitar esta oportunidade para agradecer a toda a equipe por todo o seu apoio e pelo trabalho duro.

Harry sorriu para o alto-falante.

— Mas sobretudo a Kelly, estou certo?

— Sim, mas eu já agradeci a Kelly em particular. Na noite passada.

O entorpecimento de Kelly desapareceu num instante. A sensibilidade voltou como um fósforo atirado em um rastro de gasolina. Transformou-se em fogo selvagem enquanto Benedict falava sobre ela. Como ela era especial. Como ele nunca a esqueceria.

— Bem, obrigado, George — Harry disse. — Por nos escolher e por nos dar essa oportunidade de cuidar para que a justiça fosse feita. — Depois de dizer isso, ele juntou as mãos, e o restante do grupo pegou a deixa e aplaudiu junto com ele. Quando os aplausos cessaram, a luz do viva-voz havia se apagado. A ligação tinha terminado.

Kelly estava tremendo, mas não era de medo. Era de ódio. A raiva dentro dela subiu por sua garganta ameaçando sufocá-la. Sua respiração consistia em rápidos e pesados arquejos.

Harry, da outra ponta da mesa, sorriu radiante para ela.

— É bom ter um cliente agradecido, não é?

— Sempre é — ela respondeu, levantando-se enquanto a raiva fervia quente e furiosa em seu interior. — Obrigada a todos. Se me dão licença, tenho correspondência de três semanas empilhada na minha mesa.

— Claro, claro, vá. — Harry acenou para ela enquanto pegava outro *donut*.

Ela saiu da sala de conferências agitando os punhos como se fossem bolas de demolição ao lado do seu corpo. Sua fúria parecia vulcânica, como se pudesse se espalhar em um rio de lava incandescente pelo longo corredor até seu cobiçado escritório de quina, com vista para duas direções. Ela fechou a porta e pressionou os nós dos dedos contra o crânio e abriu a boca num grito silencioso.

Já agradeci a Kelly em particular. Na noite passada.

Ela o odiava com uma intensidade que nunca havia sentido antes. Queria matá-lo. Queria pisotear seu cadáver até que não restasse nada além de uma pasta disforme.

Ela andou de um lado para o outro em seu escritório, da porta para a janela, da estante para o aparador, de volta para a porta, para a janela. O escritório dava para um lindo gramado com árvores no Common, mas hoje ela estava vendo tudo vermelho, não verde. Seus braços estavam rígidos, os punhos, cerrados, e seu ódio aumentava a cada volta.

Ela parou quando o celular tocou em sua bolsa. Ela sabia quem era antes mesmo de ver o nome na tela. Ele tinha o número do celular dela, é claro; foi assim que se comunicaram nas três semanas anteriores. Mas ligar para ela agora era um sinal claro. A noite anterior fora apenas o começo. Ele não tinha terminado com ela.

— Bem — ele disse quando a ligação foi atendida em silêncio. — Você passou no primeiro teste. É óbvio que não disse nada aos seus colegas.

Ela se convencera de que superaria esse trauma. Ela era uma sobrevivente e sobreviveria a isso também. Ela se forçou a acreditar que os únicos efeitos colaterais do ataque poderiam ser uma doença ou uma gravidez, ambas as quais poderiam ser evitadas por meio de medicamentos. Mas agora estava claro: ele pretendia foder com a cabeça dela para sempre.

— Apenas um lembrete, no entanto. Diga qualquer coisa, para qualquer um, e você estará arruinada. Tente me destruir, e você destruirá a si mesma.

A raiva preencheu seus pulmões e subiu por sua garganta. Ela não conseguia nem falar.

— E aqui vai mais um lembrete. Verifique a rolagem da câmera. Deixei uma lembrança do tempo que passamos juntos.

O ódio rugia como mil feras dentro de seu peito, e ela apertou o botão de "encerrar chamada" com tanta fúria... como se estivesse enfiando um garfo no rosto dele.

Uma lembrança se agitou no fundo de sua mente. Ela fez uma pausa e olhou para o telefone enquanto algo entrava em foco devagar. Algo que acontecera durante aqueles longos minutos da noite anterior, quando ela só conseguia manter o olhar fixo no teto branco. Num momento em que ele estava fora de seu alcance de visão. Fazendo algo fora de sua visão periférica. Ela o sentiu pegar sua mão. Ela o sentiu pressionar o polegar em algo que ela não podia ver, mas agora se lembrava da sensação escorregadia do vidro contra sua pele.

Ele usara o polegar dela para desbloquear o telefone. Usara a câmera dela para... o quê? Ela abriu a rolagem da câmera. A última foto que ela havia tirado era de Lexie entrando no ônibus para seu primeiro dia na quinta série. Ainda estava lá. Mas havia duas novas fotos depois disso, e ela engasgou quando as viu. A primeira era uma foto dela, nua e estendida sobre a mesa. A segunda era uma foto dele, ou melhor, de uma parte dele.

Ela apertou o botão "excluir" de forma descontrolada, errou e apertou de novo até que as duas fotos desapareceram. O telefone parecia imundo em sua mão, sórdido, então, ela o arremessou com força na parede da sala. O aparelho aterrissou com estardalhaço sobre sua mesa.

Ele acessara o telefone dela. As fotos dela. Tinha visto a foto de sua filhinha... Ao se dar conta disso, ela quase voltou a engasgar.

Não conseguia pensar em nada pior do que isso, mas, no instante seguinte, ela pensou. Ao desbloquear o telefone dela, ele ganhara acesso a todos os seus nomes de usuário e senhas. Ele poderia entrar em suas contas de mídia social. Poderia invadir suas contas bancárias.

Mas era ainda pior do que isso. Ele não apenas estava no telefone dela, agora tinha acesso a todos os dispositivos eletrônicos da casa. Podia controlar a câmera e o microfone no computador dela, em todos os dispositivos inteligentes da casa. Ele poderia ativar a câmera do circuito interno de TV e espionar Adam. Poderia controlar todos os monitores de saúde de Adam.

Uma fúria ígnea se espalhou por seu corpo a ponto de ela sentir que chamas poderiam emergir de sua cabeça. Ela pegou o telefone, tirou o cartão SIM e bateu nele com um peso de papel de chumbo até que se desintegrasse. Então, ela bateu o peso de papel no próprio telefone, várias vezes, e uma chuva de granizo de vidro e alumínio se espalhou pela sala.

8

JAVIER CONHECIA UM CARA – ELE conhecia muitos "parças", um bando de homens e mulheres que ele podia selecionar para tarefas ou consultar sobre uma série de assuntos, e era isso que o tornava um investigador tão bom. Esse cara em particular era um especialista em segurança cibernética, e ele o levou à casa de Kelly naquela tarde.

Seu nome era Paul, e ele era um jovem pálido, de queixo duplo, cabelos despenteados e olhos que não conseguiam fazer contato com os de Kelly. Ele queria começar pelo telefone dela, é claro, e ela teve de confessar que o destruíra depois que descobriu o hackeamento.

— O que fez você pensar que o celular foi hackeado? — Javi perguntou a ela.

— Não sei. Parecia estranho...

Paul assentiu olhando para o teto.

— Estava rodando lento, com estranhos pop-ups?

— Isso — ela disse. — Exatamente.

Ele precisava de um inventário de todos os dispositivos atualmente conectados ao Wi-Fi doméstico, então ela o conduziu em um *tour* para fazer um levantamento completo. O sistema de segurança. Assistentes virtuais em vários cômodos. Tomadas e lâmpadas *smart*. Um termostato *smart*. O *laptop* dela e o de Justin, e os celulares de ambos. O *tablet* de Lexie. Plataformas de jogos de Justin. Duas *smart* TVs e uma geladeira *smart*. Câmeras de campainha. A câmera da vida selvagem que Justin havia instalado no quintal na esperança de capturar algo, qualquer coisa. A câmera no quarto que transmitia ao vivo para o telefone dela e o de Todd. Todos os outros equipamentos de monitoramento ao lado da cama de Adam. Ela se lembrou, então, de que Todd e Bruce também estavam no Wi-Fi da casa, e que Gwen e seu namorado frequentemente se conectavam a ele também. No fim, a contagem total de dispositivos conectados por Wi-Fi foi de 42.

Era irônico, pensou Kelly. Tantos dispositivos inteligentes e, ainda assim, ela foi tão estúpida. Ficou a sós com um sujeito que ela sabia que era um estuprador. Foi tomar um drinque com ele.

O roteador ficava no chão do armário de casacos no *hall* de entrada. Paul agachou-se ao lado dele para executar seus diagnósticos.

— Aqui está o problema — disse ele, quase de imediato. — O acesso remoto foi ativado. Isso significa que qualquer um que soubesse o endereço IP poderia ter hackeado.

Kelly sentiu que uma broca lhe rasgava a boca do estômago. Ela tateou até uma poltrona na sala de estar e sentou-se de forma pesada.

Javi estava em pé ao lado de Paul.

— Como isso aconteceu?

— Não sei. O padrão é o acesso remoto desligado.

— Então, alguém fez isso.

— Teria que fazer.

Paul confirmou que os únicos dispositivos conectados naquele momento eram aqueles que ele já havia inventariado. Quanto a saber se tinham sido hackeados no passado? Não havia como ter certeza, mas ele verificaria todos os seus dispositivos em busca de *malwares*, *spywares* ou qualquer outra malandragem.

Malandragem, pensou Kelly. Um termo tão inócuo. Inofensivo. Quase fofo.

A recomendação de Paul: ele substituiria o roteador, bloquearia a administração remota e alteraria as credenciais de login de todos. Por uma taxa adicional, ele as criptografaria e construiria um novo *firewall* que bloquearia qualquer intrusão.

— Faça isso — ordenou Kelly.

Javi sentou-se de frente para ela. Ele tinha lindos olhos escuros, um elemento-chave de seu charme sedutor, mas agora eles estavam semicerrados, expressando sua desconfiança.

— Que diabos, Kelly… Quem fez isto com você?

Ela fez um gesto débil indicando não saber, encolhendo um ombro.

— Muitas pessoas me odeiam.

— Claro. — A facilidade com que ele concordou não foi nenhuma surpresa. — Mas eles combatem você no tribunal e na imprensa. Não em sua casa.

Ali estava. Bem ali. A violação, a intrusão, a *penetração*. Por mais horrível que a noite anterior tivesse sido, era ainda pior agora que ela sabia que ele invadira sua casa e a privacidade de sua família. Ela procurou se lembrar de tudo o que ele poderia ter visto e ouvido. Sua confissão chorosa para Adam — como isso deve ter sido satisfatório para ele, ouvi-la descrever como se sentia impotente. Ele deve ter gozado de novo ao ouvir essa confissão. Hoje, ele poderia ter visto Adam sendo alimentado, limpo e trocado, todas aquelas humilhações inevitáveis que ela nunca quis que ninguém além de Todd testemunhasse. E, por fim, imaginou-o espionando as crianças de manhã, vendo Lexie enquanto ela se vestia…

Ela queria destruí-lo. Tinha de fazer isso. Não importava o preço.

Javi estava olhando para ela com a cabeça inclinada, perguntando-se por que ela não estava lhe respondendo. Ela fingiu estar pensando.

— Talvez tenha sido aquela tal de LaSorta — disse ela, por fim. — Ela manja de tecnologia, não é? Ela pode ter feito isso.

Aparentemente, ele não estava acreditando.

— Por que ela iria querer espionar você? Benedict talvez, mas não você.

— Ah, você sabe... — Ela fez um aceno desdenhoso com a mão. — Eles sempre culpam o advogado.

— Você a deixou milionária. Ela saiu feliz.

— Foi uma negociação difícil. Com certeza, ela saiu se sentindo enganada.

Essa era a marca de uma negociação de acordo bem-sucedida: quando ambos os lados ficavam insatisfeitos no fim.

Ele ainda não estava acreditando, e Kelly se perguntou por que estava tentando esconder a verdade. Tudo seria revelado em breve. Depois que ela fosse à polícia. Depois que falasse com a imprensa. Todo mundo iria saber de tudo, então. Mesmo que Benedict não pudesse ser indiciado, a imprensa divulgaria a história dela, e isso seria suficiente para destruí-lo. Se não fosse, ela revelaria os nomes de todas as outras mulheres que ele estuprou, aquelas que foram silenciadas pelos NDAs. Kelly seria expulsa da ordem se fizesse isso, mas e daí? Sua carreira estaria mesmo acabada.

Bruce chegou logo depois; tinha sido convocado por Todd para trazer seu telefone e *laptop* para casa, e em seguida veio Cazzadee, munida de um novo telefone para Kelly. Então, surgiu Gwen com seu namorado, Josh, um garoto branco barbudo com uma queda por trajes africanos. Na ilha da cozinha, na mesa de centro na sala de estar, na mesa da sala de jantar — havia dispositivos eletrônicos espalhados por quase todas as superfícies enquanto Paul, o cara dos computadores, ia de um para o outro, procurando *malwares*.

O ônibus escolar parou na esquina, e Lexie irrompeu pela porta da frente um minuto depois. Assim que ela entendeu o que estava acontecendo, implorou para ajudar e correu de cômodo em cômodo para se certificar de que eles não haviam se esquecido de nenhum dispositivo.

Quando Justin se juntou a eles, vinte minutos depois, não foi tão cooperativo.

— De jeito nenhum — protestou ele, quando Kelly lhe disse para desbloquear o telefone e o *laptop*.

Ela tentou explicar o que havia acontecido, falou do hackeamento e do antídoto, mas ainda assim ele estava convencido de que isso seria uma invasão abominável de sua privacidade. *Abominável* era uma palavra frequente em seu vocabulário nos últimos tempos.

Todd o chamou de lado e teve com ele uma conversa sussurrada; então, depois de alguns minutos, acenou para Paul se juntar a eles; de algum modo, as hostilidades foram amenizadas e Justin relaxou e resolveu entregar suas senhas.

A COISA COMEÇOU A ADQUIRIR uma atmosfera de festa. Dez pessoas circulando, renovando amizades e fazendo novas. Gwen estava olhando furtivamente para Javi enquanto seu namorado olhava furtivamente para Cazz, e Paul ainda não conseguia olhar para ninguém. Gwen foi até a cozinha e preparou uma bandeja de queijos e frutas, e Justin trouxe refrigerantes da geladeira da garagem. Bruce colocou uma música, e ele e Todd fizeram um breve *pas de deux* pelo *hall* de entrada, Bruce com uma camiseta justa e Todd em seu uniforme. Lexie seguiu Javi de sala em sala conversando com ele sobre seus personagens favoritos da Marvel e questionando-o a respeito de todos os filmes que ela ainda não tinha permissão para ver. Ela tinha uma queda por ele, como todas as garotas.

Kelly ficou atordoada ao se deparar com tudo isso. Esse era o pessoal dela, e todos se reuniram no meio da tarde de um dia de semana para resolver *seu* problema, sem uma palavra de recriminação por ela tê-los exposto àquela intrusão, assim como havia exposto todas as suas informações privadas. Ela se sentiu grata a todos eles.

No entanto, ocorreu-lhe que eles estavam todos em sua folha de pagamento ou dependiam dela. Todd e as crianças, é claro. Javi e Cazz, que eram os funcionários mais bem pagos da Leahy & McCann. Gwen, a quem ela pagava por hora e dava mais um adiantamento regular para garantir que estivesse sempre disponível quando Kelly precisasse dela. Também havia o namorado de Gwen, que dependia, em grande parte, da renda de Gwen. Bruce, que morava na garagem sem pagar aluguel, e até Paul, pela duração daquela sessão de trabalho. Ela poderia incluir a faxineira semanal e o jardineiro também. Todos eles dependiam dela. Dela e de sua renda. O sustento dela era o sustento deles.

Cazz se aproximou e agachou-se ao lado da poltrona de Kelly.

— Quer uma bebida de verdade? — ela sussurrou.

Não eram nem quatro da tarde, mas Kelly aceitou, então, Cazz foi até a cozinha e logo voltou com um gim-tônica num copo alto.

— Obrigada. — Kelly tomou um gole e, assim que a efervescência amarga atingiu sua língua, acendeu um incêndio de lembranças. *Estava na* água *tônica*. Ela se lembrava de ter rompido o lacre de plástico na tampa antes de se servir. Sim, ela se lembrava disso. O que significava que ele descobrira como fechar de novo a garrafa, e isso revelava que ele vinha planejando o ataque havia muito tempo, sem contar a meticulosidade com que se preparara para isso.

Ela precisava destruí-lo.

Mas ela destruiria a si mesma no processo.

Entretanto, ela não se importava mais consigo mesma.

Mas se importava com aquelas pessoas, com todas aquelas pessoas que estavam conversando, rindo e perambulando pela casa. Todas aquelas pessoas que dependiam dela.

Ela se levantou, levou o copo até a janela e olhou para o gramado frontal. Uma árvore de bordo se erguia ao lado do caminho calçado da frente, exibindo folhas ainda de um verde intenso, mas que em semanas se transformariam em tons brilhantes de ouro, carmesim e laranja flamejante, a árvore mais bonita da rua. Ela se lembrou do dia em que Adam plantou essa árvore, enquanto ela observava de uma cadeira de jardim com Justin ainda bebê nos braços. Na época, era uma muda de três metros, e ele cavou o buraco sozinho, sem camisa, com os músculos contraídos e tensos nas costas suadas. Ela temia que ele estivesse se esforçando demais, ele poderia distender alguma coisa, mas ele apenas abanou a cabeça. *Acho que você se esforçou muito mais do que isso*, disse ele, indicando o filho com o queixo e sorrindo. Ele se esforçou para colocar a bola de raiz no lugar, verificou se estava reta, endireitou seu tronco e, em seguida, encheu o buraco com solo argiloso rico e composto. Adubou e regou e, depois, tirou o bebê dos braços de Kelly e o carregou até a muda, como se estivesse apresentando os dois. *Esta é a sua árvore*, ele disse à criança. *Ela vai crescer e ficar grande e alta como você.* Ele estava certo. Agora, a árvore estava com mais de nove metros de altura.

Eles planejaram plantar a árvore de Lexie do outro lado do caminho calçado, mas, como ela nasceria no inverno, ele cavou aquele buraco no outono, antes que o solo pudesse congelar, e guardou aquele bordo-açucareiro atrás da garagem até que pudesse ser plantado.

Durante todo aquele longo inverno, Kelly observou o buraco se encher de neve até que ela já não conseguia mais ver onde estava. Na primavera, depois do derretimento, o jardineiro tapou o buraco e jogou fora a muda seca.

Kelly virou-se de repente e pousou o copo.

— Vou subir para ver o Adam — ela anunciou para as pessoas que estavam na sala, e de repente todos ficaram tristes, trocando olhares de compreensão enquanto ela subia as escadas.

HAVIA UM SILÊNCIO permanente em seu quarto, do tipo que evocava sussurros e suspiros suaves e a leve lufada de ar de um leque de mão. *Como uma funerária*, sua filha Courtney disse uma vez, mas Kelly preferia pensar nesse lugar como uma igreja antes do início do culto ou como um quarto de bebê depois que o ocupante caía no sono.

Ela tirou os sapatos, desligou a câmera e se deitou ao lado dele na cama estreita. O cabelo de Adam era de um branco puro agora e, na penumbra do quarto, assumia um brilho sobrenatural. Outra lembrança veio à tona, de uma noite em que ela o viu franzindo a testa para si mesmo no espelho do banheiro. Seus cabelos eram espessos e escuros naquela época, e ela viu o que ele estava olhando — um único filamento prateado. *Alô, vovô*, ela brincou com ele. Ele fingiu dar um tapa nela, e ela fingiu gritar, e ele a perseguiu para fora do banheiro e ao redor da cama até que ela se permitiu ser capturada e jogada sobre as cobertas. Ele pulou atrás dela e eles rolaram e se engalfinharam até ficarem sem fôlego de tanto rir. Então, as risadas se transformaram em arquejos, e logo eles estavam tirando as roupas um do outro, se contorcendo, girando e trocando de posição até se encaixarem perfeitamente.

Ele sempre teve um forte apetite por sexo, e ela também. Portanto, houve momentos naqueles primeiros dias depois do derrame em que ela se perguntou se deveria fazer isso por ele, dar-lhe esse prazer. Ela até se perguntou se isso poderia trazê-lo de volta. Uma vez, ela lhe fez algumas carícias sutis e hesitantes, mas ele não reagiu, então, ela logo desistiu. Parecia errado tocá-lo daquele jeito quando ele era incapaz de dar consentimento.

Incapaz. Incapacitado. Tão incapacitado quanto ela estivera na noite anterior, mas, no caso dela, a situação foi deliberada. Foi uma vilania. Foi mais que hedionda.

— Eu não sei o que fazer — ela sussurrou.

O peito de Adam subiu e desceu, e subiu e desceu de novo.

Ela agarrou suas mãos. Eram macias como as de um bebê; mãos que não cavavam um buraco, nem martelavam um prego ou sequer pegavam uma caneta havia dez anos.

— O que devo fazer? — ela perguntou.

Sua única resposta foi um fio de urina no coletor.

— Aconteceu uma coisa ontem à noite — ela começou a contar, mas deteve-se e olhou por cima do ombro. A luz verde da câmera estava apagada, mas ela não podia mais confiar nisso. Qualquer um poderia estar ouvindo, do andar de baixo ou de uma mansão nos arredores da Filadélfia.

Ela tentou falar com ele através de sua mente, mas isso era um salto de fé grande demais até mesmo para Kelly. Ela tentou ficar imóvel ao lado dele, mas estava muito agitada, então, logo teve que deslizar para fora da cama hospitalar. Pôs-se a andar de um lado para o outro, depois, da cama dele para a dela, da janela para a porta.

Sua reputação fora construída com base na premissa de que seus clientes sempre foram inocentes e que seus acusadores estavam sempre mentindo. Se ela fosse à polícia ou à imprensa e dissesse a verdade sobre o que havia acontecido na noite anterior, essa reputação seria demolida. Se acreditassem nela, significaria que todos os casos que ela ganhou foram uma fraude. Se não acreditassem nela, eles a considerariam uma excêntrica, uma doida, uma vadia vingativa com algum interesse pessoal. Nenhum homem acusado de crime sexual voltaria a procurá-la. Harry Leahy iria alijá-la da firma. Ela estaria falida em alguns meses. Teria que dispensar Javi e Cazz e Patti Han. Gwen também, é claro. E a faxineira. E Todd. Não teria mais como pagar Todd. Ela teria de ficar em casa e cuidar de Adam sozinha, o que era bom, ela poderia fazer isso, mas como pagaria suas outras contas médicas e a hipoteca e todas as outras despesas rotineiras?

Ela não podia fazer isso. Kelly girou nos calcanhares e caminhou para o outro lado do quarto.

Não podia fazer isso, mas tinha que fazer alguma coisa. Não poderia viver muito mais tempo com essa raiva corrosiva dentro de si. Era um câncer, e viraria metástase e espalharia seu veneno por seu corpo até que ela explodisse.

Naquela manhã, dissera a si mesma que poderia superar isso. Conseguiria sobreviver. Deixaria tudo para trás, esqueceria o que aconteceu. Mas sabia agora que nunca o faria. Ele não permitiria. Ele ligaria para o escritório, para o celular dela, espionaria sua casa. Ele a violaria de todas as maneiras possíveis.

Sobreviver não era o bastante. Ela precisava vencer. Sobrevivência não seria uma vitória. Vingança seria uma vitória.

Ela queria matá-lo. Jamais teria imaginado que a ideia de assassinato espreitasse em seu coração, mas lá estava, bombeando sangue escuro em suas veias. Queria apunhalá-lo em seus globos oculares e perfurar como uma britadeira seu cérebro genial.

Mas ela não podia matá-lo. Seria muito direto, muito arriscado, acabaria com o sofrimento dele muito rápido. Teria de haver outras maneiras. Havia destinos piores que a morte, de fato. Ela só precisava encontrar o mais apropriado para Benedict.

Ela girou nos calcanhares e caminhou para o outro lado.

Seria justiça poética se ele fosse estuprado. Sodomizado. Brutalmente. Ela não tinha uma rede de caras, como Javi, mas conhecia pessoas que conheciam pessoas. Uma carreira passada no sistema de justiça criminal a apresentara a muitos personagens desagradáveis. Ela poderia contratar um deles para fazer isso.

No entanto, mais uma vez, ela compreendeu que seria muito arriscado. A trilha inevitavelmente levaria até ela.

Ela voltou a girar nos calcanhares.

O que ela precisava era de uma forma mais diabólica de humilhá-lo. Uma forma de destruir sua reputação e sua renda sem destruir a dela no processo. Algum crime financeiro, talvez. Informações privilegiadas, manipulação de mercado — mas não, isso não era cruel o suficiente. Esse tipo de comportamento era quase esperado entre a classe executiva e, mesmo quando capturados e julgados, esses homens sempre se reerguiam.

Ela girou nos calcanhares e caminhou para o outro lado de novo.

Uma série de batidas soou na porta quando ela passou para o circuito seguinte. Era o sinal de Todd. Aquele quarto era seu local de trabalho, mas também era o quarto conjugal de Kelly e Adam, e ele sempre respeitou isso.

— Tudo bem se eu interromper? — ele perguntou quando Kelly abriu a porta. Ele estava com uma enorme seringa nas mãos, carregando a refeição de Adam que era batida no liquidificador.

— Já é hora do jantar?

Ele assentiu com um aceno de cabeça e disse:

— Todo mundo já foi embora. E o rapaz dos computadores pediu para dizer a você que tudo está seguro e que não houve danos. Tudo o que o *hacker* fez foi dar uma olhada ao redor. Se muito.

Isso porque ela o descobriu cedo. Odiava pensar no que ele teria feito se não tivesse se lembrado de seu polegar contra a tela.

Todd caminhou em silêncio até a cama para verificar os monitores.

— Courtney apareceu ontem — disse ele, num tom afetadamente casual.

— Fiquei sabendo. O que ela queria?

— O mesmo de sempre.

— O que você disse a ela?

— O mesmo de sempre.

Havia um suspiro de alívio em sua voz, então, ela se virou e seguiu pelo corredor.

Lexie estava em seu quarto fazendo contas de multiplicação.

— Pode me avaliar, mamãe?

Kelly entrou no quarto, se empoleirou na ponta do beliche de baixo e então percorreu com os olhos as tabelas da tabuada. Lexie disparava as respostas como uma máquina. Ela não precisava treinar. Gostava mesmo era de brilhar. Puxara muito à mãe — as conquistas não contavam a menos que houvesse alguém para aplaudi-las.

— Clube do livro hoje à noite? — Lexie perguntou quando Kelly se levantou para ir embora.

No ano anterior, Lexie decidira que estava crescida demais para que a mãe lesse para ela na hora de dormir, mas Kelly estava relutante em desistir daqueles trinta minutos de aconchego. Juntas, elas criaram um clube do livro como substituto. Cada uma delas lia o mesmo livro em separado e depois ambas o discutiam na hora de dormir.

— Pode apostar — disse Kelly, mas ela não conseguia lembrar qual era o livro daquela semana. — Em que capítulo estamos? — ela perguntou, para se certificar.

— Quatro. Lembra? Margaret não usou meias no primeiro dia de aula e ficou com bolhas…

— Certo.

Agora, Kelly se lembrava: *Ei, Deus, o senhor está aí? Sou eu, a Margaret.*

No andar de baixo, a casa estava de novo em ordem — a louça lavada e guardada na cozinha, o queijo embrulhado de volta na geladeira. Gwen, provavelmente, havia arrumado tudo, embora pudesse ter sido Todd ou Bruce ou até mesmo Cazz. Todas essas pessoas que cuidavam de sua casa. Todas essas pessoas que ela pagava para cuidar de sua casa.

A TV estava ligada na sala de estar da família. Ela espiou lá dentro e viu os cachos cor de laranja de Justin despontando por cima do encosto do sofá. Ele estava sentado do mesmo modo desleixado de sempre, mas assistia a um canal de notícias da TV a cabo, o que era incomum para ele. Kelly reconheceu o repórter no ar, Rick Olsson. Ele estava falando algo dramático sobre alguma coisa. Mencionou custos enormes, ao lado das alterações climáticas, *a nuvem mais escura que paira sobre as nossas vidas*. Então, disse *informação surpreendente* ou *inovação surpreendente* ou algo tão impressionante quanto. Kelly não registrou o assunto. Ela estava muito surpresa por ver Justin olhando com tanta atenção para qualquer coisa que não fosse um videogame na tela. Foi uma surpresa agradável; no entanto, ela o deixou e voltou para a cozinha a fim de pensar no jantar.

Não tinha nada na geladeira, e tudo o que havia no *freezer* precisaria de algumas horas para descongelar. Ela teria que pedir comida.

Então, ela pegou o telefone fixo e apertou o terceiro número na discagem rápida. "Pizza do Vinnie", uma garota respondeu enquanto uma voz robótica na sala de estar anunciava: *Os resultados da Fase II foram surpreendentes. Noventa e dois por cento de eficácia sem efeitos colaterais mensuráveis.*

Kelly largou o telefone como se estivesse eletrificado. Por um segundo, pensou que a voz vinha do telefone, mas não, era a TV. Ela cambaleou até a porta da sala de estar. George Benedict estava lá, na tela, na sala, na casa dela. Ao lado dele, Rick Olsson, parecendo extasiado, concordando freneticamente com a cabeça numa atitude bajuladora.

— Ei, Doomfist — ela chamou Justin. — Você poderia desligar isso? — Sua própria voz ecoou em seus ouvidos, fina e tensa.

Justin não respondeu, não se mexeu, e Benedict continuou falando. Ele falava como uma máquina, com rodas dentadas, engrenagens e placas de metal que raspavam umas nas outras. Raspando contra *ela*.

— Justin — ela disse, com severidade na voz. — Desligue isso.

— Não. Eu estou interessado nisso.

É seguro afirmar, Olsson estava perguntando, *que toda a sua reputação, para não mencionar sua fortuna pessoal, depende do sucesso desses testes da Fase III?*

Benedict esquivou-se da pergunta, falando em tom seco, mas com palavras aparentemente grandiosas, sobre o fato de o mundo inteiro depender da vacina, o próprio futuro da humanidade. Kelly não prestou atenção. Ela ainda estava ouvindo as palavras do repórter antes disso. *Sua reputação. Sua fortuna.*

De repente, ela sabia. Sabia exatamente o que fazer. E sabia que poderia. Quase conseguia ouvir Adam falando ao seu lado.

Você é Kelly McCann.

Ele não precisava dizer o restante.

9

ELA PODERIA FAZER, MAS não conseguiria sozinha. Não tinha habilidades nem conhecimento para levar isso adiante. Provavelmente, Javi conhecia alguns caras que poderiam fazer isso, mas ela não deveria envolvê-lo nem envolver nenhuma outra pessoa de sua equipe; não os tornaria cúmplices de seu crime e, por mais leais que fossem, não poderia contar com o silêncio deles, caso fossem pegos. Pela mesma razão, não podia se arriscar a contratar alguma ajuda externa.

O que ela precisava era de pessoas que tivessem a capacidade de fazer isso e odiassem Benedict tanto quanto ela, cujo silêncio era tão garantido quanto o dela.

Ela sabia exatamente que pessoas eram essas.

Chegou cedo ao escritório na manhã seguinte, antes de Cazz ou de qualquer outro funcionário. Acendeu as luzes ao percorrer o corredor principal, passando pelo próprio escritório e entrando na sala de arquivos. O material de George Benedict ocupava todas as gavetas de um enorme arquivo, do teto ao piso reforçado.

Reeza Patel foi a única de suas vítimas cujo caso foi a julgamento, mas havia uma dúzia de outras. Kelly concentrou-se nas três mulheres que compareceram ao fórum. O único nome de que se recordava era LaSorta, e apenas porque Javi a havia lembrado. No entanto, as pastas de arquivo dos Acordos de Confidencialidade estavam todas agrupadas, então, não demorou muito para encontrar as outras duas. Ela levou todas as pastas para seu escritório e fechou a porta.

LaSorta estava em primeiro lugar na lista. Ashley LaSorta, ex-diretora de TI da UniViro. Ela era uma mulher que desafiava todas as expectativas no que se referia à aparência de alguém que manjava de tecnologia, sem mencionar que não tinha a aparência de uma mulher com mais de 50 anos. Era descaradamente sexy, tinha cabelos castanhos que caíam em longas ondas volumosas abaixo dos ombros, e vestia saias de couro e decotes profundos e sempre usava um ousado batom vermelho. Tinha mestrado em Ciências da Computação e havia trabalhado no Vale do Silício antes de desembarcar no escritório executivo da UniViro. Era divorciada e tinha um filho universitário e uma longa lista de amantes.

Um de seus amantes, por um breve período, foi George Benedict. Depois de seu divórcio da loura frágil e antes de seu casamento com a doce mas deselegante Jane. De acordo com LaSorta, ela terminou o caso depois de alguns meses, mas Benedict se recusou a aceitar o fim do relacionamento. Ele a assediou com ligações e mensagens de texto até que ela mudou seu número de telefone, então, ele passou a assediá-la pelo *e-mail* da empresa. Primeiro, implorou a ela para aceitá-lo de volta, professou amor eterno; depois, ele a chamou de vaca, vadia e idiota. Ela o ignorou e, após algumas semanas, os *e-mails* pararam. Tudo ficou tranquilo por mais algumas semanas, então, ela pensou que, enfim, havia acabado. Até que um dia ela chegou do trabalho e o encontrou dentro de sua casa. Ela alegou que ele a agarrou, amarrou, amordaçou e, nas doze horas seguintes, com o auxílio de um remédio, estuprou-a três vezes. No fim, ele disse "*Agora, está tudo terminado entre nós*!", desamarrou-a e foi embora.

LaSorta preservou todas as evidências, ela confidenciou a uma amiga — o protocolo-padrão para vítimas de estupro —, mas não chamou a polícia. Em vez disso, ligou para um advogado e exigiu dez milhões de dólares. Kelly suspeitava que ela se contentaria com cinco, mas conseguiu reduzir para metade desse valor, graças ao trabalho braçal de Javi.

Ele tinha lábia. Conheceu LaSorta em um bar, uma noite, atraiu-a para longe do seu então encontro e passou a fazer parte, de um modo sutil, de sua vida romântica, mas não cruzou a porta do quarto. Não pretendia ir para a cama com ela. Sua intenção era ganhar sua confiança e, assim, saber sobre seu passado, e ele conseguiu, a ponto de descobrir a identidade de alguns de seus amantes anteriores. Um deles nutria sentimentos de vingança, e era ele que tinha a fita de sexo.

Quando Kelly a confrontou com a fita, LaSorta ficou chocada, ficou furiosa, porém, mais do que qualquer outra coisa, sentiu-se humilhada. O que ela pensava ser uma sedução emocionante e lenta de Javi acabou se revelando nada além de uma armação para envergonhá-la a fim de obter seu silêncio. Ela protestou contra Kelly e suas táticas sujas, ameaçou procurar a polícia, a imprensa, Deus e o mundo, mas era tudo um blefe. Ela não queria que o filho a visse assim, portanto, no fim, renunciou ao cargo na UniViro, assinou um NDA e saiu com 2,5 milhões. Agora, trabalhava para uma *start-up* de tecnologia em Nova Jersey.

Kelly colocou o arquivo LaSorta de lado e pegou o seguinte. Emily Norland era o nome dessa mulher. Tinha 32 anos, era uma microbiologista com Ph.D., casada com um advogado de patentes. Era membro da equipe de pesquisa de vacinas de Benedict na UniViro. Magra, com cabelos castanhos curtos e óculos, ela se encaixava muito melhor no estereótipo de cientista do que LaSorta no de *nerd* da tecnologia. Norland não era uma beldade nem sedutora. No entanto, em uma viagem de negócios a Chicago, depois de apresentarem seus resultados a uma plateia de outros pesquisadores de vacinas, Benedict invadiu seu quarto de hotel e a estuprou. Acabou em questão de minutos, e demorou apenas mais alguns minutos para ele sair do quarto e chamar Kelly para fazer o controle de danos. Ele aprendera uma lição com seus incidentes anteriores, mas não a certa.

Kelly reservou o voo seguinte para Chicago e ligou para o marido de Emily, que tinha acabado de reservar seu próprio voo. Ela conversou com ele durante as respectivas corridas de táxi até os respectivos aeroportos, passando pela segurança, no portão de embarque e a bordo até o sinal soar para ela desligar o celular. Ela chegou primeiro a O'Hare e estava lá para esperar o voo dele com o NDA em mãos. Apenas o valor fora deixado em branco. Eles dividiram um táxi até o hotel enquanto negociavam o valor, e ela aguardou no corredor enquanto ele conversava com a esposa no quarto dela. Demorou uma hora, mas ele saiu com um sinal de positivo. Então, ela bateu na porta do quarto ao lado e acordou Benedict de um sono profundo para obter sua assinatura no NDA também, junto com um cheque de quinhentos mil dólares.

A mulher do terceiro NDA era praticamente uma menina. Tiffy Jenkins, de 20 anos, que trabalhava para a empresa que fazia a limpeza noturna dos escritórios da UniViro. Ela havia crescido em um orfanato e abandonara o ensino médio; uma loura desbotada, magra, pálida e tímida. Na noite em questão, como em todas as outras noites, ela entrou no escritório de Benedict para esvaziar a lata de lixo. Ela se assustou ao encontrá-lo estendido em seu sofá de couro com as calças abertas. Gaguejando um pedido de desculpa, ela tentou sair da sala, mas ele era rápido demais para ela. Ele a agarrou e a curvou sobre sua mesa e terminou o que estava fazendo.

Benedict nem se preocupou em ligar para Kelly desta vez, parecia tão insignificante para ele... Foi só quando ela o estava preparando para o julgamento de Patel e interrogando-o sobre outros incidentes que ocorreu-lhe mencioná-la. Ele não sabia o nome da garota, então, Javi teve que fazer algumas investigações para descobrir quem ela era e onde morava. Kelly recrutou um pequeno advogado local para assumir a partir daí. Tiffy ficou perplexa quando o homem se apresentou como seu advogado e a aconselhou a fazer ali mesmo um acordo. Ela superou sua hesitação quando ouviu o número. Vinte mil dólares era muito dinheiro para ela e seu namorado, então, ela concordou com tudo na hora.

Kelly fechou o último dos arquivos e recostou-se na cadeira para pensar. O escritório estava acordando do lado de fora de sua porta. Telefones tocavam, vozes zumbiam, o aroma de café de barista pairava no ar. Ela ligou os monitores do computador e olhou meio distraída para as duas telas enquanto tentava imaginar como aquelas mulheres poderiam se encaixar em seu plano.

Ashley LaSorta era óbvia. Havia projetado os sistemas de informação da UniViro e, a menos que eles tivessem feito uma revisão completa desde que saíra, ela saberia como invadi-los. O projeto também exigia uma cientista, e Emily Norland se encaixaria nesse quesito. Quanto a Tiffy Jenkins, Kelly não sabia que valor ela poderia agregar ao trabalho. Mas algo atiçou sua memória, e ela voltou às anotações de Javi e confirmou. Por mais improvável que fosse, Tiffy ainda trabalhava no mesmo turno na UniViro. Apesar dos vinte mil extras, ela não poderia se livrar da segurança proporcionada por um contracheque. Quanto a Benedict, era provável que nem reparasse em sua existência, antes ou depois.

Isso significava que Tiffy provavelmente ainda tinha acesso ao escritório de Benedict. Ashley LaSorta garantiria o acesso virtual aos sistemas da empresa. Emily Norland forneceria o conteúdo. E, se precisassem de alguma coisa no local, Tiffy poderia colocá-las lá dentro.

Havia mais uma mulher a considerar para este projeto, e Kelly não precisou abrir um arquivo para se atualizar sobre esta: Reeza Patel. Ela havia participado do alto escalão da equipe de pesquisa de vírus de Benedict. Se alguém sabia onde os esqueletos científicos estavam enterrados, esse alguém era ela. Mas Reeza Patel não assinara um NDA; fizera exatamente o oposto. Ela tornou públicas suas acusações e enfrentou um julgamento de modo aberto. Talvez ela quisesse vingança, mas também desejava uma satisfação pública. Não dava para contar com o silêncio dela, e isso a desqualificava de imediato.

Portanto, só restavam LaSorta, Norland e Jenkins. A versão de Kelly dos Vingadores. Essas mulheres tinham as habilidades certas; tinham todos os motivos para odiar Benedict e desejar vingança; e ainda mais motivos para manter silêncio sobre isso. Em especial, o dinheiro que perderiam se violassem seus NDAs.

O problema era que elas também tinham todos os motivos para odiar Kelly. Ela fora a mulher que acobertou o comportamento de Benedict, que foi cúmplice dele, para usar as palavras de Courtney.

Claro, se alguma delas tivesse denunciado Benedict e ido à polícia, ele poderia estar na prisão agora. Em vez disso, aceitaram seu suborno, calaram o bico e o deixaram livre para estuprar outras mulheres. Kelly, inclusive. Visto dessa forma, ela tinha tanto motivo para odiá-las quanto elas tinham razões para sentir desprezo por ela.

Elas não veriam dessa maneira, é claro. Não lhes seria possível, já que nunca poderiam saber que ele a violentara também.

Uma batida soou em sua porta. Ela deslizou os arquivos dos NDAs e os escondeu sob alguns outros papéis.

— Entre.

Era Cazzadee, empurrando um carrinho de arquivos com a correspondência matinal empilhada.

— O arquivo Wexford chegou de Los Angeles.

— Oh. Certo.

Um advogado em Los Angeles pedira a Kelly que fizesse parceria com ele na defesa de um ator que havia sido processado — não acusado — por agressão sexual. O ator era Tommy Wexford, um jovem de aparência comovente que, nos últimos tempos, vinha sendo o queridinho no mundo do cinema independente. Ele resguardava sua privacidade de um modo feroz — era uma manobra, muitos pensavam, projetada para aumentar seu fascínio misterioso. E isso funcionava.

Sua acusadora era uma mulher chamada Margaret Staley, que alegava que ele a havia forçado a fazer sexo oral nos fundos de um restaurante em Los Angeles. Sua prova consistia em uma blusa com sêmen e uma descrição detalhada de uma marca de nascença no pênis do ator. A polícia se recusou a prosseguir com as acusações, considerando as circunstâncias *insuficientemente coercitivas*. Então, ela entrou com uma ação civil. Durante semanas, o caso foi o assunto das manchetes sensacionalistas dos tabloides.

Wexford negou a felação, negou o sêmen e também negou a marca de nascença. A mulher era uma *stalker*, ele sustentava, que o assediava *on-line*, no *set* e em todas as suas diversas casas havia meses. Agora, ela tinha dobrado a aposta com essa história fabricada. No entanto, apesar de suas veementes negações, até então ele estava recusando o caminho mais fácil para a absolvição: um teste de DNA e uma certificação de algum médico imparcial de que ele não tinha tal marca de nascença. *Não vou dignificar essa mentira refutando-a*, foi sua resposta firme. O advogado de Los Angeles esperava que Kelly pudesse convencê-lo a se submeter ao exame.

— Isso alguma vez já a incomodou? — ela perguntou de repente quando Cazz empurrou o carrinho para a mesa de trabalho perto da janela.

— O quê? — Cazz estava ocupada separando a correspondência por caso e, dentro de cada pilha, por urgência.

— O que nós fazemos. Representar esses clientes.

Cazz virou-se e inclinou a cabeça para o lado. Ela era uma bela jovem, majestosamente alta, com uma autoconfiança que Kelly levara anos para adquirir.

— Por que você está perguntando isso agora?

Kelly deu de ombros.

— Não sei. Por causa de algo que a filha de Adam me contou — ela disse.

Cazz bufou.

— Deixe-me adivinhar. Somos traidoras do nosso gênero. *Hashtag* AcreditemNasMulheres. *Hashtag MeToo.*

— Mais ou menos. Mas, independentemente disso… quero dizer, esses homens… Eles são tão... — Kelly deteve-se antes que os adjetivos pudessem escapar.

Cazz balançou a cabeça e seus cachos se espalharam com um brilho lustroso que evocava o toucado de Cleópatra.

— Esses homens? — ela repetiu. — Eles não são diferentes de nenhum outro homem.

— Outros homens não são estupradores.

— Mas é uma questão de nível, não é? Até certo ponto, todos eles têm esse sentimento de posse. Tipo… todo encontro no Tinder tem de levar necessariamente direto a uns amassos, ou o cara se sente enganado. O cara te liga às duas da manhã para uma foda amiga e é obrigação sua sair da cama e destrancar a porta porque ele quer naquele momento. E Deus me perdoe se ele te pagar o jantar e você não lhe fizer um boquete no trajeto de carro de volta para casa.

Kelly recostou-se espantada. Elas nunca falavam da própria vida amorosa — Cazz era profissional demais para isso —, mas Kelly imaginava que os homens faziam fila para cortejá-la e que era ela quem mandava.

— Cazzie, é assim que é para você lá fora? Achei que uma garota com a sua aparência...

— Não me vale de nada. Se você tiver a minha aparência, é reduzida a isso. Você é uma mercadoria. É nisso que a prostituição e a pornografia ensinaram os homens a acreditar. O corpo da mulher é uma mercadoria. Algo que eles podem comprar.

— Ainda assim… Daí para o estupro é um grande salto.

— Será que é mesmo? Qualquer coisa que possam comprar, também podem tomar à força, se lhes der vontade.

Kelly não queria acreditar, mas era provável que sua experiência com homens não fosse tão extensa quanto a de Cazzadee. Pelo menos, não tão atualizada, sem dúvida. Havia dez anos que ela não fazia sexo.

Aquela noite… aquilo não foi sexo.

— Então, respondendo à sua pergunta — Cazz disse enquanto se dirigia para a porta. — Se me incomoda representar esses homens? Claro, mas não mais do que me incomodam todos os outros homens lá fora.

— Sinto muito se essa tem sido sua experiência.

Cazz deu de ombros, demonstrando indiferença.

— Sabe o que eu não entendo? Mulheres bissexuais. Quero dizer, se você tem uma escolha real sobre que direção seguir — ela deu um sorriso radiante —, por que escolher homens?

Patti Han entrou quando Cazz saiu.

— Ouvi dizer que os papéis de Wexford chegaram! — Patti disse olhando rápido para a mesa de trabalho. — Eu queria saber se eu posso começar a trabalhar neles.

— Acho que não vou precisar de você com esse caso, Patti.

Um completo desânimo transpareceu em seu rosto. De muitas maneiras, Patti era boa demais para esse trabalho, mas num aspecto ela não era boa o suficiente. Ela não sabia esconder o jogo. Cada decepção, cada desdém, cada preocupação eram transmitidos em tempo real por suas feições. O trabalho que Kelly realizava exigia apenas dois talentos de fato: um conhecimento sólido das regras sobre evidências e um certo instinto artístico no tribunal. Patti tinha as regras sobre evidências memorizada à perfeição, com os códigos penais de quase todos os Estados do país, incluindo uma ampla jurisprudência a respeito. No entanto, ela nunca iria dominar a arte da teatralidade no tribunal.

Kelly tentou tranquilizá-la.

— Este caso se resume a contestações objetivas. Não há nenhuma questão legal espinhosa para você esmiuçar.

Patti lançou outro olhar ansioso para o arquivo.

— Não saberemos até examinarmos, certo?

Kelly pensou pela centésima vez que precisava se livrar dela. Patti era dez vezes mais inteligente do que Kelly. Deveria estar lecionando direito constitucional em uma faculdade de direito da Ivy League. Deveria estar abrindo processos antitruste complexos para o Departamento de Justiça, ou defendendo-os em um grande escritório de advocacia de Wall Street. Deveria estar em qualquer outro lugar, exceto ali.

— Tudo bem — Kelly cedeu. — Fique à vontade.

O rosto de Patti se iluminou, ela pegou o arquivo e saiu correndo antes que Kelly mudasse de ideia.

Kelly voltou aos arquivos dos NDAs. Seu desafio era descobrir como abordar aquelas mulheres. Seu primeiro instinto seria recusarem-se a ter qualquer envolvimento com ela. Se lhes telefonasse, elas desligariam na sua cara. Se enviasse um *e-mail*, o excluiriam. Poderia fingir ser uma antiga amiga de cada uma delas e inventar uma conta de *e-mail* para fazer contato com elas. Mas LaSorta perceberia o *e-mail* fictício. Norland também, talvez.

Ela poderia apenas aparecer na porta delas e fazer sua proposta. No entanto, era provável que essas portas fossem fechadas na sua cara.

Sua melhor aposta era apresentar sua proposta às três juntas. Elas precisavam saber que Benedict tinha outras vítimas além delas. E precisavam saber que esse esquema poderia de fato funcionar. Conhecer as outras mulheres e entender os papéis que cada uma era capaz de desempenhar poderia convencê-las.

Então, como juntar as três?

Sua mente bateu num muro, e ela ainda estava deslizando para baixo quando uma chamada em espera soou no telefone de sua mesa.

— Kelly, é Rick Olsson, na linha dois — informou Cazz. — Ele diz que é urgente.

O nome não lhe era estranho, e então ela se lembrou. Era o âncora do telejornal que entrevistara Benedict ao vivo na noite anterior.

— A mesma resposta. Nada de entrevistas — ela respondeu a Cazz.

— Ele disse que não está querendo te entrevistar. Disse que é um assunto particular.

— Ele está mentindo — disse Kelly.

— Entendido — disse Cazz e desligou.

Kelly voltou sua mente para a questão principal. Como reunir aquelas mulheres por tempo suficiente para fazer sua proposta. Elas não se conheciam. A única vez em que estiveram no mesmo espaço ao mesmo tempo foi em frente aos degraus do fórum no dia do veredicto. Ela se lembrou de como seus rostos se destacaram no meio da multidão. Quase se desesperou ao ver as três juntas, mas agora desejava poder replicar aquela cena e voltar a reuni-las. Embora não pudesse reproduzir o dia do veredicto.

A caixa de entrada de *e-mail* piscou e ela olhou para a tela distraída, afastando os olhos depois, mas, então, encarou-a de novo. O *e-mail* era de Rick Olsson. *Por favor, me ligue. Não tenho interesse em entrevistá-la. Este é um assunto pessoal urgente.*

Era evidente que queria entrevistá-la. Ele a teria incluído em seu segmento na noite anterior, se pudesse. Ele a teria interrogado a respeito do julgamento e das acusações de Patel. Teria lhe pedido para opinar sobre como o calvário de Benedict poderia ter retardado sua pesquisa, ou como sua absolvição agora abria caminho para sua vacina. Uma entrevista conjunta com o médico salvador e a advogada que o salvou? Teria sido um estrondoso sucesso de audiência para Olsson. Se houvesse uma plateia ao vivo no estúdio, estaria lotada. As mulheres dos NDAs teriam feito fila para estar nela.

De repente, Kelly ficou imóvel quando a solução veio à tona. Ela se deu conta de que poderia, sim, reproduzir o dia do veredicto. Um *replay* modificado ao qual as mulheres dos NDAs não seriam capazes de resistir.

10

NUMA CLARA MANHÃ DE UMA TERÇA-FEIRA de outubro, um ônibus fretado estacionou na entrada principal de um bucólico *campus* universitário. Os prédios de pedra cinzenta brilhavam à luz do início do outono, e as primeiras pequenas explosões de carmesim e dourado apareciam nas árvores ao redor, como as pinceladas pontilhistas de um pintor neoimpressionista.

Duas dúzias de homens e mulheres saíram do ônibus. Os homens e mulheres eram velhos e jovens, mas a maioria era jovem. A maioria carregava uma página impressa nas mãos. Eles atravessaram o arco de pedra em estilo gótico e foram até o pátio. Alunos indo ou voltando da aula fluíam em correntes cruzadas sobre o gramado. Alguns lançaram olhares curiosos para os recém-chegados. Pareciam estar em um *tour* pelo *campus*, mas sem o guia turístico designado.

Leves risadinhas de empolgação percorreram os recém-chegados quando eles avistaram um rosto famoso. A personalidade do noticiário de TV Rick Olsson encontrava-se parada ao lado da imponente estátua de bronze no centro do pátio. Ao lado dele, havia um cinegrafista com equipamento completo. O *campus* não ficava longe do tribunal onde George Benedict fora absolvido no mês anterior; isso os fez pensar que poderia haver algum novo desdobramento no caso. Havia alguns alunos agrupados em torno de Olsson enchendo-o de perguntas enquanto ele digitava um *e-mail* em seu telefone.

Os recém-chegados também ficaram tentados a parar e se aglomerar em torno dele, mas continuaram em frente, seguindo as setas de papelão fincadas no chão até chegarem ao salão que seria palco do evento daquele dia.

Subiram os degraus de mármore até o pórtico e acompanharam mais setas de papelão até as portas duplas nos fundos de um pequeno auditório. Olharam em volta inquietos enquanto entravam. As luzes estavam acesas, mas o palco estava escuro e não havia ninguém para cumprimentá-los ou orientá-los. Resmungaram uns com os outros, consultaram suas páginas impressas e ocuparam os lugares que lhes foram designados. Três assentos permaneceram vazios depois que haviam se acomodado, em lugares separados nas fileiras do meio, nenhum no corredor.

As pessoas na plateia ficaram olhando para o palco escuro por alguns minutos, mas nada aconteceu. Consultaram seus relógios, pegaram os telefones, apresentaram-se aos vizinhos de assento e trocaram currículos em conversas sussurradas.

Quando as portas de trás voltaram a se abrir, uma jovem entrou sozinha. Todos se viraram e olharam, e ela congelou ali, piscando de perplexidade por trás dos óculos, até que o público voltasse a atenção para o palco. Ela observou as fileiras, viu um dos assentos vazios e correu para ocupá-lo. Estava segurando uma página impressa também. Um de seus companheiros de assento esticou a cabeça para lê-la. Era diferente da que ele tinha.

As portas se abriram mais uma vez, outra mulher entrou e de novo as cabeças se viraram. Esta não se abalou com a atenção recebida. Retribuiu-a com um olhar frio enquanto caminhava despreocupada até seu assento. Ela não estava segurando uma página impressa; a dela estava no interior de sua bolsa Fendi.

Uma terceira mulher entrou com seus sapatos de saltos altos, deslizando de um modo tão discreto que quase ninguém a notou.

Um clique alto soou e todos os olhos se voltaram para a frente quando as luzes do palco se acenderam. Agora, o público podia ver a mesa dos palestrantes ali no centro com duas cadeiras atrás dela e um microfone instalado diante de cada cadeira. À direita do palco havia um púlpito com microfone próprio.

Um clique mais alto soou, este mais como um estalo e um clangor, e as luzes da ribalta se acenderam para iluminar a placa de identificação no púlpito. Dizia Rick Olsson, e os membros da plateia vibraram de entusiasmo ao perceber que ele estava ali para o mesmo evento. A câmera pôde fazer uma panorâmica do público, sussurraram uns para os outros; eles podiam aparecer na TV!

Outro conjunto de holofotes foi aceso, e as placas de identificação dos palestrantes foram reveladas: George Benedict em uma cadeira em frente a um microfone; Kelly McCann na outra. O burburinho da plateia se intensificou. Sua especulação estava correta. O evento tinha algo a ver com o julgamento que acontecera ali perto, e era provável que fosse transmitido no noticiário da noite.

Súbito, as luzes se apagaram e um audível lamento de decepção ressoou pelo auditório. Porque essa era a deixa de saída. Seus prometidos papéis de figurantes acabaram sendo nada mais do que papéis descartáveis. Frustrados, levantaram-se de seus assentos, arrastaram os pés pelo corredor e seguiram as luzes auxiliares fracas na altura do tornozelo até a saída. Um a um, foram deixando o auditório.

Kelly assistiu dos bastidores até o último passar pelas portas. Então, ela apertou um botão no painel de controle e as luzes do palco se apagaram, mergulhando todo o auditório na escuridão. Pressionou outro botão, e as luzes voltaram a acender.

Apenas as três mulheres que chegaram atrasadas permaneceram na plateia. Elas piscaram com o súbito clarão de luz e olharam em volta confusas para os assentos vazios ao seu redor. Kelly as identificou, uma após a outra: Ashley LaSorta, Emily Norland, Tiffy Jenkins. Seu pequeno ardil havia funcionado. Ela as atraíra. A única que não compareceu foi Reeza Patel. No último minuto, Kelly decidiu tentar a sorte e adicionar Reeza à lista. Mas era uma jogada arriscada. Ainda bem que ela não mordeu a isca.

Kelly ajustou o lenço no pescoço e o microfone na lapela do paletó, respirou fundo e subiu ao palco. Removeu a placa com o nome de Olsson do púlpito ao passar por ela.

— Ele precisa estar em outro lugar — disse ela, com sua voz ecoando alto pelo auditório vazio. Ela caminhou até a mesa dos palestrantes, virou a placa com o nome de Benedict e a deixou cair emitindo um baque alto na mesa. — E ele precisa ser destruído. — Ela apontou para cada uma das mulheres. — E eu preciso de vocês três para me ajudarem a fazer isso.

Ashley LaSorta saltou de seu assento.

— Que merda é essa? — ela gritou.

Ela saiu furiosa em direção ao corredor. Estava vestida de forma casual, provavelmente com a esperança de se misturar ao público. Embora, com suas *leggings* justas e um suéter de um ombro só, fosse difícil isso acontecer.

— Sente-se — disse Kelly. — E me ouça.

Agora, era Emily Norland quem estava em pé. Ela também estava vestida de forma casual, com um cardigã e *jeans*.

— Isto não é um programa de verdade? Quer dizer... Eu vi Rick Olsson lá fora...

Tiffy Jenkins olhou perplexa de uma mulher para a outra. Ela usava um jaleco de trabalho rosa de náilon com o nome de uma empresa bordado em roxo sobre o seio direito: *Whistle-Kleen*. Provavelmente planejava ir direto para o trabalho depois daquilo.

— Não, não é de verdade — disse Kelly. — Foi apenas uma forma de juntar vocês três.

Ashley dirigiu um olhar desconfiado às outras duas mulheres.

— Quem são elas? O que está acontecendo?

— São vítimas dele também. Assim como você. Assim como Deus sabe lá quantas outras mulheres ele violentou.

Elas voltaram a se entreolhar. A pergunta pareceu passar entre elas. *Você também?* Um concordar com um aceno de cabeça. *Eu também.*

— NDAs? — Ashley disse alto, e quando Emily e Tiffy assentiram, ela apontou um dedo para Kelly. — Você não tem permissão para transmitir isso!

— Você tem razão — disse Kelly e, enquanto falava, as três mulheres seguiram pelo corredor até ficarem abaixo dela. — Eu poderia ser expulsa da ordem por isso. — Sua voz soava muito alta agora que estavam tão perto. Ela tirou o microfone da lapela. — Mas ele é um monstro — disse ela. — E nós precisamos acabar com ele.

— Nós? — Ashley repetiu com um sorriso de escárnio.

— Nós quatro juntas — disse Kelly. — Talvez não possamos expô-lo como estuprador, mas podemos destruir sua reputação e sua fortuna. Ele será um homem arruinado quando terminarmos.

— Nós… trabalharmos com você? — Emily Norland disse com a voz embargada. — É por sua causa que ele escapou impune. Por causa da maneira como você pressionou, persuadiu e se aproveitou... — Ela se virou com a mão sobre a boca.

Kelly franziu a testa. Essa acusação em particular parecia injusta. Ela só pressionou e persuadiu o marido de Emily.

— Vocês todas foram representadas por advogados — ela argumentou. Isso era verdadeiro no aspecto técnico apenas no caso de Emily e de forma alguma correspondia à realidade em se tratando de Tiffy, mas nenhuma delas se manifestou para contradizê-la. — Vocês tomaram suas próprias decisões. Todas nós tomamos. É por isso que cabe a nós fazer algo a respeito.

— Mas o que poderíamos fazer? — Tiffy perguntou em voz baixa.

Kelly lhe fez um gesto de aprovação com a cabeça. Era a pergunta certa.

— Podemos destruir a reputação dele — disse ela. — Destruindo sua ciência.

Emily zombou dela.

— Ouçam-me — Kelly continuou. — Ele é famoso no mundo inteiro por ter encontrado a cura para o Alzheimer, certo? Mas... e se ele tiver adulterado seus resultados? E se ele tiver manipulado os dados e nada disso for real?

— Mas é real — assegurou Emily.

— Porque os registros dizem isso. Certo?

Ashley viu o rumo que aquilo estava tomando.

— Registros podem ser alterados — ela disse.

— Exatamente — disse Kelly. — Se tivermos alguém familiarizado com os sistemas de informação da UniViro — ela indicou Ashley com a cabeça — e alguém que conheça a ciência — fez o mesmo gesto para Emily —, e também alguém que possa entrar em seu escritório para alterar qualquer coisa que não esteja no sistema da empresa — apontou com a cabeça, por fim, para Tiffy — e então vazarmos a informação para um jornalista bem posicionado, Benedict será totalmente desacreditado. Será como Elizabeth Holmes e a Theranos. A SEC[6] irá atrás dele. Ele será indiciado por fraude. A FDA[7] não aprovará a vacina. Suas ações da UniViro vão despencar. Ele irá à falência. Será completamente arruinado.

Elas ficaram em silêncio, e Kelly também permaneceu quieta, esperando que respondessem, questionassem ou até mesmo contribuíssem com suas próprias sugestões. Ela achou que Ashley parecia intrigada. Emily aparentava estar em dúvida, como se estivesse procurando a falha no plano. Tiffy apenas parecia confusa.

---

6. Securities and Exchange Commission (SEC) é a agência federal dos Estados Unidos que fiscaliza e regulamenta o mercado de valores mobiliários, com o objetivo de zelar pela ética, pela transparência e pela segurança. (N. da P.)
7. Federal Drug Administration (FDA) é o órgão governamental responsável por realizar o controle dos alimentos, medicamentos, cosméticos, entre outros itens, nos Estados Unidos. (N. da P.)

— Mas... mas isso não é hackeamento? — Tiffy perguntou. — Não é contra a lei?

— Sim! — Emily disse. — Poderíamos ir para a cadeia por isso!

— Só se formos pegas — argumentou Kelly.

— Que história é essa de *nós*? — questionou Ashley. — Não é você que vai hackear. Não é você que está arriscando o pescoço.

— Não é verdade — disse Kelly. — Se formos pegas... Nós não seremos, mas se fôssemos... eu seria identificada como a mentora. Quem instigou toda a conspiração. Acrescente a isso o fato de que sou uma profissional do sistema judicial que costumava representar Benedict, e eu receberia uma pena mais dura do que qualquer uma de vocês.

Elas ainda se mostravam céticas, e Kelly percebeu que estava muito distante, afastada demais delas lá em cima no palco. Era uma altura de mais de um metro da beirada do palco até o piso abaixo, mas ela ergueu a saia, pulou e caiu agachada de maneira desajeitada no meio do pequeno círculo.

De imediato, elas se afastaram dela, como a multidão em uma "ola" no estádio. Ashley continuou se distanciando, recuando, com seus saltos batendo no piso do auditório. Ela olhou para Kelly e seus olhos se estreitaram.

— Isso é um truque — disse ela. — Uma armadilha. Você está tentando fazer com que violemos nossos NDAs para que Benedict possa recuperar todo o dinheiro que nos pagou.

— Não. Confiem em mim, não é nada disso...

— Por que deveríamos confiar em você? — ela questionou. — Você é a porra da advogada dele! — Ela passeou os olhos pelas outras duas. — Vocês façam o que bem entenderem. Eu estou indo embora.

Ela caminhou pelo corredor até as portas da saída e, depois de apenas um segundo de hesitação, Emily e Tiffy se viraram para segui-la.

— Esperem, por favor! — Kelly as chamou. — Vocês entenderam tudo errado. Não sou mais a advogada dele. Nunca mais vou representá-lo!

Nenhuma delas parou ou olhou para trás. As portas se fecharam atrás delas e o som ecoou por todo o auditório vazio.

KELLY CALCULOU O custo no aeroporto enquanto esperava que seu voo fosse chamado. Passagem aérea de ida e volta e hotel da noite anterior. Aluguel do carro. Aluguel do auditório. A taxa de reserva para a agência de talentos e os honorários para os 25 aspirantes a atores. O ônibus fretado que os levou ao *campus*. A fatura da gráfica que imprimiu as placas de identificação, as setas de orientação e o *mockup* de ingressos do evento para as três mulheres. O serviço de internet que enviou por *e-mail* o comunicado de imprensa fabricado para essas mulheres junto aos seus ingressos. Uma despesa absurda para uma artimanha absurda, e tudo por nada.

Ela não deveria ter ficado surpresa. Essas mulheres já haviam conseguido sua vingança na forma de dinheiro. Ou, se não vingança, pelo menos satisfação. Este foi o erro dela: imaginar que elas tinham tantos motivos para odiá-lo quanto ela. Kelly era a única que ainda sentia aquele fel em suas entranhas. Agora, ela tinha uma escolha. Aprender a viver com isso ou descobrir uma maneira de fazer as coisas sozinha.

Ela não conseguiria fazer isso sozinha.

Teria de aprender a viver com isso. Precisaria descobrir como superar. Como seguir em frente.

O alto-falante do aeroporto crepitou com um anúncio do funcionário do embarque. Haveria um atraso de dez minutos na partida do voo 906 com destino a Boston.

Kelly soltou um suspiro e abriu seu *laptop*. Havia meia dúzia de *e-mails* de Rick Olsson querendo saber por que ela não o encontrou no *campus* como havia combinado. Seu tom passou de um pouco preocupado para impaciente e indignado no fim. Ela enviou uma breve resposta.

— Eu não dou entrevistas.

A resposta dele chegou rápido, e ela quase pôde ouvir sua indignação: *Eu nem pedi uma entrevista. Você que ofereceu*!

Ela não respondeu.

Cinco minutos depois, seu *laptop* sinalizou o recebimento de outro *e-mail*. *Olhe*, ele escreveu, *o motivo pelo qual estou tentando entrar em contato é que recebi uma informação que me deixou preocupado com você. Só queria ter certeza de que você estava bem. Estou anexando um arquivo de vídeo. Por favor, assista e me ligue.* O *e-mail* terminava com o número do celular dele.

Ela revirou os olhos. Sabia exatamente qual era o vídeo. Os destaques de seu momento de maior orgulho em entrevistas. Trechos para mostrar como ele sempre foi respeitoso, que tipo de sintonia desenvolvia com seus entrevistados. Ela começou a digitar: *Não estou interessada...*

Mas, então, ela parou e abriu o arquivo assim mesmo. O vídeo começou a ser reproduzido e logo ela viu que o cenário não era o que ela havia imaginado. Não era um estúdio de TV bem iluminado. Era filmado ao ar livre, à noite. Em uma pista de pouso e decolagem? O som estava desligado em seu *laptop*, então, ela não ouviu o que viria a seguir e não teve certeza até o momento em que os esquis tocaram o solo.

Sua mão voou para a boca. Era um helicóptero, o helicóptero da empresa de Benedict, pousando no heliporto de Boston. Ela prendeu a respiração quando a porta se abriu e Anton emergiu. Ele estendeu as mãos para dentro do helicóptero e Kelly lançou um olhar sobre os ombros, com medo de que alguém pudesse estar observando. Não havia ninguém por perto, mas ela abaixou o rosto até ficar a poucos centímetros da tela. Seu corpo foi removido do aparelho, seu vestido foi se elevando bem alto, expondo suas coxas, seus membros ficaram inertes, balançando, seus cabelos estavam despenteados e emaranhados, os óculos, tortos, e a cabeça pendendo para trás como a de uma boneca de pano. A câmera acompanhou Anton pelo heliporto até o táxi que aguardava. Ele abriu a porta e a lançou para dentro como se ela fosse um saco de cimento.

O vídeo acabava aí.

Ela fechou seu *laptop*. *Oh, meu Deus, oh, meu Deus, oh, meu Deus*, ela sussurrou para si mesma. Lágrimas quentes queimaram sua garganta.

Era pior do que reviver o horror daquele momento. Era reviver e saber que alguém também tinha visto. Outra pessoa gravara. Parecia que ela havia sido estuprada uma segunda vez. *Oh, meu Deus, oh, meu Deus, oh, meu Deus.*

Ela permaneceu sentada, trêmula, por alguns minutos. Seus punhos estavam cerrados, pressionando com força cada lateral do *laptop*, como se ela pudesse eliminar aquele vídeo do processador. Eliminar a existência dele.

Olsson era um jornalista. Ele era um jornalista de radiodifusão. Esse vídeo podia ser *difundido*. Em minutos, poderia estar em todas as transmissões. Em horas, poderia se tornar viral na internet.

O que fazer, o que fazer...?

Ela poderia negar. Ela negaria. Não era ela no vídeo. Ela estava em outro lugar naquela noite. Não, era ela, mas não era o que parecia. Ela tinha passado mal. Tivera uma intoxicação alimentar. Não era nada. As pessoas eram carregadas para fora de helicópteros o tempo todo.

O alto-falante voltou a crepitar. *Atenção, passageiros. Em breve, iniciaremos o embarque do voo 906 com destino a Boston.*

Kelly ergueu os olhos atordoada enquanto as pessoas ao seu redor se levantavam de seus assentos e rebocavam suas malas de rodinhas para formar fila no portão.

O que fazer, o que fazer?

Ela pegou o telefone.

Rick Olsson atendeu no primeiro toque.

— Onde podemos nos encontrar? — ela perguntou.

11

NÃO ERAM NEM QUATRO DA TARDE quando Kelly chegou ao bar do hotel, e a maioria das mesas ainda estava vazia, por isso, foi fácil localizar Rick Olsson no canto antes mesmo de ele se levantar. Era um homem de aparência agradável, com cabelos cor de areia salpicados de grisalho e olhos enrugados por trás dos óculos de armação de aço. Ele parecia mais velho pessoalmente do que na TV. Mais perto dos 50 do que dos 40. Usava uma camisa azul de botões com calça cáqui; estava mais para um pai suburbano do que para uma celebridade da TV. Ela caminhou tensa em direção a ele.

— Rick Olsson.

Ele estendeu a mão direita e puxou uma cadeira com a esquerda. Ela ignorou a mão dele e sentou-se na cadeira. Ele era trinta centímetros mais alto do que Kelly; ela precisava trazê-lo ao seu nível desde o início.

Depois de um instante, ele também se sentou e logo se virou com o braço levantado, mas a garçonete já estava lá, pairando atrás dele com um sorriso nervoso no rosto.

— O que você quer? — ele perguntou a Kelly.

— Gim-tônica. — Ela não disse *só com um leve toque de gim* como costumava fazer. Precisava de uma bebida de verdade.

A garçonete assentiu, embora estivesse olhando apenas para Olsson.

— Outro para você, senhor? — ela perguntou.

Ele balançou a cabeça, negando. Sua *pilsen* ainda estava cheia, com mais da metade. A garota recuou com uma risadinha nervosa.

— Onde você conseguiu o vídeo? — Kelly logo perguntou. Sem sutilezas. Sem preâmbulos.

Olsson a observou por um instante antes de responder.

— Há um cinegrafista na WBZ em Boston. Amigo meu. Ele sabe que sigo Benedict, então, quando o helicóptero da UniViro voou para o heliporto da estação, ele filmou o pouso e me enviou. Fiquei preocupado depois que reconheci você.

Mas não antes, ela observou com ironia. Se ele não estava preocupado com uma mulher anônima qualquer, provavelmente, também não estava preocupado com Kelly. Estava apenas intrigado com a possibilidade de haver uma história.

— Estou tão envergonhada… — Ela colocou a mão no coração para produzir um efeito dramático. Era o roteiro que havia preparado no táxi, e ela o tinha memorizado linha por linha. — Nunca cheguei ao ponto de cair de bêbada na minha vida, e a primeira vez tinha de ser na frente de uma câmera?

Um vinco se formou acima do aro dos óculos dele.

— Era isso? Você estava bêbada?

— Oh, Deus — ela gemeu. — Se eu estava bêbada? Não sei o que deu em mim. Exaustão, eu acho. Alívio pelo fato de o julgamento ter acabado. Tomei alguns drinques para comemorar logo após o veredicto. Depois, bebi uma garrafa de champanhe no Uber. E, *aí*, me servi do minibar no hotel. No momento em que entrei no helicóptero, eu estava totalmente destruída. — Ela balançou a cabeça com tristeza. — Estou absolutamente mortificada por você ter visto isso. Eu morreria se mais alguém visse. Quero dizer… tenho filhos pequenos. Imagine eles vendo a mãe assim.

— Hum. — Os olhos dele se estreitaram um pouco. — Eu temi que algo mais estivesse acontecendo.

Ela soltou uma gargalhada.

— Como se isso não fosse ruim o suficiente!

A garçonete voltou para a mesa com um copo alto decorado com raspas de limão em espiral. Kelly colocou as mãos no colo. Depois da história que acabara de contar, de repente, não pareceu uma boa ideia pegar o copo. A garçonete deu um passo para trás e ficou observando Olsson com um sorriso de expectativa até que ele disse:

— Obrigado. Por enquanto, é só. — Ele estava acostumado a bajular fãs, Kelly imaginou, e sabia como se livrar delas muito bem.

— Qual idade? — ele perguntou. — Seus filhos.

— Quatorze e dez.

— Meninos? Meninas?

— Um de cada.

— Tenho dois meninos — disse ele com um sorriso. — Quatorze e dezesseis.

De alguma forma, a conversa deles descambou para um papo fiado sobre família. Ela precisava retomar o assunto.

— Eu tenho que perguntar… — disse ela. — Quem mais viu esse vídeo?

— Além do cinegrafista? Só eu e meu produtor.

— Posso lhe pedir para que continue assim? Você precisa compreender. Meus filhos...

Ele pegou sua cerveja e olhou para ela por cima do copo.

— Tem certeza de que não estava acontecendo mais nada? Como você não apareceu para jantar naquela noite...

— Espere. — Ela se recostou, piscando de perplexidade. — Onde?

— Na casa dos Benedict.

— O que o faz pensar que eu estava lá?

— Eu também estava lá, com os outros convidados. A senhora Benedict nos disse que você e o doutor logo se juntariam a nós para um coquetel, mas já estávamos sentados para jantar quando ele apareceu. Sem você.

— Oh. Bem... Eu percebi que havia bebido além da conta. Pedi-lhe que oferecesse minhas desculpas à esposa.

— Talvez ele tenha feito isso, mas ninguém disse nada para o restante de nós. Por isso, quando eu vi aquele vídeo...

— Você chegou a uma conclusão ultrajante. — Kelly fez uma expressão severa. — Devo lembrá-lo de que o doutor Benedict foi absolvido? Ele foi completamente inocentado de todas essas acusações difamatórias.

Olsson levantou as duas mãos em um gesto de “eu me rendo”.

— Desculpe. Tenho ouvido alguns boatos que me fizeram pensar.

— Eu imaginava que um jornalista do seu calibre não desse atenção a boatos.

— Pelo contrário. — Ele sorriu. — É daí que vêm as pistas. Tudo o que você precisa fazer é separar o joio do trigo.

— Posso lhe assegurar, todos esses boatos não passam de joio.

Ele fez uma pausa.

— Você também ouviu sobre eles, então.

— Defendi-o do pior deles. Com sucesso.

— Sim, eu sei. — Seu sorriso se intensificou, formando linhas de marionete nos cantos da boca. — Parabéns, a propósito.

Ela inclinou a cabeça em reconhecimento.

— Você é amigo dos Benedict? — ela perguntou.

— Não.

— Mas você estava na festa deles.

— Com outras pessoas das quais eles pretendem cultivar a amizade.

— Ah. Então, você é...?

— O quê?

— Cultivável.

Ele soltou uma risada curta.

— Eu sou um jornalista. Tenho que ser objetivo.

— Mesmo agora que a história acabou?

Ele balançou a cabeça.

— Eu não diria que acabou.

Kelly emitiu uma expressão de incômodo.

— O júri disse o contrário — ela falou.

— Não estou cobrindo o julgamento. Estou cobrindo a ciência. O vírus, a vacina, a cura para o Alzheimer em nossa época. Se for verdade, é a notícia da década.

Ela o observou com atenção enquanto fazia a próxima pergunta.

— E se não for verdade?

— Se não for? — Ele fez uma cara triste. — Lá se vai o meu contrato de publicação.

— Oh. Você está escrevendo um livro. — Nesse momento, ela se permitiu pegar seu copo.

Ele assentiu.

— Como eu disse, é a notícia da década. Talvez do século. E uma à qual estou pessoalmente bastante dedicado. Perdi meu pai para o mal de Alzheimer, sabe?

— Oh. Sinto muito.

Já passava das quatro, e o bar estava começando a se encher de homens e mulheres de terno. Alguns deles se cutucaram com o cotovelo quando avistaram Olsson do outro lado do salão.

Ele parecia alheio ao interesse que estava despertando.

— É o que todos nós tememos, certo? — ele disse. — Perder nossas lembranças, nossa personalidade, tudo o que nos torna quem somos. Nossa dignidade. Sem mencionar os enormes custos sociais de cuidar de pessoas que não podem mais cuidar de si mesmas. Econômicos e emocionais e todos os outros tipos de custos. Ao lado da mudança climática, é provavelmente a nuvem mais negra que paira sobre o futuro da raça humana. E ninguém na medicina ou na ciência poderia nos oferecer alguma esperança real. Ninguém até George Benedict aparecer.

— Um verdadeiro herói vivo — disse ela, tomando um segundo gole de sua bebida.

Ele franziu um pouco a testa ao detectar o sarcasmo em sua voz.

— Sabe o que foi pior para mim, no âmbito pessoal? Eu também perdi *minhas* lembranças de quem era meu pai. Ele era um homem brilhante, um físico, mas sabe qual é a imagem dele que está mais presente em minha memória? Ele sentado em um círculo na casa de repouso rebatendo um balão amarelo. Houve uma época em que ele poderia ter representado graficamente as propriedades aerodinâmicas daquele balão, mas àquela altura tudo o que ele podia fazer era golpeá-lo enquanto a baba escorria de sua boca. A expressão em seu rosto desabou como se ele estivesse vendo de novo aquela cena trágica.

— Sinto muito — disse ela. — Deve ser horrível ter de conviver dessa forma com alguém que a gente ama.

Ele assentiu e, depois de piscar, seus olhos voltaram a desanuviar.

— Mas talvez as gerações futuras não precisem passar por isso. Graças a George Benedict.

Ela sentiu uma pontada repentina — quase um chute — quando um pensamento inesperado lhe ocorreu. Se seu plano tivesse funcionado, se ela de fato tivesse conseguido mobilizar as mulheres dos NDAs para destruir Benedict, ela teria destruído a cura para o mal de Alzheimer no processo. Era um pensamento preocupante. Uma coisa era parar de assistir a filmes ou ler livros criados por um predador sexual, outra era destruir as esperanças do mundo inteiro.

Um homem de terno e gravata meio afrouxada se aproximou de Olsson com o celular na mão.

— Oi, desculpe interromper — disse ele. — Sou um grande fã seu. Posso tirar uma *selfie*?

Olsson deu de ombros de um modo amável. Mesmo assim, o homem agachou-se ao lado de sua cadeira e disparou a câmera. Ele examinou a foto e pediu uma nova tomada, e Olsson cedeu. Quando o fã, por fim, conseguiu uma foto de que gostou, ele recuou, olhando para Kelly agora, aparentemente a reconhecendo. Ele voltou para sua mesa e se reuniu rápido com seus colegas enquanto apontava para ela. Ela desviou o olhar. Ainda a atormentava a ideia de que, cancelando Benedict, ela teria condenado as pessoas à demência. Talvez fosse melhor ter fracassado.

Olsson ainda estava argumentando.

— Pense em todos os chamados tratamentos que a comunidade médica criou antes disso. Use a mão esquerda em vez da direita. Ande para trás. Aprenda uma língua estrangeira. Isso é tudo que eles tinham para oferecer. Mesmo aquele novo medicamento, o Aduhelm, só promete reduzir os amiloides que já existem, e quem sabe...? A essa altura, o dano pode ser irreversível. George Benedict foi o único que decidiu investigar o que estava causando esse acúmulo, para começo de conversa. Afinal, prevenir é melhor que remediar.

— Erasmo de Roterdã — Kelly murmurou.

Ele emitiu um sorridente aceno sinalizando que havia compreendido o que ela disse.

— Foi assim que ele encontrou o vírus e desenvolveu a vacina. Os resultados da Fase II foram surpreendentes. Os resultados preliminares da Fase III também parecem promissores. Quando esta vacina entrar em produção, será como a vacina contra a poliomielite nos anos 1960. As pessoas farão fila ao redor do quarteirão para tomá-la. Consegue imaginar?

— Uau. — Kelly também estava imaginando Benedict embolsando sua taxa de licença de cada uma dessas doses. — E a UniViro terá o monopólio de tudo isso.

Olsson deu de ombros.

— Em sua vacina patenteada, com certeza. Mas as outras farmacêuticas logo o seguirão.

Seu olhar se intensificou.

— Elas também estão trabalhando em vacinas?

— Todas se alimentam do trabalho umas das outras. Embora, é claro, a UniViro tenha uma grande vantagem inicial.

Uma mulher pairava por perto com o telefone na mão, esperando uma brecha para abordar Olsson. Ele não percebeu até que Kelly apontou o queixo em sua direção.

— Oh. Desculpe — disse ele, gesticulando para a mulher se aproximar para fazer outra *selfie*.

Ele era um homem genuinamente bom, Kelly percebeu. Não era o que ela esperava de um apresentador de TV.

Ela fingiu consultar o relógio enquanto a fã se afastava.

— Olha só a hora — declarou ela. — Tenho um voo para pegar. — Ela tirou algumas notas de sua carteira e as depositou sobre a mesa.

— Não, deixe que eu pago.

— Não, eu insisto. — Ela se levantou. Ele também se levantou, elevando-se muito acima dela. Kelly se aproximou o suficiente para lhe sussurrar: — Posso lhe pedir para você destruir esse arquivo de vídeo e não o mencionar a ninguém?

— Se eu puder lhe perguntar uma coisa primeiro, sim.

Ela ergueu uma sobrancelha e esperou.

— Por que você me deu um bolo na faculdade, hoje?

— O quê?

— Nós deveríamos nos encontrar. No pátio, às dez.

Ela balançou a cabeça como se estivesse perplexa.

— Receio que alguém esteja pregando uma peça em você.

Ele olhou de soslaio.

— Você não respondeu ao meu *e-mail* e marcou uma reunião?

— Respondi — disse ela. — Para marcar esta reunião. Aqui. Mas nada mais.

— Hum. — Ele ainda parecia desconfiado. — Sim, vou excluir o arquivo de vídeo.

Ele estendeu a mão e, desta vez, ela a apertou.

NAQUELA NOITE, o círculo do livro de mamãe-e-Lexie deu início a uma nova obra. *The Phantom Tollbooth*.[8]

— É como o guarda-roupa, não é? — Lexie disse dando um bocejo. — Você passa pela porta dele e há um mundo diferente do outro lado.

Elas conversaram um pouco sobre Nárnia *versus* a Ilha das Conclusões Apressadas até que as pálpebras de Lexie fecharam; então, Kelly lhe deu um beijo de boa-noite e saiu para correr.

Sua rota habitual à noite a levava até o vizinho Regis College, onde ela podia contar com trilhas bem iluminadas e com a polícia do *campus*. Nesta noite, porém, quando ela chegou ao pátio, lembrou-se muito de um *campus* universitário diferente e de seu fracasso desprezível naquela manhã. Seu esquema tão bem elaborado desmoronara em um instante. A viagem havia sido uma total perda de tempo.

Ela aumentou o ritmo e correu mais rápido, para fora do *campus* e, depois, para cima e para baixo nas ruas residenciais. Recitou um mantra enquanto corria. Não o habitual *Siga em frente, siga em frente*. Um novo: *Supere isso, supere isso. Passe pelo guarda-roupa, pela cabine de pedágio, vá para o outro lado*.

8. Em tradução livre, *A Cabine de Pedágio Fantasma*. (N. da T.)

Ela precisava superar. Seus hematomas haviam desbotado e se transmutado em uma cor amarelada, suas dores tinham quase desaparecido, e ela sabia agora que não estava grávida. Presumiu que um médico/bacteriologista/virologista não carregaria nenhuma DST e, de qualquer maneira, ela não havia apresentado sintomas até agora. Então, isso liquidava todas as possíveis consequências físicas do ataque de Benedict.

Quanto às consequências psicológicas? Ela podia controlar sua mente. Poderia controlar suas emoções tanto quanto precisasse, se quisesse sobreviver a isso. Ela já havia feito isso antes, afinal, na sequência de outra tragédia horrível. Pessoas bem-intencionadas disseram-lhe que era a pior coisa que poderiam imaginar acontecendo com uma jovem esposa e mãe, e mais tarde disseram que ela era a garota mais corajosa que já haviam conhecido. Ela ainda era aquela garota corajosa — ainda mais corajosa, ela esperava, agora que era mais velha e mais sábia.

Ela terminou sua corrida com um trote final para casa, chegou à porta dos fundos e subiu as escadas. O quarto de Lexie estava escuro, mas as luzes do videogame de Justin piscavam de modo incessante por baixo da porta. Ela deu a ele o sinal de duas batidas para avisar que estava de volta e que logo estaria pronta para jogar *Overwatch*.

Continuou pelo corredor até seu quarto, onde Adam parecia estar dormindo. Ela desligou a câmera do circuito interno de TV, seu sinal de folga para Todd, e então tirou as roupas encharcadas de suor e foi para o chuveiro. Voltou para o quarto de roupão e deu uma olhada rápida para a câmera. Estava desligada, como deveria estar, mas algo a fez congelar onde estava. Uma lembrança estava vindo à tona, outro detalhe que ela bloqueara de sua recordação, e a lava quente que estava se agitando em seu estômago de repente se calcificou e se transformou em garras afiadas como ossos. Uma luz verde, uma câmera ligada e gravando, no alto da estante ao lado do gato Jonas Salk.

Um grito irrompeu de seu corpo antes que ela pudesse enfiar o punho na boca para abafá-lo. Ele a gravara. Ele havia registrado todo o seu ataque selvagem. Ele podia assistir àquilo e reviver quando quisesse. Poderia estar assistindo a tudo neste exato momento.

— Mãe?! — Justin chamou do corredor. — Está tudo bem?

Ela tirou o punho da boca e inspirou ar suficiente para responder.

—E-eu só bati o dedo do pé.

— Precisa de um pouco de gelo?

— Não, não, obrigada, querido. Eu... estou bem.

Ela teve de pressionar as duas mãos sobre a boca para não gritar de novo. Achou que o arquivo de vídeo de Rick Olsson era horrível, mas isso — *isso* — era mil vezes pior. Sabia que nunca iria superar aquilo. Nem em um milhão de anos.

Que outra pessoa desenvolvesse a vacina contra o Alzheimer. George Benedict tinha de ser destruído.

12

EMBORA JAVIER PASSASSE POUCO TEMPO no escritório, ele tinha um cubículo, uma escrivaninha e um arquivo próprio em um canto remoto de um dos andares inferiores. Kelly chegou lá bem cedo na manhã seguinte. Sabia que ele mantinha seus próprios arquivos sobre todos os casos e que enviava apenas materiais selecionados para os arquivos oficiais. Com Javi, tudo era *Somente o necessário* ou *Confidencial*. Ele disse que queria dar a ela uma negação plausível, mas não entendia como funcionava a representação legal. Ela era responsável por tudo o que ele fazia em nome dela.

Ela se sentou à mesa dele e abriu a primeira gaveta de arquivo. Precisava saber que outros caras poderiam estar à disposição. Pessoas que, por uma comissão, fariam o que ela lhes pedisse. Se as mulheres dos NDAs não iriam auxiliá-la, ela teria de contar com ajuda contratada. Em específico, um *hacker*, um cientista e um ladrão.

Ela encontrou um arquivo chamado *Informática*. Dentro dele havia fotocópias de cartões de visita. Ela reconheceu o nome de Paul, o cara que manjava de tecnologia que fora à sua casa no outro dia, que disse ter deixado tudo em ordem para ela. Kelly pegou o celular e tirou fotos de todas as páginas dos caras dos computadores.

Ela abriu a gaveta seguinte. Será que Javi rotularia mesmo um arquivo como *Roubo*? E será que teria um cientista entre seus parças?

— Posso ajudá-la a encontrar alguma coisa?

Ela olhou para cima e teve um sobressalto. Javier, que raramente era visto no escritório, estava em pé acima dela. Ele exibia um leve sorriso em seu lindo rosto.

— Oh! Oi. Sim, estou procurando aquele arquivo, sabe? — ela improvisou — Do astro de cinema?

— Tommy Wexford. Certo. Patti está com ele, eu acho.

— Ah. OK. — Ela se levantou e saiu de seu cubículo. — O que traz você aqui hoje?

— O mesmo caso. — Ele pendurou a bolsa nas costas da cadeira e se inclinou para ligar o computador. Então, olhou para ela. — Temos aquela videoconferência, às dez?

— Sim.

Se ela já sabia disso, tinha se esquecido.

Ele se sentou ao contrário na cadeira e olhou para a tela quando ela abriu.

— É curioso... — disse ele.

— O quê?

— Sabe a Margaret Staley, a acusadora de Wexford?

Kelly havia instruído cada membro de sua equipe para se referir ao reclamante dessa maneira. Não vítima. Acusadora.

— O que tem ela?

— Lésbica total.

— Você está brincando.

— Não. — Ele continuou percorrendo seu *e-mail*. — Tem uma companheira de longa data, e ambas são ativistas LGBTQ.

— Meu Deus. Ela não aparenta ser uma *groupie* de Wexford. Ou... como ele a chamou? Uma fanzoca.

— Bem, não sei se ela era fã dele, mas, com certeza, era uma *stalker*. Na internet, de qualquer maneira. Ela está em todas as redes sociais dele. *Diga a verdade. Você é uma fraude*. Tipo isso.

— Hum.

— Enfim... — ele disse. — Minha cartilha usual provavelmente não funcionará desta vez.

— Não. Provavelmente, não.

Os poderes de sedução de Javi eram consideráveis, mas tinham seu limite.

DEPOIS DE VOLTAR AO SEU escritório, ela abriu o celular e analisou as páginas que havia fotografado. Tinha cinco cartões de visita de cinco homens diferentes, cada um listando alguma variante de serviços cibernéticos. Paul-sem-contato-visual era um deles e uma rejeição óbvia para seus propósitos. Mas outro cartão chamou sua atenção. De um tal de Edward P. Russo, com endereço na vizinha Lowell. Havia um grande X vermelho traçado sobre o cartão, e ela reconheceu a caligrafia de Javi ao lado: *muito suspeito*.

Aquele era o cara que ela estava procurando. Kelly ligou para ele no mesmo instante. Entretanto, só quando o telefone começou a chamar que ela pensou em usar um pseudônimo. Seus olhos pousaram sobre o horário das dez da manhã em seu calendário de mesa.

— Olá, senhor Russo — disse ela quando um homem atendeu. — Aqui quem fala é Tammy Wexford. Podemos nos encontrar para conversar?

— Sobre o que é? — Sua voz era tão áspera que parecia arranhar suas cordas vocais ao sair.

— Contratação de seus serviços.

— Qual é o alvo?

— Um banco de dados de pesquisa.

— Que tipo?

Ela hesitou.

— Big Pharma.

— Hum. Qual delas?

Ela não esperava tamanha franqueza.

— Vamos conversar, primeiro.

— Sim. Está bem. Quando e onde?

— Meio-dia — ela disse e passou a ele o nome de uma cafeteria que tinha mesas ao ar livre em uma rua tranquila nas proximidades.

TOMMY WEXFORD ESTAVA na Espanha rodando um filme — uma *produção cinematográfica*, como ele o chamava. Kelly reuniu sua equipe na sala de conferências e Cazz fez sua mágica até que a ligação fosse conectada e o rosto de Tommy aparecesse na tela de vídeo instalada na parede. Ele tinha 28 anos, mas parecia um adolescente com seu rosto magro, quase ascético. Sua pele era pálida, e uma espessa mecha de cabelos pretos caía-lhe sobre a testa, que ele mantinha longe dos olhos com movimentos periódicos da cabeça. Ele usava um cachecol enrolado três vezes em volta do pescoço, apesar do fato de estar sentado em um terraço ensolarado ao lado de um penhasco com vista para as águas azuis do mar de Alborão. Devia estar fazendo mais de trinta graus por lá.

O advogado dele de Los Angeles também estava na ligação, mas Cazz o reduziu a um quadradinho na parte inferior da tela e ninguém mais o notou.

Kelly começou como sempre fazia, com o pior cenário, uma longa lista de todas as evidências contra o ator, vistas da forma mais desfavorável possível. De acordo com Margaret Staley, ela estava servindo mesas em um café de Los Angeles quando Wexford saiu de sua mesa, seguiu-a até um depósito nos fundos, encurralou-a lá, abriu o zíper da calça e exigiu que ela fizesse sexo oral nele. Ela não sabia como escapar sem violência física e estava muito intimidada com a fama do ator para bater nele, então, ela se submeteu. Ele a deixou com um trauma duradouro, uma imagem marcante de seu pênis e uma mancha de sêmen em sua camisa.

O rosto pálido de Wexford estava corado quando Kelly terminou.

— É mentira — ele disse. — Ela inventou tudo.

— Você tem alguma ideia do motivo?

— Por que eu deveria saber? — Seus olhos expressivos podiam parecer desvitalizados quando ele queria.

Javi passou um bilhete para Kelly. Ela o aceitou.

— Há uma testemunha que ouviu vocês dois conversando em sua mesa antes do suposto incidente — revelou ela.

— Ela estava me perseguindo! Eu disse a ela para ficar longe de mim! — Agora, os olhos de Wexford brilhavam de raiva.

Era incrível, pensou Kelly, a rapidez com que ele mudava de expressão. Mas, também, ela se lembrou, ele era um ator.

— A testemunha ouviu você dizer: *Por favor, eu estou implorando.*

De volta aos olhos amortecidos.

— E daí...?

Kelly deu de ombros.

— Parece um tom bastante queixoso para usar com uma *stalker*.

Ele deu de ombros, também, como se a imitasse. Ele estava vestindo uma camiseta de academia que exibia deltoides bem arredondados e uma bela protuberância de bíceps em seus braços. Esse deve ser o benefício de ter um *personal trainer*, Kelly supôs — a capacidade de ser esguio e musculoso ao mesmo tempo.

— O que posso dizer? — ele respondeu, por fim. — Sou um cara bem-educado.

— Tudo bem. — Ela ficou pensativa por um instante. — Você consegue imaginar alguma forma de ela ter obtido seu sêmen? Uma ex, talvez? Quem pode ter preservado uma amostra?

Ele parecia mortificado com a ideia em si.

— Não!

— Bem, há alguma possibilidade de Staley ter visto fotos de seu corpo nu? Eu me refiro a um nu frontal. *Selfies* sexualmente explícitas por mensagem, fotos antigas de modelo, qualquer coisa assim.

— Não — ele respondeu com a mesma firmeza. — Nunca fiz nada parecido. Também não faço cenas de nudez em meus filmes. Você pode verificar com meu agente. Está em todos os meus contratos.

Patti anotou isso. Javi também.

— Então, ela está mentindo tanto sobre seu DNA quanto sobre a marca de nascença.

— Sim! Isso é o que eu tenho dito a você. Ou a ele. A quem quer que seja. — Ele acenou vagamente para o advogado na parte inferior da tela.

— Ótimo — disse Kelly. — Então, tudo o que temos a fazer é pedir a um médico para examiná-lo e tirar uma amostra de DNA, e tudo isso vai acabar.

Seus lábios se apertaram.

— Isso é um ultraje do caralho — disse ele. — Ela mente, e eu tenho que me masturbar em um copo para provar isso? Nem a pau. De jeito nenhum.

— Não precisa ser uma amostra de sêmen — explicou Kelly. — Um cotonete bucal será suficiente.

— Ah. — Isso claramente o pegou de surpresa. Ele olhou para longe, para o mar, ela imaginou. — Eu poderia fazer isso, eu acho.

— Ótimo — disse Kelly. Em sua caixa na parte inferior da tela, sua contraparte de Los Angeles comemorou com uma ligeira bombada de punho. — Aí, um médico faz o exame físico...

O olhar de Wexford disparou de volta para a *webcam*.

— Não. Não, eu não vou fazer isso. Qualquer uma pode aparecer e fazer uma acusação falsa, e eu devo me despir e me desnudar... *desnudar minha alma!* Apenas para refutá-la? — Uma lágrima solitária oscilou na borda da pálpebra inferior de seu olho direito. — Não está certo, eu não vou fazer isso. Não vou e pronto. — Como se fosse uma deixa, a lágrima se derramou sobre seus cílios e rolou por sua bochecha.

Kelly não ficou impressionada, embora tenha percebido que um júri poderia ficar.

— Tudo bem — disse ela. — Nada de exame físico. Vamos providenciar para que alguém faça a coleta aí. — Ela olhou para Cazz, que assentiu; ela providenciaria a logística. — Se o DNA não corresponder, devemos pôr um fim nisso.

— Não vai corresponder, juro por Deus. — Wexford olhou para longe mais uma vez, e a ligação terminou ali, com seu perfil torturado congelado na tela até que esta, por fim, escureceu.

A equipe se virou para encarar Kelly. Era o que ela chamava de momento "O que dizem seus instintos?".

— Quais são as primeiras impressões? — ela perguntou a eles.

— Ele é tão meigo... — disse Patti. — Não consigo imaginá-lo forçando ninguém.

— Sim, ele não tem *cojones* — disse Javi, e Patti lhe sorriu, feliz por ele ter a mesma opinião que ela, ainda que sua avaliação fosse um pouco diferente.

Cazz revirou os olhos.

— Fale — Kelly disse, apontando para ela.

— Eu acho que ele fez isso.

— Por quê?

— Os caras fofos são os piores. Aquele truquezinho que ele fez com a lágrima? Saiu direto do manual deles. Eles suspiram e fazem você sentir pena deles, então, a culpam se você não der a eles o que eles querem. Ele fez, não tenha dúvida.

Javi estava olhando para ela com um sorriso repuxando o canto da boca.

— Cazzie está certa — disse ele. — Vou mudar meu voto.

Patti pareceu magoada. Ela se virou para Kelly e perguntou:

— O que você acha?

— Ele está mentindo — disse Kelly, e quando o desânimo tomou o rosto de Patti, ela acrescentou: — Só não sei sobre o quê. — Ela se afastou da mesa. — Vamos obter o cotonete de DNA e descobrir a partir daí.

13

EDWARD P. RUSSO ERA VINTE anos mais velho do que ela imaginava. O que se espera é que *hackers* sejam garotos do ensino médio, mas ele era mais velho até do que ela mesma. Tinha um queixo pronunciado e os cabelos grisalhos cortados à escovinha. Acrescente um fone de ouvido e uma jaqueta corta-vento, e ele poderia passar por um treinador de futebol profissional.

Era o único homem sentado entre as mesas da calçada da cafeteria. Ele a examinou enquanto ela se aproximava, fez uma rápida varredura de alto a baixo; depois, lançou um olhar demorado em seus pés. Estava observando seus sapatos, ela imaginou, que era a única maneira de avaliar sua riqueza na ausência de joias ou de um carro. *Ela poderia pagar por seus serviços?*, ele estava se perguntando. Ela não sabia, mas estava usando bons sapatos nesse dia, e ele assentiu satisfeito antes de se levantar para apertar sua mão.

Ela estava a menos de dois metros de distância quando sentiu que havia cometido um erro. Mesmo assim, continuou andando direto em direção à porta da cafeteria.

— Senhorita Wexford? — ele a chamou, mas ela balançou a cabeça, negando, e entrou na fila do balcão de *Faça seu pedido aqui*.

No que ela estava pensando ao contratar alguém que até mesmo Javi considerava suspeito demais para trabalhar num caso? Não poderia contar com o silêncio daquele homem. Mesmo que ela lhe pagasse de forma generosa, ele voltaria exigindo mais, e ela teria que desembolsar dinheiro várias vezes, para sempre, toda vez que ele reaparecesse com outra ameaça de expô-la.

Havia um espelho atrás dos baristas no balcão, e, por meio dele, ela podia ver Russo ainda em pé, observando-a enquanto ela avançava na fila. Ele pegou o celular e apertou um único botão, e ela sabia que ele devia estar ligando para o número do qual ela telefonara. Ela mordeu o lábio, preparando-se para o toque denunciador na bolsa que segurava contra as costelas, mas seu celular não tocou e, sentindo uma onda de alívio, ela se lembrou de que havia ligado para ele do telefone do escritório. Sua chamada de retorno iria para a central telefônica principal, não haveria como rastreá-la até a linha dela. Ela observou pelo espelho os lábios dele se movendo. Ele deveria estar perguntando por Tammy Wexford à operadora da empresa, e ela responderia que ele tinha discado o número errado.

Ela pediu café preto puro. Não era assim que tomava, mas seria o caminho mais rápido para ir embora daquele lugar. Em pouco tempo, pagou, deu gorjeta, pegou seu copo e saiu. Russo já estava de volta à sua mesa, observando-a com os olhos semicerrados. Ela continuou andando pelo quarteirão e não arriscou olhar para trás até virar a esquina. Não havia nem sinal dele.

Ela jogou o copo em uma lixeira e seguiu em frente, completamente enojada consigo mesma. Ainda considerando a questão do dinheiro e o risco de exposição, ela percebeu que era um plano estúpido, porque ela não sabia o suficiente para executá-lo. Ela não poderia ter dito a ele quais servidores violar na UniViro ou quais bancos de dados atingir, ou que conteúdo adicionar ou excluir. Sem Ashley LaSorta e Emily Norland, isso nunca iria funcionar. Foi uma ideia idiota do início ao fim, ela era a idiota.

A um quarteirão de distância, ela avistou uma multidão reunida em frente ao prédio de seu escritório. Uma multidão indócil, ao que parecia, acotovelando-se e empurrando uns aos outros em um esforço para passar pelas portas giratórias do saguão. Eles tinham câmeras e microfones, ela percebeu ao se aproximar. Kelly se perguntou o que poderia ter atraído a imprensa ali hoje. Um membro do Federal Reserve mantinha um escritório no mesmo prédio. Talvez tenha havido algumas notícias econômicas de última hora. Ao se aproximar da entrada, ela viu que os seguranças estavam bloqueando as portas. Ela estava pescando na bolsa o seu crachá quando alguém gritou:

— Lá está ela!

Gritos e mais gritos irromperam da multidão. Eles se afastaram das portas e se aproximaram dela, gritando *Kelly* e *Senhora McCann* e enfiando os microfones em sua cara. Ela girou nos calcanhares, mas eles também estavam por trás dela, pressionando por todos os lados.

Deveria ser algo sobre Tommy Wexford. A notícia de que ela o representava devia ter vazado. Não por alguém de sua equipe, mas talvez pelo advogado de Los Angeles.

— Sem comentários — ela disse, tentando passar pela multidão.

— Você previa isso? — um repórter gritou.

— Você se considera responsável? — questionou outro.

— Pelo quê? — Ela sabia que não devia responder, mas ficou surpresa com a pergunta.

Ela era responsável por muita coisa, mas com certeza não pelo que Tommy Wexford fez a Margaret Staley.

— Essa tragédia fará você reavaliar o tipo de trabalho que executa?

— Tragédia? — Ela se sentiu atônita.

Um segurança estava acenando para ela passar, e ela tentou de novo abrir caminho até a porta, mas, de repente, foi bloqueada por uma sólida parede de corpos. As pessoas estavam muito perto dela, e ela não conseguia ver o que estava acontecendo. De repente, um braço estava em volta de seus ombros.

— Para trás! — uma voz gritou perto de seu ouvido. — Vocês sabem muito bem que não podem fazer isso. Tenha um pouco de escrúpulo, pessoal!

Ela olhou para o rosto de Rick Olsson.

— Saiam do caminho dela — disse ele, protegendo-a enquanto passava pelos repórteres. — Ela não vai comentar nada.

— Ei, Olsson! Não monopolize a história! — alguém gritou, mas a multidão recuou quando ele a fez passar por todos e entrar no prédio.

O barulho cessou no momento em que atravessaram a porta, mas os rostos ainda estavam lá, do outro lado do vidro. Kelly virou-se para ele perplexa.

— O que está acontecendo? Do que eles estão falando?

Antes que Olsson pudesse responder, Javier chegou.

— Eu cuido disso — disse ele.

Ele empurrou Olsson para o lado e levou Kelly às pressas para o elevador.

— O que foi? — ela perguntou quando eles estavam lá dentro e a porta se fechou. — O que está acontecendo?

Javi olhou para a frente quando respondeu, evitando olhar para ela.

— Reeza Patel — disse ele. — Ela foi encontrada morta em seu apartamento esta manhã. Ao que parece, por overdose de opioides.

A perplexidade tomou sua expressão.

— Suicídio?

— Eu vou descobrir — disse ele.

No entanto, ele também estava perplexo.

IMAGENS SUCESSIVAS do interrogatório de Patel passaram por sua mente naquela tarde. Ela permaneceu imóvel em sua mesa enquanto revia os principais momentos. *Você queria processar o doutor Benedict por demissão injusta, não é? Você foi a um advogado e pediu indenização. Mas ele disse que você não tinha um caso, não foi? Ele afirmou que o doutor Benedict tinha todo o direito de demiti-la. E foi só depois dessa conversa que você disse ao seu advogado que o doutor Benedict a estuprou? Não é verdade? Foi só depois que você percebeu que não conseguiria nenhum dinheiro da forma legal.*

Kelly havia conduzido todo o seu interrogatório do púlpito a seis metros de distância, mas, em sua memória, Reeza aparecia em *close*, com os lábios trêmulos, as lágrimas de raiva escorrendo de seus olhos enquanto Kelly insistia em sua tese repetidas vezes. Não foi mais brutal do que qualquer outro interrogatório que ela havia conduzido com qualquer outra acusadora, mas ainda assim foi brutal. Todos foram brutais.

Seu telefone continuou tocando durante toda a tarde, tanto na linha do escritório quanto no celular, tanto de amigos quanto de inimigos, mas principalmente de inimigos. Ela observou os nomes passarem na tela de identificação de chamada. A imprensa, é claro, com seus intermináveis pedidos de um comentário seu. Sua enteada Courtney, provavelmente ligando para acusá-la de traição de gênero mais uma vez. Em seguida, uma mensagem inesperada de Justin: A CULPA NÃO É SUA, MÃE. Seu coração foi reconfortado com sua súbita sensibilidade, até que ela leu o restante da mensagem. É LÓGICO QUE ELA ERA UMA MALUCA.

Patti apareceu em sua porta, com os olhos vermelhos e lutando para se controlar enquanto recitava alguns clichês.

— N-não tínhamos como saber — ela gaguejou. — Não havia nenhuma forma de... — Mas ela não conseguiu evitar soluçar, então, saiu correndo com a mão sobre a boca.

Cazz entrou logo depois com um copo de vidro lapidado contendo dois dedos de uísque — ela devia ter invadido o armário de bebidas de Harry. Kelly virou de uma vez o conteúdo, mas estava entorpecida demais para senti-lo queimar em sua garganta.

Os *e-mails* chegavam, e ela observava os nomes dos remetentes rolarem pelo monitor com o mesmo distanciamento atordoado com que observava a tela de identificação de chamadas no telefone. Mais repórteres. Mais advogados. Courtney mais uma vez. Ela não abriu nenhum deles até que o nome de Rick Olsson apareceu. *Você está bem? Ligue para mim*. Ele já havia lhe dado seu número antes e agora dava de novo. Ela ligou para ele.

— Kelly, você está bem? — ele perguntou.

Ela nem registrou a estranheza de ele tê-la chamado pelo primeiro nome, só o fato de que soou gentil em sua voz.

— Obrigada por me salvar daquela emboscada — disse ela.

— Há algo que eu possa fazer para ajudar? Ficarei na cidade por pelo menos mais um dia.

— Por que você está... aqui?

— Estou trabalhando em uma história. Uma história diferente. Quando ouvi a notícia, achei que você precisaria de um ombro amigo. Não sabia que você estaria cercada por uma multidão com forcados e tochas.

— Seus colegas jornalistas — ela murmurou.

— Abordagens diferentes — disse ele. — Escute, Kelly... — Desta vez, ela percebeu o uso do seu primeiro nome, mas agora parecia natural. Normal. — Isso não foi culpa sua.

— Você não pode afirmar isso.

— Você também não. Esse é meu argumento. Você não sabe o que mais estava acontecendo na vida dela. Ela poderia ter tido outros problemas. Talvez o namorado dela a tenha abandonado ou alguém tenha morrido ou sabe-se lá o quê.

Essa era apenas uma variação do que Justin tentou dizer em sua mensagem de texto, mas soou mais comedido na voz gentil de Olsson. E o que ele disse a fez pensar em algo. Outros problemas. Ela se lembrava vagamente de algum tipo de problema médico no arquivo de Reeza.

— Talvez — ela cedeu.

— Olha, se alguém aqui é culpado — disse ele —, é Benedict.

Era óbvio, mas ela não podia deixá-lo acreditar nisso.

— Ele foi absolvido — disse ela.

— Por que ele era inocente? Ou por que ele tinha uma ótima advogada?

— Senhor Olsson...

— Rick. E retiro a pergunta. Posso fazer isso, advogada?

Ela podia ver o sorriso dele do outro lado da linha, e isso quase a fez sorrir também.

— De qualquer forma, como eu disse, estou na cidade. Caso você queira conversar, jantar ou algo assim.

— Obrigada, mas acho que vou ficar na minha.

— Boa jogada — disse ele. — Mas me ligue se mudar de ideia. Ou mesmo se não mudar. Ligue para mim.

NO FIM DA TARDE, Javi entrou e fechou a porta. Ele conhecia um cara que conhecia outro cara no escritório do legista em Bucks County, na Pensilvânia, que lhe deu uma rápida explicação. Reeza Patel foi encontrada sem vida em seu apartamento em Doylestown naquela manhã em consequência de uma aparente overdose de drogas. No chão, ao seu lado, havia um frasco de oxicodona.

— Ela tinha dores nas costas — esclareceu Kelly quando lhe veio a lembrança. — De um acidente de carro?

— Certo — disse Javi.

— Alguma chance de ter sido uma overdose acidental?

— Sempre há uma chance — disse Javi, mas ela percebeu que ele também não acreditava nisso.

TODD LIGOU ÀS quatro para avisar que um repórter havia tocado a campainha da casa.

— Mas para azar dele... Bruce, o Brutamontes, atendeu à porta — disse ele com evidente alegria.

O repórter bateu em retirada depressa, e o caminho estava livre desde então. Tudo estava silencioso.

Kelly olhou a hora. As crianças logo voltariam da escola. Ela arrumou a pasta e estava a meio caminho da porta quando o telefone fixo tocou de novo.

Algo a fez voltar para sua mesa e olhar o identificador de chamadas. Ela pegou o telefone tão rápido que ele quase voou de sua mão.

— Sim? — ela deixou escapar.

— Sim — disse Ashley LaSorta. — Vamos pegar este filho da puta.

14

QUALQUER UM QUE OBSERVASSE TERIA IMAGINADO que seria um fim de semana de folga entre amigas quando quatro mulheres em quatro carros diferentes chegaram à propriedade à beira-mar. Era um condomínio de quatro unidades construído sobre palafitas a quinze metros das dunas. O Porsche teria atraído mais atenção ao parar no estacionamento aberto abaixo das unidades. A morena que o dirigia descarregou uma mala Louis Vuitton junto com uma caixa de metal sobre rodas que parecia conter segredos de Estado ou lixo nuclear.

Logo depois, dois outros carros pararam em ambos os lados do Porsche, enquanto o quarto carro, um táxi, encostou sem estacionar. Uma jovem desceu do veículo com uma mochila surrada, enquanto uma das mulheres mais velhas, a loura, foi até a janela do motorista para pagar a corrida.

No entanto, qualquer pessoa que observasse ficaria admirada com a frieza com que essas mulheres se cumprimentaram. Ou não se cumprimentaram, na verdade. Três delas carregaram suas malas para dentro do elevador e se viraram em silêncio para encarar a porta enquanto esta fechava. A quarta — de novo, a loura — tinha um caixote cheio de compras de supermercado e não contou com a ajuda das outras para descarregar. Qualquer um que estivesse assistindo teria achado esse comportamento estranho para um fim de semana entre amigas.

Entretanto, ninguém estava olhando. Kelly tinha certeza disso. A temporada havia acabado em Jersey Shore, e foi assim que ela conseguiu esse aluguel de última hora. Isso mais o fato de ela ter pedido para ficar com o prédio inteiro. Havia quatro unidades, duas em cima e duas embaixo, cada uma com um deque voltado para as dunas e, para além delas, o mar. Cada mulher teria seu próprio apartamento de dois quartos. Elas concordaram em trabalhar juntas, mas seria demais esperar que compartilhassem o mesmo espaço.

Primeiro, ela pensou em fazer essa reunião em uma cabana isolada na floresta, mas o serviço de internet seria irregular lá, e uma boa conexão era um pré-requisito para o projeto. De acordo com as análises *on-line* deste edifício à beira-mar, a velocidade da internet era excelente, segundo o comentário que veio de um comerciante de moeda estrangeira que passara a maior parte de agosto lá. O outro ponto fundamental? O fato de os prédios de ambos os lados terem sido recentemente demolidos para dar lugar a estruturas ainda maiores e mais luxuosas. Elas estariam quase tão isoladas ali quanto estariam naquela mítica cabana na floresta.

Uma das unidades teria de servir como *hub* central, então, foi essa que Kelly escolheu para si: o apartamento do último andar, no lado norte. O *layout* era o mesmo em todas as unidades: sala aberta e cozinha no deque frontal, com dois quartos e banheiro lateral. A decoração também era a mesma: móveis de vime, almofadas azuis e verdes e conchas por toda parte.

Enquanto as outras se acomodavam em seus apartamentos, ela desempacotava as compras na cozinha. Ela se atribuiu o papel de cozinheira, já que não tinha mais nada para fazer neste fim de semana. O papel dela era apenas de coadjuvante nesta peça. Ela nem tinha uma fala até o terceiro ato. Por enquanto, poderia servir apenas como facilitadora. Agiria como a moderadora de um seminário: apresentaria as palestrantes e permaneceria sentada, observando-as trabalhar.

Ela abriu as portas de correr do deque e saiu para acender a churrasqueira. O sol de meados de outubro estava quente o suficiente para ser bem-vindo. Ela se inclinou sobre a grade, sentindo o cheiro do mar e a brisa salgada no rosto, observando o vento ondular a grama das dunas. Então, virou o rosto para o sol enquanto conversava com Cazz no escritório e Todd e Gwen em casa. *Não se preocupe com nada*, era mais ou menos o que todos lhe disseram. *Você merece tirar umas férias. Vá se descontrair, relaxar.*

Tiffy Jenkins entrou na sala de estar, vestida com um *short jeans* minúsculo e um moletom dos Eagles.

— Este lugar é tão legal… — Ela foi até a estante e ficou parada por um momento, olhando as prateleiras.

Como não virou a cabeça para ler as lombadas, Kelly sabia que ela estava apenas tentando parecer ocupada. Tiffy tinha ainda menos coisas para fazer neste fim de semana do que Kelly. Ela não conhecia a tecnologia de computadores e não era uma estudante de ciências. Ela mal sabia o que a UniViro fazia, mas sabia o que George Benedict fazia, e sua ligação para Kelly veio logo após as ligações de Ashley e Emily. *Estou dentro.*

— Posso fazer alguma coisa para ajudar? — ela perguntou, então Kelly a colocou para trabalhar cortando os ingredientes para a salada enquanto temperava os bifes. Ela também fez barcos de abobrinha recheados com quinoa e cogumelos, caso alguém fosse vegano, e então levou tudo para grelhar. Tiffy arrumou a mesa e Kelly chamou as outras duas mulheres e abriu uma garrafa de vinho tinto, uma garrafa de vinho branco e uma garrafa de água com gás, pois não sabia se todas iam querer beber.

Nenhuma delas era vegana, e todas bebiam. E como bebiam.

Elas comeram, compartilharam as travessas entre elas e encheram seus copos em um silêncio constrangedor. Era impossível encontrar interesses em comum suficientes para sustentar uma conversa de verdade. Eram quatro mulheres com quatro estilos de vida diferentes. Uma advogada, uma microbiologista, uma especialista em TI e uma faxineira. Elas não tinham absolutamente nada em comum além dos ataques, dos estupros e de suas recompensas, e as regras básicas para o fim de semana declararam esses assuntos como um tabu. Falar sobre os detalhes de seus ataques estava proibido porque não se tratava de uma terapia em grupo ou de uma competição para ver qual trauma era o pior. Suas recompensas eram um tabu porque a discrepância nos valores era muito grande. Qualquer solidariedade que sentissem agora desapareceria rápido se Emily e Tiffy descobrissem que Ashley havia se tornado multimilionária apenas para se manter calada. Já havia diferenças suficientes entre elas sem que fosse preciso colocar etiquetas de preços em suas testas.

Toda tentativa de conversa durante o jantar foi um fracasso.

Ashley disse: — A velocidade da internet aqui é muito boa.

E Emily: — Vinho adorável.

Tiffy: — Este lugar é tão legal.

A refeição já estava chegando ao fim quando um toque rompeu o silêncio. Todas elas se apressaram em pegar seus telefones, tanto os próprios quanto os descartáveis pré-pagos que usavam umas com as outras. Era o telefone de Tiffy que vibrava em seu bolso.

— Oh. Com licença — disse ela, verificando a tela enquanto se levantava.

Ela foi até o deque para atender, mas, antes de fechar as portas de correr, elas a ouviram dizer:

— Oi, amor.

Elas deveriam ter desviado o olhar. Deveriam ter conversado entre si sobre qualquer coisa. No entanto, não tinham nada para conversar, então, em vez disso, ficaram observando Tiffy. Observaram como ela girava um dedo no cabelo e, de repente, puxava-o com muita força. Como ela se dobrou e abraçou as costelas. Como ela virou a cabeça para trás e fechou os olhos com força. E como ela ficou olhando para o mar muito tempo depois de a ligação ter terminado.

Ela voltou para a mesa com os olhos baixos.

— Desculpem por isso.

— Problemas em casa? — Ashley perguntou, indo direto ao ponto sobre o qual cada uma estava especulando.

— Sean, meu namorado. — Tiffy deu uma garfada seletiva no que restara de sua salada.

— Eu nunca estive longe dele antes. Disse a ele que estava visitando minha prima. Ele fica com ciúme, às vezes, e agora ele pensa que estou mentindo.

Ela suspirou e deu uma risadinha.

— Bem, acho que estou, mesmo. Criei uma família inteira que nem tenho.

Kelly olhou ao redor da mesa.

— Alguém mais teve problemas com seus álibis?

— Eu não. — Ashley balançou a cabeça. — Não respondo a ninguém.

— Emily? O que você disse ao seu marido?

— Nada. — Emily pegou sua taça de vinho e olhou para a borra no fundo. — Já que em breve ele será meu ex-marido.

— Oh. — Kelly ficou corada. Ela passara algumas horas com o marido de Emily enquanto negociavam o NDA. Ele lhe pareceu um cara legal. — Sinto muito — disse ela. — Eu não fazia ideia.

Emily fulminou-a com os olhos.

— Seu investigador não atualizou meu arquivo? — ela perguntou.

— O maravilhoso Alejandro? — Agora, Ashley a estava olhando feio também. — Aquele filho da puta traiçoeiro.

Kelly se sentiu ainda mais constrangida. Alejandro era o pseudônimo que Javi usava no que chamava de missões especiais. Ashley, era óbvio, descobrira que o homem que a namorou por um tempo breve foi quem desenterrou sua fita de sexo. Emily e Tiffy trocaram olhares perplexos. Elas não tinham conhecido o Alejandro. Kelly não precisou usar esse truque sujo em particular com nenhuma das duas.

Ela se apressou em mudar de assunto.

— O que você disse a Sean sobre essa sua prima? — ela perguntou.

Tiffy ergueu seu ombro esquálido.

— Não muito. Disse que o nome dela é Nancy e que ela é da Geórgia, como minha mãe... minha mãe biológica... e que ela mora em Nova Jersey agora com o marido e um monte de filhos, e que ela queria me conhecer, você sabe, depois de todos esses anos, para compensar o tempo perdido... Não sei, algo assim. — Ela encolheu os ombros de novo.

— Isso é tudo?

— Sim, acho que sim.

— Está bem, então. Deixe comigo. Ligue para ele de volta.

— Como é?

— Diga a ele que Nancy quer dizer um oi.

— Oh. Não sei...

Tiffy parecia assustada, mas Ashley estava sorrindo.

— Vamos lá. Vamos ver no que vai dar.

Relutante, Tiffy apertou um botão e passou o celular para Kelly. Um homem respondeu, vociferando de raiva.

— Eu não vou falar com você, sua puta.

— Opa! Olá, Sean — Kelly disse em seu sotaque arrastado mais doce. — Aqui é a Nancy. Prima da mãe de Tiffy! Eu só queria agradecer a você por ter permitido que ela viesse para cá neste fim de semana. Significa muito para meu marido e para mim tê-la aqui e conhecê-la um pouco melhor. Ela realmente é um amor, não é? Você é um cara de sorte, Sean, por ter um doce de menina como ela. Quem sabe da próxima vez vocês dois possam vir juntos fazer uma visitinha...? Agora, cuide-se, Sean. Comporte-se direitinho, ouviu?

— Sim, OK — ele disse, junto a alguns outros grunhidos incoerentes de reconhecimento antes que ela desligasse.

Ashley assobiou quando a ligação terminou, e Emily aplaudiu.

Tiffy ainda parecia assustada.

— Você acha que ele caiu nessa?

— Claro que sim — Kelly respondeu.

Ashley apontou o garfo na direção de Kelly.

— Esta é a mulher que fez doze pessoas boas acreditarem que George Benedict era inocente.

Kelly podia sentir os olhares raivosos das três mulheres, mas isso não era novidade para ela. Então, empilhou os pratos, empurrou-os de lado e espalhou suas anotações.

— Vamos revisar isso — disse ela, e a contragosto as outras puxaram suas cadeiras para mais perto e prestaram atenção enquanto Kelly esboçava o plano de trabalho para o dia seguinte.

Ashley configuraria seu equipamento e invadiria os servidores da empresa. Ela já havia testado e confirmado que seu sucessor na UniViro não havia instalado nenhum novo *firewall* desde que ela saiu.

— Idiota incompetente — ela murmurou. No entanto, isso significava que ela poderia invadir com facilidade os sistemas da empresa.

Então, Emily acessaria os arquivos que continham os dados brutos dos testes da Fase I da vacina e decidiria onde manipular os resultados.

Embora os relatórios publicados afirmassem que a vacina tinha uma eficácia de 95%, os dados brutos sustentariam agora apenas 62%. Enquanto os relatórios publicados apregoavam uma porcentagem de efeitos secundários testados inferior a 1%, os dados brutos alterados mostrariam que 31% dos sujeitos do teste tinham experimentado efeitos colaterais. E enquanto os relatórios publicados afirmavam que o pior dos efeitos colaterais era comichão e uma erupção cutânea no local da injeção, os dados brutos reportariam agora 11 casos de choque anafilático grave.

Se resultados como esses tivessem sido publicados, a vacina nunca poderia ter passado para a Fase II. Teria sido declarada um fracasso, e o projeto teria sido cancelado. Contudo, como passou para a fase seguinte, Emily também revisaria esses dados brutos e os manipularia da mesma forma. Ashley escreveria o código para fazer todas essas mudanças, com um gatilho que ela, mais tarde, acionaria para colocá-las em operação no sistema da UniViro.

Elas imprimiriam alguns exemplos dos resultados dos testes reconstituídos — uma provocação suficiente para levar um jornalista com iniciativa a procurar o incêndio que gerou tanta fumaça. Então, Kelly, por fim, desempenharia o papel que lhe foi atribuído, de uma advogada movida pelo dever de confidencialidade, mas atormentada, de súbito, pela consciência. Ela procuraria um jornalista com credibilidade, extrairia uma promessa de anonimato e vazaria os documentos.

Assim que o jornalista publicasse a história, assim que os fatos fossem verificados por intermédio de uma auditoria nas bases de dados da UniViro, George Benedict seria exposto e denunciado como o maior fraudador da história da indústria farmacêutica. Ele seria o Bernie Madoff da biociência, um homem que enganou os investidores num escândalo que envolveu milhões de dólares e afetou de modo descarado as esperanças do mundo inteiro.

Ao redor da mesa, as mulheres se entreolharam e, aos poucos, foram acenando em sinal de concordância.

KELLY ESPERAVA que todas fossem para seus respectivos apartamentos depois disso, mas Tiffy insistiu em ajudar com a louça, e Ashley e Emily se acomodaram em poltronas na sala com outra garrafa de vinho. Ashley ligou a TV e começou a mudar rápido de canal.

— Caramba! Quais estações pegam aqui? — ela continuou murmurando até que, por fim, chegou ao canal que estava procurando. — Que horas são? — ela perguntou alto a ninguém em específico.

— Quase nove — Emily respondeu.

— Perfeito. — Ashley aumentou o volume.

Kelly ouviu o som enquanto guardava as sobras. Parecia uma revista semanal de notícias da TV ou um segmento especial de uma das redes a cabo. A história de abertura era sobre incêndios florestais na Califórnia. Ela olhou para a sala e viu nuvens de fumaça na tela e Ashley assistindo àquilo atenta, com os cotovelos apoiados nos joelhos. Então, ela se lembrou que Ashley havia trabalhado no Vale do Silício.

— Você tem amigos em situação de perigo? — Kelly gritou da cozinha para ela na sala.

Ashley a ignorou e manteve os olhos fixos na TV.

Era inútil, pensou Kelly, voltando-se para a pia, esperar algum tipo de gentileza daquelas mulheres, ou mesmo uma conversa civilizada. O fato de elas terem um inimigo em comum não significava que algum dia seriam amigas. Sua única função ali era cozinhar e pagar as contas.

Ela estava carregando a máquina de lavar louça, deslizando um prato na fenda, quando uma voz vindo da TV fez os pelos das costas da sua mão se arrepiarem.

— ... revolucionará o processo de envelhecimento. — Uma voz monótona e não modulada como a de um robô. Seu estômago ardeu de imediato, como se ela estivesse com azia.

— Aí está! — Ashley gritou e aumentou o volume de novo.

— Oh, meu Deus — disse Emily.

Tiffy virou-se da pia e, então, devagar, Kelly virou-se também. Na tela estava George Benedict, sentado em um sofá com a esposa, Jane, ao lado dele.

— Como você sabia que ele estaria aí? — Emily perguntou.

— Eu configurei um alerta do Google — explicou Ashley, indicando com a mão para que elas fizessem silêncio — Ssshh...!

Tiffy correu pela sala e sentou-se de pernas cruzadas no chão em frente à TV.

Kelly se aproximou lentamente. Trechos de vídeo eram reproduzidos enquanto uma narração falava sobre a descoberta do vírus que estava ligado ao Alzheimer. Ali estava Benedict vestindo um jaleco e olhando através de um microscópio. Ali estava ele dando uma palestra para uma plateia lotada de estudantes de medicina. E lá estava ele com Jane visitando uma casa de repouso para pacientes com Alzheimer, curvando-se para falar baixinho com os residentes de olhos vidrados, colocando as mãos em seus ombros. A transmissão cortou para uma série de fotos: Benedict quando menino com um laboratório químico, quando adolescente em Harvard, como estagiário no Monte Sinai. Sua esposa recebeu o mesmo tratamento nostálgico: uma foto dela quando criança enfaixando a pata de um *beagle*; outra dela quando jovem, sorrindo com orgulho durante a formatura na escola de enfermagem; e, por fim, a foto do casamento, Jane em um vestido de renda bege, George em um terno cinza.

O vídeo seguinte foi reproduzido, e Kelly teve um sobressalto ao se ver na escadaria do fórum, exultante, com o rosto brilhando de triunfo ao mover o braço para trás a fim de apresentar Benedict à multidão. Ela assistia à cena agora com o estômago embrulhado. Estava com medo de vomitar.

A imagem seguinte na tela era de Reeza Patel, uma jovem séria com grandes olhos escuros olhando com um ar interrogativo para a câmera. Essa imagem ficou na tela mais ou menos uns trinta segundos antes de a transmissão voltar para os Benedict no sofá.

Eu realmente me arrependo, Benedict estava dizendo. *Ela era uma jovem cientista talentosa com muito a oferecer em sua área.*

Mesmo assim, você a demitiu, disse o entrevistador.

Apenas por questões de personalidade. Ela não podia aceitar críticas construtivas. Isso tornou difícil, para sua equipe, trabalhar com ela.

Pobre garota, Jane Benedict interveio. *Todos nós sabíamos que ela tinha... problemas... mas não acho que algum de nós pensou que ela estivesse tão perturbada. Quero dizer, o RH a teria encaminhado para um psiquiatra, não é, querido?*

Ela colocou a mão no joelho de Benedict, um gesto que ele pareceu ignorar.

Eu culpo os promotores do governo, disse ele. *Eles a encorajaram nessa fantasia. Então, quando a realidade do veredicto do júri bateu, ela não conseguiu aceitá-lo.*

Pobre garota, Jane disse mais uma vez, suspirando.

O segmento terminou e a transmissão foi interrompida por um comercial. Ashley desligou a TV e as quatro ficaram olhando para a tela preta por um tempo.

Ashley foi a primeira a falar.

— Maldito filho de uma puta.

— Ele é um monstro — disse Emily. — Ele é um monstro completo.

O olhar de Tiffy disparou entre as duas enquanto ela esperava sua vez de falar.

— Ele escapa impune. Ele sempre escapa impune.

Ashley olhou para o teto e soltou um longo suspiro entre os dentes cerrados.

— Ele sempre fará isso. Ele tem mais dinheiro do que Deus, e o mundo inteiro se curva a seus pés.

A boca de Emily se contorceu.

— Enquanto ele trata as mulheres como papel higiênico.

— Caras assim, que... que... — Tiffy lutou para encontrar as palavras por um instante antes de desistir, dando um suspiro. — Eles sempre vencem. Eles sempre farão isso.

— Não — disse Kelly, desta vez, mais alto, de um modo feroz, enquanto circulava para encará-las. — Não! — Agora, ela sabia qual era seu verdadeiro papel naquele fim de semana. Mais do que cozinheira, mais do que moderadora, ela seria a líder de torcida, a motivadora-chefe. — Dessa vez, nós venceremos — disse ela. — Nós vamos detê-lo. Vamos detê-lo, vamos destruí-lo e destruir tudo o que ele mais preza.

Os olhos de Ashley se estreitaram.

— Você teve a sua chance — disse ela. — Mas o defendeu. Você lhe deu carta branca. Você o libertou para fazer isso de novo. Isso... — ela abriu os braços em um gesto que abrangeu as outras duas mulheres e depois apontou para a tela escura da TV. — Tudo isso é culpa sua.

Kelly mordeu o lábio.

— Você está certa — ela admitiu. — Mas você não tem ideia do quanto eu me arrependo. Por isso, reuni vocês aqui...

— Você deveria saber que Reeza estava dizendo a verdade — disse Emily.

— Depois de lidar com nós três... Você sabia do que ele era capaz — Ashley retrucou.

— Eu sei...

— Mas isso, na verdade, é culpa de todas nós, não é? — Tiffy disse. Ela olhou de Ashley para Emily e de volta para Kelly. — Quero dizer... minha culpa, pelo menos. Se eu tivesse ido à polícia... — Ela não concluiu seu pensamento.

Ashley encheu de novo sua taça e a de Emily, e, depois que Tiffy pegou copos novos para si mesma e para Kelly, ela despejou o conteúdo da garrafa neles também. Beberam num silêncio desconfortável.

— Eu tenho pesadelos — Emily deixou escapar. Ela lançou um olhar insolente para Kelly. — Sei que não devemos falar a respeito do que aconteceu conosco, mas podemos conversar sobre as consequências, não podemos? Eu tenho pesadelos.

— Eu também — disse Tiffy. — Às vezes.

— Eu os tenho o tempo todo. Estou em um quarto de hotel... bem, os detalhes não importam. Mas não posso mais fazer viagens de negócios. Se tivéssemos marcado este fim de semana em um hotel, eu não teria ido. E meu casamento, a razão pela qual ruiu... bem, nossa vida sexual acabou. Cada vez que meu marido me tocava, eu desmoronava.

— Isso é TEPT[9] clássico — disse Ashley. — O meu psiquiatra me passou algumas técnicas para lidar com isso.

Emily fez uma cara de desgosto.

— O meu também. Nós... Eu tenho uma banheira de hidromassagem na varanda dos fundos e me afundo nela todas as noites depois do trabalho. Acho que ajuda com minhas dores musculares, mas não com os pesadelos.

— Meu terapeuta me passou um exercício de visualização.

— Tipo o quê? — Emily zombou. — Cachoeiras e cachorrinhos?

Ashley balançou a cabeça dando um sorriso tímido.

— Eu me visualizo calçando minhas botas favoritas. Aquelas que vão até as coxas e com salto agulha de quinze centímetros.

As outras mulheres assentiram. Botas altas eram um conhecido símbolo de poder — podiam visualizar isso.

— E, então, eu pisoteio todo o rosto dele — ela finalizou.

Elas ficaram de queixo caído antes de soltarem risadas atônitas.

Kelly gostou da imagem tanto quanto as demais, mas não conseguiu acrescentar nada à discussão sobre TEPT. Ela não podia dizer "Eu também!", porque não sentia nenhum desses sintomas, pelo menos, não desde que embarcara nessa busca por vingança. Esse era o segredo, ela tinha certeza.

Não dê chilique e, pelo amor de Deus, não derrame lágrimas. Apenas, se vingue.

9. Transtorno de Estresse Pós-Traumático. (N. da P.)

15

KELLY ACORDOU TARDE com uma batida estrondosa na porta de seu apartamento. Aprumou-se na cama. As batidas ressoaram de novo, mas dessa vez abafadas, como se estivessem mais distantes. Então, voltaram a soar, mais perto. Ela correu pelo quarto escuro e olhou pelo olho mágico. Emily estava lá fora, de pijama. Com os olhos arregalados. *Deve ter tido outro pesadelo*, pensou Kelly, e abriu a porta.

— O que foi? Você está bem?

— Acorde! Acorde! — Emily gritou enquanto corria pelo patamar para bater na porta de Ashley mais uma vez.

— Que porra é essa? — Ashley apareceu com uma camisola de cetim preta e o cabelo preso em rolos de espuma rosa.

Emily girou de um lado para o outro no patamar entre elas.

— Nós nos enganamos! — ela gaguejou. — Nós entendemos tudo ao contrário! — As palavras pareciam explodir dentro dela. — Porque a vacina funciona, *sim*! É eficaz contra o vírus, e basta repetir os testes para provar isso. Isso vai atrasá-lo, mas não vai arruiná-lo.

— Mas vai parecer que ele falsificou os resultados dos testes anteriores — argumentou Kelly.

— Ele ficará desmoralizado...

— Não — disse Ashley. — Ele será absolvido. Vai dizer que foi hackeado e, no fim, vai provar que está certo.

Kelly sentiu o ar sair de seus pulmões e, com ele, tudo o que a mantivera ativa nos últimos dias. Era verdade. Emily estava certa. Ela afundou sobre o corrimão da escada, sentindo o corpo pesado de derrota. Fora estúpida por ter se tornado a arquiteta desse esquema. Seu gênio para a estratégia de tribunal não se traduzia nem mesmo em competência moderada para mais nada. Ela não era uma especialista em ciências — informática, biologia ou qualquer outra coisa que esse plano exigisse. Todo esse trabalho, todo esse esforço, era tudo em vão.

Emily ainda estava andando de um lado para o outro pelo patamar.

— Mas o negócio é o seguinte — disse ela. — Existe um jeito melhor!

Kelly teve um sobressalto ao perceber que Emily não estava com os olhos arregalados de medo.

Ela estava animada.

Ashley também havia percebido.

— Entrem aqui — ela disse, gesticulando para que a acompanhassem em seu apartamento.

Kelly amarrou o cinto do roupão e seguiu Emily, e depois de um minuto Tiffy apareceu também, vestindo apenas camiseta e calcinha.

Elas se sentaram na sala de estar com decoração praiana do apartamento de Ashley, mas Emily permaneceu em pé, andando de um lado para o outro enquanto falava, do deque da frente até a cozinha, nos fundos, e vice-versa.

— Ele é um herói porque encontrou a cura para o mal de Alzheimer, certo? Bem, quem disse isso?

— Você — Ashley apontou para ela, contrariada. — Você acabou de dizer que a vacina funciona. Disse que ela mata o vírus que causa o Alzheimer.

— Ah! Mas aí está a falácia. É eficaz contra o vírus, sim, mas quem disse que é isso que causa o Alzheimer? Vamos voltar e examinar seu primeiro grande avanço. *Ahá!*, ele diz. *Eis o vírus que causa o acúmulo de proteínas amiloides no cérebro*. Mas pensem: como ele sabia disso?

Kelly vasculhou sua memória.

— Não foi o que... Ele não testou pessoas com Alzheimer e encontrou o vírus em seus organismos?

— Claro, mas adivinhem só... Existem mais de 380 *trilhões* de vírus em uma pessoa qualquer. É o viroma humano. Todos nós também carregamos o vírus do resfriado comum. Quem pode afirmar que não é *este* que causa o Alzheimer?

— Espere — disse Ashley. — Eu me lembro disso. Ele fez estudos. Ele injetou o vírus em ratos cujos exames cerebrais estavam normais; então, fez exames seis meses depois e eles apresentaram formação de placa.

— Mas... e se eles desenvolvessem placa mesmo assim? É a armadilha da causalidade *versus* a correlação — Emily disse.

— Deve ter havido um grupo de controle — aventou Kelly.

— Claro. E a maioria desses ratos não desenvolveu nenhuma placa. Mas a questão é a seguinte: um deles fez isso!

— O que isso significa? Que há mais de uma causa?

— Talvez. Ou talvez o vírus não cause o acúmulo de proteínas. Sua presença está meramente correlacionada ao que quer que cause o acúmulo.

— Tudo bem — Ashley disse devagar, como se estivesse pensando. — Então, vazamos a informação sobre aquele rato? E colocamos em dúvida toda a sua hipótese?

Emily balançou a cabeça rápido de um lado para o outro. Ela estava muito nervosa para responder em palavras, então, Kelly fez isso por ela.

— Por que parar em um só? — ela disse.

O TRABALHO COMEÇOU DE MANHÃ. Ashley apareceu flanando às oito, vestindo um biquíni com estampa tropical e um sarongue com nó lateral amarrado baixo nos quadris. Puxava a maleta de aço atrás dela como se esta fosse um cachorro bem treinado. Dentro dela estava seu equipamento, que ela instalou com todo o cuidado na mesa da sala de jantar. Ela estabeleceu uma conexão através de um servidor *proxy* anônimo na Ucrânia, enquanto as outras observavam maravilhadas, como se ela fosse uma xamã realizando algum ritual misterioso. Em poucos minutos, ela estava dentro do sistema da UniViro.

Ela acessou primeiro a agenda de Benedict e, de certa forma, foi um bálsamo, para elas, poder saber onde ele estaria a qualquer momento. Então, ela chegou ao cerne da questão: os estudos com camundongos. Emily sentou-se ao lado dela com um monitor separado e estudou os dados. Ela não estava envolvida nesta pesquisa...

— Isso tudo era de Reeza — disse Emily.

Muito daquilo era novo para ela. Emily precisaria de algum tempo.

Kelly preparou um bule de café, arrumou uma travessa de *bagels* e salmão defumado e ficou ocupada enchendo xícaras e pratos. Ashley tirou o sarongue, passou protetor solar e saiu para o deque, a fim de se aquecer. Tiffy tentou e não conseguiu ser útil, então, resolveu sair para fazer uma longa caminhada na praia.

Horas se passaram. Kelly trocou os *bagels* e o café por sanduíches e chá gelado. Tiffy voltou e saiu de novo. Por fim, Emily declarou que estava pronta. Ashley enrolou o sarongue no corpo outra vez e voltou para a mesa. Emily identificou os dados que deveriam ser alterados, e Ashley começou a trabalhar. Mas apenas quinze minutos depois ela parou e levantou as mãos.

— Não vai funcionar, porra! — ela gritou. — Eu deveria ter me lembrado! Isso nunca poderia funcionar!

Kelly congelou onde estava, no meio da sala, com uma jarra nas mãos.

— Por que não?

— Ele mantém um *backup*. *Off-line*. É sua segurança contra falhas.

Ashley afastou os cabelos da frente do rosto.

— Ele deve ter todos os dados originais lá, com metadados mostrando quando foram inseridos.

Emily ergueu os olhos da tela.

— Você quer dizer... que ele poderá provar que foi hackeado?

— Exatamente.

Emily despencou na cadeira enquanto Ashley se levantou e começou a andar pela sala de um lado para o outro.

Kelly não se moveu enquanto a condensação fria da jarra escorria por seus dedos e os deixava formigando. Isso significava que Benedict não seria exposto como o vilão desse drama. Ele seria a vítima. Seria o julgamento de Reeza Patel de novo.

Ela não podia deixar isso acontecer. Kelly largou a jarra e enxugou as mãos.

— Onde ele guarda esse computador de *backup*?

— Computadores — disse Ashley, enfatizando o plural. — Ele é precavido. Tem um *laptop* no escritório e outro em casa.

Kelly ficou pensativa por um tempo.

— Ele tem câmeras de segurança? — ela perguntou, de repente.

— Em seu escritório? Não. Não sei sobre o escritório na casa dele. Mas que diferença...?

— Você consegue escrever um programa para fazer nos *laptops* dele as mesmas alterações que estamos fazendo no banco de dados da empresa?

Ashley revirou os olhos.

— Você não sabe o que significa *off-line*? Não consigo acessar seus *laptops* de forma remota.

— Então, não vamos fazer isso de forma remota.

Ashley parou de andar e lançou um olhar intrigado para Kelly.

— Você não entendeu. Alguém teria que ir até a casa dele, entrar no escritório e sobrescrever esses arquivos para sincronizá-los com o banco de dados da empresa.

— Entendi — disse Kelly. — Então, você consegue escrever o código para fazer isso?

ELA FOI PROCURAR Tiffy enquanto Ashley começava a trabalhar.

Bateu primeiro na porta do apartamento e, depois, como não houve resposta, saiu pelas dunas. Aquele trecho de praia estava quase deserto, e ela avistou Tiffy a cinquenta metros da costa. A jovem estava de joelhos, bagunçando vigorosamente os pelos de um grande cachorro preto na coleira. Do outro lado da coleira estava um homem de meia-idade usando uma jaqueta impermeável. Kelly correu pelo caminho que atravessava as dunas, contornando as poças de maré e continuando pela praia. Quando chegou, o homem e o cachorro haviam sumido. Tiffy estava sentada com seu moletom dos Eagles, com o queixo apoiado nos joelhos, olhando para o mar.

Ela sorriu para Kelly.

— É tão bom aqui… — disse ela.

— Quem era aquele cara? — Kelly apontou para o homem que agora desaparecia ao longe, ao longo da costa.

— Apenas um cara com um cachorro fofo. Não se preocupe, eu não contei nada a ele.

Tiffy usava uma regata que deixava seus braços expostos. Havia contusões em forma de dedos visíveis em ambos os braços. Kelly começou a dizer alguma coisa, mas o tempo urgia.

— Precisamos de você — ela disse, em vez disso, e Tiffy se levantou e pegou o moletom para seguir Kelly de volta à casa.

ELAS TINHAM UM NOVO PLANO. Ashley escreveu um código para fazer as alterações de Emily, mas ela não transmitiu a nenhuma delas. Em vez disso, escreveu um código que sincronizaria essas alterações com o armazenamento local de Benedict, e tudo isso entraria em operação ao mesmo tempo. Quarta-feira, às cinco horas, decidiram. A agenda de Benedict mostrava que ele estaria em uma reunião em Atlanta, então, Tiffy poderia acessar seu escritório.

O tutorial tomou o restante da tarde e algumas horas da noite também. Primeiro, Ashley teve de ensinar Tiffy a usar o programa de quebra de senha para entrar no *laptop* do escritório de Benedict e, depois, a executar o programa de substituição de dados. Tiffy não era uma usuária regular de computador, demorava para aprender e se confundia com facilidade. Ela continuou se mostrando confusa, mesmo quando Ashley levantou as mãos e se afastou.

— Ela é o nosso elo mais fraco — Ashley protestou, enquanto Tiffy mordeu o lábio e tentou mais uma vez.

Por volta das dez horas daquela noite, Tiffy parecia ter conseguido. Kelly abriu uma garrafa de champanhe e elas ergueram as taças umas para as outras.

— Um brinde à destruição de George Benedict — gritou Kelly.

Todas deram um grande gole.

— Um brinde a Reeza — Emily disse em um tom mais baixo, e elas beberam mais devagar em homenagem a ela.

Estava feito. No dia seguinte, tomariam um café da manhã tranquilo, fariam as malas e partiriam para suas respectivas casas.

ÀS DUAS DA MANHÃ, Kelly levantou-se de repente na cama. Algo que Emily havia dito — quatro palavras estavam circulando em sua mente —, *era tudo de Reeza*, e ela pensou: *por que não fazer isso?*

Ela acendeu todas as luzes do apartamento e correu descalça pelo patamar para bater na porta de Ashley.

— Levante-se! Nós fizemos tudo errado! Existe uma forma melhor!

Ela desceu correndo e bateu nas portas de Emily e de Tiffy, gritando a mesma coisa.

— Fizemos da forma errada! Existe uma maneira melhor.

Todas se reuniram em frente ao apartamento de Ashley, pois ela foi a última a sair.

— O que foi agora, porra? — ela gemeu.

— O que o levou a ser famoso? — Kelly perguntou. — Além de ser um estuprador.

— A promessa de cura do Alzheimer? — Tiffy indagou.

— Volte no tempo — disse Kelly. — Antes disso.

— Identificar o vírus que talvez cause o Alzheimer — disse Emily.

— Sim! E se ele não fez isso?

— Se ele nunca o identificou? Então, acho que nunca desenvolveremos a vacina, nunca encontraremos a cura do Alzheimer...

Kelly balançou a cabeça de um modo descontrolado.

— Não, não, não. Quero dizer... e se *outra pessoa* descobriu?

Ashley inclinou a cabeça.

— Você quer dizer... como se ele tivesse roubado a pesquisa de alguém?

Tiffy sacou primeiro.

— Reeza! — ela disse.

Kelly assentiu.

— Vamos voltar às primeiras pesquisas sobre vírus e falsificar alguns documentos para fazer parecer que foi Reeza quem de fato descobriu o vírus.

— E tirar toda a sua glória — disse Ashley.

— Mas sem sacrificar a ciência — concluiu Emily. — É perfeito... Além disso — acrescentou ela —, quem poderia afirmar que Reeza não teria descoberto algo tão importante quanto? Se ela não tivesse morrido...

— Se ele não a tivesse estuprado — disse Tiffy.

Ashley atravessou o patamar para pegar seu equipamento.

O CAFÉ DA MANHÃ DE DOMINGO não foi tão tranquilo quanto haviam planejado. Ashley teve que invadir o sistema da UniViro de novo, em um banco de dados diferente, e Emily precisou vasculhar os arquivos para identificar as principais anotações de laboratório e os relatórios das primeiras pesquisas sobre o vírus. Então, Ashley escreveu o código para mudar as iniciais de cada nota de GB para RP, e o nome do autor em cada memorando de George Benedict para Reeza Patel. Ashley cantarolava enquanto trabalhava, e Kelly pairava atrás dela, simplesmente exultante com a perfeição com que tudo estava funcionando.

Até que Ashley se recostou de repente. Ela balançou a cabeça.

— Não, isso não vai funcionar. Se ele tivesse de fato feito isso… Roubado o trabalho de Reeza… Ele não deixaria a identificação dela aparecer em todas essas anotações. Isso seria uma revelação mortal. Ele teria sobrescrito as suas próprias.

Ela estava certa, é claro, e Kelly quase gritou de tanta frustração. Ela se afastou passando as mãos pelos cabelos. Toda ideia que tinha terminava em um obstáculo.

— Acalmem-se — disse Ashley. — Eu tenho uma solução.

Ela deixaria os documentos como estavam, explicou ela, mas manipularia os metadados por trás de cada um para mostrar Reeza como autora original, com Benedict chegando mais tarde e editando os arquivos para se tornar o autor.

— Você consegue fazer isso? — Kelly perguntou.

Ashley revirou os olhos.

— Claro que consigo.

— Sim! Isso é ainda melhor — disse Emily. — Uma trilha digital para fazer parecer que ele roubou o trabalho dela e falsificou os registros a fim de encobrir.

— Você passa os supostos originais para o seu repórter — disse Ashley a Kelly. — Ele confronta George, que diz *como você ousa* e *esses documentos são uma fraude* e *veja, dê uma olhada nos registros da empresa*. É quando os metadados são lançados. Fazendo-o parecer um ladrão *e* mentiroso.

Kelly exalou o ar.

— Tudo bem — ela disse.

SUA PRÓPRIA CONTRIBUIÇÃO veio a seguir. Ela passara os últimos meses estudando tudo o que foi escrito e falado por George Benedict e Reeza Patel. Ela conhecia o modo deles de falar melhor do que ninguém — sabia que tons usariam, que palavras escolheriam. Reeza era hesitante, autodepreciativa, mas sempre sincera. Benedict alternava entre ser crítico e lisonjeador, e sempre condescendente. Ela reproduziu o modo deles de falar em uma série de *e-mails* fictícios: de Reeza a Benedict discutindo sua identificação do vírus; de Benedict a Reeza questionando e elogiando alternadamente seu trabalho; e, por fim, inevitavelmente, de Benedict a Reeza anexando um rascunho do anúncio da descoberta *dele* do vírus *por todas as razões que discutimos*.

Emily editou os *e-mails* para obter precisão científica e Ashley escreveu o código que, quando acionado, incorporaria esses *e-mails* ao sistema da UniViro. Mais uma vez, porém, Benedict não teria permitido que eles permanecessem onde alguém pudesse encontrá-los, então, ela criou um arquivo acessível apenas por ele e moveu os *e-mails* fictícios para lá, mas com pegadas deixadas para mostrar que os *e-mails* de e para Benedict e Reeza nessas datas foram excluídos do sistema. Mais evidências para retratá-lo como tendo encoberto seu roubo.

Já era quase meio-dia quando tudo terminou. Elas brindaram umas com as outras de novo, dessa vez, com suco de laranja.

— Justiça para Reeza — elas disseram.

Kelly também ergueu a taça, mas não aderiu ao refrão. Ela estava se lembrando de uma frase do filme favorito de Adam: "Isso não é justiça", disse o Poderoso Chefão ao agente funerário. "Sua filha ainda está viva!" Aquilo não era justiça para Reeza, pensou Kelly. Ela já estava morta.

Era justiça para George Benedict.

ÀS QUATRO HORAS DAQUELA tarde, elas se reuniram na garagem. A bagagem estava arrumada, as unidades foram trancadas, a estrada as chamava. Elas formaram um círculo e marcaram a data e a hora em suas agendas. Quarta-feira, às cinco da tarde.

— Sinal Verde — disse Ashley.

— Dia D? — Emily sugeriu.

— Dia V — Kelly disse. — V de Vitória. O dia em que venceremos.

Ashley entregou os *pen drives* para Kelly e Tiffy.

— Não os perca — ela disse com um olhar duro para Tiffy. — E lembre-se: mande uma mensagem para Emily assim que terminar.

— Eu entendi. Juro — disse Tiffy.

Elas permaneceram mais um tempo em círculo, mas não havia mais nada que pudessem fazer. Nada mais que pudessem dizer. Então, foram para seus carros. Emily parou na porta aberta, com uma perna já dentro do carro.

— Isso é um adeus, eu acho. Provavelmente, nunca mais nos veremos.

— Não mesmo. — Ashley sentou-se ao volante do Porsche e ligou o motor produzindo um rugido. — Não há razão para isso.

Tiffy entrou no carro de Kelly para ir até a rodoviária.

— Obrigada por me convidar — disse ela. — Eu me diverti muito.

16

Tiffy Jenkins

NA TARDE DE QUARTA-FEIRA, O INCHAÇO havia diminuído em grande parte, mas a marca vermelha ao redor da órbita do meu olho estava ficando roxa, e Sean ainda não estava em casa. Ele saiu furioso às duas da manhã, quando os bares estavam fechados, então, eu não sabia para onde ele poderia ter ido. Ele esfriar a cabeça/ dormir para aquilo passar em sua caminhonete era o que eu esperava, mas ir dormir com aquela garota, Kylie, era o que eu temia.

Eu me inclinei para ficar mais perto do espelho do banheiro. Poderia esconder o hematoma com óculos escuros, no ônibus, mas não conseguiria mantê-los no trabalho. As pessoas poderiam notar. Nunca gostei muito que as pessoas prestassem atenção em mim, imagina esta noite. Eu precisava ficar invisível esta noite.

Passei uma base ao redor do olho até que o hematoma parecesse mais acinzentado do que roxo. Como se eu tivesse uma mancha de fuligem no rosto. Deveria funcionar. Ninguém daria muita atenção a uma faxineira com uma mancha de sujeira no rosto.

Recitei os passos mais uma vez. Ashley me fez repassá-los tantas vezes que agora eu os sabia de cor. *Feche a porta devagar. Coloque as luvas. Encontre o* laptop. *Ligue-o. Insira o primeiro* pen drive. *Digite o primeiro comando.* Essa parte era longa demais para ser lembrada, por isso, eu a anotei em um pedaço de papel e guardei no bolso da calça *jeans. Aguarde a senha para desbloqueá-lo. Retire a primeira unidade e coloque a segunda. Digite o segundo comando. Aguarde aparecer a palavra* Concluído. *Retire a segunda unidade. Desligue o computador e coloque-o de volta na estante. Tire as luvas. Volte para o trabalho.*

Esta noite, eu poderia pular a primeira etapa porque, ontem à noite, já descobri onde o doutor Benedict guardava seu *laptop*. Ele estava lá em seu escritório quando fui pegar o lixo, conversando ao telefone com alguém — alguém importante, eu acho, porque ele parecia muito mais gentil do que de costume. Fingi que estava tendo problemas para abrir um saco de lixo novo, e isso me deu tempo para dar uma olhada. Acho que ele não percebeu que eu estava olhando. Ele nunca me notou, exceto aquela vez. Avistei a mala dele primeiro, perto da porta, e isso foi bom, significava que ele ainda iria deixar a cidade, como esperávamos. Então, avistei o *laptop* no alto de uma estante. Memorizei onde estava. Fiquei muito orgulhosa de mim mesma por essa parte. Antecipar uma etapa significava que eu economizaria algum tempo. *É entrar e sair*, Ashley ficava me dizendo. *Você precisa entrar e sair.*

Você consegue fazer isso, eu disse olhando para o meu rosto no espelho, e por meio segundo acreditei. Mas, então, pensei de novo em Sean e concluí que eu não era capaz de fazer nada certo.

Foi tão estúpido deixar a correspondência na mesa da cozinha daquele jeito... Mas eu estava atrasada ontem, e Sean já estava na caminhonete apertando a buzina para eu ir logo, então, eu saí correndo sem olhar. Sem colocar aquela correspondência no bolso, como costumava fazer.

Não era uma carta de amor nem nada disso. Era apenas uma fatura com meu nome e meu endereço aparecendo na janelinha. Sean nunca abria as contas. Não havia razão para ele rasgar aquele envelope. Mas ontem à noite ele fez isso. Então, provavelmente ficou lá de queixo caído quando viu o que era. Um extrato bancário mostrando um saldo de vinte mil dólares e alguns dólares a mais de juros acrescentados ao longo do ano.

Ele não me pegou no ponto de ônibus depois do meu turno. Eu deveria ter adivinhado naquele momento que havia problemas. Mas eu também fui estúpida quanto a isso. Voltei para casa no escuro da meia--noite, entrei no *trailer* e senti direto seu punho.

Ele tinha acreditado totalmente na história da prima Nancy quando Kelly ligou para ele, mas agora não acreditava mais. Agora, ele tinha certeza de que eu o estava traindo. Achou que eu tinha passado o fim de semana transando com outro cara. Que o dinheiro era do meu novo namorado.

Como se, algum dia, eu conseguisse o tipo de namorado que me daria vinte mil dólares desse jeito.

Eu deveria ter contado tudo a ele quando aconteceu. Mas eu sabia que ele inverteria a situação e faria eu acreditar que era minha culpa que o doutor Benedict tinha feito o que fez. Ia dizer que eu tinha me oferecido a ele ou algo assim. Que eu pedi isso. Tive medo de que ele me chamasse de vagabunda. Ele fazia isso assim mesmo, às vezes.

E, às vezes, eu tinha medo de que fosse minha culpa, mesmo. Como se meu *jeans* estivesse muito apertado ou eu tivesse olhado para ele do jeito errado.

Então, nunca contei a Sean nem a mais ninguém o que aconteceu. Isso só iria fazer ele se virar contra mim. Aprendi essa lição quando tinha 14 anos e morava com os Roberson. Eles eram boas pessoas e eram legais comigo na maior parte do tempo. Até que contei a eles o que Larry estava fazendo comigo depois que as luzes se apagavam. Chamaram a assistente social, que me fez ficar sentada com ela durante uma hora e pensar sobre o que era real e o que era inventado e por que eu poderia estar tendo problemas para distinguir as coisas. Ela queria que eu voltasse atrás, e, como eu não fiz isso, todos os adultos se uniram e decidiram que, como Larry tinha tido *dificuldade para se manter num lar* e parecia estar se relacionando melhor com os Roberson do que eu, ele deveria ficar e eu é que deveria ir embora. Então, tive que sair e me mudar de novo, arrastando atrás de mim um saco de lixo com todas as minhas coisas.

Eu sabia que o mesmo aconteceria se eu contasse a alguém no trabalho o que o doutor Benedict fez. E eu não podia me dar ao luxo de perder meu emprego desde que o seguro-desemprego de Sean havia acabado. E nunca passou pela minha cabeça contar à polícia. Que sentido teria? Os policiais nunca acreditam em garotas como eu.

Então, do nada, um estranho apareceu na minha porta. Ele era mexicano ou porto-riquenho ou algo assim, e era tão bonito que eu tive medo dele. Ele me fez todo tipo de pergunta, e eu tive medo de não responder. Daí, no dia seguinte, outro homem apareceu e disse que era meu advogado e que o doutor Benedict queria me recompensar, e o que você acha de vinte mil dólares?

Parecia que ele estava me enganando, mas, quanto mais ele falava, mais parecia que era para valer. Eu disse que é claro que ficaria quieta e assinaria o papel. Eu vinha mantendo minha boca fechada o tempo todo, de graça. Pegar vinte mil dólares para continuar fazendo isso seria totalmente fácil.

Aquele cheque parecia algum tipo de milagre. Como algo que acontece nos filmes. Fui direto ao banco e abri uma conta-poupança e, quando entreguei o cheque, eles me olharam de forma estranha e deram um telefonema. Mas o cheque era bom, então, eu saí me sentindo uma pessoa diferente. Eu era uma garota que nunca teve muito para chamar de seu, mas agora eu tinha.

Isso deveria ter sido o fim de tudo. Poderia tirar tudo da minha mente, e quase consegui. Até que aconteceu a história da Reeza.

Se ele fez isso com outra, alguém muito inteligente e quase tão importante quanto ele, então, não poderia ter sido culpa minha. Eu não tinha nada do que me envergonhar. Devorei as notícias sobre o caso e, no dia em que disseram que o júri voltaria, não consegui resistir. Entrei em um ônibus que ia na direção contrária e fiquei ali no meio da multidão para ouvir as boas-novas. E, ainda que a notícia tenha sido ruim, eu não consegui resistir, de novo. Quando recebi aquela entrada na minha caixa de correio, tive que pegar o ônibus na direção contrária mais uma vez. Eu nem sabia o que era um *painel de discussão*, mas precisava assistir àquilo de qualquer jeito.

Provavelmente foi nesse dia que Sean começou a ficar desconfiado, quando inventei uma desculpa esfarrapada para explicar onde estive. Mas eu não poderia contar a ele sobre o caso Reeza sem explicar por que estava tão interessada. Foi estúpido da minha parte. Agora que ele sabia sobre o dinheiro e que eu guardava segredos dele, é claro que acreditaria no pior. Claro que ele ia ficar bravo. A única maneira que consegui encontrar para consertar as coisas foi contar tudo a ele, implorar seu perdão e dar-lhe o dinheiro.

Se algum dia ele voltasse. Se ele não decidisse ficar com aquela garota, Kylie.

Terminei de maquiar o meu rosto e olhei para o relógio. Sem o Sean para me levar, eu teria que caminhar até o ponto de ônibus, então, eu sabia que era melhor me apressar. Eu não poderia me atrasar hoje. Eu tinha que estar no escritório de Benedict exatamente às cinco para as cinco.

Fui para o quarto vestir a calça *jeans*, amarrar o tênis e pôr o avental. *Whistle-Kleen*. O nome da empresa sempre me incomodou. O que havia de tão limpo em um assobio? Ou deveríamos assobiar enquanto limpávamos? E por que limpo estava escrito errado?

Então, voltei ao espelho do banheiro para dar uma última olhada. Ainda havia uma sombra embaixo dos meus olhos, mas teria que servir.

Eu estava recitando mais uma vez — *Coloque as luvas... Ligue o laptop...* — quando ouvi a maçaneta da porta da frente chacoalhar.

Sean estava em casa! Isso significava que ele não estava com Kylie. Podia não estar bêbado. Poderia até estar arrependido.

Dei um sorriso para o espelho e corri para abrir a porta para ele.

17

NA QUARTA-FEIRA, ALGUNS MINUTOS antes das cinco, George Benedict subiria ao tablado num seminário em Atlanta. Ashley LaSorta estaria em casa, excepcionalmente cedo para um dia de semana, ligando seu computador doméstico e estabelecendo uma conexão por meio de um servidor *proxy*. Emily Norland estaria no trabalho olhando para a tela de seu celular descartável. Tiffy Jenkins estaria com seu avental rosa empurrando um carrinho de lixo pelo escritório executivo da UniViro. E Kelly McCann estaria onde deveria estar, em Gladwyne, na Pensilvânia, dirigindo um carro alugado por uma longa estrada que contornava um lago de lírios-d'água e passava por um jardim formal até chegar a um pátio de entrada de paralelepípedos.

Ela estacionou atrás de um sedã escuro enquanto dois homens saíam dele, um negro, um branco, ambos com cerca de 40 anos, ambos vestindo ternos escuros. Um terceiro homem, vestido de modo despojado, saiu da traseira do sedã e colocou uma câmera de vídeo no ombro. Ele girou para a direita, a fim de capturar Kelly enquanto ela saía do carro e seguia os dois primeiros homens pelos largos degraus da frente. Depois, ele virou a câmera para a entrada da mansão enquanto um dos homens tocava a campainha e o outro batia com a lateral do punho — tum, tum, tum — na enorme porta de madeira.

Uma empregada uniformizada abriu a porta, mas logo recuou quando Jane Benedict chegou ofegante ao seu lado. Jane parecia ter acabado de sair do banho. Sua touca sobre os cachos grisalhos estava molhada e ela usava um roupão atoalhado e um par de chinelos felpudos nos pés. Ela olhou para os homens através dos óculos ainda embaçados pelo vapor.

— Pois não?! Posso ajudá-los?

— FBI — gritaram os dois homens, puxando suas carteiras para mostrar as identidades com foto e escudos dourados.

— Agente especial Mackey — disse o homem branco.

— Agente especial Carter — disse o homem negro.

— Do que se trata? — Ela olhou para seus distintivos.

— Senhora Benedict? — Kelly a chamou dos degraus atrás deles.

Jane olhou para cima e para fora.

— Kelly McCann? É você?

— Senhora… — Mackey se aproximou, com seus sapatos brogue. — Temos um mandado para revistar o computador de George Benedict.

Jane ofegou.

— Têm *o quê*? Por quê?

Kelly contornou os homens e se aproximou.

— O FBI me alertou há uma hora, senhora Benedict. Tentei entrar em contato com seu marido, mas me disseram que ele faria uma palestra em Atlanta...

— Sim, no CDC. — Ela piscou de perplexidade para o cinegrafista que vinha atrás. — Vocês estão filmando isso?

— Isso é para sua própria proteção, senhora Benedict — disse Kelly. — Para garantir que eles sigam todos os procedimentos adequados.

— Eu não entendo. Por que tudo isso?

— Afaste-se, por favor, senhora — disse o agente Carter.

Ela não saiu do lugar, mas a porta dupla deixava bastante espaço para os dois homens passarem por ela e entrarem na rotunda. Kelly também entrou e chamou Jane de lado. Ela falou num sussurro confidencial:

— O FBI recebeu uma denúncia de que o computador doméstico do doutor Benedict contém certas... imagens... de algumas crianças...

O rosto carnudo da mulher ficou vermelho.

— Ora, isso é ultrajante! — ela gritou. — Ele nunca faria isso! Eles não podem entrar aqui...

— Receio que possam, sim. O juiz emitiu um mandado de busca. Fui alertada e insisti em vir junto para proteger os interesses do doutor Benedict. Sobretudo porque não conseguimos entrar em contato com ele.

Jane olhou para cima e Kelly seguiu seu olhar até um relógio enorme no alto da parede. Sua miniatura do Big Ben.

— Não — ela disse, mostrando-se desamparada. — Ele está apenas começando sua apresentação. — Ela teve uma inspiração repentina. — Se eles pudessem esperar uma hora… Se eu pudesse falar com George, primeiro…

O agente Carter adiantou-se no que se referia à hora.

— Não, senhora. Não podemos esperar.

Ele tirou um documento dobrado do bolso da camisa e apresentou-o a ela fazendo um floreio.

— Senhora… — Mackey aproximou-se dela pelo outro lado. — Se puder vir para fora comigo, por favor.

Jane lançou um olhar desesperado para Kelly.

— Receio que você tenha de fazer o que ele pede — disse Kelly. — Mas eu acompanharei o agente Carter e devo garantir que tudo seja feito da forma correta.

Jane mordeu o lábio inferior antes de concordar, relutante.

— Está bem… — disse ela. — Se você está dizendo… — Ela lançou um olhar impotente por cima do ombro enquanto Mackey a conduzia para fora.

— Por aqui — disse Kelly a Carter e ao cinegrafista, e ela seguiu na frente pelo corredor à esquerda.

Seu estômago se apertou quando ela abriu a porta do escritório de Benedict. Ali estava aquela sala horrível, o escritório que parecia um laboratório e que ela agora sabia ser uma câmara de tortura. Seus olhos percorreram os armários brancos, a escrivaninha que lembrava mais uma mesa de autópsia, Jonas Salk empoleirado em uma prateleira com o queixo apoiado nas patas. Mas ela não conseguia olhar para mais alto do que isso, para aquele teto ofuscante de tão branco que ela foi forçada a encarar durante sua provação. Ela não conseguia ver a câmera montada na prateleira superior da estante. No entanto, ela sabia que devia estar lá.

Ela foi até a mesa, e o cinegrafista seguiu logo atrás.

— Conforme o combinado — anunciou ela em voz alta, para ser captada por todos os dispositivos de gravação que pudessem estar na sala —, primeiro, examinarei o *laptop* do doutor Benedict em busca de quaisquer documentos protegidos pelo privilégio advogado-cliente.

— Estamos interessados apenas nas imagens — disse o agente Carter.

— Mesmo assim... — Ela sentou-se em frente ao teclado. — O mandado o proíbe de acessar arquivos privilegiados. Então, por favor, fique ali... — Ela apontou para o outro lado da sala. — Até eu terminar.

Carter colocou as mãos nos bolsos e foi até uma das estantes de livros. O cinegrafista fez uma panorâmica nessa direção e então voltou para Kelly bem na hora em que ela tocava uma tecla do *laptop* de Benedict. O monitor ganhou vida.

— Por favor, fique aqui e aponte a câmera para cá — ela o instruiu e esperou que ele se posicionasse.

A câmera estava apontada para a tela, mas seu corpo a bloqueava de qualquer outro olho eletrônico na sala. Ela inseriu um *pen drive* na entrada USB e digitou uma série de comandos. O programa foi iniciado, e ela se debruçou sobre o teclado e ficou observando até que a senha foi encontrada e o *laptop* foi desbloqueado. Ela removeu aquela unidade e inseriu uma segunda. Kelly digitou a série seguinte de comandos de Ashley e observou as linhas de código rolarem pela tela até que uma mensagem *pop-up* declarasse "*Concluído*".

No entanto, ela ainda não havia terminado. Ela fez uma busca por todos os arquivos de vídeo salvos naquele *laptop*. Havia apenas um, e sua pele se arrepiou quando o encontrou: um arquivo que ele chamou de *Garantia*. Ele o guardou, sem dúvida, para assistir de novo, mas também como algo que poderia usar contra ela, sua garantia de que ela manteria silêncio. Kelly inseriu um *pen drive* vazio na entrada USB e copiou o arquivo de vídeo para ele. Quando ela o ejetou, não o colocou na bolsa, mas em seu bolso. Então, apagou o arquivo do *laptop* de Benedict. Ele nunca mais assistiria àquele vídeo. Ela tinha acabado de garantir *isso*.

— É todo seu — disse ela ao agente Carter, e ele endireitou os ombros e sentou-se à mesa com as mãos posicionadas acima do teclado como se fosse um pianista em um concerto.

Dez minutos depois, estava feito. O agente Carter levantou-se e sacudiu os braços como se fosse a primeira pausa que tivera em horas.

— Continue filmando — disse ela ao cinegrafista, e os dois homens a seguiram para fora do escritório, pelo corredor e pela porta da frente até onde Jane Benedict estava parada torcendo as mãos.

— Encontrou alguma coisa? — o agente Mackey perguntou ao seu parceiro.

— Nada — disse Kelly, antes que Carter pudesse responder. — Sua pista era falsa. Eu disse que era uma mentira maliciosa.

— Eles não encontraram nada? — Jane perguntou.

— Claro que não — Kelly assegurou-lhe. — Nada além de documentos comerciais, que estão muito fora do escopo de seu mandado. Documentos comerciais confidenciais e fórmulas patenteadas, devo acrescentar — disse ela com um lampejo de advertência furiosa na direção de Carter e Mackey.

— Pedimos desculpas, senhora — murmuraram os agentes.

Jane virou-se para Kelly e segurou suas duas mãos.

— Obrigada, Kelly. Muito obrigada. Você nos salvou mais uma vez.

— Fico feliz por poder ajudar.

— Por favor, entre e tome um refresco. Podemos conversar com George quando ele terminar seu discurso.

— Obrigada, mas terei de falar com ele mais tarde. Tenho que pegar um voo.

— Ah, claro. — Jane pareceu de repente reconhecer o estado de sua nudez e apertou as lapelas do tecido atoalhado. — Bem, graças a Deus, você estava aqui quando isso aconteceu. Que sorte a nossa você estar na cidade.

— Sim — disse Kelly. — Nós tivemos sorte.

Ela se despediu e seguiu os três homens escadaria abaixo até o carro.

— Que encenação… — ela sussurrou.

Ela sentou-se ao volante do carro alugado e seguiu o carro dos homens até o fim da pista. Eles pararam por ali e ela saiu e foi até a janela do motorista. Os três homens estenderam as mãos e ela colocou algumas notas de vinte estalando de novas em cada uma. Gorjetas além das tarifas diárias.

— Aquela senhora mandou bem… — disse o ator que interpretava Mackey. — Permaneceu no personagem o tempo todo que estivemos lá fora.

— Mandou… — Kelly concordou. — Vou ficar com aquele cartão de memória — disse ela ao cinegrafista no banco de trás.

— Eu ainda preciso editar...

— Não há necessidade. Decidi seguir um caminho diferente neste vídeo de treinamento.

— Mas ainda podemos colocar isso em nossos currículos, certo? — o outro ator perguntou.

— Lógico. — Kelly manteve a mão estendida até que o cinegrafista ejetou o cartão e o entregou.

De volta ao carro alugado, ela tirou o celular descartável da bolsa e enviou uma mensagem para o grupo que ela criara para se comunicar com Ashley, Emily e Tiffy. Uma única palavra: *Feito*!

18

NÃO HAVIA TEMPO DE DEVOLVER o carro alugado no aeroporto e, ainda assim, comparecer à reunião das nove horas em Nova York, então, ela o deixou na estação Amtrak, na Filadélfia. Ela se preocuparia em resolver como entregá-lo à Hertz quando toda a operação estivesse de fato concluída, no fim do terceiro ato. Havia cinco atos nesse passo: vazamento para a imprensa, investigação, furo de reportagem, humilhação pública, ruína financeira. A primeira cena seria apresentada à noite.

O trem já estava quase saindo quando ela entrou no saguão, então, ela precisou correr até o portão com os saltos martelando de um modo ruidoso o piso de mármore. Ela conseguiu passar apenas um segundo antes que o bilheteiro descesse da escada rolante. Na plataforma, ela correu para o vagão, colocou a mala no bagageiro superior e desabou ofegante em um assento aberto.

Consultou o relógio. Até agora, estava dentro do cronograma. No dia anterior, quando ela ligou para Rick Olsson a fim de avisar que estaria em Nova York esta noite, ele a convidou para jantar. Ela contra-atacou com um convite para bebidas em seu hotel às 21h00. Se o trem mantivesse o horário, se ela conseguisse pegar um táxi logo ao chegar, se não houvesse atraso no *check-in* no hotel... Se todas essas coisas acontecessem, ela ficaria bem.

Ela checou seu telefone em seguida e encontrou uma dúzia de chamadas perdidas e mensagens de texto do escritório. Ela estivera ausente durante a maior parte do dia.

Então, ela tirou um momento para recuperar o fôlego antes de ligar para lá. Já passava das 18h00, mas Cazz ainda estava em sua mesa.

— Oi, eu estava preocupada — disse ela. — A forma como você sumiu...

— Sim, me desculpe. Eu tive uma emergência.

— O senhor Fineman está bem?

Foi triste a maneira como a mente de Cazzie pensou nisso primeiro. Mas anos de trabalho para Kelly ensinaram-na a pensar nisso antes de tudo.

— Emergência odontológica — disse Kelly. — Alguma emergência do seu lado?

— Não, mas Patti quer conversar. Javi também. Ah, e sua enteada ligou de novo.

Foi esse *de novo* que a fez se lembrar: ela nem chegou a abrir o *e-mail* de Courtney da semana anterior.

— Ei, você poderia entrar na minha caixa de entrada e desenterrar o último *e-mail* da Courtney?

Houve uma longa pausa. Cazz era uma leitora rápida, mas ultimamente havia muitos *e-mails* não lidos na caixa de entrada de Kelly para serem conferidos.

— OK, encontrei.

— Pode ler, por favor?

— Querida Kelly, queria que você soubesse que passei na Ordem dos Advogados…

— Oh! — Kelly interrompeu. — São ótimas notícias! — Ela pagava as mensalidades de Courtney — escola preparatória, faculdade, faculdade de direito — havia dez longos anos. Agora, enfim, Courtney poderia conseguir um emprego e Kelly poderia começar a colocar esse dinheiro nos fundos da faculdade de Justin e Lexie. — Mande algumas flores para ela… um grande arranjo… e também, eu acho, uma garrafa de champanhe e… não sei… uma caixa de bombons? Você decide.

— O que vai dizer no cartão?

— Parabéns. Estamos todos muito orgulhosos. Com amor, papai, Kelly, Justin e Lexie.

— Deixa comigo.

— Obrigada. Me passa para a Patti?

Cazz transferiu a ligação e Patti atendeu segundos depois.

— Olá, Kelly. Tudo certo?

— Tudo bem. E aí?

— Margaret Staley.

A mente de Kelly ficou em branco.

— Lembre-me, por favor.

— Lésbica. Astro de cinema. Boquete…?

— Oh. Certo.

— Recebi uma ligação do médico de Madri — contou Patti. — Ele deveria fazer o exame de DNA nesta manhã. Tommy providenciou um *set pass* e tudo mais. No entanto, quando o médico chegou lá...

— Deixe-me adivinhar. Nosso jovem herói se recusou.

— No fim, sim. Mas olha só… primeiro, ele queria ter uma aula de ciências sobre o que o teste mostraria de modo exato.

Kelly riu.

— Ele achou que poderia enganar um teste de DNA? Como o velho truque do bafômetro?! Hiperventile e reduza o álcool no sangue em dez por cento.

— Sei lá. Mas, ouça, dei uma olhada nos contratos de filmes dele. É exatamente como ele disse. Sem nudez! Além disso, ele fornece seu próprio pessoal de cabelo e maquiagem, sua própria figurinista, enfim, tudo. Ele é um cara que, de fato, protege sua privacidade. É por isso que não consigo imaginá-lo baixando as calças nos fundos de um restaurante.

— E, ainda assim, ele não quer fazer um simples teste de DNA para limpar seu nome? — Kelly zombou. — Ninguém é assim tão reservado.

O suspiro de Patti soou além da linha.

— Eu sei. Só que ele parece tão inocente...

— Ele é um ator — disse Kelly. E um muito mais competente do que os dois trabalhadores de meio período que ela contratara naquele dia. — OK. Ligue para o advogado adversário. Obtenha um pedido de acordo dessa tal de Margaret Staley. Precisamos fazer com que isso desapareça rápido.

— Entendido.

— Escute, você poderia me ligar com Javi?

O tom de Patti iluminou-se de imediato.

— Espere, vou colocá-lo em conferência.

— Não, espere... — Kelly começou a protestar, mas o tom de espera já estava zumbindo em seu ouvido.

O tempo de Patti era valioso demais para ela desperdiçar participando de uma ligação com Javier. *Ela* era valiosa demais para ser desperdiçada com Javier.

Patti retornou à linha.

— Estou com Javi na linha.

— Oi, Kell — disse ele. — Deixe-me ligar de volta.

Javi levava a sério quando ela dizia "*somente o necessário*" e "*confidencial*". *Compartilhar com o grupo* não estava em seu vocabulário. Ele desligou e Patti desligou também, com um tom de desapontamento.

— Oh… tá, tchau.

A ligação de Javi foi atendida.

— Recebi uma resposta do meu parça em Bucks County.

Kelly não tinha ideia do que ele estava falando.

— E…?

— Eles vão considerar que foi uma overdose acidental.

Ela se deu conta, então. Reeza Patel.

— Sério? — ela exclamou. O alívio floresceu dentro dela. Não havia sido suicídio! Ela não tinha culpa! Mas seu cérebro de advogada exigia que ela fizesse uma pausa para examinar as provas. — Com base no quê?

— Sua prescrição de *oxi* era de dez miligramas a cada doze horas. Com base na data em que ela reabasteceu pela última vez, deveria ter sobrado vinte comprimidos. E sobraram. Essa era exatamente a quantidade de comprimidos que havia no frasco que os policiais encontraram ao lado dela.

— Certo — disse Kelly, esperando.

— Quando o patologista examinou o conteúdo do estômago, havia apenas uma pílula fantasma ali.

— Pílula fantasma?

— O *oxi*, de liberação lenta no organismo, forma uma casca de cera no estômago depois que a droga se dissolve. Então, com base na única pílula fantasma em seu estômago e no número de pílulas restantes no frasco, parece que ela estava tomando o *oxi* conforme prescrito. Ela não teve uma overdose proposital.

— Eu não entendo. Não foi o *oxi* que a matou?

— Ah, foi o *oxi*, sem dúvida. Os resultados toxicológicos mostram dez vezes a dosagem prescrita em seu sangue.

— Você está dizendo que... — Seus olhos se arregalaram. — Foi um acidente?! Um acidente de embalagem. Um dos comprimidos devia ter cem miligramas! É isso?

A família de Reeza poderia abrir um processo judicial enorme contra qualquer farmacêutico ou fabricante de medicamentos que tivesse cometido um erro tão terrível, mas a única coisa que importava no momento era que Reeza não havia cometido suicídio.

— Vai demorar mais uma ou duas semanas antes do laudo oficial, mas pensei que você gostaria de saber agora.

— Sim. Sim! Obrigada, Javi.

Ela desligou o telefone e afundou em seu assento enquanto o peso da culpa parecia sair de seus ombros. Ela havia carregado esse peso por uma semana. O mesmo acontecera com as mulheres dos NDAs, e ela começou a enviar-lhes uma mensagem para que pudessem compartilhar de seu alívio.

Ela se conteve. A culpa foi a única coisa que as unira. Se a morte de Reeza tivesse parecido acidental desde o início, as mulheres dos NDAs nunca teriam se sentido motivadas a juntar-se à operação de Kelly. Então, até que chegassem ao fim, até a cortina descer no terceiro ato, era melhor manter o silêncio.

19

ESTAVA CHOVENDO QUANDO Kelly chegou a Nova York. A fila de táxi na Penn Station tinha quase dois quilômetros de extensão e já eram quase 21h00 quando ela chegou ao hotel. Ela havia feito uma péssima escolha: tinha uma convenção em andamento, então, o saguão estava lotado. Depois que fez o *check-in*, correu para o quarto a fim de deixar a mala. Seu cabelo estava molhado e desgrenhado e, sem tempo para secá-lo, ela o prendeu em um coque que lhe deu um ar ainda mais sério do que seu estilo habitual. Kelly franziu a testa para si mesma no espelho. Não pretendia seduzir Rick Olsson, mas também não podia arriscar assustá-lo parecendo uma professora. Ela passou um pouco de batom e deixou os óculos ao lado da pia.

O saguão fervilhava com as vaias e os gritos dos participantes da convenção. Ela seguiu o burburinho mais alto até o bar do hotel, escondido em um espaço escuro e de teto baixo no outro lado do *lobby*, uma sala de superfícies espelhadas e veludo turquesa, com um longo bar à direita, cabines à esquerda e uma série de mesas altas no meio. Dezenas de pessoas estavam em pé naquele espaço do meio, com os cotovelos apoiados nas mesas, bebidas nas mãos.

Ela avistou Rick Olsson nos fundos, parado ao lado de uma mesa de canto, enquanto conversava com alguns outros homens. Parecia que eles o haviam cercado no caminho para a mesa, mas Olsson estava agindo com sua atitude amável de sempre. Ele usava um terno escuro e uma camisa de gola aberta em um tom de azul que lhe caía bem. Ainda não a vira, então, ela ficou perto da bancada da recepção, esperando que ele terminasse a conversa.

Seu celular tocou dentro da bolsa. Ela o puxou e ficou intrigada quando viu que a tela não mostrava nada. Então, ela se deu conta: era o *outro* celular. Aquele do qual ela se esqueceu no segundo em que mandou a mensagem "Feito!" para Emily. Kelly agora o procurava no fundo da bolsa.

Uma dúzia de mensagens de texto haviam chegado desde que ela deixara a mansão de Benedict. A primeira, de Emily, às 17h30: *Ainda não tive notícias de Tiffy.* Outra às 17h40: *Ela não atende. Nenhum telefone.* Em seguida, uma mensagem de Ashley: *Ela ficou com medo. Eu disse que ela era nosso elo mais fraco!* Emily: *Kelly, e agora?* Dez minutos depois: *Kelly?* Ashley: *Porra! Ela também ficou com medo?* Emily, então: *Ainda não há resposta da Tiffy.*

Kelly ficou tonta de imediato. Hoje, às 17h00. Sinal Verde. Ashley, Kelly e Tiffy executariam simultaneamente o código para alterar os arquivos da UniViro. Isso foi o que elas planejaram. Essa era a única maneira de isso funcionar. Se Tiffy não havia conseguido, isso significava que o computador do escritório de Benedict ainda tinha todas as anotações originais do laboratório e nenhum dos novos *e-mails*. Kelly tinha na bolsa dez páginas de documentos, selecionados de modo cuidadoso para aguçar o apetite jornalístico de Rick Olsson. Elas seriam inúteis se Benedict pudesse refutá-las com os documentos inalterados em seu *laptop* do escritório. E ele poderia fazer isso. Tudo o que haviam feito no fim de semana anterior, tudo o que ela havia feito esta semana — contratar os atores e o cinegrafista, forjar um mandado de busca, voar para a Filadélfia, alugar um carro, retornar àquele templo de tortura na mansão de Benedict —, tudo aquilo não serviria de nada.

Ela ouviu seu nome e olhou atordoada. Rick estava sorrindo e agitando o braço sobre as cabeças das pessoas ao seu redor. Ela colou um sorriso no rosto e acenou de volta.

Não poderia ser à toa. Ela não podia deixar Benedict vencer. Ela tinha que consertar isso. Ela digitou uma resposta rápida para Ashley e Emily. *Eu mesma farei isso amanhã.*

Quando ela ergueu do novo os olhos, Rick estava abrindo caminho no meio da multidão. Ela não poderia escapar agora e dar-lhe o bolo mais uma vez e esperar que ele a encontrasse em outra hora. Ela teria que deixar rolar. Não poderia lhe passar os papéis esta noite como havia planejado, mas ainda poderia tomar um drinque amigável e preparar o terreno para uma reunião posterior. Ela colocou o celular descartável na bolsa e caminhou em direção a ele com a mão estendida e um sorriso no rosto.

— Rick!

— Kelly! — Ele pegou a mão dela, mas, em vez de apertá-la, beijou sua bochecha, e ela repetiu o movimento, beijando o ar entre eles. — Consegui uma mesa aqui. — Ele puxou-a pela mão por entre as mesas até chegarem a uma cabine semicircular nos fundos.

Sobre a mesa havia uma placa que dizia RESERVADO, e havia um casaco estendido sobre o assento de um lado. Ele gesticulou para que ela se sentasse do outro lado, e ela deslizou pelo estofamento turquesa.

— Gin com tônica? — ele perguntou a ela.

— Só tônica esta noite, obrigada. Devo me levantar cedo amanhã.

As sobrancelhas dele se ergueram, mas ele sinalizou rápido, assentindo, e foi para o bar.

Ela espiou o celular descartável debaixo da mesa. COMO?, dizia a mensagem de texto de Ashley. ELE FICARÁ NO ESCRITÓRIO O DIA TODO AMANHÃ. Depois, NÓS NUNCA DEVERÍAMOS TER CONFIADO NAQUELA GAROTA.

Eu nunca deveria tê-la envolvido, era o que Kelly estava pensando. Pobre Tiffy. Ela não sabia como dizer não, mas não conseguia continuar com isso. Kelly a imaginou com seu avental rosa, empurrando seu carrinho pelos corredores da UniViro mais cedo naquela noite, parando na porta do escritório de Benedict com toda a intenção de fazer o que lhe foi pedido. Tentando o seu melhor para fazer o que lhe foi dito. Em seguida, baixando a cabeça de vergonha enquanto empurrava o carrinho sem entrar.

Vou pensar em alguma coisa, Kelly respondeu.

Rick estava de volta com a bebida dela e outra para si. Ele se sentou e deslizou até ficar a apenas alguns centímetros de Kelly.

— Filadélfia, Boston e agora Nova York — disse ele, batendo a taça na dela. — Estamos nos reunindo em todas as paradas ao longo do Corredor Nordeste.

— Da próxima vez, Trenton — ela brincou.

— Diga a data e a hora — disse ele, com um ar sério.

— Ora… — ela disse com sua voz totalmente profissional. — Obrigada por me encontrar aqui.

Ele percebeu o tom de voz dela e o acatou, recostando-se enquanto tomava um gole de sua bebida.

— O que a traz a Nova York?

— O de sempre. Vim encontrar um novo cliente.

— Ah, sim. A cidade que nunca dorme nunca para de cometer agressões sexuais.

— Essas duas coisas *estão* relacionadas.

Concordando com um ar grave, ele passou para o próximo tópico.

— Espero que a repercussão do suicídio de Patel não tenha sido tão ruim.

— Oh! — Ela se animou. — Não foi. Suicídio, quero dizer. Parece que foi uma overdose acidental devido a um erro de fabricação ou de embalagem.

— Sério? — Ele se recostou ainda mais. — Essa é uma boa notícia para Benedict, eu acho. A menos que os comprimidos venham da UniViro.

— Eles não fabricam opioides. Como você bem sabe.

Ele sorriu e assentiu.

— Mas falando nisso… — a mudança de foco dela não foi mais graciosa que a dele. — A razão pela qual eu queria ver você... Tenho ouvido alguns rumores.

— Você também? — Ele voltou a se aproximar. — O que você acha? Algo baseado em fatos?

— Acho que sim. — Ela não parou para se perguntar do que ele poderia estar falando. Ela tinha um roteiro a seguir. — Quer dizer, estou ouvindo isso de alguém de dentro, que saberia.

— Eu também. — Ele se conteve com uma risada. — Acho que não deveria me apropriar dessa bandeira. Deixe-me dizer, em vez disso, o mesmo comigo.

— Como é? — Kelly disse, com a testa franzida.

Agora, ela estava espantada.

— É uma questão tão complicada, não é? Separar o trabalho do homem. Ainda vamos ver os filmes de Woody Allen? Podemos assistir a reprises de *The Cosby Show* com a consciência tranquila? Mas aqui os riscos são muito maiores do que no entretenimento. Quero dizer, o homem é um gênio. Ele está no meio de um estudo de cura do que é, sem dúvida, o pior flagelo conhecido pela humanidade. Buscamos a justiça e corremos o risco de perder essa cura? Ou lhe damos um passe livre, não importa quão hediondos sejam seus crimes?

A expressão no rosto de Kelly congelou quando ela entendeu.

— Estamos falando de duas coisas diferentes — esclareceu ela, com os lábios tensos. — Não ouvi nenhum boato sobre crimes. Além daquele do qual ele acabou de ser absolvido.

Ele semicerrou os olhos, olhando para ela.

— Então, do que você está falando?

— Rumores sobre a descoberta do vírus. Sobre dados sendo falsificados.

— Você está de brincadeira.

— Quem me dera estar.

Ele balançou a cabeça. Não estava acreditando.

— Ouvi dizer que há um rastro documental — disse ela, dobrando a aposta. — Há uns *e-mails*.

Ele olhou para o copo, girou-o por um instante e então tomou um gole rápido.

— Se isso for verdade — disse ele, por fim —, será absolutamente devastador.

— Eu sei — disse ela, forjando um ar de tristeza. — Assim que soube, pensei em você e no contrato do seu livro.

— Foda-se o contrato do meu livro — disse ele. — Estou falando da cura para o Alzheimer. E se não for real? Essa seria a pior notícia que eu poderia imaginar.

Kelly sentiu uma pequena onda de autossatisfação. Graças à sua ideia de última hora de mudar o foco do hackeamento, ela evitou essa calamidade.

— Ah, não, você me entendeu mal… — disse ela. — Não há nada de errado com a pesquisa. Apenas com quem deveria receber o crédito por ela.

Rick relaxou a olhos vistos um segundo antes de seu olhar se aguçar.

— Ele se apropriou dela?

— Foi o que eu ouvi.

— E há evidências?

Ela assentiu.

— Quando ouvi esses rumores, é claro que pensei em você, Rick. — Ela fez questão de pronunciar o nome dele. — Achei que, como jornalista, você gostaria de saber.

— Com certeza. — Ele deu um sorriso tímido. — Perdoe-me. Por tirar conclusões precipitadas. E por soltar um palavrão assim. É que... — Ele se deteve e girou de novo sua bebida no copo. — Se você já viu a mente de alguém se desintegrar...

Ela se lembrou do pai dele.

— Oh. Sim.

— Já estou olhando por cima do ombro como se a doença estivesse no meu encalço. Cada vez que perco as chaves do carro, uma vozinha começa a sussurrar: *É agora? Estou começando a ficar como ele?*

— Ah, Rick… — Sem pensar, ela colocou a mão no braço dele, e ele sorriu e colocou a mão sobre a dela. Estava fria por segurar o copo, mas, de alguma forma, quente também. Ela achou que podia sentir o pulso dele acelerando, embora, talvez, fosse apenas o dela.

— Enfim. Obrigado por pensar em mim. Manterei meus ouvidos atentos, e se acontecer de você ouvir mais alguma coisa...

— Você será o primeiro para quem vou ligar. — Ela soltou a mão dele. Ela havia conseguido. Estavam preparadas as bases para uma segunda reunião, quando, então, ela vazaria os documentos. Kelly fingiu olhar para o relógio. — É melhor eu encerrar a noite. Vou acordar cedo amanhã.

Ele deslizou para fora da cabine e ficou de lado para que ela saísse também.

— Deixe-me acompanhá-la até o seu quarto.

— Oh, isso não será necessário.

Ele relanceou os olhos pela multidão do bar.

— Tem muitos congressistas bêbados por aí esta noite. Vou levar você até a sua porta.

Havia uma determinação na maneira como ele disse isso, realçada pela mão em seu cotovelo, conduzindo-a com gentileza para fora do bar e atravessando o saguão até o elevador.

Ele iria lhe dar uma cantada. Ela sabia disso. Suspeitou desde o momento em que ele deslizou muito perto na cabine, e agora ela tinha certeza. No entanto, ela não ficou alarmada. Kelly havia rechaçado inúmeras propostas desse tipo ao longo dos anos, vez ou outra, de colegas, mas sobretudo de clientes, que eram, no fim das contas, agressores sexuais. *Supostamente*. Ela conhecia uma técnica que sempre funcionava bem. Ela sorria com indulgência diante da insinuação, permitia a mão em sua cintura, permitia até mesmo o prelúdio de um beijo. Mas, então, ela recuava pressionando uma das mãos no peito do homem; com a outra mão, batia no próprio coração para mostrar o quanto isso lhe custava, o quanto ela sentia pelo fato de seus escrúpulos não permitirem que ela agisse de acordo com sua inegável atração por ele. Ele escaparia com o ego intacto e, na maioria dos casos, ela também escaparia. E, quando alguns de seus clientes mais agressivos não recuavam, ela largava seu trunfo. *Você não gostaria de contratar um novo advogado, não é?* O instinto de autopreservação deles sempre triunfaria sobre a luxúria.

Rick Olsson não era um cliente, então, ela não tinha aquele trunfo na manga. No entanto, ela não precisaria disso. Ele era um cavalheiro. Ele recuaria assim que ela o lembrasse de que era casada. Com sorte, ele se lembraria disso também. Ele demonstraria algum pesar, ela também, e eles se separariam como amigos.

Ela se sentiria pesarosa de verdade neste caso. Embora Kelly vivesse como uma freira, ela não era uma freira, ainda sentia desejos. Rick era um homem atraente, e ela gostava mesmo dele. Se ela fosse uma pessoa diferente, vivendo uma vida diferente... Se não dependesse dele para desempenhar seu papel no terceiro ato... Mas ela não era uma freira e precisava dele, então, isso teria de terminar da mesma maneira que todos esses encontros terminavam.

Um grupo de homens entrou com eles no elevador; entre eles, alguns congressistas desordeiros, por isso, não falaram enquanto o elevador subia. Os dedos de Rick apertaram sua cintura, mas ela já havia parado de pensar nele. Ela sabia o que ele iria fazer e como deveria reagir. O que ela não sabia era como ter acesso ao *laptop* do escritório de Benedict pela manhã, e era em torno disso que seus pensamentos giravam quando a campainha soou e as portas do elevador se abriram no andar dela.

— É aqui — disse Kelly, e Rick saiu com ela e permaneceu ao seu lado enquanto ela caminhava pelo longo corredor acarpetado.

Ela imaginou que poderia entrar no escritório de Benedict com muita facilidade, mas descobrir como tirá-lo de lá seria seu maior desafio.

— É aqui — ela disse de novo quando chegou ao seu quarto. Ela tirou o cartão-chave da bolsa. — Obrigada por me encontrar esta noite.

— *Eu* é que agradeço — ele disse e a virou em sua direção e inclinou a cabeça.

Este era o momento. Uma mão no peito dele, uma mão no próprio coração. Ele era trinta centímetros mais alto que ela e, quando Kelly olhou para cima, o teto pareceu iluminar-se acima da cabeça de Rick. Era ofuscante de tão branco, como se o próprio céu tivesse se aberto, e de repente ela foi catapultada de volta para aquela sala, aquele escritório que parecia um laboratório, congelada no lugar, olhando para aquele teto branco, muito branco, enquanto George Benedict a devastava.

Rick se inclinou para beijá-la, e seu rosto ao descer era como se o telhado desabasse. Seus joelhos dobraram e ela jogou os braços sobre a cabeça como se vigas estivessem caindo sobre ela. Um grito estrangulado escapou de sua garganta.

Rick cambaleou para trás com as duas mãos no ar.

— Kelly, o que...

Ela estava tremendo.

— Eu... eu... não... sei. Eu... sinto mu... — ela ofegou.

— Não. Não, eu é que sinto muito. Eu deveria ter... — A bolsa dela caiu no chão e ele se abaixou para recuperá-la. O cartão-chave caiu a poucos metros de distância e, quando ele se moveu para pegá-lo, ela se virou para esconder seu rosto dele. Ela não conseguia respirar. Não conseguia nem ficar em pé. Estava dobrada e segurando a barriga como se tivesse levado um chute. Algo estava se avolumando dentro dela. Sufocando-a.

Ele destrancou a porta e empurrou-a o máximo que pôde, sem que seus pés cruzassem a soleira. Ele lhe entregou a bolsa.

— Sinto muito, Kelly. Eu deveria saber…

Kelly não olhou para ele. Não ousou. Passou por ele, entrou no quarto e pressionou as costas contra a porta para fechá-la. A coisa que se avolumava estava em sua garganta agora. Foi um soluço que irrompeu dela com tamanha violência que era como se um órgão houvesse sido arrancado de seu corpo. Suas pernas dobraram, e ela caiu no chão, chorando em ondas ofegantes.

Demorou muito até que ela conseguisse se levantar. Ela foi até o banheiro e tateou em busca do interruptor de luz. Seu rosto no espelho estava vermelho e manchado; os olhos, inchados e com bordas pretas. O batom estava borrado e seu nariz escorria. Isso era o que chamavam de choro feio, e era horrível. Não era de admirar que Rick tivesse dado meia-volta e corrido. Qualquer um faria o mesmo. Foi humilhante, e ela se sentiu um fracasso em todos os níveis.

O fracasso que mais doeu foi este: ao afastar Rick, ela perdeu o melhor caminho para vazar a história sobre Benedict. Agora, teria de convencer outro jornalista, mas seria difícil encontrar alguém com a influência e a reputação de que ele desfrutava.

Ela fechou os olhos com força e jogou a cabeça para trás dando um gemido. Todo o plano delas estava desmoronando. Havia perdido Rick Olsson. Tiffy havia perdido a coragem. E, como Benedict estaria de volta ao seu escritório no dia seguinte, elas perderam qualquer chance de acesso ao seu *laptop*.

Ela abriu os olhos. Estava olhando para o teto do banheiro, e a superfície branca e brilhante a fez começar a chorar de novo.

Contudo, durou só um segundo. Ela olhou para o espelho, para seu rosto detonado e seu corpo ainda trêmulo com os soluços de sua crise de choro. Ela não tinha TEPT — não era como as outras mulheres —, mas o teto branco desencadeara essa reação. Isso trouxe de volta à lembrança aquela hora interminável em que foi forçada a olhar sem piscar para a grande extensão de teto branco no escritório de Benedict. Ela olhou de novo para seu rosto detonado no espelho e uma ideia lhe ocorreu.

Ela sabia exatamente como afastar Benedict do escritório.

20

O CARRO ALUGADO AINDA ESTAVA estacionado próximo à estação quando Kelly chegou à Filadélfia, na manhã seguinte. Era quase como se ela soubesse que voltaria, e talvez soubesse mesmo. Era possível que, no fundo, soubesse que teria de ficar cara a cara com Benedict mais uma vez antes de aquilo acabar.

Foi bastante fácil conseguir um espaço na agenda dele quando Kelly ligou. Fazia mais de dois anos que ela era sua advogada, então, seu assistente, um jovem chamado Grady, não tinha motivos para pensar que alguma coisa tivesse mudado.

— Claro, senhora McCann. Poderia vir às onze horas?

— Hum. Podemos marcar para as onze e meia?

— Receio que ele tenha uma reunião do conselho ao meio-dia.

Ela tinha visto isso na agenda dele quando Ashley invadiu o servidor da empresa. A confirmação de Grady era tudo o que ela esperava.

— Sem problemas — disse ela. — Não levará mais que quinze minutos.

O campus da UniViro era um complexo de cinco edifícios em vinte acres no lado norte do corredor 202. Os edifícios eram baixos, de granito e vidro, dispostos em torno de praças ao ar livre e pátios ajardinados com árvores e arbustos genéricos típicos de parques de escritórios. Uma fonte jorrava sobre um lago artificial, e havia árvores ao longo de ambos os lados da alameda, com as pontas dos galhos encontrando-se no alto, como um arco de sabres em um casamento militar.

O escritório executivo ocupava o último andar do edifício mais alto, o do meio. Kelly encontrou uma vaga disponível na frente dele, estacionou e saiu do carro.

Por um instante, seus pés não se moveram. Ela ficou parada ao lado do carro, olhando para as janelas de Benedict. Imaginando-o em sua mesa. Em seguida, visualizou-o pairando sobre ela com os dentes à mostra em uma horrível careta de sorriso.

Ela procurou lembrar a si mesma. Não fora ali que aconteceu. No dia anterior é que havia sido forçada a entrar na casa dos horrores. Hoje, era apenas um prédio de escritórios comum, repleto de pessoas comuns cuidando de seus negócios. E, assim que ela terminasse seus negócios ali, nunca mais precisaria vê-lo, exceto no noticiário. Em sua desgraça. Depois deste dia, Kelly poderia tirá-lo da cabeça para sempre.

Ainda assim, ela não se moveu até sentir que alguém a observava. Do outro lado do estacionamento, um homem passeava com um cachorro pelo gramado. Parecia estar olhando em sua direção. Querendo saber por que estava se demorando. Qual era o problema dela.

Kelly colocou a bolsa no ombro e atravessou o estacionamento até chegar à entrada do prédio. O Bentley azul-bebê estava estacionado na vaga nobre mais próxima da porta, em frente a uma placa que dizia DR. BENEDICT. Ela sentiu uma onda de pavor ao passar por ali. Aquele era o carro que a entregara ao seu tormento. Era a carruagem de Hades. Conduzida por Anton.

Pela primeira vez, Kelly parou para pensar em Anton e no papel que ele desempenhou. Levá-la à mansão de Benedict poderia ter sido algo bem inocente. Mas carregá-la para dentro e para fora do helicóptero? Ele acreditava de fato que ela estava bêbada naquela noite? Ou sabia exatamente o que estava acontecendo? Era mais uma pessoa cúmplice dos crimes de Benedict?

A UNIVIRO ELABORARA sistemas e protocolos de segurança que se tornaram ainda mais rígidos desde que Benedict começou a atrair manifestantes. Kelly teve que se cadastrar, apresentar identificação e passar por um detector de metais e, mesmo assim, não foi autorizada a prosseguir sem escolta.

Ficou aliviada quando seu acompanhante saiu do elevador. Não era Benedict e tampouco Anton. Era o assistente de Benedict, Grady, um jovem esguio com um suéter de gola rulê azul e calças xadrez combinando. Seu rosto não era tão bem coordenado: ele tinha cabelos louros descoloridos e sobrancelhas pretas e espessas.

— Senhora McCann! — ele cantarolou, apertando a mão dela. — Espero que não seja tarde demais para dar os meus parabéns. Que grande vitória! Queria ter estado lá para ver isso!

— Sim, foi um bom resultado.

— Você é uma verdadeira heroína neste lugar, não me importo de dizer! — Com um gesto teatral de braço, ele a conduziu até os elevadores e usou a chave de acesso para apertar o botão do andar da cobertura. O elevador disparou para cima.

— O doutor Benedict ainda tem uma reunião do conselho hoje?

— Sim, ao meio-dia. — Ele olhou para o relógio de repente, chocado. — Receio que já sejam onze e quarenta.

— Não se preocupe. Entrarei e sairei.

A campainha do elevador soou e, com o mesmo gesto elaborado de antes, Grady a convidou a passar pela porta que se abria; em seguida, conduziu-a do *hall* dos elevadores por meio de um átrio de vidro até o escritório de quina que era domínio de Benedict. A porta estava fechada. Ele bateu uma vez, esperou ouvir "Entre!" e, depois, abriu a porta e recuou para deixar Kelly passar.

Benedict estava sentado à sua mesa, em mangas de camisa, com os óculos baixos no nariz. Ele não se levantou nem estendeu a mão.

Recostou-se na cadeira e juntou as mãos, com as pontas dos dedos sobre a boca.

— Feche a porta, Grady — disse ele.

A voz de Benedict a fez sentir um gelo, em virtude da falta de inflexão. Kelly ouviu o clique da porta se fechando atrás dela. Ele não a convidou para se sentar, e ela não se aproximou.

Nunca estivera naquele escritório antes. Ela o encontrou duas vezes em uma sala de conferências próxima; todas as outras reuniões foram fora do local. Havia uma parede de vidro atrás dele, mas as outras paredes eram de madeira escura e estavam repletas de estantes abarrotadas de livros. Havia duas poltronas em frente à sua mesa e um sofá encostado na parede interna. Nas prateleiras, fotos emolduradas de Benedict com o presidente, o governador e quatro senadores dos Estados Unidos da América. Tinha um computador de mesa ao lado de seu cotovelo direito, com um cabo de rede passando por um orifício com tampa de borracha na mesa até uma conexão oculta abaixo. Ao lado de seu cotovelo esquerdo, uma pilha de papéis. Troféus e estatuetas em vidro e metais reluzentes adornavam o aparador. Essa decoração não se parecia em nada com o laboratório/escritório todo branco em sua casa, mas algo era semelhante.

Ele a estava encarando por cima das mãos.

— Suponho que você esteja aqui para me explicar o que foi aquele ataque de ontem.

Era algo no ar, o ar que ele respirava e que ela agora era forçada a respirar também. Havia o mesmo tanto neste escritório como naquele outro. Não era bem um odor, mas sim a falta de odor.

— Não — ela disse.

Uma sobrancelha se ergueu sobre a borda dos óculos de Benedict.

— Aquilo não foi nada — disse ela. — Uma denúncia anônima e alguns agentes do FBI excessivamente zelosos. Eu dei um jeito. Eles não vão incomodar você de novo.

Álcool isopropílico. Era esse o cheiro que sentia, ou não sentia. Antisséptico. Contra o veneno.

— Ah. Então, você está aqui esperando que eu lhe agradeça.

— Não. — Ela respirou fundo. — Estou aqui para me desculpar com você.

Então, ambas as sobrancelhas de Benedict se ergueram.

— Eu pensei no que você me disse… aquela noite. Sobre como eu amordacei você. Como você se sentiu humilhado. — Ela engoliu em seco e se forçou a continuar. — Eu percebi que você estava certo. Eu fiz isso.

As lágrimas não viriam. Ela não era atriz — não importava o que seus adversários no tribunal pudessem dizer —, então, não conseguiria chorar quando o momento exigisse. Tudo o que ela conseguia fazer era gaguejar e engolir em seco. Kelly desviou o olhar para o sofá encostado na parede. Aquele em que ele devia estar reclinado quando Tiffy deu de cara com ele. Era estofado, de couro preto, elegante. Fácil de limpar.

— E eu... Eu percebo agora que não deveria ter feito isso — disse ela. — Eu estava tão focada em meus talentos, em alcançar minha vitória, que simplesmente desconsiderei você e todos os seus talentos.

As palavras tinham um gosto ruim em sua boca, mas ainda assim ela não conseguia chorar. Ela se lembrou de Rick Olsson e do corredor do hotel e se perguntou se havia mesmo um gatilho. Ela respirou fundo, inclinou a cabeça para trás e arregalou os olhos. O teto era branco. Em contraste com as paredes de madeira escura, era de um branco ofuscante, então, de repente, ela começou a tremer. Sua garganta ardeu e as lágrimas inundaram seus olhos e escorreram por seu rosto.

— Eu... Eu percebo agora que você era sua melhor testemunha. Foi — ela se engasgou e voltou a engolir antes que pudesse continuar — um erro da minha parte não colocar você para depor.

Ela desviou o olhar do teto, piscando com força, e foi então que avistou o *laptop* na prateleira superior da estante. A tampa estava fechada. Não tinha mais do que a espessura de uma pasta, e ela poderia nem tê-lo visto, mas via agora e sabia que devia ser o computador *off-line* dele.

— Foi um erro eu amordaçá-lo. Eu deveria... Eu deveria ter deixado você falar com a imprensa. Quero dizer, nem era meu direito conceder permissão a você. Como se *eu* estivesse mandando em *você*. Eu... Eu entendo isso agora. Eu só queria vencer. Por mim. Mas quem devia vencer era você, era seu caso. Não meu. — Ela parou para recuperar o fôlego. — E eu sinto muito. Me desculpe.

Ela estava chorando, exatamente como esperava estar. Lágrimas deslizavam por seu rosto e muco escorria de seu nariz formando dois fios viscosos. Ela passou as costas da mão sobre o nariz e a boca e depois tapou os olhos com as duas mãos. Seus ombros subiam e desciam enquanto ela o observava através dos dedos. Podia ver os olhos dele brilhando por trás das lentes dos óculos.

O telefone de mesa tocou e a voz de Grady invadiu a sala.

— Cinco minutos, doutor.

Benedict levantou-se e contornou a mesa. Ele estendeu o braço e Kelly recuou com um arquejo, mas ele estava apenas buscando alcançar o paletó pendurado atrás da porta do escritório. Ele enfiou os braços pelas mangas.

— Eu aceito suas desculpas — disse ele.

— Obrigada — ela sussurrou.

Ele deslizou o nó da gravata até o pescoço e estendeu a mão para a maçaneta.

— Você primeiro.

— Oh! — Ela enxugou o rosto encharcado. — Pode me dar alguns minutos? Para eu me recompor? Eu não quero ir lá fora... desse jeito.

Ele empinou o queixo e olhou para ela através das lentes, com os olhos semicerrados. Um ruído de desgosto zumbiu em seus lábios finos.

— Tem razão — ele concordou. — Sua aparência está deplorável. — Ele girou a maçaneta. — Dê um jeito nessa cara e feche a porta quando sair.

— Vou fechar. O-obrigada.

Ele fechou a porta atrás de si.

Ela demorou um pouco para conseguir se mover. Ao que parecia, seu corpo não havia assimilado que ela estava fingindo chorar. Talvez ela não estivesse. Mesmo depois que Benedict se foi, sua respiração ainda estava trêmula e as lágrimas ainda escorriam. Demorou mais alguns minutos até que ela pudesse secar o rosto e apertar o botão da maçaneta para trancar a porta.

Ela procurou as câmeras de segurança, mas Ashley estava certa: não havia nenhuma. E é claro que ele não as aceitaria ali, a julgar por sua atividade naquele sofá de couro preto. Ela abriu a bolsa e calçou um par de luvas de látex antes de tirar o *laptop* da prateleira e ligá-lo na mesa dele. Tentou inserir o mesmo *login* que abriu o computador doméstico dele no dia anterior, e a aposta valeu a pena. Benedict podia ser um gênio quando o assunto era ciência, mas não em se tratando de nomes de usuários e senhas. Ela inseriu o *pen drive* de Ashley e executou o programa de substituição, e em minutos terminou.

Ela desligou o *laptop* e, quando a tela escureceu, usou-o como espelho para tentar reparar o rosto. Depois, fechou a tampa, recolocou-o na estante, tirou as luvas de látex e guardou-as de volta na bolsa.

Grady ergueu os olhos da mesa quando ela saiu do escritório.

— Está tudo bem, senhora McCann?

— Estou com uma alergia — disse ela, passando por ele. — Esses parques de escritórios suburbanos me pegam sempre.

Ela não precisava de escolta para sair do prédio. Lá fora, correu para o carro alugado e sentou-se ao volante. As lágrimas podiam ter sido falsas, mas a degradação foi real. Rastejar diante daquele monstro, implorando seu perdão, mesmo fingindo, fizera com que ela se sentisse suja. A forma como ele se encheu de prazer com sua humilhação… o ódio dela por Benedict queimava tanto que chegava a formar bolhas.

Nada poderia eliminar esse sentimento. Nada até o momento da humilhação e da degradação do próprio Benedict. Então, *ela* se encheria de prazer.

Kelly enviou uma mensagem coletiva rápida para os celulares descartáveis. *Feito*. Ashley e Emily responderam antes mesmo que ela girasse a chave na ignição.

Mas era Tiffy quem estava em seus pensamentos ao sair do estacionamento. A garota deve ter se sentido culpada por ter decepcionado a todas. Ela não respondeu à mensagem e não atendeu a nenhuma das ligações anteriores de Kelly. Ela podia imaginar Tiffy segurando o telefone, mordendo o lábio quando ele tocava, com medo de atender, com vergonha de não atender.

Kelly era a culpada. Ela nunca deveria ter envolvido Tiffy no esquema. Ela lhe devia um pedido de desculpas. Olhou para o relógio do painel. Passava um pouco de meio-dia, e o voo dela só seria às três. E Tiffy, ela se lembrou, morava não muito longe dali.

Ela parou em outro parque comercial suburbano e rolou os arquivos em seu celular até encontrar o endereço de Tiffy. Ela o inseriu no sistema de navegação do carro e seguiu as instruções para a rodovia. Depois de alguns quilômetros, o GPS a redirecionou para um longo trecho de uma via principal local repleta de *shoppings* e redes de restaurantes. O sistema a mandou virar assim que ela avistou a placa azul desbotada: HAPPY DAYS MOBILE HOME PARK. A placa balançava pendurada em duas correntes ao lado da entrada de uma pista de boliche. Os *trailers* estavam escondidos quase fora de vista na encosta atrás dela.

O asfalto que outrora pavimentava a entrada de automóveis não passava agora de pedaços e escombros espalhados por uma estrada esburacada. O carro de Kelly deu solavancos e guinadas no caminho, passando por uma guarita vazia cercada por tufos de ervas daninhas, lixeiras verdes alinhadas e uma série de caixas de correio em colunas e fileiras com pequenas janelas de vidro que faziam com que o conjunto parecesse um prédio de apartamentos em miniatura. O arremedo de estrada pavimentada terminava naquele ponto. A partir dali, trechos de estrada de terra e cascalho serpenteavam por *trailer* após *trailer*, alguns ainda sobre rodas, alguns em blocos de concreto, alguns com deques e varandas.

Kelly começou a descer um trecho até perceber que os números das casas — quando tinham — estavam errados. Ela se virou e tentou outro. Um *pit bull* malhado rastejou para fora de seu esconderijo debaixo de um *trailer* e atacou seus pneus. Ele correu atrás do carro, rosnando com fúria, até que por fim ela cruzou a fronteira de seu território; então, ele se virou, trotou de volta e retornou ao seu lugar sob o *trailer*.

Ela foi ficando cada vez mais deprimida enquanto dirigia, pensando em Tiffy e em sua vida repleta de dificuldades e contratempos. Afastada da mãe que era dependente química, transferida de um lar adotivo para outro e, por fim, emancipada aos 18 anos, mas apenas para acabar morando ali, limpando escritórios, sofrendo abusos e sendo estuprada. Apenas para ser silenciada por Kelly, que deu uma olhada no perfil da garota e pensou: *20 mil dólares devem bastar. Ela ficará entusiasmada.* Quando o que de fato a emocionou foi passar um fim de semana na praia com um grupo de mulheres que nunca teriam lhe dado atenção em circunstâncias diferentes.

Seu sentimento de culpa a apunhalava mais fundo a cada casa móvel em ruínas pela qual passava.

Os números das casas, enfim, começaram a ir na direção certa: 92, 94, 96. Uma velha caminhonete sem o para-lama dianteiro direito estava estacionada em frente ao número 98. Kelly estacionou e desceu. Ela contornou a caminhonete e foi até os degraus de blocos de concreto. Formando um X gigante na porta de alumínio amassada havia duas tiras de fita amarela. Lia-se: POLÍCIA. CUIDADO.. NÃO ULTRAPASSE.

Ela parou e olhou para dentro.

— Você não pode entrar aí — alguém gritou atrás dela.

Ela se virou. Uma jovem estava parada na varanda de outro *trailer*, do outro lado da rua. Ela segurava uma criança no colo e de sua mão livre pendia um cigarro.

— Oh, olá — Kelly gritou para ela. — Devo estar com o endereço errado. Estou procurando por Tiffy Jenkins.

A mulher ajeitou o bebê mais alto no quadril.

— Você é amiga dela?

— Uma amiga do trabalho — disse Kelly. — Achei que era no número 98.

— Era.

Kelly olhou nervosa para o *trailer*.

— Aconteceu alguma coisa? — ela perguntou.

Tiffy teria sido presa? Não poderia ser por crimes cibernéticos. Ela nem tinha feito nada. Conspiração para cometer crimes cibernéticos? Todas elas eram culpadas disso. A essa altura, poderia haver fita amarela de cena do crime na porta da frente de Kelly.

— Vinha acontecendo — disse a mulher. Seu bebê estava tentando pegar o cigarro e ela lhe deu uma sacudida. — Eu mesma tive que chamar a polícia algumas vezes.

— Ah, é? — Kelly lembrou-se dos hematomas nos braços de Tiffy e, de repente, entendeu que ela não havia sido presa; tinha sido agredida.

— Mas eu não ouvi nada dessa vez. — A mulher bateu o cigarro, e um centímetro de cinza caiu na varanda. — O próprio Sean chamou a polícia. Ele estava bêbado demais, mas ligou.

— Tiffy está bem?

— Duvido muito — a mulher bufou. — Ele cortou a garganta dela. Ela está morta.

21

ESTAVA ESCURO QUANDO Kelly chegou em casa e, ao entrar no caminho para a garagem, seus faróis brilharam sobre um carro estranho. Um pequeno BMW preto esportivo. Ela contornou o carro e entrou na garagem. Quando estava saindo, a luz interna do BMW se acendeu, mostrando uma mulher bem-vestida que saía de dentro dele.

— Posso ajudá-la? — Kelly gritou da garagem. Então, ela a reconheceu. — Oh, meu Deus, Courtney! Eu não tinha reconhecido você. — Era raro ela ver a filha de Adam vestida com algo além de *leggings* e botas Ugg, mas hoje ela estava usando salto alto e saia lápis. E de alguma forma, de repente, dirigia um BMW.

Courtney deu alguns passos hesitantes em direção à garagem, mas Kelly não esperou. Correu até ela e a envolveu em um abraço que fez Courtney soltar uma exclamação de surpresa. Kelly não podia culpá-la — o relacionamento delas sempre fora mais cordial do que afetuoso —, mas, ainda assim, ela manteve o abraço por um bom tempo.

Transferência, como um psiquiatra poderia chamar. Estava pensando naquela outra menina sem pai, aquela que com certeza nunca recebera abraços suficientes na vida. A culpa que Kelly sentiu ao dirigir até o *trailer* de Tiffy não foi nada comparada à culpa que sentiu ao sair dele. Tinha visto os hematomas nos braços da garota. Ouvira o tom rude do namorado ao telefone. E ela não fez nada. Não disse nada.

Ela se inclinou para trás, ainda segurando Courtney pelos ombros. A garota usava uma blusa de seda que parecia luxuosa e cara, e seu cabelo, que em geral era um emaranhado de cachos pretos, estava sedoso e brilhante e tinha sido alisado com escova.

— É tão bom ver você! — ela disse, radiante. — E parabéns mais uma vez! Estamos todos muito orgulhosos!

— Sim, você já disse isso — murmurou Courtney. — Obrigada pelas flores e... por todo o restante. Eu estava aqui pensando... Você tem um minuto?

— Claro! Entre. — A voz de Kelly estava muito estridente. Ela mesma estava se dando conta disso.

— Não, sério, isso não vai demorar...

— Entre! E veja o restante da família.

A mala de Kelly ainda estava no porta-malas do carro, mas ela a deixou lá e, colocando um braço em volta da cintura de Courtney, conduziu-a pelo caminho até a porta da frente.

— Olá, pessoal! — ela gritou enquanto tirava os sapatos.

Podia escutar o tom desvairado em sua voz. Estava muito animada por ter chegado em casa, ela percebeu. Animada por ter deixado sua missão para trás.

— Mamãe! — Lexie gritou, descendo as escadas e pulando.

— Oi, meu docinho! — Kelly se abaixou para dar um abraço na filha ainda mais apertado do que aquele que dera em Courtney. — Como foi na escola hoje?

— Um tédio. Por que você está tão atrasada? Você disse que chegaria em casa mais cedo.

— Surgiu um imprevisto. Desculpe. Diga olá para Courtney.

— Olá — a criança murmurou, sem olhar para Courtney. — Mamãe chegou! — ela gritou para as pessoas que estavam em casa.

— Oi, Kelly. — Gwen colocou a cabeça para fora da cozinha no fim do corredor. — Esperamos você para jantar.

— Vocês não precisavam fazer isso.

— Ah, você conhece a Lexie. Eu convidei os meninos para se juntarem a nós, se estiver tudo bem.

— Claro.

— Mãe, venha ver, você recebeu uma entrega! — Lexie puxou-a pela mão até a sala, onde havia uma cesta de frutas embrulhada em celofane sobre a mesinha de centro. — Abra. Veja de quem é — ela insistiu. Kelly rasgou o envelope e leu o cartão. *Espero que você esteja se sentindo melhor. Vejo você em breve? Rick.* — Oh! — ela disse.

— Quem é? De quem é?

— Um colega de trabalho.

Ela ficou surpresa não apenas por ele ter enviado a cesta, mas pela precisão, pelo bom senso. Flores teriam sugerido que algo acontecera na noite anterior, o que não foi o caso, mas uma cesta de frutas não tinha nenhuma conotação sexual. Era apenas um gesto de gentileza, e aquela cesta de frutas em particular — nada exagerado, apenas maçãs, peras e um pacotinho de castanhas de caju — atingira o equilíbrio correto. O bilhete também estava perfeito — *espero que você esteja se sentindo melhor* —, como se ela houvesse tido uma indigestão na noite anterior, e não um colapso total. Mas a melhor parte foi "*Vejo você em breve?*". O ponto de interrogação no final colocando a bola em seu campo, mas as palavras antes dele prometendo que seu voleio seria devolvido. Ela ficou emocionada, porém, mais importante, sentiu-se aliviada. Não teria que procurar outro jornalista para vazar os papéis. Rick Olsson ainda era o seu homem.

Ela ergueu os olhos, dando um largo sorriso. Sentia-se quase inebriada.

— Courtney! — ela gritou quando viu a garota ainda parada, insegura, no *hall* de entrada. — Entre. Sente-se.

— Eu realmente só preciso de um minuto, Kelly.

Gwen saiu da cozinha com uma pilha de pratos.

— Oi, Courtney. Tem bastante comida — disse ela, com uma sobrancelha erguida, olhando para Kelly antes de entrar na sala de jantar.

— Sim, por favor — disse Kelly. — Junte-se a nós para jantar!

— Não, eu não posso ficar...

O resto da frase de Courtney foi abafado por um rebuliço na cozinha quando Todd e Bruce entraram.

— Algo com certeza cheira bem — gritou Bruce.

— Ah, sou eu — disse Todd.

— Hum. Quem dera você cheirasse tão bem.

Seguiram-se sons de luta. Kelly voltou ao *hall* de entrada para separar a correspondência na mesa do corredor e, quando a campainha tocou, ela estava lá para receber Josh, o namorado de Gwen. Ele parou quando viu Gwen arrumando a mesa.

— Cheguei muito cedo? Gwen disse para buscá-la às sete e meia.

— Não, a culpa é minha — disse Kelly. — Estou atrasada. Mas, por favor, Josh, fique para o jantar.

Ele lançou um olhar para Gwen, que assentiu.

— Claro, obrigado — disse ele.

— Faça por merecer — disse Gwen. — Vá buscar mais dois pratos.

— Eu cuido dos talheres — disse Lexie, e correu na frente dele até a cozinha quando Todd e Bruce estavam saindo.

Os três homens trocaram soquinhos de punho ao se cruzarem.

— Oi, querida — disse Todd quando viu Courtney. — Eu não sabia que você estaria aqui. — Ele beijou suas bochechas antes de se afastar de um modo dramático. — E olhe só para você! Tão chique! Deixe-me ver. — Ele tentou girá-la, mas ela se recusou a se mover.

— Eu realmente só preciso ter uma palavrinha rápida com Kelly...

Kelly largou a pilha de correspondência.

— Justin! — ela gritou olhando para o alto da escada. — Estou em casa, e o jantar está pronto. Duas boas razões para você sair da sua caverna!

— Devo abrir um vinho? — Gwen perguntou, enquanto voltava para a cozinha.

— Claro — disse Kelly, e arrematou: — Não! Traga champanhe! Estamos celebrando Courtney esta noite.

— Não mesmo... — Courtney disse.

Todd colocou as mãos nos quadris.

— OK, garota! O que você fez agora?

— Ela passou na prova para a ordem dos advogados de Massachusetts, foi isso — declarou Kelly, dando um tapinha nas costas de Courtney, enquanto ela a contornava até a sala de jantar. — Ela é uma advogada de pleno direito agora, assim como o pai dela.

— E você — disse Lexie, fazendo um barulhão com os talheres na mesa.

Gwen e Josh saíram da cozinha carregando tigelas fumegantes de legumes e batatas cremosas.

— O jantar está servido — Gwen gritou, voltando para a cozinha.

— Sentem-se onde preferirem — disse Kelly para toda a sala e puxou uma cadeira lateral para si.

Lexie sentou-se ao lado dela enquanto Gwen voltava com uma travessa de frango assado. Todos os outros pareciam brincar de dança das cadeiras ao redor da mesa enquanto decidiam onde iam se sentar. Courtney sentou-se por último, com relutância.

— Ei, quem está dirigindo o Bimmer? — Justin gritou quando, por fim, desceu as escadas.

— Sua irmã! — Kelly apontou para Courtney, que estava na ponta da mesa. — Que belo carro!

— Fala sério! — Justin exclamou, enquanto puxava uma cadeira.

Courtney balançou a cabeça.

— Não é meu. É um... carro da empresa.

— Que empresa? — ele perguntou no mesmo momento em que Kelly disse:

— Courtney! Você arranjou um emprego?

— Sim. — Ela encontrou os olhos de Kelly do outro lado da mesa. — Como eu disse a você em meu *e-mail*. Estou na Kevin Trent e Associados.

O burburinho continuou ao redor da mesa enquanto davam os parabéns a Courtney, os pratos eram passados e a rolha do champanhe estourava. Mas para Kelly a trilha sonora silenciou. Tudo o que ela conseguia ouvir era uma lufada de ar passando por sua cabeça, como o ruído rítmico de um ventilador. Ela olhou para Courtney, mas o que viu foi uma montanha de contas na mesa de Adam e ela mesma examinando-as com um bebê no carrinho ao lado dela quando encontrou uma carta autenticada de Erik Kloss.

Ela empurrou a cadeira para trás e deu um grito.

— Eu gostaria de dar uma palavrinha com você.

Sua voz reverberou dentro da câmara de eco de sua mente. Ela saiu da sala de jantar, atravessou a sala de estar e foi até o escritório. Courtney levantou-se para segui-la, e o silêncio despencou sobre a mesa enquanto todos trocavam olhares constrangidos.

— O que aconteceu? — Lexie perguntou, mas ninguém respondeu.

Kelly ficou esperando na porta do escritório até Courtney passar; então, ela fechou a porta, virou-se e ergueu os olhos para ela. Kelly estava descalça, e Courtney era quinze centímetros mais alta que ela, além dos sete centímetros do salto alto.

Mas Kelly não se intimidou em sua fúria.

— Kevin Trent — disse ela. O nome sibilou entre seus dentes. — O homem que roubou a empresa do seu pai. Como você pode trabalhar para ele?

— Ele não roubou nada.

A timidez de Courtney desapareceu. Agora, seus olhos brilhavam em desafio.

— Ele roubou o maior cliente dele.

— Papai nunca mais iria advogar. Erik queria que Kevin assumisse a conta. Papai também iria querer.

— Erik? — Kelly quase gritou. — Você trata Erik Kloss pelo primeiro nome?

Courtney ergueu o queixo.

— Foi ideia de Erik que eu entrasse na empresa. Como forma de honrar o papai.

— *Honrá-lo*? — Kelly ergueu as mãos e girou pela sala, passando pela mesa onde Adam trabalhara noite após noite nos negócios de Erik Kloss. — Ele o teria honrado muito mais se não o tivesse levado à falência.

Courtney cruzou os braços e esticou o queixo.

— Não vim aqui para falar sobre isso. Estou aqui para falar sobre minha petição.

— Petição? Para quê?

— Tutela. Ainda não entrei com ela. Estou lhe dando uma semana para consentir.

A testa de Kelly se enrugou.

— Tutela? De quem? Para quem?

— Do papai. Para mim.

Kelly riu de um modo sarcástico.

— Sério mesmo? Você quer assumir os cuidados e a alimentação dele?

— Não — disse Courtney. — Eu quero parar com isso.

Kelly olhou para ela. A corrente de ar uivava dentro de sua cabeça, tão alta que ela teve de gritar para se ouvir.

— Você quer que seu pai morra de fome?

— Pelo amor de Deus, Kelly. Ele já está morto. Ele está morto há dez anos.

— Não diga isso! Ele ainda está lá! Eu sei que está!

— Não há nada além de uma casca vazia lá em cima. E você precisa me deixar enterrar aquilo.

— *Aquilo?!* — Kelly revoltou-se. Ela se lançou sobre Courtney e agarrou-a pela mão. — Venha comigo.

Ela abriu a porta e puxou a garota pela sala até o *hall* de entrada. Todos os outros ainda estavam à mesa da sala de jantar e ficaram olhando horrorizados enquanto Kelly tentava arrastar Courtney escada acima.

— Venha dizer isso ao seu pai. Diga isso na cara dele!

Courtney fincou os pés no chão e libertou sua mão.

— Você e a porra da sua culpa católica! — ela vociferou. — Você o está mantendo lá em cima, tipo... como uma espécie de monstro de Frankenstein! Pelo bem da memória dele, pelo bem dos filhos — Courtney apontou o dedo para Justin e Lexie —, você precisa me deixar enterrá-lo!

Lexie começou a chorar e deslizou para baixo da mesa.

— Eu sei do que se trata! — Kelly gritou. — Você está atrás do seguro de vida dele. Você está esperando esse dinheiro há dez anos!

Os olhos de Courtney ficaram frios.

— Leia a porra dos papéis — ela soltou os papéis, abriu a porta da frente e saiu.

Kelly subiu as escadas correndo, atravessou o corredor e entrou no quarto. Os olhos de Adam estavam bem abertos, como se ele tivesse ouvido cada palavra daquela conversa horrorosa. Ele não se mexeu quando ela falou seu nome, mas já o fizera antes, algumas vezes, ao longo dos anos. Uma vez, ele ergueu a mão e disse água de um modo bem claro antes de escorregar de novo para o vazio. Muitas vezes, ela viu os olhos dele se moverem no que parecia ser a fase REM do sono, o que devia significar que ele estava sonhando. Seu último EEG mostrara, sem sombra de dúvida, alguma atividade cerebral. Então, ele estava respirando sozinho, seu coração batia e as sinapses disparavam em seu cérebro... Como alguém poderia chamá-lo de morto? *Não era provável que melhorasse*, disseram os médicos, mas *não ser provável* não significava que *não poderia* melhorar. Ninguém nunca disse que não *poderia*.

— Não se preocupe — disse ela, com o peito ainda arfando. — Isso não vai acontecer. Nós vamos lutar contra isso. Nós venceremos.

Ela procurou nos olhos dele uma reação.

— Adam. Querido — ela murmurou, e acariciou seus cabelos e beijou seus lábios. — Não se preocupe. Você vai ficar bem. Tudo vai ficar bem.

22

A SALA DE JANTAR ESTAVA VAZIA quando ela desceu com seu traje de corrida. Da cozinha vinha o barulho dos pratos e da sala de estar íntima o ruído da TV. Todos estavam ocupados. Ninguém sentiria falta dela. Tudo o que precisava era de uma longa corrida para eliminar essa raiva de seu organismo.

O vizinho estava na entrada de casa, do outro lado da rua, com um cachorro na coleira que devia ser uma adoção recente. Em qualquer outro momento, ela teria parado para admirá-lo, mas naquela noite ela apenas deu um rápido aceno enquanto vestia o colete refletivo. Ele acenou de volta, e ela saiu correndo pelo quarteirão.

Seguiu seu caminho habitual pela cidade até chegar ao *campus* da universidade, mas correu mais rápido do que seu ritmo normal. Seus pés batiam com força no chão, e, a cada batida percussiva, ela fervia mais um pouco de raiva. De Courtney. De Kevin Trent e de Erik Kloss.

Ela virou para entrar no *campus* e seus pensamentos revisitaram o passado recente; durante os oitocentos metros seguintes, ela odiou o namorado de Tiffy. Lembrou-se de seus grunhidos ao telefone. Do modo como ele cuspiu a palavra *puta*. Ela se lembrou de Tiffy roendo as unhas. *Você acha que ele caiu nessa?* Então, ela se lembrou da forma como Tiffy enfrentou a dominadora Ashley. *Mas isso na verdade é culpa de todas* nós, *não é?* Ela se perguntou se Tiffy, por fim, teria enfrentado Sean, se esse tinha sido o gatilho. Alguns homens não suportam ser desafiados. Ou silenciados.

Seus pensamentos ameaçaram desviar-se para um lugar ao qual ela não queria que eles fossem. Ainda não. Quando tudo isso acabasse, quando ele estivesse arruinado, então, ela estaria curada; assim, ela poderia pensar nele. Ou não. Ele não teria importância para ela. Nunca mais teria de pensar nele.

Kelly focou seus pensamentos de novo em Courtney. A raiva era uma emoção desperdiçada, a menos que ela pudesse canalizá-la para algo construtivo. A menos que pudesse transformá-la em uma arma. Isso foi o que fez ao longo de sua carreira. Cada vez que o advogado adversário a insultava ou fazia algo ultrajante, ela redobrava sua ofensa e buscava a vitória. Isso era o que Kelly faria com Courtney. Não fique brava. Vença.

Ela tinha um sócio no escritório, um advogado chamado Lyle Firth, especializado em inventários e vara de família. Ela o colocaria para defendê-la contra a petição de Courtney. Ninguém na firma de Kevin Trent fazia esse tipo de trabalho, então, Lyle teria uma vantagem automática. Depois, havia a vantagem inerente de Kelly como esposa e cuidadora de Adam por todos os dias nos últimos dez anos. Ao contrário da filha, que apenas o visitava de vez em quando. A vitória de Kelly estava praticamente garantida.

Ela continuou correndo, contornando os campos de atletismo e atravessando uma quadra que estava estranhamente vazia. Na maioria das noites amenas de outono como aquela, ela passava por grupos de estudantes caminhando da biblioteca para o dormitório e por grupos esparramados no gramado com latas de cerveja e *donuts* de sidra de maçã. Mas ninguém estava por perto esta noite. Devia haver um evento em andamento, um concerto ou alguma festa do outro lado do *campus*. Isso justificaria a ausência de tráfego de pedestres. O trânsito de carros também estava leve. Apenas um carro passara por ela desde que entrara no *campus*, e mais um estava atrás dela agora.

Ela olhou por cima do ombro. O limite de velocidade afixado no *campus* era de trinta quilômetros por hora, embora poucos motoristas o obedecessem. Este carro, porém, o cupê escuro atrás dela, rodava ainda mais devagar do que isso. Quase como se estivesse acompanhando sua corrida. A rua fez uma curva e ela a seguiu, e quando olhou para trás de novo, os faróis altos do carro brilharam em seu rosto.

Por um segundo, ela congelou onde estava. Mas só por um segundo. Suas pernas se flexionaram sob ela e Kelly disparou em uma explosão de velocidade. Saiu da calçada e saltou sobre a grama, correndo ainda mais rápido agora no fim da corrida do que no início. Ela abriu as tiras de velcro do colete refletivo, tirou-o, jogou-o em um arbusto e continuou correndo.

Seu coração batia forte contra as paredes do peito. Devia ser o homem com o cachorro na garagem do outro lado da rua. Ela não reconhecera o cachorro, mas agora percebia que também não reconhecera o homem. Ela apenas presumiu que ele era o vizinho. De repente, ela se lembrou do homem com o cachorro que a observara naquela manhã no estacionamento da UniViro. Depois, o homem com o cachorro conversando com Tiffy na praia. Poderia ter sido o mesmo cachorro. Deve ter sido o mesmo homem.

O carro acelerou e a ultrapassou na curva do caminho. Ela correu ainda mais rápido ao ouvi-lo frear forte, cantando o pneu contra o asfalto. A porta do carro se abriu emitindo um som semelhante ao de um tiro, e ela desviou para o outro lado e correu ainda mais rápido.

— Kelly! Calma, sou eu!

Ela conhecia aquela voz. Ela parou.

— Javi?! — Kelly gritou, virando-se.

— Desculpe — disse ele ao emergir das sombras. Ele segurava o colete dela em uma das mãos. — Não tive a intenção de assustar você.

Ela abanou a mão com indiferença para indicar que estava bem. Estava arfando muito para conseguir responder com palavras.

— Recebi informações de um dos meus parças na Filadélfia. Achei que você deveria saber. — Ele trajava calças prateadas justas e uma camisa roxa escura, e Kelly sabia que ele devia ter saído à noite.

Ele interrompera um encontro ou, mais provavelmente, uma conquista, para localizá-la esta noite.

— Você se lembra da Tiffy Jenkins? — ele perguntou. — Uma das mulheres envolvidas nos casos de Benedict? A faxineira do escritório? Ela foi assassinada ontem.

Kelly assentiu.

— Eu sei — disse ela, ainda ofegante. — Isso é horrível.

A cabeça dele se inclinou para um lado.

— Como você soube?

Ela se conteve tarde demais. Não havia razão para ela saber de um crime cometido a três estados de distância contra alguém que não fosse famoso. Ela soltou o ar e respirou fundo mais uma vez, enquanto conjurava uma explicação.

— Aquele advogado local que contratamos para ela… Sabe? — ela disse, por fim. — Ele me ligou quando soube. Coitada da menina… Já é bastante ruim ter sido atacada por Benedict, mas pelo próprio namorado…? — Ela balançou a cabeça, demonstrando tristeza.

Javi a observou.

— Você acha que foi isso que aconteceu?

— Claro. Já o prenderam.

A vizinha ficou animada ao fazer a Kelly um relato detalhado do modo como os policiais o tiraram do *trailer* algemado. Ele lutou para se livrar deles durante todo o caminho até o carro de patrulha e, uma vez lá dentro, tentou chutar a janela com os dois pés. No entanto, o tempo todo ele soluçava dizendo o quanto a amava.

Javi balançou a cabeça.

— É muita coincidência.

— O quê?

— Jenkins *e* Patel.

— Você acha...? Deus! — Ela soltou uma risada. — Você acha que Benedict as matou?

— Talvez. — Ele trocou o peso de pé, parecendo desconfortável. Demonstrou estar meio constrangido com a risada desdenhosa dela. — Quero dizer… Quais são as chances?

— Bem, a princípio, a morte de Patel foi um acidente. Você mesmo me disse isso.

— Eu disse que não foi suicídio. Alguém poderia ter dado a ela aquela hiperconcentração de *oxi*. Sei lá, alguém, talvez um cara da Big Pharma…?

Ela riu de novo.

— Por quê? Qual seria o motivo dele? Benedict já foi absolvido. E ele já pagou a Tiffy e conseguiu o NDA dela. Se fosse matar qualquer uma delas, teria feito isso antes, não depois.

— A morte é um jeito garantido de silenciar alguém.

— Qual é…? — Ela se lembrou de outra coisa. — Benedict estava em Atlanta ontem. Enquanto Tiffy estava com a garganta cortada.

Isso deteve Javi apenas por um instante.

— Ele não precisa fazer o próprio trabalho sujo — disse ele. — Benedict tem aquele capanga… Anton.

Ela também descartou essa ideia.

— Ele tinha de estar em Atlanta também. Benedict nunca vai a lugar nenhum sem ele. — Mas, enquanto dizia isso, a lembrança veio à tona, de Anton pegando-a e carregando-a do carro para o helicóptero e depois para o táxi. Da Filadélfia a Boston, e vice-versa, sozinho. Ainda assim... — Ele é um estuprador — disse ela. — Não um assassino. É apenas uma coincidência que Reeza e Tiffy tenham morrido em uma janela de tempo tão curta.

Javi apertou a mandíbula.

— Eu não acredito em coincidências.

Kelly revirou os olhos. Era uma coisa tão banal de se dizer. Além disso, ela acreditava *mesmo* em coincidências. Quase todos os acontecimentos importantes de sua vida foram resultado de coincidências. Inscrever-se no comitê de ética na mesma semana em que Adam se tornara presidente. Encontrar Todd no hospital logo depois da morte de seu último paciente de longa data. Foi até uma coincidência que ela representasse George Benedict, que leu uma notícia sobre ela logo depois que sua primeira vítima o acusou.

— Se isso faz você se sentir melhor — disse ela —, terminamos com Benedict.

As sobrancelhas de Javi se ergueram.

— Você o dispensou?

— Foi uma separação de caminhos consensual.

— Muito bem. Mas se ele estiver por trás dessas mortes...

— Javi, pare. Você não está dizendo coisa com coisa.

Agora, ela o havia ofendido de verdade. Javi desviou o olhar, e sua mandíbula estava cerrada quando ele se virou.

— Quer uma carona para casa? — Javi ofereceu, de má vontade.

Apesar do tom de voz dele, Kelly ficou tentada. Sua frequência cardíaca ainda estava muito alta e ela ainda sentia uma pontinha de desconforto por causa do homem com o cachorro. Contudo, como tantas outras coisas em sua vida, isso era algo que ela precisava enfrentar.

— Não, obrigada — Kelly lhe disse, se virando para ir embora. — Eu preciso terminar minha corrida.

— Ei! — Javi gritou atrás dela.

Ele ainda estava segurando o colete, então, ela se virou, pegou-o e saiu correndo.

JÁ PASSAVA da hora de Lexie dormir quando Kelly chegou em casa, mas a lâmpada noturna estava acesa e ela estava deitada no tapete ao lado da fonte de luz, com a cabeça inclinada sobre um livro.

Kelly entrou e se agachou ao seu lado.

— Oi, meu docinho. Vamos levar você para a cama.

Lexie olhou para cima, sonolenta.

— Você também a odeia agora, não é?

— Courtney? Não. Não. Tivemos um desentendimento, só isso. Eu perdi a paciência.

— Ela disse um palavrão.

— Acho que ela também perdeu a paciência.

— Ela quer matar o papai.

— Eu não deveria ter dito isso. Estamos apenas discordando no que se refere às questões sobre cuidados médicos. É só isso. Vamos. Levante-se.

Lexie se apoiou nos cotovelos e arrastou-se pelo quarto para se deitar na cama.

— Ela não é nossa amiga.

— Talvez não hoje. — Kelly se inclinou para beijar sua testa. — Mas ela sempre será sua irmã. Lembre-se, papai a ama tanto quanto ama você.

— Ele a ama? — De repente, os olhos de Lexie ficaram bem abertos. — Ele me ama? Ele nem me conhece.

Kelly não sabia o que responder. *Ele a amou antes de você nascer? Ele a amaria se a conhecesse?*

— Se ele conhecesse você — ela disse, por fim —, ele a amaria ainda mais do que já ama.

A resposta pareceu satisfazer Lexie. Ela fechou os olhos.

Kelly atravessou o corredor e bateu na porta de Justin.

— Que foi? — ele gritou.

— Quer conversar?

— Hã... Estou ocupado agora. Talvez amanhã.

Isso vinha a calhar para Kelly. Ela foi para o quarto e ficou ao lado de Adam. Os monitores emitiam sinais sonoros constantes. A câmera do circuito interno estava ligada. Tudo estava bem.

Kelly abriu o telefone e encontrou o *e-mail* de Courtney. Falava sobre ela ter passado no exame da ordem, encobria seu trabalho com o traidor Kevin Trent, e então acertava o soco mortal: *Elaborei uma petição para minha nomeação como tutora de papai para que eu possa remover seu tubo de alimentação. Espero ter seu consentimento. Vou esperar dez dias para dar entrada.*

Kelly encaminhou o *e-mail* para seu colega, Lyle Firth. Ela escreveu: *Venha me ver amanhã bem cedo.*

— Pronto. — Ela se inclinou para beijar a testa de Adam. — Está tudo resolvido. Você não precisa se preocupar com nada.

Alguém trouxera a bagagem dela do carro. Kelly desligou a câmera e levou a mala para o *closet* antes de ir para o chuveiro.

Depois, enxugando-se, ela ouviu o som de uma mensagem de texto chegando. Checou o telefone, mas não havia nada lá. Então, ela se lembrou do outro telefone no fundo da mala. Abriu-a, vasculhou-a e tirou de lá o celular descartável. Uma mensagem de texto brilhou na tela: *Estou de olho em vocês.*

Ela largou o telefone como se ele houvesse queimado a sua mão. A mensagem era de Tiffy. Do celular descartável que ela havia comprado para Tiffy.

Estou de olho em vocês.

Não poderia ser. Não poderia ser de Tiffy e também não poderia ser para Kelly. Ninguém sabia que esse telefone era dela. Nenhum dos celulares descartáveis estava registrado. Ela os comprara em um quiosque no aeroporto da Filadélfia. Tinha pagado em dinheiro.

Havia uma explicação simples. Tiffy deve ter jogado o telefone fora e alguma pessoa aleatória o pegou e enviou aquela mensagem como uma piada. Uma pegadinha. Só poderia ser isso.

Ainda assim, ela desligou o telefone e arrancou a bateria dele. No dia seguinte, descobriria outra maneira de se comunicar com Ashley e Emily.

Ela vestiu a camisola e foi para o quarto a fim de dizer boa-noite a Adam. Seus olhos estavam fechados, e ela o beijou em cada pálpebra e depois nos lábios.

Quando se virou, uma luz verde brilhava como o olho de um gato no escuro. Alguém tinha voltado a ligar a câmera.

Estou de olho em vocês.

23

O CARA QUE MANJAVA DE computador conhecido de Javi, o tal de Paul, estava em outro trabalho quando Kelly fez contato com ele. Eram três da manhã quando Paul conseguiu chegar à casa dela, e ele trabalhou durante o que restava da noite para adicionar outra camada de criptografia ao *firewall*.

Kelly passou a maior parte da noite no quintal, criando seu próprio *firewall*; jogou o celular descartável na churrasqueira, encharcou-o com fluido de isqueiro e pôs fogo. Então, ficou parada ali, observando, até que se dissolvesse e se transformasse em nada.

Ela queria arrancar o *modem* e todos os dispositivos conectados da casa. As crianças esperneariam e gritariam, e talvez alguns adultos também, mas poderiam aprender a viver sem *streaming* de TV e assistentes virtuais para acender as luzes. Eles poderiam passar as noites juntos lendo livros em comunhão silenciosa. Em algumas ocasiões, poderiam até conversar. De fato, talvez fosse bom para eles.

Mas então ela pensou em Adam. Ele dependia de seus monitores conectados à internet. O que significava que Kelly teria de conviver com aquele medo torturante de vigilância constante e anônima. Aquela sensação de estar sendo observada que fazia os cabelos de sua nuca se arrepiarem.

Estou de olho em vocês.

Mesmo depois que o celular descartável se transformou em uma poça de resíduos líquidos, esse texto ficou impresso em seu cérebro.

Ela disse a si mesma que aquilo não era real. Ninguém podia vê-la, fosse quem fosse. Foi apenas uma coincidência que quem encontrou o pré-pago de Tiffy tenha enviado aquela mensagem ao mesmo tempo que Benedict ligou o circuito interno de TV. Ela acreditava em coincidências, e esta era claramente uma delas. Não havia como Benedict ter colocado as mãos no celular descartável de Tiffy. Ele não sabia onde ela morava e não tinha motivos para tentar descobrir. Ele se esqueceu dela no minuto em que fechou o zíper das calças. No dia em que Kelly o orientou a preencher o cheque do acordo de Tiffy, de fato, ele perguntou: "Quem é essa mesmo?".

Ela tentou se convencer de que nem mesmo fora Benedict quem invadiu a internet doméstica. Poderia ser apenas mais uma coincidência. Algum outro *hacker* poderia ter ido atrás dela, ou de qualquer outra pessoa da casa. Bruce tinha um ex-namorado que trabalhava com TI; ele poderia ser o culpado. Ou poderia ter sido uma incursão totalmente aleatória.

Mas ela sabia que era Benedict. O primeiro ataque cibernético ocorreu na noite seguinte ao ataque físico dele. Esse segundo hackeamento aconteceu na noite seguinte à visita dela ao seu escritório. Isso tinha sido mais do que uma coincidência.

AO AMANHECER, o *firewall* estava reconstruído. Ela acordou as crianças, ligou para Todd e para Bruce e chamou Gwen e Josh, e todos se reuniram à mesa da sala de jantar e ouviram, grogues de sono, enquanto Paul os orientava nas etapas para alterar suas credenciais de *login* mais uma vez.

Ele ficou perplexo, pois não sabia explicar como essa última intrusão poderia ter acontecido. Seu trabalho anterior deveria ter isolado o sistema.

— A menos que um de vocês tenha dado a senha do Wi-Fi para alguém…

Mas todos eles juraram que não tinham feito isso.

— Bem, isso deve bastar — ele disse a Kelly na porta, ao sair.

Mas ela pôde sentir uma ponta de dúvida em seu tom. Como ele não conseguia identificar a causa, era difícil ter certeza da cura.

APESAR DE TER PASSADO A NOITE sem dormir, ela estava no escritório às nove da manhã. Pilhas de correspondência e petições não lidas se mesclavam sobre sua mesa, e os lembretes de Cazz a respeito de tudo que exigia sua atenção começavam a assumir um tom urgente. No entanto, antes de lidar com esse acúmulo, ela teria de planejar sua abordagem a Rick Olsson. A cesta de frutas lhe dera a desculpa perfeita para fazer contato, mas ela não sabia se deveria ligar para ele, enviar uma mensagem de texto ou um *e-mail*, e não sabia quanto tempo deveria esperar. Era muito cedo, e ele poderia se perguntar sobre os motivos dela.

Patti Han bateu na porta com os nós dos dedos.

— Más notícias — disse ela. — Falei com o advogado de Margaret Staley.

Kelly balançou a cabeça distraída, como se estivesse prestando atenção, enquanto abria o *e-mail* para procurar as informações de contato de Rick.

— Lembra dela? — Patti a estimulou. — Lésbica. Estrela de cinema...

— Sim — Kelly respondeu impaciente. — Eu me lembro.

— Hum, está bem. Então... Ela não nos dará um valor. Ela se recusa até mesmo a discutir um acordo até que Tommy responda às solicitações do processo legal. Em especial, até que ele forneça uma amostra de DNA e se submeta a um exame físico.

Patti fez beicinho como se estivesse triste.

— Quero dizer, suponho que ela não queira fazer uma oferta contra si mesma...

Isso era algo que Kelly sempre ensinava a seus associados: nunca seja o primeiro em uma negociação, se puder evitar. Ainda mais em ações por danos morais em que os danos monetários não fossem objetivamente mensuráveis. Um réu que fizesse uma oferta inicial poderia indicar um valor que fosse o dobro do que seria o pedido inicial do demandante. Então, era para se manter sempre dentro dessa orientação.

— ... mas temo que isso destrua por completo minha tese — disse Patti.

— De que ele é inocente, você quer dizer.

— Não. Bem, sim. Mas o que estive pensando é que todo esse caso pode ser um golpe publicitário. Margaret é uma ativista LGBTQ, certo? E se ela estiver tentando estimulá-lo a sair do armário?

— Você acha que ele é *gay*?

— Talvez... Ele é tão doce e gentil.

— Então, nossa defesa seria baseada no fato de que ele não gosta de garotas? — Kelly torceu o nariz. — Também há casos de homens *gays* que atacam mulheres. Não é um cartão de saída livre da prisão por estupro. Isso se ele realmente for *gay*.

Patti sentou-se dando um suspiro.

— Eu sei. E, como ela insiste que ele responda às solicitações, é óbvio que ela tem o teste de DNA dele. Essa é a única explicação para ele ainda estar recusando.

— Ainda?

— Ele está inflexível. — Patti formou ganchos com os dedos para fazer aspas no ar. — *É uma invasão ultrajante de privacidade destinada apenas a envergonhá-lo.*

— Hum. — De repente, Kelly endireitou o corpo na cadeira. — Sabe... Você pode estar certa. Ele pode ser o raro cliente da Leahy & McCann que de fato é inocente.

Patti parecia confusa.

— O quê? Como?

— Deixe-me pensar nisso um pouco.

— Devo agendar uma videochamada ainda hoje?

Cazz entrou naquele instante com a correspondência da manhã.

— Uma videochamada com Tommy Wexford? Seu assistente disse que só por voz de agora em diante. Nada de vídeos.

— Qual é a razão disso? — Patti parecia perplexa. — Uma estrela de cinema que tem vergonha de usar as câmeras?

— Os bonitinhos são os piores — disse Cazz, enquanto separava a correspondência na mesa de trabalho. — Já tentou tirar uma *selfie* com um cara bonito? Ele exclui uma dúzia antes de encontrar uma de que goste. Vaidade, seu nome é...

— Tommy Wexford? — Patti adivinhou.

Cazz virou-se, dando um sorriso malicioso.

— Eu ia dizer Javier Torres.

Patti ficou corada.

— Deixa para lá. Ligo para ele mais tarde — disse Kelly. — Enquanto isso... Cazzie, você poderia me conseguir DVDs de todos os filmes dele?

— É pra já.

— Não, deixe isso comigo — disse Patti, levantando-se. — Eu tenho todos eles. No meu escritório.

— Ótimo. Obrigada.

Kelly a dispensou com um aceno de cabeça e, assim que Cazz saiu, ela voltou ao computador para procurar o número de Olsson. Entretanto, foi interrompida mais uma vez por outra batida na porta.

Desta vez era Lyle Firth, o advogado da firma especializado em inventários e vara de família. Ele tinha 40 anos, cabelos prematuramente brancos, usava óculos e tinha um rosto liso com bochechas rosadas. Isso lhe dava uma aparência um tanto assexuada que o tornava querido por seus muitos clientes viúvos. Ele estava com um maço de papéis nas mãos.

— Eu examinei esta petição. — Ele parecia solene, mas nervoso, como se fosse um carregador de caixão tentando demonstrar o respeito necessário e ao mesmo tempo preocupado com o peso do defunto. — Posso começar oferecendo minhas condolências? Não sabia que a situação do seu marido era tão desesperadora.

— Não é — disse Kelly. — Sente-se.

Ele se sentou com cautela e cruzou uma perna vestida com a calça risca de giz sobre a outra.

— Essas alegações... — Ele deslizou os óculos até a ponta do nariz e folheou o documento, tocando a língua com o dedo e virando cada página com sutileza pelo canto. — *Estado vegetativo persistente, sem resposta cognitiva a estímulos, sem consciência do ambiente, sem atividade volitiva, sem esperança de reversão.* Isso não é verdade?

— Não inteiramente.

— O que dizem os médicos?

— Houve gente que saiu do coma depois de dezenove anos. Isso é ciência médica documentada.

Ele olhou por cima da borda dos óculos.

— Mas o que dizem os médicos *dele*?

— Não há nenhuma informação recente — disse Kelly.

— Você precisará de um novo exame e de algum tipo de consenso médico.

— OK — ela respondeu. Ela pesquisaria, encontraria alguém mais jovem que se mantivesse atualizado com as pesquisas mais recentes. Um médico que ainda não tivesse perdido o otimismo. — Mas a questão é a seguinte... Eu sou a esposa dele. A decisão não cabe a mim?

Lyle balançou a cabeça.

— A decisão é dele.

— Mas ele não pode...

— O padrão é o julgamento substituído. O juiz tem que determinar que decisão ele tomaria se pudesse.

Tal hipótese lhe pareceu ridícula.

— Como o juiz poderia obter essa informação?

— Se o seu marido alguma vez expressou uma opinião sobre o assunto… Se você já teve alguma conversa com ele a respeito disso…

— Oh. Bem. — Ela se empertigou. — Conversamos sobre ver nossos filhos crescerem. Conversamos sobre os netos que um dia veríamos. Conversamos sobre envelhecer juntos. Então, obviamente, ele gostaria de viver para ver tudo isso.

— Ah… — disse Lyle. — Mas ele gostaria de se manter vivo se não pudesse estar presente em nada disso?

Ela respondeu com a mandíbula cerrada.

— Ele gostaria de viver, se houvesse alguma chance disso.

— Então, você terá de provar que essa chance existe.

DEPOIS QUE LYLE saiu, Kelly virou a cadeira em direção à janela e ficou sentada imóvel por um longo tempo. A pilha de papéis em sua mesa foi esquecida. Tommy Wexford foi esquecido. Rick Olsson foi quase esquecido. É claro que Adam nunca falou sobre o que gostaria que acontecesse em uma situação como essa. Por que ele faria isso? Era um homem saudável e vigoroso, com uma família jovem e todas as expectativas de um futuro longo e brilhante. Todas as suas conversas eram sobre vida. Não sobre morte.

As palavras citadas por Lyle continuavam ecoando em sua mente. *Estado vegetativo persistente*. Mas persistente não significa permanente. *Sem resposta cognitiva a estímulos*. Mas cognitivo é o que ocorre dentro do seu cérebro, e quem saberia quais reações poderiam estar acontecendo lá dentro? *Sem consciência do ambiente*. De novo, quem poderia afirmar alguma coisa? *Sem esperança de reversão*. Essa parte era totalmente falsa. Porque havia esperança. Kelly esperava por isso todos os dias. O telefone de sua mesa tocou e, quando ela viu o nome de Javi no *display*, atendeu.

— Ei, escute — disse ele. — Acontece que você estava certa sobre Benedict. Ele *estava* em Atlanta na hora do assassinato da garota.

— Sim, eu sei. — Seu tom era de irritação.

Ela não queria pensar em Tiffy naquele momento.

— Mas isso não significa que Anton estivesse com ele.

— Javi... — Ela pronunciou o nome dele com cansaço. — Já falamos sobre isso. Não há motivo concebível...

— Deixe-me verificar isso, OK? Por desencargo de consciência, pelo menos.

— E cobrar seu tempo de quem? De Benedict? Imagine explicar essa acusação para ele. *Ah, foi isso que custou para nos convencermos de que você não é um assassino e nem o seu homem contratado.*

Javi não gostou de ser ridicularizado, por isso, seu tom de voz estava diferente quando ele voltou a falar.

— Então, vou consumir o meu tempo. *E* arcar com as minhas despesas.

Kelly estava exausta demais para continuar essa discussão.

— Faça como quiser — disse ela.

Cazzadee chegou alguns minutos depois com uma pilha de anotações de mensagens.

— Você recebeu algumas ligações estranhas hoje. Sabe aquele jornalista de TV, Olsson? Eu disse a ele que você não dá entrevistas, e ele falou que vocês eram grandes amigos. — Ela ergueu uma sobrancelha perfeitamente cuidada.

— Ele está mentindo — disse Kelly.

Ela precisou esconder seu alívio ao receber a mensagem de Cazz. O fato de Rick ter ligado primeiro resolvia toda a sua incerteza sobre como e quando entrar em contato com ele. Ela poderia ligar de volta para Olsson hoje mesmo.

— Depois, teve uma mulher que não quis dar o nome. *Diga a ela que é a garota com botas de cano alto e que eu estou com um número novo.*

Ashley LaSorta. Kelly ergueu os olhos, intrigada. Não deveriam conversar nunca mais. Então, ela compreendeu: aquela mensagem fantasma do pré-pago de Tiffy era uma mensagem de grupo. Foi para todas elas. Ashley e Emily provavelmente experimentaram o mesmo pânico que Kelly sentiu na noite anterior, quando as palavras "*Estou de olho em vocês…*" acenderam as telas de seus celulares descartáveis.

— Que maluca… — Kelly disse enquanto pegava o bilhete com a mensagem.

24

KELLY SAIU DO ESCRITÓRIO logo depois disso. Caminhou dois quarteirões até um caixa eletrônico, depois mais dois até uma loja de telefones genérica, onde comprou com dinheiro um celular descartável novo. Então, pegou um dos caminhos da cidade até o Boston Common.

Os olmos do parque brilhavam num tom de amarelo dourado resplandecente à luz do sol. Havia uma aula de yoga em andamento, e os tapetes multicoloridos dos alunos formavam um padrão semelhante a uma colcha de retalhos estendida sobre um canteiro de folhas secas. O outono havia chegado enquanto ela não estava olhando. A maior parte do verão tinha sido perdida para o caso O Estado *versus* Benedict, e agora grande parte do outono também se perdia para o caso McCann *versus* Benedict. Entretanto, Kelly não perderia mais tempo. Prometeu isso a si mesma.

Ela encontrou um banco desocupado ao sol e discou o novo número de Ashley em seu novo celular descartável.

Ashley respondeu de imediato, receosa.

— Kelly?

— Sim. Sou eu.

— O que diabos Tiffy está fazendo? Primeiro, ela nos abandona; depois, manda uma mensagem com essa provocação? *Estou de olho em vocês*? Minha nossa… Eu disse que não deveríamos…

— Ashley… Tiffy está morta.

Houve um longo silêncio antes de Ashley sussurrar:

— O quê?

Um fluxo de pedestres passava pelo banco de Kelly. Corredores, mães empurrando carrinhos, pessoas passeando com seus cachorros... Kelly virou-se de lado no banco e baixou a voz.

— Ela foi assassinada pelo namorado. Na quarta-feira à tarde.

— Oh, meu Deus!

— É por isso que ela não apareceu no escritório de Benedict.

— Oh, Deus, eu me sinto um lixo. Mas espere um minuto. Então, quem diabos enviou aquela mensagem ontem à noite?

— Não sei.

— Deus do céu.

— Seja lá quem for, não pode nos rastrear, mas, por precaução, destrua aquele telefone.

— Já destruí. Você falou com Emily?

— Ainda não.

— Vou fazer isso. Posso ligar para o escritório dela sem que ninguém suspeite.

— Ótimo.

— Qual é a sua posição em relação ao resto?

— Eu estou no caminho certo — disse Kelly. — Isso estará pronto em um ou dois dias.

— Aí sentamos e esperamos a merda bater no ventilador.

— Sim.

Ashley ficou em silêncio por um instante.

— Mas, nossa... primeiro, Reeza e, agora, Tiffy? É como se o sêmen de Benedict fosse o beijo da morte.

— Pura coincidência — disse Kelly. No entanto, ao encerrar a ligação, ela pensou que era exatamente assim que aquilo lhe pareceu quando estava dentro dela. Morte.

Ela se lembrou daquele cheiro no escritório de Benedict. Em ambos os escritórios. Não era álcool isopropílico que ele a lembrava. Era fluido de embalsamamento.

ELA MUDOU DE TELEFONE para fazer a próxima ligação e mudou de tom também.

— Obrigada pela linda cesta de frutas — ela murmurou após o esfuziante *Kelly!* de Rick. — Foi muito atencioso da sua parte.

— Está se sentindo melhor?

— Completamente. Acho que foi algum vírus de vinte e quatro horas. Eu me sinto bem agora. Mais do que bem. Está um lindo dia em Boston.

— Espero que seja um lindo fim de semana também. — Seu tom era estranhamente travesso.

— Por quê? — Então, ela tentou adivinhar. — Você vem para cá?

— Eu vou — disse ele. — Por favor, me diga que você estará livre para jantar amanhã à noite.

Isso era perfeito. Ela poderia fazer sua jogada pessoalmente e passar os documentos para ele por baixo da mesa.

— Eu estou — ela respondeu, ecoando seu tom brincalhão.

Ele deu o nome de um restaurante em Somerville, e ela o conhecia, embora tenha ficado surpresa com a escolha. Era um de seus locais favoritos e fora da rota turística. Rick queria buscá-la em casa, mas ela inventou que tinha outro compromisso mais cedo.

— Então, vejo você lá às sete, OK?

— Encontro marcado — disse ele.

"Encontro..." Ela o deixaria pensar assim, por enquanto.

— Vejo você lá, então — Kelly disse e desligou.

— Espero que não o deixe esperando — disse uma voz atrás dela. — Como você fez comigo.

— Como é? — Ela se virou.

Alguém havia se sentado na outra extremidade do banco. Um homem com cabelos grisalhos cortados à escovinha e um grande labrador amarelo sentado educadamente ao seu lado.

— Você não se lembra de mim… — disse ele com um sorriso de escárnio.

Um segundo depois, Kelly se lembrou. Era Edward Russo, o cara que manjava de computador e era *suspeito demais* segundo Javi, o *hacker* que ela despistara na cafeteria. Ela olhou para o cachorro ao lado dele e, no instante seguinte, soube que ele também era o homem que estava na garagem do vizinho na noite anterior.

— Sinto muito — disse ela. — Acho que você está me confundindo com outra pessoa.

— Tammy Wexford. Ou devo dizer… Kelly McCann?

— A gente se conhece?

— Não exatamente. — Ele deu uns tapinhas no cachorro, que sacudia o rabo animado sobre a grama. — Você passou direto por mim na cafeteria, outro dia.

Ela largou o telefone na bolsa e se levantou.

— Como faço com estranhos todos os dias.

— Você me ligou.

— Acho que não.

— E, como você sabe, rastreei a ligação até os escritórios da Leahy & McCann.

Ela deveria ter imaginado que um *hacker* que esperasse uma grande remuneração se daria ao trabalho de localizá-la.

— Eu não liguei para você — disse Kelly. — Deve ter sido uma das mais de sessenta pessoas que empregamos em nossa empresa.

— Você me disse que queria invadir a Big Pharma; então, eu descobri, veja que coincidência, que você representa a UniViro. Você tem alguma bronca deles, é isso? Eles sacanearam você em algum pagamento?

Ele sabia quem ela era, onde trabalhava e onde morava. Ele sabia sobre a UniViro, e de repente Kelly se lembrou de um homem com um cachorro no estacionamento da UniViro na manhã do dia anterior. Então, uma lembrança pior lhe ocorreu: havia um homem com um cachorro conversando com Tiffy na praia no fim de semana anterior. Russo poderia muito bem saber de tudo.

Uma surpreendente calmaria tomou conta dela. Era o mesmo tipo de calma que ela sentia na sala do tribunal quando o seu oponente aparecia com uma testemunha surpresa ou o juiz tomava uma decisão inesperada. Um momento zen, em que ela aceitava o fato de estar em perigo e admitia que a única maneira de escapar era manter o controle de si mesma e da situação.

— Receio que você esteja enganado — insistiu ela. — Nunca representei a UniViro. Meu relacionamento é com um de seus executivos. E ele está em dia com todas as suas contas.

— Algo deixou você irritada, no entanto. Deu pra ver pela maneira como você saiu correndo de casa ontem à noite. Como um morcego do inferno.

— Senhor, você percebe que acabou de admitir que me perseguiu?

Ele riu.

— Não sei por que, mas acho que você não vai me denunciar.

Ela colocou a bolsa no ombro.

— Você está enganado — disse Kelly. — A respeito de eu ter entrado em contato com você. E também sobre eu denunciá-lo à polícia. Que é exatamente o que farei se você não me deixar em paz.

Ele sorriu para ela.

— Ou talvez eu denuncie você à polícia. Ou para o FBI. Ou para a segurança corporativa na UniViro.

Ela zombou dele.

— Vai me denunciar pelo quê? Eu não fiz nada.

— Você está planejando algo, no entanto. Você concluiu que não precisa de mim. Você acha que pode me excluir. Mas eu estarei te observando. Eu saberei quando isso acontecer.

A expressão em seu rosto não se moveu, mas seu cérebro deu uma cambalhota quando Kelly percebeu a importância daquelas palavras. Ele estaria observando? Isso devia significar mais do que vigiar enquanto passeia com o cachorro. Isso só podia ser vigilância cibernética. As invasões ao Wi-Fi de sua casa poderiam ter sido obra desse homem. Talvez fosse ele quem a estava observando, e essa constatação lhe trouxe uma onda de alívio. Era mil vezes melhor imaginar aquele vigarista insignificante espionando-a do que imaginar George Benedict fazendo isso.

Ela deu meia-volta e foi embora. O homem não a assustara. Ele só estava atrás de dinheiro, e ela sabia como se defender contra ameaças como essa. Era o que ela fazia todos os dias pelos seus clientes. Negar, ofuscar, bloquear a cada passo e, se tudo mais falhar, fazer um acordo barato.

25

Emily Norland

NOSSA TERAPEUTA DE CASAIS TINHA UM sofá de três lugares em vez de poltronas em seu consultório. Ela explicou o porquê durante nossa primeira sessão. Era um sofá em vez de poltronas para que os clientes pudessem ficar frente a frente enquanto falavam, em vez de ficarem sentados rígidos lado a lado. E era um sofá em vez de poltronas para que pudessem se aproximar, ou não, dependendo de como estivessem se sentindo.

Ela sempre se referia aos casais como seus clientes, nunca como pacientes, e eu me perguntava a razão disso. Eles não estavam ali para serem tratados? E curados de tudo o que os afligia?

Não em nosso caso, é claro. Greg e eu estávamos ali apenas para apaziguar nossas mães. Mamãe e Diane se uniram durante o planejamento do casamento e apresentaram uma frente unida na gestão de nossas vidas desde então. Sabiam que ambos tínhamos empregos importantes e pouco tempo para assuntos domésticos, e ficaram felizes em nos aliviar desse fardo. Juntas, elas procuraram nossa primeira casa e, depois, a segunda. Elas as mobiliaram e decoraram para nós. Reuniam-se com base em seus calendários no início de cada ano e decidiam onde Greg e eu passaríamos cada um dos feriados, dividindo-os de modo equitativo entre as duas famílias. Sugeriam o que deveríamos dar um ao outro em aniversários e datas comemorativas e, às vezes, até compravam e embrulhavam os presentes. E, nos últimos tempos, decidiram que este casamento poderia ser salvo. *Seria* salvo se a opinião delas fosse ouvida.

E a opinião delas foi muito ouvida. *Nós simplesmente não entendemos o que aconteceu. Tudo estava tão perfeito. E então, do nada, não está mais?* Mamãe me chamou de lado e Diane chamou Greg. *Você pode me contar. O que aconteceu?*

Mas é claro que não podíamos. Greg também havia assinado o NDA, então, também estava obrigado a manter o silêncio. Com uma multa de meio milhão de dólares se algum de nós violasse o acordo. Meio milhão que já havíamos gastado na segunda casa e na decoração.

Mamãe e Diane decidiram que deveríamos consultar um conselheiro matrimonial e entrevistaram meia dúzia de terapeutas antes de escolherem a doutora Louise, uma mulher baixinha e bem-organizada, com um pequeno escritório bem-arrumado em uma rua suburbana bem-cuidada. Nós estávamos nos consultando com ela uma vez por semana nos últimos dois meses. Sentei-me em uma extremidade do sofá de três lugares e Greg na outra, ambos olhando para a frente, enquanto a doutora Louise tentava, sem sucesso, fazer com que nos abríssemos a respeito de nossos problemas.

O principal problema era a nossa vida sexual, ou a ausência dela. No entanto, as tentativas da doutora Louise de diagnosticar a causa sempre esbarravam em um muro de tijolos.

— É porque ela me culpa — dizia Greg. — É por isso que ela se afasta.

— Culpa você por quê? — a doutora Louise perguntava.

Silêncio.

— Não é porque eu o culpe — eu dizia, por fim. — É que ele se sente culpado.

— Culpado por quê?

Silêncio.

Mas não era um silêncio total, pois a doutora Louise mantinha a música fluindo suavemente de um alto-falante inteligente em seu aparador.

Suas seleções em geral incluíam *spa music* e *New Age*. *Pensem nisso como ruído branco*, ela disse uma vez; *isso ajuda vocês a relaxarem*. Mas eu sou violinista com formação clássica, então, a música nunca é um ruído branco para mim. Eu ouvia com atenção cada nota.

— Qualquer coisa que vocês me falarem será confidencial. Vocês entendem isso, certo? — dizia a doutora.

No entanto, Greg era advogado e tinha certeza de que o NDA proibia divulgações até mesmo para pessoas sujeitas ao dever de confidencialidade. Não poderíamos contar aos nossos médicos, aos nossos advogados, nem mesmo ao nosso padre, se tivéssemos um, não sem correr o risco de perder o dinheiro do acordo. *Como descobririam que contamos a ela?*, perguntei a Greg, um dia, no início de nossa terapia. Se a doutora Louise não podia falar sobre isso, o doutor Benedict nunca saberia; então, ele nunca tentaria recuperar o dinheiro. Entretanto, Greg apenas cerrou a mandíbula e disse que não podíamos correr esse risco.

O dinheiro significava muito para ele, isso era óbvio. Ficara óbvio naquela noite no hotel, quando eu ainda estava tremendo e chorando e mal conseguia falar. *Ele fez uma coisa terrível com você*, disse Greg, e eu balancei a cabeça concordando, trêmula. *Ele precisa pagar por isso*, disse ele, e eu balancei a cabeça de novo, imaginando Benedict com um macacão de presidiário e correntes nos tornozelos. *Esta é uma oportunidade incrível para nós*, disse Greg, e eu olhei para ele com os olhos inchados. *Poderíamos trabalhar duro todos os dias de nossas vidas e nunca veríamos um milhão de dólares de uma só vez.* Um milhão tinha sido a exigência de Greg, a princípio, mas essa teoria se aplicaria também ao meio milhão que aceitamos, por fim.

Eu o culpei, sim. Ele me pressionou para tomar uma decisão naquela mesma noite, poucas horas depois de Benedict me atacar. *É agora ou nunca*, Greg disse. *Eles revogarão a oferta se não fecharmos o acordo agora.* Ele não sabia disso, não com certeza. Tudo o que sabia era que Kelly McCann estava esperando no corredor, do lado de fora da porta. Ele continuou dizendo: *Ela está lá fora. Ela está pronta para fechar o acordo agora* — em um tom tão sinistro que a imaginei como uma versão feminina de George Benedict — de terno cinza, pele cinza, cabelos ralos e lábios desdenhosos. No momento em que Greg me convenceu a assinar, aquela imagem estava tão fixada em minha mente que tive um sobressalto e fiquei chocada quando uma *petite blonde* adentrou o meu quarto com um sorriso caloroso e um açucarado *Olá, Emily. Meu nome é Kelly.* Depois, ela depositou o documento na escrivaninha do hotel e Greg guiou minha mão para rubricar cada página e assinar no final.

Meu maior erro foi ligar para Greg naquela noite, em vez de ligar para a polícia. Mas o que eu poderia ter dito à polícia, afinal? Mal consegui encontrar palavras para contar a Greg o que Benedict havia feito comigo. Meu próprio marido. Um homem com quem eu tinha intimidade. Como eu poderia ter descrito aquilo para estranhos?

— Eu não o culpo — eu disse à doutora Louise.

Eu o culpava, mas essa não era a fonte dos nossos problemas conjugais. Não tinha nada a ver com o motivo pelo qual eu começava a chorar e o afastava toda vez que ele tentava me tocar.

— Não é por isso — eu dizia agora à doutora Louise. — Eu só... perdi o interesse, eu acho.

— Quando isso começou? — ela perguntou.

Silêncio.

A doutora Louise esperou um pouco, em meio a duas modulações tonais na trilha sonora, antes de suspirar.

— Você entende que a maioria dos casais vem aqui para conversar… — disse ela. — Para contar o lado deles ou para desabafar. A maioria dos casais acha que esse é o principal benefício da terapia.

Sempre fiquei maravilhada com a forma como os profissionais das ciências sociais faziam afirmações tão imprecisas. *A maioria dos casais?* Na minha área, eu teria de dizer a porcentagem exata e comprovar com três estudos duplos-cegos. Eu necessitava desse tipo de precisão em meu trabalho. Gostava da objetividade.

Quando criança, durante todo o ensino médio, estudei violino. Com dedicação. De um modo obsessivo. Cheguei a pensar que seguiria carreira na música clássica. No entanto, os padrões musicais eram irritantemente subjetivos. Um professor elogiaria minha técnica com o arco; outro iria ridicularizá-la. Um público podia me aplaudir em pé no fim do meu solo; o seguinte ofereceria aplausos mornos. Eu adorava música, sempre adorei, mas não conseguiria trabalhar num mundo tão incerto. A ciência me convinha muito melhor.

QUANDO NOSSA SESSÃO terminou, pegamos nossos celulares, agendamos de um modo disciplinado o horário da semana seguinte e nos despedimos da doutora.

— Tudo bem você ir para um apartamento? — perguntei a Greg, enquanto nos dirigíamos para nossos carros no estacionamento.

Ele deu de ombros.

— Fazer o quê, né?

Ele queria ficar na casa nova mais do que eu, mas se ofereceu para sair. *Não seria justo eu ficar com ela*, disse ele. *Você ganhou o dinheiro que a comprou.*

Ganhou foi a palavra que ele de fato usou. Como se eu fosse uma prostituta.

PERDI ALGUMAS ligações enquanto estava no consultório da doutora Louise, então ouvi meu correio de voz enquanto dirigia para casa. Um dos meus técnicos de laboratório ligou para falar dos resultados dos nossos últimos testes, e o vice-presidente da minha divisão também me ligou para me elogiar pelos resultados desses testes. Também havia uma chamada perdida de Ashley LaSorta. Decidi não retorná-la. Eu sabia por que ela estava ligando. Todas nós recebemos a mensagem estranha de Tiffy na noite anterior. Ashley vinha reclamando de Tiffy o tempo todo, sobretudo depois que ela desistiu de fazer sua parte no plano. Agora, provavelmente ela queria reclamar um pouco mais. Fiquei perplexa com aquela mensagem estranha também, mas, se tivesse que escolher entre Ashley e Tiffy, escolheria Tiffy. Ela foi uma verdadeira vítima, como eu, enquanto Ashley... bem, todos na UniViro sabiam que ela dormiu com todo mundo para subir na hierarquia. Seu caso com Benedict foi o que lhe rendeu aquele escritório de quina e um cargo chamativo. Eu não sabia qual era a queixa específica dela contra ele — eu não poderia saber, em virtude do *seu* NDA —, mas, presumindo que ela o tivesse acusado de estupro... bem, isso me irritava. Um caso que terminou mal não era nada parecido com o que aconteceu comigo. Não chegava nem perto.

As horas que passei naquele quarto de hotel esperando Greg chegar pareceram dias. Semanas. Eu nunca fiquei tão apavorada em toda a minha vida. Benedict estava no quarto ao lado, e, embora eu tenha trancado a fechadura e enganchado a corrente, passei mal de medo. Imaginei-o passando por um túnel através da parede, rastejando pelos dutos. Imaginei seu rosto com uma expressão lasciva se lançando através do espelho do banheiro dando um grito de "*Eu volteeei*!".

EM CASA, subi a escada, vesti um maiô e um roupão, servi-me de uma taça de vinho branco na cozinha e fui para o deque da piscina.

Era como um palco de concerto, elevado acima do gramado, iluminado por holofotes e cercado por um anfiteatro de árvores. A piscina já estava preparada para o inverno e fechada com uma cobertura azul-turquesa, mas a banheira de hidromassagem na outra extremidade ainda estava aberta, e nuvens rodopiantes de vapor se elevavam no ar fresco da noite. Coloquei minha taça ao lado da banheira e fui até a casa de bombas para ligar o toca-discos. O crepúsculo baixava no horizonte e já escurecia na floresta enquanto eu esticava a extensão para alcançar o aparelho. Selecionei uma gravação de vinil — *Retrospective*, de Hilary Hahn — e coloquei-a no toca-discos. Então, tirei o roupão e mergulhei na água.

Esta foi a única boa conclusão das minhas sessões com a doutora Louise. Suas lições de autocuidado. *Permita-se relaxar*, ela disse.

Delicie-se com o que agrada você. Então, era assim que eu terminava todos os dias agora — ouvindo uma bela música enquanto meu corpo mergulhado na água aquecia na temperatura ideal de 37 bilhões de graus Celsius.

Tirei meus óculos e coloquei-os sobre o deque ao lado da minha taça de vinho. A água quente, os sons reconfortantes de violino do vinil de Hilary, a floresta escura ao meu redor e as estrelas iluminando do alto… quase podia imaginar que era eu mesma quem estava no palco, que era eu quem tocava os tons encantadores de *The Lark Ascending*.

Fechei os olhos e afundei na água.

26

AS CRIANÇAS TINHAM GRANDES PLANOS para aquele fim de semana. Justin estava competindo em uma feira de ciências em New Haven, e Lexie iria a uma festa de aniversário extravagante — um cruzeiro para observação de baleias, uma caldeirada como refeição, seguida de uma fogueira na praia, culminando com uma festa do pijama na casa da família anfitriã à beira-mar.

A manhã de sábado foi um frenesi de arrumar as malas, revisar listas de coisas a fazer e carregar o carro. A primeira parada foi na escola de Justin, onde o ônibus de excursão, os acompanhantes e seus colegas *nerds* da ciência estavam esperando. A parada seguinte foi na casa da aniversariante, onde aguardava uma caravana de carros lotados de crianças superempolgadas. Lexie saltou do carro para se juntar a elas, deixando Kelly com o restante do dia para si.

À noite, no jantar, ela vazaria os documentos para Rick Olsson e bateria o último prego no caixão de George Benedict. Isso significava que ela poderia relaxar durante o dia e se dedicar ao seu verdadeiro trabalho. Ela voltou sua atenção para o caso Tommy Wexford. Cazzadee havia recheado sua pasta com DVDs que continham a filmografia completa de Tommy Wexford. Kelly acomodou-se na sala de estar com o controle remoto na mão para assistir aos filmes.

O primeiro DVD que carregou foi uma cinebiografia, com Wexford estrelando como o taciturno Percy Shelley. Ele compusera um poeta romântico crível, ela pensou, embora o figurino com certeza ajudasse: usava uma camisa bufante de mangas largas e um lenço de pescoço que o envolvia por completo.

O DVD seguinte era de um filme sobre assaltos com um grande elenco. Wexford interpretava um hesitante motorista de fuga. Também estava taciturno neste papel e passou a maior parte do seu tempo na tela curvado atrás do volante do carro com uma bandana facial sobre a boca e o nariz que o camuflava.

O filme dos assaltos incluía uma trama secundária sobre um ex--agente do Tesouro amargurado que invadiu o Federal Reserve, e isso também deixou Kelly taciturna ao relembrar seu encontro com Edward Russo no dia anterior. Ele com certeza havia empreendido algum esforço em sua busca por ela. Havia rastreado suas ligações, invadido seu Wi-Fi e vigiado sua casa e o escritório. Muito embora não fosse o mesmo homem que ela vira na praia e na UniViro — ela parecia se lembrar agora que os cachorros eram diferentes —, ainda assim, ele dedicara muito tempo a essa aventura. Talvez acreditasse que haveria um grande pagamento no fim.

Até então, ele não tinha nada além de especulações e decisões baseadas no que acreditava, mas todas as peças se encaixariam depois que o plano dela fosse concluído e a notícia chegasse às ruas. Benedict negaria com veemência que havia se apropriado da pesquisa de Reeza. Ele protestaria afirmando que os documentos incriminatórios eram falsificados e que o servidor da empresa devia ter sido hackeado. Seria neste momento que Russo descobriria exatamente o que ela havia feito. E então ele viria até ela com sua exigência: suborná-la, ou ele a denunciaria.

Ela precisava saber mais sobre ele. Clicou para pausar o DVD e ligou para Javier.

O telefone tocou quatro vezes, seis. Era sábado, bem cedo. Era possível que ele ainda estivesse na cama. Com sua mais recente conquista, provavelmente. Ela estava quase desligando quando, por fim, ele atendeu.

— Kelly?

— Javi, oi, desculpe incomodá-lo, mas surgiu um nome que eu esperava que você pudesse pesquisar para mim.

— Manda.

Kelly podia ouvir um zumbido alto de ruído de fundo. Ele não estava na cama. Estava em algum lugar público. Comprando o café da manhã para sua conquista mais recente, quem sabe?

— Edward P. Russo — disse ela.

— Hum. Bem, se ele está querendo contratar você, apenas diga não.

— Não é nada disso. — Agora ela podia ouvir o barulho de um alto-falante do outro lado da linha. — Você o conhece?

— Sim. Um sujeito totalmente desprezível. Um *hacker*. Os federais o prenderam um tempo atrás. Ele cumpriu pena.

— Por hackear?

— Por isso e por extorsão. Veja só… Em vez de entrar nas redes de caras ricos para roubar seus arquivos, ele entrava e plantava arquivos. Depois, ameaçava expô-los se não pagassem.

— Que tipo de arquivos?

— Pornografia infantil.

— Ahh… — Kelly começou a relaxar de novo. Russo era um ex-presidiário, o que significava que não poderia denunciá-la à polícia ou ao FBI, não sem admitir que ainda trabalhava como *hacker*. Sua ameaça era vazia.

— O que mais você precisa saber sobre o cara? — Javi perguntou. — Quer que eu investigue o crédito dele?

— Não, mas você poderia verificar o *status* da liberdade condicional dele?

— Claro. Será a primeira coisa que farei na segunda-feira.

O alto-falante voltou a crepitar e, desta vez, ela conseguiu entender algumas palavras. *Atenção passageiros do voo 849 da American Airlines…*

— Javi — ela disse, perplexa —, você está embarcando em um avião?

— Meu tempo, meu dinheiro — ele retrucou.

Depois que a ligação foi encerrada, de forma abrupta, ela cedeu ao impulso e pesquisou o número do voo no Google. Como já esperava, era para a Filadélfia. Ela suspirou. Javi estava perdendo tempo, mas não conseguia perceber. Estava em uma missão para pegar Benedict, e ela não poderia culpá-lo por isso.

Kelly voltou para sua retrospectiva de Tommy Wexford. O DVD seguinte era um drama familiar no qual ele interpretava o filho viciado em drogas. Este foi seguido por duas histórias de amor diferentes. Uma era *gay*, a outra era heterossexual e ambas eram trágicas. Apesar de algumas cenas de sexo explícito com abundante nudez feminina, Wexford nunca tirou a roupa em nenhuma delas. Assim como afirmara a ela.

Depois do almoço, ela foi para o escritório e navegou pelo TMZ, pelo E!Online e por outros sites de fofocas sobre celebridades em busca de fotos de flagrantes de Wexford. Ele foi flagrado entrando e saindo de sua casa e de vários restaurantes de Los Angeles, em geral, com sua namorada esquálida e de aparência pouco saudável. Não havia fotos suas divertindo-se na praia ou saindo cambaleando de um clube, bêbado. Ele estava sempre abotoado até o pescoço.

A essa altura, ela já tinha uma forte convicção de que seu palpite estava certo. Ela enviou um *e-mail* para ele. *Precisamos conversar. Urgente. Segunda-feira, por videochamada. Segue horário e link.* Ela copiou Cazz para incluí-la, mas não copiou o restante de sua equipe. Seria uma reunião fechada.

Ela ergueu os olhos quando ouviu Todd na escada. A casa estava tão silenciosa com as crianças fora que seus passos eram audíveis mesmo com as solas macias de seus sapatos. Em vez de seguir pelo corredor até a cozinha, ele se virou e caminhou pela sala. Bateu na porta do escritório.

— Tem um minuto, Kell?

A expressão dele era tão solene que ela quase se levantou da cadeira.

— Adam...?

— Não, não. — Ele se apressou em sinalizar para que ela permanecesse em seu lugar. — Ele está bem. Bom, ele está estável.

— Certo — disse ela, aguardando.

— É o Justin. Ele me pediu para lhe contar uma coisa.

— Ele ligou? — Seus olhos dispararam para o telefone. Perguntou-se como havia perdido sua ligação.

— Ele me pediu mais cedo. Queria que eu esperasse até que ele fosse embora.

Ela se recostou na cadeira. Parecia algo bastante preocupante. Será que poderia estar reprovando em alguma matéria? Ele era um excelente aluno, embora tivesse o péssimo hábito de ignorar qualquer matéria que não fosse matemática ou ciências. Mas ela não conseguia imaginar por que ele falaria com Todd em vez de ir direto a ela. Esperava não ter colocado muita pressão sobre ele para se esforçar mais nas aulas de inglês.

Todd empoleirou-se no braço de uma poltrona.

— Ele teme que você fique brava. E eu temo que você se preocupe mais do que o necessário. Não é nada de mais. Bem, é sério, mas não é o fim do mundo.

— Pelo amor de Deus, Todd! — Agora, ela estava alarmada. — O que foi?

O rosto dele se contorceu numa careta.

— Ele sabe quem invadiu o Wi-Fi.

Os olhos de Kelly se arregalaram.

— Como? — Se Edward Russo tivesse ousado entrar em contato com seu filho, ela *o* denunciaria ao FBI.

— Porque foi ele quem deu a senha para ela.

— Ela? — Kelly piscou de perplexidade. — Ela quem?

— A namorada dele. Ou melhor, a garota que ele gostaria que fosse sua namorada. Eles só se encontram *on-line*.

Ela se lembrou, então... Lexie zombando dele, falando sobre uma namorada. Lembrou-se também da rapidez com que desconsiderou isso, tão contente em pensar que ele era o tipo de garoto que ainda não teria uma namorada de verdade. As virtuais nunca lhe passaram pela cabeça.

— Por que Justin deu a ela nossa senha?

Todd se mexeu inquieto no braço da poltrona.

— OK, é agora que você pode ficar aborrecida. Ela enviou fotos para ele. — Todd hesitou. — Fotos dela sem roupa.

A boca de Kelly se abriu antes que sua mão voasse para cobri-la.

— Oh, Deus!

— Não, não vá se exaltar agora. É apenas algo que os garotos heterossexuais gostam de ver. Isso não faz dele um pervertido, nem um criminoso, nem nada assim. Ele é apenas um adolescente normal com os hormônios a toda.

Ela soltou um suspiro.

— Foi por isso que ele não quis entregar seu telefone e o *laptop* depois do primeiro hackeamento. Porque encontraríamos as fotos. Mas você o convenceu. — Ela ergueu os olhos bruscamente. — Você prometeu a ele que não me contaria.

Todd deu de ombros, embaraçado.

— Havia pornografia também?

— Um pouco — ele admitiu.

— E sexo por mensagem…

Todd olhou para o chão.

Seu filho. Pedindo fotos nuas. Fazendo sexo por mensagem com uma jovem. Assistindo pornografia. Ela teve outro pensamento horrível.

— Ele enviou fotos dele para ela?

Todd assentiu.

— Mas nada de fotos de pinto. Nada pelado.

Ela mordeu o lábio.

— Ele enviou as fotos dela para mais alguém? — Era outra coisa que garotos também faziam, e isso *o tornaria* um criminoso.

— Ele garante que não. E é por isso que ela queria a senha. Para que ela pudesse verificar se ele não as estava compartilhando. Ele nunca imaginou que ela usaria a senha para invadir o restante da casa. Ficou muito chateado quando descobriu que ela estava espionando o pai dele. Ele se sente mal com isso.

Kelly também se sentiu mal porque o filho estava se sentindo mal por causa da coisa errada. Sua namorada na internet não era a *hacker*. Ela não teria nenhum interesse em espionar um inválido. Foi Edward Russo quem ligou o circuito interno de TV. Justin, com certeza, deveria se sentir culpado, mas não por isso.

— Preciso ver essas fotos — disse ela.

— Achei que você iria querer. — Todd se levantou e enfiou a mão no bolso. — Eu as copiei e depois o observei deletar todas elas de seu celular e do *laptop*.

Ele estendeu a mão com um *pen drive* e ela o pegou com os dedos entorpecidos.

— Ele aprendeu a lição, Kelly. Ele não quer mais nada com essa garota. Então, tente não se preocupar. — Ele acrescentou com uma voz mais suave: — Ele é um bom garoto. E você é uma boa mãe.

Ela desviou o olhar enquanto lágrimas brotavam de seus olhos. Uma boa mãe estaria no ônibus para New Haven com ele neste fim de semana. Uma boa mãe seria alguém com quem ele pudesse conversar sobre sua namorada virtual. Uma boa mãe não precisaria de um funcionário para servir de elo com seu próprio filho.

Depois que Todd saiu, ela demorou muito para conseguir abrir os arquivos no *pen drive*. Kelly encontrou uma dúzia de fotos de uma adolescente. Seu rosto não estava muito visível atrás de uma cortina ondulante de cabelos escuros e brilhantes, mas seu corpo estava totalmente exposto. Algumas das fotos a mostravam em um estado de nudez que parecia projetado para provocar — um mamilo escapando aqui, uma foto com a saia levantada ali. No entanto, a maioria das fotos era de nus completos e frontais. Ela tinha um corpo jovem e firme, com seios pequenos e redondos e mamilos com pontas rosadas, e Kelly ficou mal do estômago ao pensar em seu filho salivando com essas fotos. Masturbando-se com elas. Violando essa garota ao objetificá-la, ainda que ela quisesse ser objetificada.

Todd dissera que Justin tinha aprendido a lição, mas foi a lição errada. A única razão pela qual confessara foi porque pensou que a garota havia ligado o circuito interno de TV. Ele a via como a transgressora neste drama. Ele próprio, não.

Lágrimas escorreram pelo seu rosto. Seu próprio filho — seu doce menininho — estava se aproveitando de uma garota. Mesmo que o envio das fotos fosse inteiramente uma ideia da garota, Justin ainda as usava para sua própria satisfação. Explorando-as. Explorando-a.

"*Onde estavam as mães?*", todo mundo gritava sempre que meninos eram pegos abusando de meninas. Para a maioria das mães, a resposta era: "*Bem ali, fazendo o melhor que podiam!*". Ou talvez "*Debatendo-se impotentes!*". Mas para Kelly a resposta era: *No trabalho, defendendo homens que faziam exatamente a mesma coisa.*

É claro que Justin achava que não havia problema em se aproveitar de garotas. Era a única lição que ele poderia ter aprendido com uma mãe que ganhava a vida fazendo o que fazia.

27

A MAIORIA DOS "CARAS" DE JAVI ERA, na verdade, composta de garotas, ou melhor — ele se lembrava de dizer —, mulheres. É verdade que os caras que ele tinha de contratar, os que apresentavam as faturas dos seus serviços, eram, em geral, homens. Mas as pessoas que trocavam informações animadas por um pouco de conversa doce, um sorriso, um bate-papo — sempre foram mulheres. As secretárias, as arquivistas, as enfermeiras de pronto-socorro. Não era um caso de língua solta — essas mulheres não eram irresponsáveis a respeito do que revelavam, e ele raramente exigia que fossem. A disposição delas sempre vinha depois de uma consideração cuidadosa de "*Que mal há nisso?*". Seus chefes rígidos diriam: "*Não é da sua maldita conta!*" ou "*É uma questão de precisar saber, e você não precisa!*", mesmo que a informação fosse trivial ou se tornasse pública no dia seguinte. Reter informações era um lance de poder dos homens. Era uma coisa amigável entre as mulheres compartilhá-las.

E as mulheres sabiam de tudo. Além de arquivar esses relatórios, elas os liam e os discutiam com a funcionária da mesa ao lado que tinha visto um relatório relacionado e, juntas, elas ligavam todos os pontos. Não era fofoca. Não havia nada de mal-intencionado nisso. Era uma comunidade de conhecimento compartilhado, e assim todas ficavam por dentro.

Javi começou a construir sua rede durante seus anos na polícia. Porém, a vida como policial não o satisfazia — muita pose vazia e intimidação gratuita. Ele estava farto dessa besteira de machismo que crescia. Então, depois de alguns anos, ele passou a trabalhar como investigador no escritório do promotor público. Acontece que a maioria dos advogados lá também era composta de idiotas, e eles sempre se comparavam com o cara ao lado. Kelly McCann fora a notável exceção, e, quando ela saiu para exercer a profissão de forma particular, Javi foi com ela.

Ele trabalhava com uma equipe só de mulheres agora, e outros caras gostavam de importuná-lo por causa disso. Tiradas de mau gosto sobre seu ciclo menstrual estar sincronizado com o delas, ou piadas sobre ele ser o único garanhão em um estábulo de éguas. No entanto, elas não produziam efeito algum. Javi gostava de trabalhar com Kelly e sua equipe. Era um homem que apreciava as mulheres, e elas também o apreciavam.

Foi assim que ele soube que não era uma questão de gênero o que o deixara furioso com Kelly naquele fim de semana. Não se tratava de orgulho masculino ferido. Era mais simples e honesto que isso: ele era o investigador da equipe. Era ele quem tinha palpites, seguia pistas e reunia fatos. Em todos os anos que passaram juntos, ela nunca o questionara antes. Ela nunca tentara controlá-lo.

No entanto, Kelly não estava sendo ela mesma nos últimos tempos. Desde o julgamento de Benedict, havia algo estranho nela. Cazzadee havia insinuado que poderia haver problemas em casa — então, tudo bem, ele resolveu dar um desconto a Kelly. Dar-lhe algum espaço. Ele faria isso sozinho e não se reportaria a ela até que tivesse tudo em mãos. E, então, requereria reembolso das despesas.

ELE PEGOU um carro no aeroporto da Filadélfia e dirigiu para fora da cidade até o endereço de Tiffy Jenkins. Ele já estivera lá uma vez, durante a preparação para o julgamento, quando Benedict de repente se lembrou de um incidente com uma faxineira. Demorou um pouco para Javi descobrir qual faxineira era. Com base nos horários dos turnos, ele reduziu o número a duas funcionárias: Tiffy e uma mulher de uns 50 anos chamada Marisol Fuentes. Ele já sabia o suficiente para não presumir que a vítima fosse a jovem loura e magra. Nenhum desses malucos escolhia suas vítimas com base em sua atratividade. Toda aquela desculpa de que *ela estava pedindo por isso, a saia dela era muito curta, o decote muito profundo* — isso era tudo uma besteira total. Por isso, ele visitou primeiro a senhora Fuentes, falou com ela durante vinte minutos em sua língua nativa e saiu convencido de que ela não tinha ideia do que ele estava falando. Então, ele dirigiu até um estacionamento de *trailers*.

A reação de Tiffy disse tudo quando ele contou que trabalhava para o doutor Benedict. Seu rosto empalideceu e, embora fosse tímida demais para bater a porta na cara dele, ela recuou com as mãos estendidas à sua frente — o que seu treinamento policial chamava de "postura defensiva clássica". Ele precisou levantar as próprias mãos na também clássica postura de "sem intenção de causar danos" para fazê-la se acalmar. Mesmo assim, ela relutou em admitir que havia sido atacada por Benedict. Ele sabia que ela aceitaria um acordo num instante. Uma olhada em sua casa miserável lhe revelou que ela cobraria barato. Ele reportou isso a Kelly, e o acordo foi fechado.

Agora, ele planejava interrogar os vizinhos em busca de fofocas, começando pelo *trailer* em frente ao de Tiffy. Ele estacionou no acostamento da pista esburacada e, quando saiu do carro, um cachorro começou a latir de um modo histérico, emitindo um som agudo e frenético. Javi olhou em volta e encontrou o cachorro a duas portas de distância forçando tanto a ponta da corrente que seu tom foi ficando ainda mais agudo e mais fino até que ele deu um último guincho estrangulado e caiu inerte, formando uma nuvem de poeira.

No silêncio repentino, Javi ouviu uma música tocando. Ele virou a cabeça. A música vinha do *trailer* de Tiffy. Ela não tinha nenhum colega de quarto nem família, até onde ele sabia, e seu namorado, Sean, estava na prisão. Isso indicava que a pessoa que estava ali provavelmente era um invasor. Ele atravessou para o outro lado a fim de verificar.

A música era do tipo *death metal*, e o volume estava bem alto. Os vocais rosnavam algo gutural e ininteligível. Ele bateu na porta e, como ninguém atendeu, esmurrou-a com força algumas vezes; então, como não obteve resultado, ele gritou enquanto batia. Isso pareceu funcionar. A frágil porta de alumínio foi aberta, mas quem a abriu recuou para a escuridão bem rápido. O interior do *trailer* parecia uma caverna. Não havia luz acesa, e as cortinas estavam fechadas.

— Oi — disse Javi para a escuridão.

Ele entrou e, à medida que seus olhos se acostumaram aos poucos à luz fraca, conseguiu distinguir um homem jogado no sofá. Ele tinha uma garrafa na mão. Um quinto de alguma coisa.

— Você é amigo da senhora Jenkins? — Javi perguntou.

Uma fungada alta soou, cheia de ranho e lágrimas.

— Você é policial? — o homem balbuciou.

— Imposto de Renda — disse Javi. — Departamento de reembolso.

Não existia tal coisa com esse nome, mas costumava ser o suficiente para se conseguir uma conversa com um determinado grupo demográfico. Ele esperou, mas o som seguinte que veio do sofá foi a inalação agitada de um ronco.

— Senhor? — ele disse, mais alto, mas, quando a garrafa caiu no chão, ele percebeu que era uma causa perdida.

Ele olhou em volta por um instante, folheou algumas correspondências insignificantes no balcão e voltou para fora.

Havia uma jovem ao lado de seu carro alugado. Ela era magra e loura como Tiffy, embora Tiffy fosse loura natural e aquela mulher tivesse cinco centímetros de raízes pretas aparecendo ao longo da risca torta no topo da cabeça. Ela sorriu.

— Ele está enchendo a cara desde que o libertaram — disse ela.

Javi voltou a olhar para o *trailer*.

— É Sean que está aí?

Ela assentiu e deu uma tragada no cigarro.

— Ele pagou fiança?

— Não. Soltaram ele.

— Por quê?

Ela encolheu os ombros.

— Os policiais voltaram aqui perguntando a todo mundo no parque o que viram naquele dia. — Ela bateu as cinzas no cascalho a seus pés enquanto o choro de uma criança vinha de dentro do *trailer* atrás dela. — Ouvi dizer que alguém lhes contou que viu um carro chique parado diante da casa de Tiffy naquele dia. Eu não vi nada, no entanto. E eu moro bem aqui.

Com um sorriso malicioso, ela apontou para a porta atrás dela.

— Se você quiser entrar um minuto...

Javi já estava correndo para o carro.

— Obrigado. Tenho que ir.

Ele mergulhou atrás do volante e acelerou tão rápido que os pneus levantaram uma nuvem de cascalhos.

ELE PASSOU o restante da tarde no departamento de polícia do município. Era uma delegacia pequena numa jurisdição onde os únicos crimes regulares eram roubo no varejo e condução sob efeito de bebida alcoólica. Não tinham oficial de comunicações, e o chefe não estava de serviço e não devia ser incomodado em casa, pelo menos segundo o sargento da recepção. Ninguém estava disponível para falar com Javi, e todos queriam saber qual era o seu interesse no caso. Para o azar dele, todos os que estavam de plantão naquele dia eram homens. Ele saiu de mãos vazias.

A MAIORIA DE SEUS parças morava em Boston, mas eles tinham seus próprios parças, e esses outros também tinham os parças deles, e o resultado era uma rede interestadual de parças — e também de garotas — que ele poderia explorar. Seu melhor contato na Pensilvânia era

Suzanne Browning, uma gerente administrativa que já estava no escritório do procurador-geral havia bastante tempo e que parecia ter acesso a qualquer aspecto da aplicação da lei na comunidade. Depois de se registrar em seu hotel, ele ligou para ela, a fim de confirmar o encontro daquela noite.

— E, a propósito... — ele disse e recitou sua lista de informações desejadas.

Era um abuso, e ela soltou um gemido, mas não disse "não".

SUZANNE TRABALHAVA no escritório de Norristown e morava nas proximidades, em King of Prussia. Ela indicou seu bar local favorito como ponto de encontro, e Javi estacionou o carro e a encontrou lá dentro, guardando um lugar para ele. Ela estava na casa dos 40, era divorciada e encorpada, com uma aparência agradável. Ela acenou para Javi e recostou-se na cadeira enquanto ele se inclinava para lhe dar um selinho nos lábios.

— O que você está bebendo? — ele perguntou.

— *Dirty martíni* — ela respondeu movendo as sobrancelhas desenhadas a lápis.

Ele riu, foi até o bar e voltou com uma cerveja para si e outro martíni para Suzanne. Ela plantou os cotovelos na mesa.

— OK, aqui está o que eu tenho — disse ela.

Ela queria resolver logo essa questão deles e ele estava grato por não ter de esperar por isso.

— O namorado tem um álibi. Uma câmera num bar em Pottstown o filmou durante umas três horas no mesmo em que ocorria o assassinato.

Não tinha sido o namorado, então, pensou Javi. Ele sabia disso.

— E aqui está outra coisa — disse Suzanne. — A garganta dela foi cortada, certo? No típico assassinato por raiva, é feito um corte no pescoço, da esquerda para a direita ou da direita para a esquerda, dependendo de o assassino ser destro ou canhoto. Mas esta vítima não foi cortada. A faca foi cravada diretamente em sua carótida. O patologista diz que é um ataque quase cirúrgico.

— Alguém sabia o que estava fazendo — disse Javi.

Javi se lembrou de que Benedict era médico, antes de obter todos os outros diplomas.

— Ou teve sorte.

— Algo mais?

— Meu Deus, Javi, levei a maior parte da tarde para conseguir isso.

— Certo. Desculpe.

— OK, próxima. Condado de Bucks.

Suzanne era amiga de alguém que conhecia alguém do escritório do legista, e corria o boato de que a morte de Reeza Patel em breve seria considerada acidental. O laboratório não conseguiu identificar a fonte da megadose de oxicodona que a matou, mas, na ausência de qualquer evidência de que seus remédios foram manipulados deliberadamente, o padrão era acidental.

— Certo — disse Javi.

A evidência ausente, ele sabia, era a ligação entre a morte de Patel e o assassinato de Tiffy Jenkins. Mas o legista não sabia dessa conexão, nem ninguém além de Kelly e sua equipe. Exceto, é claro, George Benedict.

Todas as peças estavam alinhadas e apontavam direto para Benedict. Alguém dirigindo um carro luxuoso que sabia onde ficava a artéria carótida. Alguém que sabia administrar uma dose superconcentrada de *oxi*. Alguém que conhecia as duas mulheres. Alguém que já havia agredido as duas mulheres de um modo muito violento.

O único problema? Benedict estava em Atlanta na hora do assassinato de Tiffy.

Mas ainda restava Anton. Ele era o verdadeiro motorista daquele carro luxuoso, e Benedict poderia facilmente tê-lo instruído sobre como perfurar a artéria carótida. Supondo que ele já não soubesse.

Javi foi ao bar pegar outro martíni para Suzanne e uma água com gás para si, e eles ficaram sentados por mais uma hora conversando sobre outras coisas. Mas sua mente estava em Anton e em tudo o que sabia a respeito dele. O que não era muito. Tinha a constituição de uma rocha e ainda menos emoção. Javi passara algumas horas em sua companhia em diversas ocasiões e nunca vira o homem sorrir.

Ele tentou verificar seus antecedentes quando Kelly começou a representar Benedict, mas tudo o que conseguiu descobrir foi seu nome completo, Anton Sebastian Balkus, e que ele nascera na Lituânia. Qualquer coisa sobre sua vida durante os quarenta anos seguintes se perdeu no emaranhado opaco de registros estrangeiros. Os registros dos Estados Unidos começaram em 2008, quando ele imigrou para lá. Ele conseguiu um daqueles vistos para estrangeiros com capacidades especiais sob o patrocínio corporativo da UniViro. Esse tipo de visto deveria exigir uma demonstração de habilidade extraordinária em algum campo, mas Javi nunca foi capaz de identificar exatamente quais eram as habilidades de Anton. No papel, seu único trabalho era o de motorista. Embora obviamente ele fizesse mais que isso.

Um dia, enquanto esperava Kelly no estacionamento da UniViro, Javi viu Anton abrir o porta-malas do Bentley e retirar uma vara de um metro de altura com um disco em uma das pontas. Javi reconheceu o objeto como um espelho de inspeção usado sob veículos, do tipo utilizado nas passagens de fronteira, e observou Anton dar uma volta completa no carro com o espelho inclinado sob a estrutura. Aparentemente satisfeito por não haver nenhum dispositivo incendiário, ele parou para polir uma mancha no para-lama antes de se sentar ao volante a fim de esperar seu patrão.

De um modo claro, passara de motorista a guarda-costas, mas era um pulo maior de guarda-costas a assassino. Javi precisava de mais informações antes de poder dar esse salto lógico sozinho. Como Suzanne decidiu não terminar seu terceiro martíni, ele pagou a conta, guardou o recibo e a acompanhou até o carro.

— Vem comigo? — ela perguntou na calçada do lado de fora.

Tempos atrás, essa era a forma natural de terminarem a noite, mas ele não queria mais fazer isso.

— Desculpe — disse ele. — Tenho que trabalhar esta noite.

— Quem perde é você — disse Suzanne, e ele apertou o coração e cambaleou para trás, como se tivesse tomado um tiro. Ela riu alto e eles se separaram com beijos nas bochechas. Ainda eram amigos. Ele ainda fazia parte da rede.

DE VOLTA AO SEU quarto de hotel, ele passou algum tempo analisando uma fotografia aérea da propriedade de Benedict que baixara de um *site* imobiliário. Anton morava em algum lugar do terreno, Javi sabia, provavelmente em uma das muitas construções anexas que se localizavam atrás da mansão. Segundo a listagem do *site*, havia uma casa de hóspedes com dois quartos e banheiro. Havia uma garagem para seis carros com um segundo andar que poderia acomodar um apartamento com facilidade. Um jardim de inverno e um galpão para vasos. Um canil. E também uma cabana ao lado da piscina que era do tamanho de uma pequena casa. A foto e os detalhes da listagem datavam de antes de Benedict comprar o imóvel, então, poderiam não ser tão precisos. Mesmo assim, Javi memorizou o *layout* antes de trocar de roupa e sair.

NÃO HAVIA portões barrando a entrada para a mansão, mas nos postes de luz havia câmeras de segurança visíveis. Para evitá-las, Javi enveredou por um labirinto de vias secundárias que o levaram, por fim, de forma tortuosa, ao outro lado da propriedade. Ele saiu da estrada e estacionou atrás da proteção de uma velha sebe; depois, saiu pela floresta com o facho estreito da luz do celular iluminando o caminho diante de si.

A mansão apareceu quando ele se aproximou da borda da floresta. Javi parou no limiar entre as árvores e guardou o telefone no bolso. As luzes brilhavam em algumas janelas do andar de baixo e em uma janela do andar de cima, mas as janelas que circundavam a cúpula da rotunda brilhavam com luzes que poderiam estar vindo de uma dúzia de cômodos diferentes. Ele não conseguia adivinhar qual quarto os Benedict estavam ocupando naquele momento. Se é que ocupavam o mesmo quarto. Ele não conseguia imaginá-los fazendo nada juntos num sábado à noite. Nem nunca. Era mais seguro presumir que todos os quartos estavam ocupados e ficar bem longe da mansão.

Ele margeou o bosque até os fundos da propriedade e procurou as câmeras de segurança. Não conseguiu avistar nenhuma. Ainda assim, puxou a máscara de esqui sobre a cabeça antes de sair da cobertura da floresta. Estava todo vestido de preto, da cabeça aos pés, então, saiu rastejando como um ninja pelo gramado.

A garagem e a cabana estavam escuras, enquanto um raio de luz âmbar brilhava através de uma única janela da casa de hóspedes. Ele se esgueirou de modo sorrateiro pela piscina e pela cabana. Estava cauteloso com o canil; então, parou e farejou o ar antes de prosseguir. Sentiu cheiro de grama e cloro e, trazida pelo vento, um pouco de fumaça de lenha de uma fogueira distante. Mas não sentiu nenhum cheiro de pelo nem de fezes. Se os Benedict mantinham algum animal, devia ser higienizado e desodorizado vinte e quatro horas por dia.

Passou furtivamente pelo canil sem despertar latidos nem rosnados. Em seguida, avistou a estufa. Era do tamanho de uma quadra de basquete, construída sobre uma meia parede de tijolos com painéis de vidro que se elevava e terminava num teto arqueado no alto. Havia várias luzes acesas lá dentro. Ele se agachou e ergueu a cabeça alguns centímetros acima dos tijolos para espiar. As luzes estavam acesas, penduradas sobre mesas, prateleiras e estantes com vasos de plantas. Ele examinou toda a extensão da estufa. Havia muita vida vegetal lá dentro, mas nenhum animal, humano ou não.

Ele cortou caminho por trás do galpão da estufa. À sua frente, havia um trecho de gramado aberto até a casa de hóspedes. Fez outra verificação em busca de câmeras; depois, caiu de bruços e rastejou pela grama úmida até chegar aos fundos da casa. Lentamente, ele se levantou e encostou o corpo à parede. Deu passos para o lado em movimentos curtos e silenciosos até a janela e se inclinou o suficiente para que um olho pudesse vislumbrar o interior. O cômodo era uma cozinha, e Anton estava nela.

Javi afastou-se e prendeu a respiração, prestando muita atenção. Ele captou o som de água corrente; depois, o barulho de algo metálico. Javi se inclinou de novo. Anton estava de perfil na pia da cozinha, de frente para a janela na parede adjacente. Estava todo vestido de preto, como Javi, com as mangas arregaçadas até os cotovelos. Suas mãos esfregavam algo na pia. Pratos do jantar, pensou Javi, até que Anton mudou de posição e ergueu algo que brilhava como prata sob a luz do teto. Era uma faca de aço inoxidável, ele viu a lâmina e o cabo, e parecia mais um instrumento cirúrgico do que um utensílio de cozinha. Ele o prendeu em um suporte magnético na parede onde havia uma série de facas semelhantes penduradas.

De repente, Anton empertigou a coluna. Ele girou nos calcanhares.

Javi recuou. Passos soaram lá dentro, e ele pressionou a barriga contra a parede, tentando colar-se a ela no escuro. Ele ouviu as passadas de Anton soarem na sala. Ouviu-o parar na janela, a centímetros de distância. Javi prendeu a respiração. Imaginou Anton perscrutando a escuridão da noite enquanto segurava uma daquelas facas. Escutou com atenção para tentar ouvir o som do metal se soltando do suporte magnético.

Os passos de Anton soaram de novo, indo na direção oposta. Javi respirou outra vez e, depois de alguns minutos, recuou, lentamente, de volta por onde havia vindo; então, quando chegou à floresta, ele começou a correr até o carro.

28

NAQUELA NOITE, KELLY USOU UM vestido de seda preto, sem mangas, com sapatos de salto alto e tiras e um xale de *cashmere* branco para eventualmente se proteger do frio da madrugada. Era o tipo de roupa que combinava com uma carteira pequena. No entanto, em vez disso, ela carregava uma maleta de couro preta para guardar documentos. Não combinava nem um pouco com seu conjunto, mas era grande o bastante para acomodar a carteira, o celular e a pasta de documentos adulterados que ela pretendia passar para Rick.

Sentia-se tão nervosa quanto uma garota em seu primeiro encontro enquanto estacionava e se dirigia até a porta do restaurante. Era o ato final de seu drama. A próxima hora decidiria tudo: se Rick morderia a isca, se Benedict seria destruído, se Kelly, por fim, conseguiria se livrar do veneno dele.

Ela empurrou a porta. Rick estava esperando no bar e chamou-a — "Kelly!" — com um sorriso caloroso e o braço erguido no ar.

De imediato, ela relaxou. Por um instante, quase desejou que aquilo fosse um encontro, como se uma noite com aquele homem gentil e agradável fosse todo o antídoto de que ela precisava. Mas só por um segundo.

— Rick! — ela respondeu com a mesma alegria e estendeu a mão.

Ele não tentou dar um beijo em sua bochecha, como fizera na outra noite. Em vez disso, segurou a mão dela entre as suas e a manteve ali.

— Que bom ver você… — disse ele. — Você está fabulosa.

Ele havia reservado uma mesa isolada nos fundos, e a recepcionista os conduziu até lá, em meio a uma série de outras mesas. Alguns clientes ergueram as sobrancelhas e sussurraram para suas companhias enquanto Rick passava, mas a maioria pareceu não notar sua presença. Kelly sentou-se e colocou a maleta de documentos debaixo da cadeira. Um jovem apressou-se em anotar os pedidos de bebidas.

— Gin e tônica para você, Kelly? — Rick perguntou. — Com apenas um leve toque?

Ela acenou com a cabeça para o garçom.

— Um leve toque de gim, não de tônica.

Rick riu e pediu um Dewar's Highball para si.

O garçom se retirou. Kelly sacudiu o guardanapo e abriu a conversa de um modo informal, para quebrar o gelo.

— Então, o que traz você a Boston?

— O de sempre. Eu estou perseguindo uma história.

— A mesma história da sua última viagem?

— A mesma.

— Deve ser uma história e tanto — ela refletiu —, para você desistir do seu fim de semana.

— Imagino que você também sacrifique muitos fins de semana pelo seu trabalho.

— Quando estou em julgamento, sim.

Eles ficaram em silêncio enquanto analisavam o cardápio e faziam suas escolhas. O garçom entregou as bebidas e saiu com os pedidos do jantar. Rick ergueu o copo.

— Um brinde a reservar um pouco de prazer em um fim de semana de trabalho.

Ela ergueu seu próprio copo em uma breve saudação e tomou um gole.

— Deve ser difícil ficar longe dos filhos quando você está em julgamento — disse ele.

Ela concordou, mas ficava um pouco irritada com a frequência com que tal comentário era dirigido às mães, e não aos pais, por isso, ela se defendeu:

— O mesmo acontece com você, imagino, quando você está perseguindo uma história.

Uma sombra passou por seu rosto.

— O mesmo acontece comigo o tempo todo, infelizmente. Meus meninos moram com a mãe em Nova Jersey.

— Oh. — Então, ele era divorciado. Ela se perguntou se a ex-senhora Olsson era melhor do que ela em criar meninos órfãos de pai. — Na verdade — ela disse —, meus filhos é que estarão fora neste fim de semana. Festa do pijama em Cape e feira de ciências em New Haven.

— Ei, eu adoro feiras de ciências! Qual é o projeto dele?

— Isso está muito além da minha alçada, infelizmente. Tem algo a ver com coloração de bactérias...

— Ah, certo, acho que conheço essa teoria. É o teste Gram para identificar classes de bactérias. Veja, aqui, deixe-me mostrar a você.

Ele puxou o celular do bolso da camisa e digitou algumas letras para abrir um *site*. Então, contornou a mesa e se agachou ao lado da cadeira dela. Apertou *play* em um vídeo e ergueu-o para Kelly assistir. Mostrava uma mão com um conta-gotas despejando corante índigo em duas placas de Petri diferentes. Enquanto ela observava, a substância em uma placa ficou roxa e na outra, rosa.

— Está vendo? O roxo é Gram-positivo e o rosa é Gram-negativo.

— Sim. Mas qual é o objetivo?

— Isso ajuda a identificar as bactérias. — Ele voltou para seu assento e colocou o telefone sobre a mesa. — Se for Gram-positivo, isso inclui coisas como MRSA. Gram-negativos incluem a maioria dos contaminantes alimentares. Como a salmonela.

Ele pronunciou a última frase no exato momento em que dois garçons chegaram e simultaneamente depositaram sobre a mesa os pratos de salada. Kelly e Rick olharam para as folhas de alface, depois um para o outro e caíram na gargalhada.

— Como você sabe dessas coisas? — ela perguntou depois que os garçons se afastaram.

— Além de ter sido um grande *nerd* no ensino médio? — Ele riu. — Essa foi minha primeira experiência como jornalista. Ciência e medicina. Até que os chefões da emissora perceberam que eu sabia conduzir uma entrevista e começaram a me orientar para outras atribuições. Você ficaria surpresa em saber quantos grandes nomes da radiodifusão não conhecem o ABC das entrevistas. Seus produtores lhes dão um roteiro, e eles o seguem à risca. E perdem algumas grandes histórias ao longo do caminho.

Ela balançou a cabeça concordando.

— Muitos advogados são culpados da mesma coisa quando interrogam testemunhas. Eles têm suas perguntas preparadas e não mudam quando recebem uma resposta inesperada. Nem ouvem a resposta inesperada. Ficam tão concentrados na próxima pergunta que quebram a primeira regra do exame. Você tem de ouvir o que o interrogado está dizendo.

— E, às vezes, o que ela não está dizendo.

Essa última observação lhe pareceu muito incisiva. A escolha do gênero também foi reveladora. Kelly se mexeu na cadeira, e seu pé roçou a pasta de documentos. Ela precisava ir direto ao ponto daquela reunião, e este parecia ser o momento.

— Quando nos encontramos em Nova York, na outra noite — ela começou a dizer —, você se lembra de que discutimos alguns dos rumores sobre a descoberta do vírus por Benedict? Sobre registros falsificados...

— Hum. — Ele olhou em volta, procurando o garçom, e levantou o braço a fim de acenar para ele. — Eu gostaria de um pouco de azeite para este pão. E você?

— Alguns dos relatórios publicados parecem diferir das anotações internas.

— Com licença — disse Rick quando o garçom chegou. — Pode nos trazer azeite?

— Claro, senhor.

— Já vi isso acontecer — ele prosseguiu quando o garçom se afastou. — Estou escrevendo uma história sobre TEPT agora e tenho assistido a entrevistas em vídeo dessas vítimas de trauma, e você ficaria surpresa em saber como os relatos dos terapeutas sobre as entrevistas se desviam do que essas mulheres de fato disseram diante das câmeras. Quero dizer, parafrasear é uma coisa, mas na verdade mudar os sintomas que experimentaram...

— Sim, mas esses relatórios não foram baseados em nada subjetivo. Este parece ser um caso simples de... — Ela hesitou. Era muito cedo para usar palavras como *roubo*; seria uma atribuição incorreta.

— Kelly. — Rick largou o garfo de salada. — Eu tenho uma confissão a fazer.

— O que foi? — Ela tentou conter sua impaciência com relação à maneira como ele continuava desviando a conversa. Era algo que os homens faziam com frequência, e, em geral, ela os confrontava. No entanto, dessa vez, ela não conseguiu. Precisava manter Rick ao seu lado.

— Na outra noite — ele disse —, quando tentei beijar você, sabe? Não foi porque eu estava avançando o sinal, embora, é claro, eu gostaria de fazer isso em algum momento. — Ele fez uma careta, sorrindo. — Mas naquela noite…? Aquilo foi um teste.

Ela reprimiu uma risada.

— Para quê? Para ver quão fácil eu poderia ser?

— Não. — Sua voz adquiriu um súbito tom solene. — Para verificar se o seu gatilho emocional pode ser acionado com facilidade.

Ela o encarou. Podia sentir o sangue sumindo de seu rosto.

— O quê?

— Kelly, eu sei que ele atacou você naquela noite. Acredito que a tenha estuprado. É por isso que você teve aquele colapso quando eu tentei beijá-la.

A cabeça de Kelly começou a rodar.

— Não, eu lhe disse, foi uma virose.

— Aquele vídeo... do pouso do helicóptero. Não poderia ser mais claro.

— Não! — Quando ela sacudiu a cabeça, sentiu-se ainda mais tonta. — Eu estava bêbada. Eu disse isso a você.

— Pedi a um neurologista para examinar as imagens. Ele disse que você mostrava sinais de paralisia neuromuscular. Pelo amor de Deus, Kelly, ele drogou você.

— Você mostrou aquele vídeo para outra pessoa? — ela arfou. — Você disse que iria destruí-lo. Você prometeu!

— Desculpe. Não consegui. É uma evidência.

— Não é! Não é nada! Não aconteceu nada! — Uma voz rugiu dentro de sua cabeça, mas ela não percebeu que havia de fato gritado até ver os olhares curiosos dos clientes ao seu redor.

— Por que outro motivo você estaria empreendendo essa vingança contra seu cliente? Mesmo se você soubesse que ele era culpado de estuprar Patel, você não iria tão longe. Com certeza, não estaria tentando vazar documentos para mim.

Ela sentiu algo como se sua cabeça estivesse flutuando sobre os ombros.

— Achei que você gostaria de saber! Seu livro... Achei que você gostaria de saber a verdade sobre quem descobriu o vírus! Se ele está recebendo o crédito por algo que não fez...

— Kelly... — ele disse num tom meio triste, mas suave.

O telefone dele começou a vibrar sobre a mesa, e ele se apressou em pegá-lo, mas não foi rápido o suficiente. Ela pôde ler na tela o nome de quem estava ligando antes que ele a virasse para baixo. *Pai.*

Seus olhos dispararam para o rosto dele. Ricky mordeu o lábio e olhou para baixo. O telefone continuou a vibrar.

— Você me disse que seu pai estava morto — disse ela. — Você disse que o perdeu para o Alzheimer.

— Na verdade, foi meu tio. Desculpe. Eu enfeitei a verdade...

— Você mentiu!

— Menti. Desculpe. Mas você também mentiu. Você me atraiu para aquele *campus*...

— Foi por causa de seu contrato do livro... Você não está escrevendo um livro sobre Alzheimer. Este nunca foi o tema. — Ela se afastou da mesa com força e sua cadeira rangeu contra o chão. — Você está escrevendo um livro sobre... o quê? Sobre mim? — Sua voz rangeu também.

— Não! É sobre eles. Benedict e os outros grandes nomes da medicina e da ciência que são abusadores em série. — Ele meio que se levantou da cadeira para se inclinar e se aproximar dela. — Kelly, ele precisa ser exposto. Ele precisa ser detido. Este livro é crítico, é um trabalho crítico.

— Ah, tenho certeza — ela disse com amargura. — Será um *best-seller*. Quero dizer... o homem que curou o Alzheimer? Isso é muito maior do que um produtor de Hollywood ou um comediante de TV poderia fazer. Você ganhará um Pulitzer. Todo *talk show* vai querer entrevistar *você*.

— Ele é um predador. Sua genialidade não pode ser um passe livre para ele fazer o que bem entende. Precisamos derrubá-lo.

Kelly se levantou e, como a sala começou a girar, ela se agarrou ao espaldar da cadeira para se manter firme.

— Você quer vingança — disse ele. — Acredite em mim, eu entendo. Mas vingança não é justiça. Deixe-me expô-lo pelo que ele realmente é. Diga a verdade sobre o que ele fez.

Ela apertou a cadeira com tanta força que os nós dos seus dedos ficaram brancos.

— Se você escrever qualquer coisa sobre mim, vou processá-lo por cada *royalty* que você receber. Porque será mentira. É tudo mentira.

Ele se empertigou.

— Eu sei que não é.

Ela pegou o xale e o contornou, tropeçando em direção à saída.

— Kelly, espere! — Ricky a chamou.

Ela continuou andando.

— Você esqueceu isso.

Kelly olhou para trás. Ricky estava caminhando em direção a ela com a pasta na mão.

— Os documentos estão aqui? — ele perguntou. — Eu os levarei se você faz mesmo questão.

Kelly arrancou a pasta da mão dele. Não queria que Ricky visse os documentos. Não podia mais confiar nele. Não podia confiar que ele deixaria de enxergar através de suas mentiras. Ela se virou e saiu correndo do restaurante.

A CASA ESTAVA às escuras quando ela chegou. As únicas luzes provinham da janela da alcova do andar de cima. Kelly estacionou o carro na garagem, foi até a cozinha e preparou um gim-tônica com apenas um leve toque de tônica.

A sala estava escura, e ela a deixou assim enquanto se afundava no sofá e tomava um gole de sua bebida. A tontura havia passado, e em seu lugar ela sentia o pesado fardo da derrota. Tinha sido enganada. O tempo todo ela pensou que estava manipulando Rick Olsson, mas era ele que a estava manipulando. Ricky estava investigando a história dela desde o momento em que assistira ao vídeo do helicóptero. Foi isso que motivou sua primeira ligação para ela. Foi por isso que ele concordou em encontrá-la no *campus* da faculdade e também em encontrá-la no bar, mesmo depois de ela lhe dar um bolo no encontro do *campus*. Essa era a única razão pela qual ele estava em Boston no dia em que a resgatou da multidão da imprensa. Foi a única razão pela qual ele a resgatou. E foi a única razão pela qual tentara beijá-la.

Seu único consolo: ele fracassara. Apesar de tudo o que fez, Ricky não conseguiu descobrir a história sobre o que havia acontecido com ela.

Entretanto isso era um pequeno consolo diante do fato de que ela também havia fracassado. Seu esquema de vingança foi um fracasso. Mesmo que conseguisse encontrar outro jornalista para quem vazar os documentos, ela não poderia prosseguir com isso agora. Não quando Rick poderia vinculá-la aos documentos fabricados. Ela estaria arruinada. Expulsa da ordem, com certeza, e talvez também processada e condenada e até sentenciada à prisão. Enquanto Benedict andaria por aí ileso. Ele não sofreria nenhuma desgraça profissional. Ele ganharia o Prêmio Nobel.

Ela precisava ligar para Ashley e pedir a ela para voltar ao banco de dados da UniViro e restaurar todas as entradas originais. Depois, sair sem deixar rastros. Desfazer tudo o que fizeram, porque tinha sido tudo em vão.

Ela esvaziou o copo e foi até a cozinha para reabastecê-lo. Os restos da cesta de frutas de Rick estavam no balcão, e ela estava pegando a garrafa de gim ao lado dela quando algo de repente lhe ocorreu. Rick mandara a cesta para lá, para a casa dela. Ele sabia onde ela morava. Kelly não tinha dado o endereço a ele, mas ele sabia. Claro que sim. Ele era um jornalista investigativo, e ela era uma história. Não havia nada a fazer. Céus! Pelo que sabia, poderia até ter sido ele quem invadiu a rede doméstica.

Kelly tinha começado a servir o gim em seu copo quando outro pensamento lhe ocorreu. Então, colocou o copo na pia e voltou para a sala com a garrafa.

Vingança não é justiça, ele disse. Como se tal coisa existisse neste mundo.

Ela levou a garrafa aos lábios e bebeu.

29

NO DOMINGO DE MANHÃ, JAVI SAIU do hotel e voltou para Gladwyne. Dessa vez, entrou na alameda dos Benedict e passou entre os postes, à vista das câmeras de segurança. Seguiu o caminho ao redor do lago de lírios-d'água, passou pelo jardim e continuou até o pátio de entrada em frente à mansão; depois, deu a volta pelos fundos até chegar ao pátio de serviço, na parte de trás. Uma passarela de lajes levava do terraço ao conjunto de dependências atrás da propriedade. Ele estacionou e prosseguiu.

A investigação da noite anterior não resultara em nada além de revelar que Anton morava na casa de hóspedes e tinha um conjunto sofisticado de facas. O plano de Javi agora era bater à sua porta e apresentar-se de novo; depois, dizer-lhe que haviam surgido alguns problemas relacionados com as moções pós-julgamento e que ele precisava fazer-lhe algumas perguntas. Não era bem uma estratégia, mas o ajudaria a passar pela porta. A partir daí, ele tentaria descobrir se Anton havia acompanhado o médico até Atlanta e lhe faria algumas perguntas sutis sobre Reeza Patel e Tiffy Jenkins para avaliar sua reação.

Ele chegou à casa de hóspedes e tocou a campainha.

— Olá-á? Senhor Torres? — Uma voz de contralto respondeu. — É você?

Ele se virou com a mão sobre a testa como se fosse uma viseira, para proteger os olhos do sol. A silhueta de uma figura quadrada destacava-se contra o brilho do sol da manhã — uma mulher usando um chapéu de palha de abas largas e um esvoaçante vestido branco.

— Senhora Benedict? — ele disse.

— Pensei ter reconhecido você! — ela declarou, enquanto atravessava o gramado.

Num braço, ela carregava uma cesta de flores amarelas. Ela se parecia com algo saído de uma pintura pastoral antiquada.

— O que traz você aqui nesta linda manhã de domingo? — ela perguntou.

— Eu esperava encontrar Anton aqui.

— Ah, é?

— Sim, eu... hã... peguei algum dinheiro emprestado dele durante o julgamento. Eu estava pela vizinhança, então, pensei em passar por aqui e pagá-lo. — Um segundo depois, ele se perguntou se alguém ainda pedia dinheiro emprestado, nesta época de aplicativos de telefone que pagavam tudo.

No entanto, a senhora Benedict tinha idade suficiente para não questionar o conceito. Ela o fazia se lembrar de sua *abuela*, uma senhora de cabelos grisalhos e atarracada, que estava sempre sorrindo com ternura.

— Ah, mas que pena! — ela disse. — Por muito pouco você não o encontra.

— Tudo bem. Eu posso voltar mais tarde.

— Não! Eu sinto em lhe dizer que ele estará ausente até quinta-feira. Você gostaria de deixar o dinheiro comigo? Oh, espere! O que eu estou dizendo? — Ela bateu com os nós dos dedos na testa. — Ele está indo de carro para Boston hoje! Com certeza, você conseguirá encontrá-lo por lá!

— Ah, é? O que ele foi fazer em Boston?

— George está apresentando um simpósio na Harvard Medical School esta semana. Ele não gosta de andar de avião, sabe? Todos aqueles sistemas fechados... Bactérias e vírus circulando por toda parte.

— Sei. Eu nunca pensei nisso.

— Oh, sim. George evita voar sempre que pode.

— Então, imagino que ele tenha ido de carro para Atlanta na semana passada.

— Oh, não. — Ela balançou a cabeça, e sua papada tremeu junto com ela. — Essa é uma viagem muito longa para sua agenda lotada. Não! Na ida, ele pegou um voo. Com sua máscara respiratória, é claro.

Javi hesitou. Se ele fizesse mais alguma pergunta, ela poderia ficar desconfiada. Entretanto, ele precisava amarrar as pontas soltas.

— E Anton? Ele também usou uma máscara?

— Não, não! Anton não o acompanhou nessa viagem.

— Ah.

— Você gostaria de tomar uma xícara de chá? — Ela gesticulou com o braço flácido apontando para o terraço dos fundos da mansão.

— Obrigado, senhora, mas agora eu mesmo devo pegar a estrada para Boston.

Ela olhou para a cesta em seu braço.

— Acabei de colher um pouco da minha arnica. Posso fazer um pacote para você levar para casa?

— Não, obrigado.

— Tem certeza? Faz maravilhas para dores musculares.

— Eu estou bem, obrigado.

— Oh, vocês, jovens! — Ela riu. — Nem uma única preocupação no mundo, nenhuma dor.

JAVI SENTIU-SE MUITO satisfeito enquanto se afastava. Fora um golpe de sorte encontrar a senhora Benedict. Teria sido muito mais difícil arrancar a mesma informação de Anton. Mas agora ele tinha essa informação. Anton estava na cidade no momento do assassinato de Tiffy. Ele dirigia um carro chique. Carregava um conjunto de lâminas de aparência cirúrgica.

Javi pensou naquelas facas. Lembrou-se de Anton todo vestido de preto na noite anterior, esfregando uma daquelas lâminas, e de repente ele pisou no freio e parou no acostamento. Por um instante, permitiu-se assimilar um pensamento: *alguma coisa deve ter acontecido ontem à noite.*

Ele ligou, primeiro, para Ashley LaSorta, mas caiu em sua caixa postal. Em seguida, telefonou para Emily Norland, e o mesmo aconteceu: correio de voz. Então, ele entrou em contato com a companhia aérea e adiou o voo.

A ÚLTIMA VEZ em que visitara Ashley, ela morava em uma casa estilo colonial de pedras nos subúrbios da Filadélfia. Era um lugar agradável, mas nada parecido com a vila italiana que ela agora possuía em Princeton.

Câmeras haviam sido instaladas nas decorativas colunas do portão, nos cantos frontais da fachada e na porta de entrada ao lado do interfone. Parecia um bom sistema. Ele esperava que isso a tivesse mantido segura na noite anterior.

Ele tocou a campainha e sentiu uma onda de alívio quando a voz rouca dela soou no alto-falante.

— Puta que o pariu. Você tem coragem, Alejandro, ou seja lá qual for a porra do seu nome.

— É Javier — ele gritou para dentro da caixa —, e sinto muito por incomodá-la, mas preciso lhe contar uma coisa. É importante. Posso entrar?

— E deixar você me foder duas vezes? Você acha que sou idiota?

Ele nunca havia fodido com ela uma única vez sequer, mas entendia o fato de ela não enxergar as coisas dessa maneira.

— Olha, sinto muito pelo modo como tudo isso aconteceu. Se faz alguma diferença, saiba que eu não faço mais isso.

— Ah, tá bom. — A estática no alto-falante não abafou o sarcasmo em sua voz. — Você encontrou Deus.

Ele sorriu.

— Mais ou menos isso. Eu me casei.

— Ah. Agora eu sei que você está mentindo.

— Ashley, por favor. Deixe-me entrar. Preciso lhe contar uma coisa. É sobre a morte de Reeza Patel.

— Já estou sabendo. Não foi suicídio.

— Sim. E também não foi acidental.

Um lento silvo de estática soou no alto-falante. Ele elevou a vista para a câmera e acenou com a cabeça. Um minuto depois, um zumbido eletrônico soou e Ashley abriu a porta. Ela virou de costas e saiu andando.

Ele a seguiu para dentro. O vestíbulo era um grande espaço octogonal com quatro portas que se abriam como pontos de bússola para as salas mais distantes. Ashley se virou para encará-lo a dez passos de distância. Ela usava um quimono bordado de forma minuciosa e seu rosto estava escondido sob o verniz branco seco de algum tipo de máscara facial. Ela parecia um daqueles artistas de *kabuki*. Mesmo com essa aparência, estava atraente, no entanto. Ele sempre achara isso.

— Você está dizendo que Reeza foi assassinada? — ela perguntou.

Javi confirmou com um aceno de cabeça.

— Alguém adulterou os remédios dela.

Ashley soltou a respiração, colocando ênfase em cada sílaba ao exclamar:

— Pu-ta-mer-da.

— Pois é.

— Só pode ter sido o George. — Ela estava com olheiras fundas e, quando seus olhos se abriram dentro da máscara facial, pareciam as órbitas vazias de uma caveira. — Foi ele quem a puniu. Ele a estuprou por envergonhá-lo no trabalho e a matou por levá-lo a julgamento. Assim como ele me estuprou por terminar com ele.

— Talvez. Há outra, no entanto. Uma garota...

— Mas essa foi o namorado.

Ele inclinou a cabeça, intrigado.

— Você conhece Tiffy Jenkins?

Ela abanou a mão como se quisesse afastar a pergunta.

— Aquilo foi um crime doméstico comum.

— Não. O namorado forneceu um álibi. O assassino dela ainda está foragido.

Seus olhos pareceram ainda mais escuros dentro do crânio.

— Ele está matando todas as suas vítimas de estupro? — ela perguntou.

— Sério, me diga — ele insistiu. — Como você sabe sobre Tiffy?

Obediência aos NDAs já não estava mais em questão àquela altura, mas Javi não conseguia deixar de se perguntar como ela tomara conhecimento daquilo.

Ashley ignorou a pergunta mais uma vez. Ela girou nos calcanhares produzindo um redemoinho de seda roxa e passou a andar de um lado para outro pelo perímetro anguloso do *hall* de entrada.

— Ele virá atrás de mim. É isso que está me dizendo?

Javi se virou para acompanhar o circuito dela pela sala.

— É uma possibilidade. Achei que você deveria saber.

— O que eu devo fazer? O que eu devo fazer, porra? Chamar a polícia? Sair do país?

— Você poderia passar uma temporada com seu filho. Dê um tempo para que os policiais descubram as coisas e elaborem um caso.

— Sim. Talvez. — Ashley parou e, então, virou-se para ele. — E quanto a Emily Norland? Deixei uma mensagem de voz para ela na sexta-feira, mas ela não me ligou de volta.

Ela também não deveria saber sobre Emily, mas dessa vez Javi não se deu ao trabalho de perguntar.

— Ela é minha próxima parada — disse Javi.

Ashley mordeu o lábio enquanto o acompanhava até a porta. Sua boca ficou vermelha por um instante, e agora ela de fato parecia um artista de *kabuki*.

— Acho que eu deveria agradecer, mas ainda estou chateada pra caralho com você.

Ele assentiu, aceitando a censura.

— Como eu disse, não vou mais fazer isso.

Ashley cerrou os olhos.

— Você não se casou de verdade… se casou?

— Claro que eu me casei.

— Então, me diga seu endereço. Vou lhe enviar um presente.

Javi apontou para o painel de segurança ao lado da porta.

— Mantenha isso ligado — disse ele ao sair.

JAVI NÃO CONHECIA Emily Norland. Kelly fechara e assinara aquele acordo antes mesmo de ele saber o nome dela. Mas ele havia feito uma pesquisa completa sobre ela depois e, desde então, vinha mantendo o controle para garantir o cumprimento dos NDAs, como fazia com todas as mulheres. Ele tinha seu endereço novo, então, seguiu o GPS até um bairro suburbano cheio de casas ditas de estilo executivo. Ocorreu-lhe que aquele fim de semana havia sido um passeio por toda a gama de imóveis residenciais, desde o *trailer* de Tiffy até a mansão estilo museu de Benedict, passando pela vila italiana de Ashley e aquelas falsas casas de fazenda em algum lugar no meio dos extremos.

Ele seguiu o GPS pelo labirinto de ruas suburbanas. Era uma tarde de domingo, um dia quente de outono, e as pessoas estavam do lado de fora varrendo folhas e pendurando decorações de Halloween. As bruxas voavam em vassouras e os esqueletos flutuavam de leve na brisa.

A casa de Emily ficava em um terreno arborizado no fim de uma rua sem saída. O carro dela estava estacionado no caminho da garagem, e Javi parou ao lado dele e saiu. Procurou câmeras ou detectores de movimento, mas não encontrou nada. Também não havia decorações de Halloween. Não havia crianças morando ali, e também nenhum marido, se suas informações mais recentes ainda valessem.

O caminho pavimentado até a porta da frente era ladeado por pequenos buxeiros.[10] Ele tocou a campainha e ouviu o toque ecoar dentro da casa. Como ninguém atendeu depois de um minuto, Javi tocou de novo. Ainda sem resposta.

Ele desceu da varanda, foi até o gramado da frente e olhou para cima. As luzes estavam acesas em um cômodo no andar de cima. Era um dia ensolarado, e as janelas davam para a rua, não para o bosque. Não havia razão para aquelas luzes estarem acesas, então ele sentiu sua preocupação se intensificar.

Deu a volta na casa. Nos fundos, havia uma piscina, protegida para o inverno sob uma cobertura de vinil azul e, no outro extremo, uma banheira de hidromassagem vazando vapor clorado no ar. Ele subiu as escadas até o deque e espiou pelas janelas e portas francesas ao longo dos fundos da casa. Não havia sinal de ninguém lá dentro, mas também não havia sinal de luta. Tudo estava arrumado. Ele apertou a campainha da porta dos fundos e ouviu o mesmo toque ecoando lá dentro. Encostou o ouvido no vidro e esperou para ver se escutava passos. Nada.

Havia uma singela explicação. Alguém poderia ter aparecido de manhã a fim de buscar Emily para passar o dia fora. Ela saíra correndo sem desligar as luzes do quarto. Esquecera o telefone. Era um belo dia; ela poderia estar andando de bicicleta. Ele foi até o outro lado da casa para verificar se havia um *rack* para bicicletas na garagem.

Algo longo e preto serpenteou em seu caminho, e ele recuou por meio segundo, pensando que era uma cobra. Depois, riu de si mesmo

10. *Buxus sempervirens*: planta ornamental também conhecida como buxo, que forma arbustos e é cultivada em cercados. (N. da P.)

ao se dar conta de que era apenas uma extensão que saía da casa de bombas. Ainda assim, era perigoso estar tão perto da água, sobretudo porque uma parte do cabo parecia desgastada. O isolamento havia sido arrancado, expondo alguns centímetros de fio desencapado no interior. Ainda mais perigoso, a outra extremidade do cordão se encontrava submersa na banheira de hidromassagem.

Ele foi até a casa de bombas e puxou o plugue; depois, puxou o cabo para retirá-lo. Houve uma resistência surpreendente, então, Javi foi até a beira da água para ver onde o cabo estava preso. Ele estava conectado a algum tipo de caixa. Um toca-discos antiquado, ele percebeu enquanto o levantava. Também havia algo mais na água, submerso no fundo da banheira de hidromassagem. Javi se agachou e espiou através da escuridão até não ter mais dúvidas.

Era um corpo.

30

A HORA MARCADA PARA OS PAIS buscarem as filhas convidadas para a festa de aniversário era quatro da tarde do domingo, e Kelly chegou e encontrou um jogo de pega-pega em andamento na casa dos anfitriões. Sua cabeça latejava, e piorou quando ela saiu do carro e os gritos agudos de uma dúzia de meninas perfuraram seus tímpanos. Ela tinha bebido mais gim na noite anterior do que costumava consumir em um mês e estava pagando um preço alto hoje.

Ela avistou Lexie saltando de um canto a outro do quintal, em diagonais certeiras e muito rápidas, como se estivesse quicando no interior de uma máquina de fliperama gigante.

— Receio que ninguém tenha dormido muito ontem à noite — admitiu a mãe anfitriã. As olheiras em seu rosto diziam tudo, também.

Kelly manteve os óculos escuros sobre os olhos embaçados.

— Ninguém diria, com toda essa energia... — respondeu ela.

Uma risada de culpa escapou da anfitriã.

— Elas comeram panquecas de chocolate no *brunch*, com chantili e calda.

Kelly conseguiu encurralar a própria filha e tirá-la do jogo. Lexie pulou no banco de trás do carro e durante dez minutos conversou animada sobre suas amigas, o barco e a praia e questionou se estaria frio demais para fazer a mesma coisa em sua festa, em janeiro. A cabeça de

Kelly estava explodindo enquanto se esforçava para sorrir e concordar, meneando a cabeça.

De repente, Lexie ficou em silêncio, e, quando Kelly olhou pelo retrovisor, flagrou a criança desmaiada, com o rosto pendendo de um lado para o outro como um boneco quebrado. Quando chegaram em casa, Lexie cambaleou até o quarto e caiu de cara na cama, onde Kelly suspeitava que passaria o resto do dia.

KELLY DEVERIA BUSCAR JUSTIN às seis, e sua dor de cabeça estava começando a diminuir, enfim. Agora, era seu estômago que a atormentava, agitado de ansiedade enquanto ela dirigia até a escola e estacionava na fila onde estavam os outros pais, esperando o ônibus chegar.

Ela sentia vergonha por estar tão nervosa. Uma mãe deveria ser capaz de conversar com o próprio filho sobre sexo sem se afetar por esse sentimento crescente de inadequação. Passara a tarde refletindo sobre diferentes abordagens que poderiam ser adotadas. Simpática e solidária: ela poderia assegurar-lhe que sua curiosidade era bastante normal e saudável. Severa e crítica: poderia lhe dizer que a objetificação dos corpos das mulheres era uma porta de entrada para a misoginia e o abuso e que ele deveria sentir vergonha de si mesmo. Generosa porém cautelosa: ela o alertaria de que *sexting*[11] poderia ser um crime e que ele deveria ter mais cuidado no futuro. Nenhuma das propostas anteriores? Todas as propostas anteriores? Mesmo que conseguisse definir uma abordagem, Kelly sabia que havia o risco de errar. Ela também sabia que o filho se manteria calado, não importa o que dissesse.

Os outros pais estavam fora dos carros, socializando, conversando e consultando seus celulares em busca de atualizações sobre a hora de chegada. Kelly não estava com vontade de socializar hoje. Ela se sentou ao volante e retribuiu alguns acenos, mas, sempre que alguém a chamava para se juntar a eles, ela erguia seu celular e o usava como um escudo para afastá-los.

---

11. Divulgação por mídia *on-line* de conteúdos de nudez e sexo. (N. da T.)

Entretanto, uma mulher chamou sua atenção. Ela estava mais distante na fila de carros, apoiada no capô de seu BMW. Usava *leggings* e botas Ugg, e seu cabelo escuro e encaracolado estava solto e despenteado.

— Courtney? — Kelly gritou enquanto descia do carro e caminhava em sua direção. — O que você está fazendo aqui?

— Oh. Kelly. Oi. — A garota empertigou-se quando Kelly se aproximou. — Estou esperando o meu namorado.

— Seu... namorado? — A voz de Kelly declinou para um sussurro de desconfiança. — Você está namorando um estudante do ensino médio?

— Por Deus! Não! — Courtney revirou os olhos. — O professor de ciências. Marcus Sealy. Justin não lhe contou?

— É mesmo? — Kelly corou. — Não, mas ele não me conta muita coisa.

— Bem, ele está bastante absorto em seus estudos.

— Ou algo assim — Kelly resmungou.

— Ótimas notícias sobre seu prêmio.

— Prêmio?

— Ele também não lhe contou isso? Ele ganhou o primeiro prêmio na Feira de Ciências!

— Oh. Certo. — Ela se perguntou se Justin havia ficado com medo de ligar e contar a notícia ou se apenas não tinha pensado em fazer isso. E então ficou em dúvida sobre o que era pior. — Claro — ela disse. — Ele me ligou. Sim. Boas notícias.

— Marcus ficou supercontente por ele.

— Aham.

O silêncio se perpetuou. As botas Ugg de Courtney se arrastavam na calçada enquanto ela afastava o corpo.

— Alguma novidade, Kelly?

— Na verdade, sim. — Kelly colocou os ombros para trás e olhou para ela. — Eu queria lhe dizer que Lyle Firth, do meu escritório, cuidará de sua petição. Você pode conversar com ele a respeito disso de agora em diante.

De repente, a expressão de Courtney tornou-se tão desamparada que Kelly teve um lampejo de lembrança: era a mesma expressão que a garota teve aos 15 anos, quando viu o pai pela primeira vez depois do derrame.

— Você vai se opor? — ela perguntou, com sua voz fina.

— Claro que vou. E, a propósito, não porque eu seja católica e a favor da vida, ou o que quer que você pense, mas, sim, porque é a coisa certa a fazer.

Courtney piscou, perplexa.

— Eu não quis dizer... — ela começou a falar, e sua expressão voltou a se transformar — de adolescente desolada para a advogada vivaz e confiante de 26 anos que era agora. — Eu estava me referindo a sua culpa católica.

Kelly deu uma risada.

— Do que eu deveria me sentir culpada?

— Você não deveria. É disso que estou falando. Você acha que merece esse… — ela se esforçou para encontrar a palavra — esse *tormento*. Como se fosse sua punição por roubar papai de nós.

— Eu... — Kelly olhou boquiaberta para ela. — Eu o quê?

— Mas você não o roubou. Ele nos deixou. Ele escolheu ir embora. Se isso é castigo de alguém, é dele. — Courtney olhou para o chão e meneou a cabeça. — E, pelo amor de Deus, ele estava farto.

Kelly ficou atordoada. Ela *não* se sentia culpada. Ela não era culpada, nem Adam. Eles se apaixonaram. Foi a melhor coisa que já acontecera a ela. A ele também, ela esperava. Sim, ele ainda era casado na época, pelo menos no papel, e sim, ela muitas vezes se sentiu mal pela ex-esposa e pela filha. Mas isso não tinha nada a ver com o tratamento de Adam.

Ela sacou o celular e digitou com fúria na tela.

— O que você está fazendo? — Courtney disse, dando uma risada rouca. — Chamando a polícia para mim?

Kelly ergueu os olhos, carrancuda.

— Estou enviando o *link* de um aplicativo que acessa a câmera do seu pai. Eu quero que você o observe. Quero que pense no que quer fazer com ele. Pense nele faminto. Desidratado. Morrendo.

— Como você ousa? — Courtney piscou para conter as lágrimas. — Eu o amava.

— Bem, aí está a diferença — disse Kelly, afastando-se. Por cima do ombro, ela acrescentou: — Eu ainda o amo.

O ônibus entrou no estacionamento, e ela se juntou à multidão de pais que se dirigia para lá enquanto as crianças desciam. Eles chamaram seus filhos e filhas, deram abraços e calorosos tapinhas nas costas, pegaram mochilas e fizeram fila para tirar suas malas e caixas do bagageiro. Sealy, o professor de ciências, estava parado na calçada com uma prancheta, conferindo os nomes e cumprimentando seus alunos quando eles desciam do ônibus com uma batida de mãos espalmadas no alto. Uma carranca apareceu brevemente em seu rosto quando ele avistou Kelly, e ela se lembrou de como ele vinha sendo frio com ela nos últimos tempos. Agora, sabia por quê. Só podia imaginar as coisas que ele ouvira de Courtney a seu respeito.

Justin foi um dos últimos alunos a sair do ônibus. Ele estava usando um gorro verde que esmagava seus cachos cor de laranja, e seu corpo tombava para o lado sob o peso da mochila pendurada no ombro. Segurava o troféu do outro lado, como se fosse uma peça de roupa embaraçosa que sua mãe o obrigara a usar. Seus olhos percorreram com ansiedade os outros alunos e seus pais. Quando pousaram em Kelly, ele parou onde estava e olhou para os pés.

Ela abriu caminho em meio à multidão e envolveu-o com os braços.

— Parabéns, Justin! — ela gritou.

Ele enrijeceu por um instante antes que o alívio invadisse seu corpo desengonçado. Kelly percebeu que Justin estava tão nervoso por vê-la quanto ela em relação a ele. No entanto, apesar daquela nuvem negra pairando sobre Justin durante todo o fim de semana, apesar de saber que problemas o aguardavam em casa, ele ainda havia conseguido conquistar o primeiro lugar na competição.

— Parabéns! — disse ela de novo. Kelly ergueu o braço dele com o troféu, bem acima de suas cabeças. — Você venceu!

Justin baixou a cabeça com um sorriso constrangido e caminhou com passadas largas ao lado dela até o estacionamento. Courtney passou por eles no caminho.

— Mandou bem — ela gritou para Justin, um pouco antes de o senhor Sealy a agarrar e abraçá-la, girando.

Kelly aguardou até que eles estivessem em movimento no trânsito para voltar a falar.

— Todd me contou o que você fez — disse ela.

As bochechas de Justin arderam. Ele olhou para os joelhos.

— Sinto muito — ele balbuciou.

— Precisamos conversar sobre isso — ela arrematou.

Ele fechou os olhos com força, e o coração de Kelly ficou apertado quando ela o viu se preparando daquele jeito. Ela odiava o fato de ter de lhe dar um sermão agora, logo depois de sua grande conquista. Não era justo privá-lo da chance de aproveitar sua vitória por mais tempo. No dia seguinte, poderiam conversar sobre respeito e responsabilidade. Talvez até lá ela soubesse o que dizer.

— Mais tarde — disse ela. — Por enquanto, porém, você precisa saber de uma coisa: não foi aquela garota que invadiu nosso Wi-Fi. Foi outra pessoa que espionou seu pai.

Ele ergueu a cabeça.

— Sério?

— Sério.

Seu alívio foi visível desta vez. Lágrimas brotaram de seus olhos. Kelly estendeu a mão e deu um tapinha tranquilizador em seu joelho.

— Estou tão orgulhosa de você… — disse ela.

E Kelly estava mesmo orgulhosa. Ele era um modelo de triunfo acima dos problemas. Apesar de ter ficado preocupado durante todo o fim de semana, apesar de sentir vergonha e, ela esperava, estar atormentado pela culpa, apesar de tudo isso, o filho se esforçou e venceu a competição. A vitória sob esse tipo de pressão era um triunfo ainda maior.

Ela pensou nisso enquanto percorriam o restante do caminho para casa.

Na noite anterior, Kelly pensara que seu plano era um fracasso, mas não precisava ser assim. A maior parte do trabalho já estava feita. Seria tolice voltar atrás agora. Tudo o que precisava fazer era encontrar outro repórter para quem vazar os documentos. E se Rick Olsson ou Edward Russo interviessem com seus motivos torpes, ela encontraria um meio de derrubá-los.

Ela ainda poderia fazer dar certo.

31

Ashley LaSorta

TRINTA MINUTOS DEPOIS DE ALEJANDRO ter ido embora, eu ainda estava furiosa com ele — ou Javier, ou como diabos ele estava chamando a si mesmo agora. Esfreguei meu rosto com fúria até que a máscara de infusão de colágeno se dissolveu e desapareceu em redemoinhos leitosos pelo ralo. Eu tinha visto aquele sorriso de desdém quando ele olhou em volta na minha casa. Mesmo que não curvasse seus lábios deliciosos, o sorriso de desdém estava presente em seus olhos. Eu sabia exatamente o que ele estava pensando: que eu tinha usado a minha cama para conseguir essas riquezas.

A coragem daquele filho da puta! Como se ele próprio não fosse um perfeito prostituto. Um gigolô de litígio, seduzindo mulheres com promessas de deleites sensuais apenas para entrar em suas vidas e descobrir todos os seus segredos e convencê-las a fazer um acordo barato. Minha reivindicação original contra George era de cinco milhões. Eu tive que cortá-la ao meio depois que eles me confrontaram com aquela ridícula fita de sexo fornecida por aquele traidor do Roger ou Rodney ou qualquer que fosse o nome dele.

Isso significava que meu suposto romance com Alejandro havia me custado dois milhões e meio. Então, qual de nós dois era o maior prostituto agora, *Javier*?

Ergui os olhos mirando o espelho do banheiro. Eu tinha esfregado o rosto com tanta força que agora minha pele estava vermelha e irritada.

Ainda estava furiosa com aquele homem, aquele homem lindo com olhos castanhos aveludados e críticos. Quem era ele para me julgar?

Não era justo. Ganhei cada centavo do meu acordo, mas não dormindo com o chefe, não importa o que dissessem as fofocas. Minha reclamação contra George foi baseada nos danos à minha carreira, não na agressão ao meu corpo. Não que o ataque não tivesse sido horrível — foi! Doze horas amarrada a uma cama e temendo pela minha vida enquanto meu ex-amante se revelava um completo psicopata.

No entanto, foi a perda da minha carreira que mais me atingiu quando ele, por fim, me desamarrou e foi embora. Os executivos de tecnologia raramente chegavam ao alto escalão das corporações multinacionais. Não conseguiam um título de vice-presidente sênior para acompanhar o CTO. Eles não conseguiam escritórios de quina, adicionais ou garantias. Entretanto, eu consegui todas essas coisas, e graças ao meu puro talento e meu trabalho duro. Porra, eu mereci.

Contudo, não havia como eu continuar na UniViro, não depois do que ele fez comigo. Um de nós teria de sair, e nem em um milhão de anos seria George. Ele chefiava a pesquisa e o desenvolvimento. Ele era o maior acionista não institucional da empresa. Era a atração principal, o sujeito ilustre, a escolha certa para o Nobel. Ele era a estrela deles. O conselho não iria destituí-lo se eu o acusasse. Foi necessário fazer mais de cem queixas e registrar um indiciamento iminente antes que a Weinstein Company, por fim, se livrasse de Harvey. Eu sabia que minha voz por si só nunca seria suficiente para me livrar de George.

Eu também sabia que nunca conseguiria uma posição comparável na indústria farmacêutica nem em qualquer outro lugar. Veja só onde fui parar: numa *start-up* subcapitalizada que desenvolve aplicativos para adolescentes jogarem nos seus celulares. Os outros diretores e funcionários eram vinte anos mais novos e falavam comigo como se eu fosse a avó deles. Eu não tinha mais adicionais nem garantias, e meu escritório era apenas uma mesa em um grande espaço aberto com uma pista de *skate* contornando o perímetro.

Eu sabia que isso poderia acontecer. Então, naquele dia, depois que George, enfim, foi embora, eu fotografei meus ferimentos e preservei o DNA; então, sentei-me com um uísque na mão e analisei os números. Calculei meu valor antes do ataque *versus* meu valor depois e cheguei a um delta de cinco milhões de dólares. Aí, procurei meu advogado, que concordou com meus cálculos. Sua estratégia: pedir dez; fechar acordo com cinco.

Também teria funcionado se o arrojado Alejandro não tivesse entrado em cena. Sempre mantive minha vida privada no âmbito privado. Minhas postagens nas redes sociais nunca foram para consumo público. Ninguém que já não fosse próximo de mim poderia descobrir alguma coisa sobre meu histórico sexual. Então, Alejandro se aproximou de mim. Foi a conquista mais longa e demorada da minha vida, um namoro à moda antiga, com jantares à luz de velas, danças lentas e *tête-à-têtes* que me deixavam ofegante de desejo. Meu futuro amante latino. Já se passaram décadas desde a última vez que tive um encontro que não terminasse na cama, mas lá estava eu, três semanas no romance mais inebriante que já experimentei e ainda cheia de expectativa.

Então, de repente, nada aconteceu. Nada de ligações, mensagens de texto nem noites sob as estrelas. Ele desapareceu tão por completo que imaginei que fosse um espião ou um assassino de aluguel. Quase achei que o havia imaginado. Até que Kelly McCann apertou um botão em nossa sessão de negociação e lá estava eu na tela, ondulando em cima de Rodney ou Roger. Eu não tinha imaginado nada. Alejandro era espião e assassino de aluguel.

Ele foi o maior erro da minha vida.

Não, o segundo maior, pensei enquanto atirava a toalha no chão e entrava no quarto. O primeiro foi me envolver com George Benedict. Eu era uma mulher vivida e ainda assim estúpida o suficiente para dormir com um homem com um cargo superior ao meu na empresa. Um homem com cem vezes mais influência que eu. E ele nem era meu tipo. Era um cientista *nerd* com óculos tortos, postura inadequada e quase nenhuma emoção humana. Foi apenas seu grande cérebro que me atraiu. Ele foi o primeiro gênio verdadeiro que conheci, e olhe que conheci tanto Jobs quanto Musk. Fiquei fascinada pela maneira como a mente de George funcionava e, por um tempo, isso foi bem emocionante.

O problema é que sua mente não tinha personalidade e ele não tinha muito manejo na cama, então, depois de alguns meses, eu desanimei. Do modo mais gentil que pude, eu disse isso a ele. Foi nesse momento que descobri que, afinal, ele era capaz de expressar alguma emoção. Raiva. Aquela raiva incandescente, do tipo "estrangular com as próprias mãos".

Mas será que ele tinha aquela raiva do tipo que o levaria a cortar a garganta de alguém? Acho que não. Javier estava louco ao pensar que George poderia ter matado Reeza ou Tiffy. De qualquer maneira, o momento estava totalmente errado. A hora de matar Reeza foi antes de ela arrastá-lo para o escândalo internacional de um julgamento de estupro. A hora de matar Tiffy foi antes de ele pagar a ela o dinheiro do silêncio. Por que agora? Não fazia sentido.

Seja como for, George estava no CDC em Atlanta no dia em que Tiffy foi assassinada, então, isso o excluía. Eu me perguntei sobre Anton, no entanto. Ele tinha *máfia russa* escrito na testa, ainda que não fosse russo e não pertencesse a nada nem a ninguém além de George. Ele era Sancho Pança, João Pequeno e Renfield, todos reunidos em um só. Costumava me assustar a maneira como ele seguia George aonde quer que fosse, sobretudo quando se sentava no Bentley na minha garagem e esperava para levar seu dono para casa. Eu costumava me perguntar o que ele fazia sozinho no carro, e isso me assustava ainda mais.

Ainda assim, eu não acreditava. Não acreditava que tivesse sido George e nem mesmo Anton. Deveria ser uma coincidência. A morte de Reeza tinha sido um acidente, e Tiffy poderia ter sido assassinada por qualquer pessoa. Ela era esse tipo de garota que vivia esse tipo de vida.

Joguei meu roupão em cima da cama e entrei nua no *closet* para examinar meu guarda-roupa. Tinha um encontro para uns drinques às cinco com meu mais recente par sugerido pelo *site* de namoro. Se as coisas corressem bem, os drinques se estenderiam até o jantar, e se corressem muito bem, terminariam aqui, por isso, eu precisava me vestir para qualquer eventualidade.

Decidi usar calça de couro preta, um suéter vermelho com decote ombro a ombro e sapatilhas, caso o cara não fosse tão alto quanto dizia em seu perfil.

Minhas malas estavam enfileiradas sob as prateleiras de suéteres, e isso me fez lembrar da sugestão de Javier, de que eu fosse passar um tempo com meu filho. O que era uma ideia ridícula. Primeiro, eu não iria largar o trabalho só porque ele me disse para eu fazer isso. Em segundo lugar, eu não poderia ficar com Jeremy, mesmo que quisesse. Depois de terminar a faculdade, ele recusou a pós-graduação e foi trabalhar em uma fazenda de rutabagas orgânicas na encosta de uma montanha dos Apalaches. Ele estava morando em uma tenda mongol. Ele se tornou totalmente ludita[12] — sem *smartphone*, sem *laptop*, sem carro. Claro, foi um foda-se para mim. Quando eu lhe disse isso, ele juntou as mãos no estilo namastê, fez uma reverência e falou que tinha esperanças de que, um dia, eu encontrasse paz em minha vida. Aquele garoto. Eu o amava, mas não sabia dizer de onde ele tinha saído.

Terminei de me vestir e fui procurar meu celular para verificar o tempo de viagem até o bar onde encontraria Josh ou Jason ou quem quer que fosse o encontro desta noite. Quando o achei no banheiro, vi que havia perdido uma ligação. Também havia uma nova mensagem de um número desconhecido, mas tudo o que dizia era "*Ligue para mim!*". Eu apaguei e vi que também havia uma mensagem de voz do mesmo número desconhecido. Apertei o *play*.

É o Javier, começava a mensagem, e eu logo revirei os olhos diante do pânico crescente em sua voz.

A Emily Norland. Ela está morta.

---

12. Em linguagem figurada, aquele que se opõe à tecnologia. (N. da T.)

Sentei-me na beira da Jacuzzi. *Eletrocutada ontem à noite na banheira de hidromassagem dela*, Javier disse, e eu me levantei de imediato. *Foi o Anton. Estou certo disso.*

Uma onda de sangue percorreu meu corpo e zumbiu em meus ouvidos. De repente, entendi o *timing*. Fazia todo o sentido. George não estava indo atrás de suas vítimas. Estava indo atrás das que desejavam vingança.

Coloquei a mão na garganta e senti minha pulsação bater forte contra ela. Nunca deveríamos ter embarcado em nosso esquema estúpido. George o havia descoberto. Ele estava vindo atrás de nós, uma por uma. Tiffy, depois Emily.

Eu seria a próxima.

Saia já daí, Javier estava dizendo em sua mensagem de voz. *Encontre um lugar seguro. Desligue seus rastreadores de localização.*

Voei até o armário e peguei uma mala. Eu não tinha ideia de como as pessoas se vestiam nas montanhas, em uma tenda mongol, mas joguei nela uma variedade aleatória de roupas e cosméticos e fechei a tampa.

Mais uma coisa a fazer antes de pegar a estrada. Corri para meu escritório no térreo e entrei em um servidor *proxy*, desta vez na Bielorrússia.

Vinte minutos depois, eu estava no Porsche, rumo ao sul.

32

O ROSTO CARRANCUDO DE TOMMY WEXFORD apareceu no monitor da mesa de Kelly. Ele estava usando um lenço *batik* azul enrolado no pescoço e óculos escuros na cabeça.

— Eu lhe disse! Nada de videochamadas — ele reclamou. — Não sei por que você insistiu nisso.

— Acho que você sabe... — disse Kelly. — Você poderia, por favor, tirar o seu lenço?

Suas bochechas encovadas adquiriram um tom rosado de fúria. Ele não respondeu nem fez nenhum movimento para desenrolar o lenço do pescoço. Apenas ficou olhando fixo para a tela e esperando. Estava sentado em um terraço ao ar livre sob uma pérgula. As ripas acima projetavam uma rede de sombras sobre seu rosto.

— Muitos homens não têm pomos de adão visíveis — disse ele, por fim.

— Isso é verdade — reconheceu Kelly. — Mas todo homem cis tem um cromossomo Y. Que apareceria em um teste de DNA, é claro.

— Tudo bem. — Sua boca tremia. — Grande coisa. Então, você descobriu meu segredo.

— E Margaret Staley também, suponho.

Lágrimas escorreram por trás de seus óculos escuros, e ele as enxugou com raiva.

— Qual é o problema dela, afinal?

Kelly encolheu os ombros.

— Ela está em uma encruzilhada. Isso justifica qualquer coisa em sua mente.

— Olhe. Eu sou um homem! Eu me sinto homem desde os 18 anos, e antes disso eu me sentia um menino. Meus pais concordavam com isso. Meus médicos concordavam com isso. Minha namorada está super de boa com isso. Então, por que isso é da conta de qualquer outra pessoa além de mim?

— Não é. Mas o importante é o seguinte: ela mentiu. Ela mentiu para a polícia e mentiu nos autos judiciais. Não podemos deixá-la escapar impune. Então, forneça a amostra de DNA. Envie para o exame. Ela será desmascarada e considerada mentirosa. O juiz vai detoná-la com punições e ela será humilhada em público.

Dessa vez, ele deixou as lágrimas rolarem.

— Ela será desmascarada. Mas eu também.

Kelly suspirou.

— Você pode ganhar o caso ou pode manter seu segredo. Você não pode fazer as duas coisas.

— Não me importo de ganhar ou não o caso — disse ele. — Eu quero ganhar minha vida! — Ele pronunciou a última parte com um grito tão histriônico que qualquer diretor de cinema teria lhe dito para diminuir o tom. Então, ele ficou em silêncio enquanto as listras de sombra passavam por seu rosto.

Kelly decidiu esperá-lo. Ela recorreu ao segundo monitor e retomou sua busca no Google por jornalistas renomados especializados em ciências biológicas. Ela decidiu procurar um repórter da imprensa escrita dessa vez. Jornalistas de radiodifusão como Rick Olsson estavam interessados apenas em frases de efeito atraentes. O tipo de história superficial que chama a atenção e que pode ser resumida em legendas no rodapé da tela da TV. Ela precisava encontrar um repórter disposto a se aprofundar em um assunto complexo. Encontrou um repórter científico chamado Aidan Dunwoodie, cujos artigos assinados apareciam com frequência no *New York Times*. Ele já havia feito uma cobertura extensa sobre a identificação do vírus por Benedict. Ela teria que despertar sua curiosidade e convencê-lo de que, na verdade, tinha sido Reeza quem o identificou pela primeira vez.

Outra pesquisa no Google resultou em um endereço postal de Dunwoodie. Ela o escreveu à mão em um grande envelope pardo e colocou dentro dele cópias dos documentos adulterados. Ela pararia no correio a caminho de casa e os despacharia.

Kelly tornou a olhar para o outro monitor quando Wexford, por fim, voltou a falar.

— O que acontece se eu me recusar a jogar o joguinho dela? — ele perguntou. — Se eu não fornecer a amostra. Se eu nem me defender do processo dela.

— Bem... — Esta era uma pergunta que Kelly não havia previsto. Ceder não era uma estratégia que ela empregasse. — O juiz o julgará à revelia. Isso significa que você admitiu que fez o que ela disse que você fez.

— Que eu a forcei a me fazer um boquete. — Ele sorriu. — OK. Então, o que acontece no julgamento?

— Será limitado à indenização. Restará a questão sobre quanto dinheiro ela poderá receber.

— Hum. — Ele franziu os lábios. — E qual seria o valor?

— Ela não teve nenhuma despesa médica e provavelmente nenhuma perda de salário... então, seria apenas uma compensação pela dor e pelo sofrimento. O que é sempre nebuloso. Talvez danos morais também, o que é absolutamente arbitrário.

— Me dê uma estimativa.

— Na pior das hipóteses… talvez um milhão?

Ele ponderou sobre isso. Assentiu aos poucos.

— Posso pagar um milhão.

Ela ergueu as mãos, incrédula.

— Você prefere pagar um milhão de dólares a essa chantagista do que abrir o jogo?

— Minha carreira vale muito mais que isso. Estou cotado para um papel no Universo DC. Você acha que isso vai rolar se eles pensarem que eu que sou uma garota?

— Não sei.

— Bem, eu sei. Não vai.

Não fazia sentido para ela.

— Em que mundo é melhor ser considerado um predador sexual do que uma mulher?

Ele nem hesitou.

— No meu mundo. — Ele se recostou e cruzou as mãos no peito. — Então, essa será a nossa estratégia.

— Não fazer nada.

— Exato.

Ela suspirou resignada.

— Nesse caso, vou devolver o arquivo ao seu advogado de Los Angeles. Ele pode não fazer nada tão bem quanto eu.

Wexford apontou um polegar para cima, para a câmera.

— Mas não lhe conte o porquê — disse ele, enquanto a tela escurecia.

ELA SE LEVANTOU QUANDO a ligação terminou e foi para o corredor.

— Estarei com Lyle Firth — disse ela a Cazzadee enquanto se dirigia para os elevadores.

— Javier precisa muito falar com você — disse Cazz. — Ele deixou algumas mensagens de voz para você?

— Vou ligar para ele assim que voltar.

— Ele diz que é urgente.

— Logo depois do Lyle — ela disse e continuou andando.

Patti Han estava saindo do elevador quando Kelly entrou.

— Envie o arquivo de Wexford de volta para Los Angeles, tudo bem? — Kelly pediu a ela, segurando as portas abertas com o braço. — Diga ao doutor seja-lá-como-se-chama que o cliente quer ser julgado à revelia, e ele poderá cuidar do caso de indenização sem nós.

Patti parecia abalada.

— É sério que ele fez isso?

— Parece que sim.

— Uau. — Ela balançou a cabeça, triste. — Então, Staley estava mesmo dizendo a verdade.

— Isso acontece — disse Kelly.

Patti riu enquanto se afastava.

O ESCRIT□RIO DE LYLE FIRTH ficava dois andares abaixo, do outro lado do prédio, o lado sem vista para o Common. Sua porta estava entreaberta, e Kelly bateu uma vez e entrou. As bochechas rosadas de Firth ficaram vermelhas e ele de imediato pressionou uma tecla para desligar a tela do computador.

Kelly revirou os olhos. Nem mesmo o eunuco Lyle Firth conseguia passar o dia de trabalho sem assistir pornografia. Homens, ela pensou. Ela não sabia por que Tommy Wexford queria ser um.

Firth pigarreou.

— Kelly. Como posso ajudar?

— Courtney está indo em frente com a petição. Eu passei a ela seu nome, então, você terá notícias dela.

— Algum progresso em encontrar um médico para testemunhar?

— Algum — ela respondeu e fez uma anotação mental para se lembrar de dar início a sua busca. — Enquanto isso, quero uma reconvenção ou adicionar uma defesa afirmativa, ou seja lá como for que vocês do direito civil chamem isso.

Ele pegou sua caneta.

— Você está buscando um alívio?

Alívio? Ela não sentia nenhum alívio havia dez anos e provavelmente nunca receberia nenhum alívio da parte de Courtney.

— Vamos deixar isso de lado por enquanto. A motivação é interesse próprio. Courtney está fazendo isso por ganância e escondendo seus motivos. É uma fraude no tribunal.

— Por favor, explique.

— Quando Adam e sua primeira esposa se divorciaram, uma das cláusulas era uma apólice de seguro de vida nomeando Courtney como única beneficiária. Assim que estiver com a certidão de óbito, ela receberá um cheque de meio milhão de dólares! — Ela terminou a frase com o mesmo floreio que usava em suas alegações finais para o júri no tribunal, sua marca registrada. Então ela percebeu que isso se parecia muito com a atuação exagerada de Tommy Wexford momentos antes.

— Kelly… — Firth cruzou as mãos e falou com cuidado. — Você leu o rascunho da petição?

— Claro — ela disse.

Bem, ela havia passado os olhos no documento, pelo menos.

— Sua enteada cita a apólice de seguro na petição dela. E anexa como provas a renúncia ao seguro e o instrumento legal para a criação de um fundo que ela já executou.

— Ela... O quê?

— Kelly… — ele disse de novo, pronunciando o seu nome num tom estranhamente cauteloso, como se ela fosse um cachorro que pudesse morder. — Ela já transferiu sua participação nos rendimentos do seguro para um fundo educacional que criou para seus dois filhos. Um fundo irrevogável.

Kelly não respondeu. Não conseguiu responder. Ela olhou para ele por um instante antes de se virar e ir embora. Harry Leahy estava no corredor, e Kelly passou por ele mal o cumprimentando com um aceno de cabeça em resposta à sua calorosa saudação.

— Adoro ver você imersa em pensamentos — Harry gritou atrás dela. — Isso significa que um cheque gordo vem aí!

Cazzadee ergueu os olhos bruscamente quando Kelly voltou ao seu escritório.

— Vou ligar para Javi agora.

— Não. Dê-me cinco minutos — disse Kelly, fechando a porta.

Ela abriu o *e-mail* e percorreu as mensagens antigas até encontrar a de Courtney. Dessa vez, abriu os documentos anexados ao rascunho da petição. Era exatamente como Lyle disse. A garota já havia cedido sua participação nos rendimentos do seguro a Justin e Lexie, em fideicomisso, com Kelly atuando como administradora. Ela leu os papéis com atenção, em busca de alguma armadilha, algum dispositivo de segurança que permitisse a Courtney recuar. Mas não havia nada disso ali.

Ela levou as mãos ao rosto sentindo sua respiração ficar irregular. Lembrou-se de como acusou Courtney de ir atrás do dinheiro — na frente das crianças e de todos os outros reunidos em torno da mesa de jantar naquela noite. E agora ela se lembrava da resposta de Courtney: *Leia a porra dos papéis*.

Kelly sentiu como se mil agulhas quentes perfurassem sua pele, mas não sentiu dor. Também não era medo nem tristeza. O que ela sentiu foi uma ardência, e ela sabia que era o fogo abrasador da derrota. Courtney tinha vencido e Kelly havia perdido. Ela havia perdido o maior caso de sua vida.

Então, de repente, ela soube que essa sempre fora a questão. Ganhar, ou pelo menos não perder. Naquele dia, dez anos antes, no consultório do diretor da reabilitação, quando todos os médicos juntaram as cadeiras em torno dela e lhe disseram que não havia mais nada que pudessem fazer — a reação que sentira fervendo dentro dela não foi de dor, medo ou tristeza. Foi algo como "*Ah, é? Pois bem, eu vou mostrar a vocês*!". Foi como se as linhas de batalha tivessem sido traçadas e ela fosse lançada em uma competição contra todo o sistema médico.

Courtney estava errada: não era a culpa que a mantivera lutando todos aqueles anos. No entanto, Kelly também estava enganada: também não era um amor nobre e abnegado o que ela sentia. Era sua necessidade eterna de prevalecer. Seu apetite insaciável pela vitória.

Uma batida soou na porta de seu escritório, uma única batida forte, como uma explosão de morteiro. Antes que ela pudesse gritar "*Vá embora*!", a porta se abriu e Javier entrou furioso.

— Agora, não... — ela começou a reclamar.

— Agora, sim — ele retrucou e fechou a porta atrás de si.

— Javi, você não pode simplesmente entrar aqui...

Ele não se sentou. Ficou em pé encostado na mesa, forçando-a a olhar para ele.

— Emily Norland foi assassinada no sábado à noite — disse ele.

Javi tinha apenas um leve sotaque, mas Kelly o encarou como se ele estivesse falando uma língua estrangeira. Seu cérebro demorou um pouco para processar o que ele estava dizendo.

— Assassinada? — ela repetiu.

— Eletrocutada numa banheira de hidromassagem num deque que fica na parte de trás de sua casa. Alguém arrancou o isolamento de uma extensão. Provocou-lhe queimaduras de terceiro grau nas mãos e nos braços, mas foi o afogamento que a matou.

Ambas as mãos de Kelly voaram para sua boca.

— Oh, meu Deus!

— E, a propósito, Tiffy Jenkins não foi assassinada pelo namorado.

Ele tem um álibi sólido. E, de qualquer maneira, ele não seria capaz de desferir um golpe cirúrgico na artéria carótida.

— Cirúrgico? — Ela repetia tudo o que ele dizia, atônita, como se as palavras fizessem mais sentido saindo de sua boca.

— A polícia está chamando a morte de Emily de acidental. Assim como fizeram com Reeza. E o caso de Tiffy será arquivado como "agressor desconhecido". Porque os policiais não sabem que há uma ligação entre as três. Mas nós sabemos.

— Mas nós não sabemos. Ele estava em...

— Anton fez isso. E ele matou Emily também. Eu o vi se lavando logo depois.

— O quê?

— Agora, quanto a Reeza... Acho que o próprio Benedict fez isso.

— Não, não pode ser... — Kelly balbuciou perplexa.

Os rostos das três mulheres entravam e saíam de foco em sua mente. Agora, todas as três estavam mortas. Reeza tinha sido envenenada. Tiffy, esfaqueada, e Emily, queimada num incêndio que a água não conseguiu apagar. *Envenenamento. Esfaqueamento. Incêndio.* Havia algo familiar naquela combinação de palavras.

— Vamos lá, Kelly. — Javi inclinou-se para a frente e suas mãos agarraram a borda da mesa dela. — Nem mesmo você poderia acreditar em tantas coincidências assim. Temos de contar à polícia o que sabemos. O que liga todas essas vítimas. Eles nunca descobrirão isso sozinhos. Não com todos aqueles acordos de silêncio.

Os NDAs, ela pensou. Já garantiriam o silêncio das mulheres. Não havia razão para Benedict matá-las também.

— Não podemos. Tem o sigilo entre...

— Que se foda o sigilo advogado-cliente. Se é que isso se aplica.

— Claro que se aplica. Só sabemos sobre essas mulheres porque nosso cliente nos contou enquanto procurava aconselhamento jurídico.

— Mas há uma exceção, certo? Para crimes futuros.

Kelly começou a balançar a cabeça — não era assim que a regra tinha sido formulada —, mas ele a interrompeu.

— Ashley LaSorta — disse ele. — Ela deve ser a próxima na lista dele.

— Eu não consigo acreditar...

— Bem, ela acredita! Ela está levando isso a sério, mesmo que você não esteja.

— O que você quer dizer?

— Ela foi se esconder. Longe daqui.

— Da Filadélfia, você quer dizer.

— Não, daqui mesmo. Benedict está aqui na cidade esta semana. Tanto ele quanto Anton. Veio para alguma conferência.

— Aqui? Em Boston? — Sua pele se arrepiou quando pensou em Benedict ali em sua cidade. Quando ela pensou em quão perto ele poderia estar.

— Eu vou à polícia — disse Javi. — Eles precisam saber o que conecta essas mulheres.

— Javi, não. Espere...

Ela precisava de mais tempo. Precisava pensar sobre isso.

— Foda-se o sigilo — disse ele. — E foda-se você também, se não fizer a coisa certa aqui.

Ela ergueu as palmas das mãos, meio apaziguadora, meio rendendo-se.

— Deixe-me pensar sobre isso. Por favor. Ashley está segura, certo? Me dê um tempo para descobrir a melhor maneira de lidar com isso.

Ele cerrou a mandíbula.

— Vinte e quatro horas — disse ele, ofegante. — Depois disso, eu vou à polícia.

ELA FICOU SENTADA EM SILÊNCIO absoluto depois que ele saiu. Precisava pensar, e estava tentando, mas os rostos das três mulheres mortas continuavam girando em seus pensamentos. Reeza Patel, que aguentara inflexível no banco das testemunhas os três dias do impiedoso interrogatório de Kelly. Emily Norland, cujo casamento fora destruído por Kelly e suas fortes táticas de negociação. Tiffy Jenkins, que passara os melhores momentos de sua vida escondida com três mulheres amargas em busca de vingança.

Envenenamento. Esfaqueamento. Incêndio. Ou seria *esfaqueamento, envenenamento, incêndio*? Ela não conseguia se lembrar onde tinha ouvido aquela combinação de palavras antes.

Não, pare! Ela precisava pensar em Benedict. Javi deveria estar errado. Não fazia sentido. Por que ir atrás delas agora? Elas não representavam nenhuma ameaça para ele. Tinha de haver um motivo, mas simplesmente não havia nenhum.

No entanto, todas as três mulheres estavam mortas. Isso poderia ser uma coincidência? Ela acreditava em coincidências, mas apenas quando era a combinação de dois incidentes. Três forçavam os limites de sua credulidade.

Ainda assim, ela não conseguia pensar em nenhuma razão que justificasse o fato de Benedict querer matar aquelas mulheres. Há um ano, talvez. Mas agora não.

O celular de Kelly tocou. Ela estendeu a mão para pegá-lo, mas parou quando viu que a tela estava escura. Deveria ser o outro celular, o mais recente, então, enfiou a mão na bolsa e o tirou de lá. A ligação era de um número desconhecido, mas ela reconheceu os três primeiros dígitos: 484. Era o código de área do leste da Pensilvânia.

Um calafrio se espalhou por seu corpo tão rápido que foi como se tivesse sido congelada. Ela olhou para a tela enquanto o telefone tocava e tocava. Não poderia ser Benedict. Ele não tinha esse número.

Depois que o toque, por fim, parou, o telefone apitou com uma mensagem de texto recebida. *Ligue para mim.* Do mesmo número desconhecido com código de área 484.

Outra mensagem enviada do mesmo número desconhecido. *Nós seremos as próximas.*

Isso lhe causou um arrepio ainda mais forte. Ashley era a única que tinha esse número, mas ela não diria *nós*. Ela não sabia que Kelly estava entre suas vítimas. Ninguém sabia disso.

Ninguém além de Benedict.

Ele a estava provocando, atraindo-a, usando o telefone para rastreá-la, e ela estava se atrapalhando para retirar o cartão SIM quando uma terceira mensagem iluminou a tela.

Pelo amor de Deus, calce suas botas de cano alto e me ligue, porra.

A respiração de Kelly saiu num som que foi quase uma risada. Era *mesmo* Ashley; ela estava apenas usando o plural majestático *nós*. Kelly apertou o botão de atender.

— Ele sabe — Ashley gritou quando ela atendeu. — Ele sabe! — Um barulho estrondoso zumbia ao fundo. De tráfego rodoviário. Ela estava na estrada.

— Sabe o quê?

— Sabe o que fizemos! O hackeamento! Os documentos adulterados! Ele sabe!

Kelly agarrou o telefone com tanta força que podia sentir a pulsação da mão até o ombro.

— Como? Como ele pode saber o que deveria procurar?

— Sei lá! Talvez eu tenha ferrado com tudo. Talvez você tenha feito isso. Não importa, ele sabe! É a única explicação. Por que outro motivo viria atrás de nós agora?

Kelly ficou atordoada. Lá estava: o motivo que lhe havia escapado. Ele não estava matando suas vítimas. Ele estava matando suas vítimas que ousaram revidar.

— Eu reverti — Ashley estava dizendo. — Coloquei tudo de volta como estava.

Kelly sentiu uma pontada de dor fundo na barriga. Todo o seu trabalho, todo o seu planejamento e seus esquemas — fora tudo em vão.

— Mas cheguei tarde demais. Ele já descobriu. E agora está vindo atrás de nós!

Não, era pior do que ser tudo em vão. Sua patética tentativa de vingança despertara o dragão, e agora ele estava matando todas elas.

— E eu sou a próxima! — Ashley gritou.

Ela não sabia que Benedict estava ali em Boston. Não seria ela a próxima.

Seria Kelly.

33

ELA SAIU VOANDO DO ESCRITÓRIO em meio a um turbilhão de casaco, bolsa e pasta; passou correndo por uma assustada Cazzadee até chegar ao elevador; parou, virou-se e foi até a escada, em vez disso; e desceu os 22 lances até chegar à garagem. Dirigiu-se para fora da cidade com o celular descartável na mão e efetuou as ligações enquanto guiava. Primeiro, telefonou para as escolas das crianças a fim de explicar que, em virtude de uma emergência familiar, iria buscar os filhos na hora do almoço. Em seguida, ligou para o Four Seasons, que ficava no centro da cidade, e reservou uma suíte. Nome: Adam Fineman, e ela usou seu cartão de crédito nunca cancelado para reservá-la. *Check-in:* hoje. *Check-out*? Em aberto. Ela aguardou a confirmação de que o cartão fora aceito, depois, pegou a saída em Newton, estacionou na beira da estrada e desceu a margem do rio para atirar o celular bem longe, no Charles.

ELA ESTACIONOU A DOIS quarteirões de casa e se deslocou furtivamente por uma série de quintais até chegar à porta dos fundos. O sistema de segurança estava armado — *ótimo; obrigada, Todd* —, e ela o desativou por tempo suficiente apenas para entrar e voltar a armá-lo. Disparou escada acima gritando para que ele soubesse quem era, então, revirou o quarto de Lexie, depois, o de Justin, embalando tudo o que pôde pensar que precisariam ou desejariam. Roupas, um brinquedo favorito, jogos, livros.

Ela deixou as malas no corredor e foi para o próprio quarto fazer as suas. A parte superior do corpo de Adam estava elevada, o tubo estomacal exposto, enquanto Todd postava-se ao lado dele com o polegar aplicando uma leve pressão no êmbolo da seringa.

— Oi, Kelly — ele a cumprimentou com os olhos fixos no tubo. — O que faz em casa a esta hora?

Ela respondeu do interior do *closet*.

— Vou manter as crianças afastadas por um tempo. Receio que atrairemos alguns manifestantes nos próximos dias. A imprensa, com certeza.

— É sério?

— Sim, desculpe. — Ela pegou uma mala e começou a enchê-la com suas próprias roupas e artigos de toalete. — Certifique-se de manter o sistema de segurança armado. E não atenda à porta.

— Pode deixar — disse ele.

Nenhuma pergunta foi feita. Ele era tão confiável, e lá estava ela, deixando-o sozinho e alheio ao perigo enquanto um assassino estava à solta. Mas ela não sabia mais o que fazer. Adam não podia ser deslocado, e Kelly precisava de Todd ali para cuidar dele. Pelo menos o assassino não estava matando a esmo. Estava atrás dela em particular.

Ela foi até a janela da frente e espiou através das folhas vermelhas da árvore de Justin. Não havia carros estranhos estacionados na rua, ninguém escondido atrás do volante ou fingindo ler o jornal. Definitivamente, nada de Bentley azul. Ela se perguntou se estava exagerando. Ainda não fazia sentido para ela. Se Ashley estava certa, se ele as estava matando porque descobriu a pequena conspiração delas, por que matar Reeza? Ela nunca fez parte disso. E como ele poderia ter descoberto, afinal? A menos que tivesse colocado escutas em suas casas e rastreadores de localização em seus carros.

O que talvez ele tivesse feito.

Kelly pegou sua mala e a levou até a porta do quarto.

— Ligue-me se precisar de mim — disse ela.

Todd assentiu.

— Cuide-se.

A SUÍTE DO HOTEL ficava no andar de baixo, com janelas voltadas para a rua, como ela havia solicitado. Tinha uma pequena cozinha compacta, uma sala de estar com escrivaninha e um sofá-cama, e um quarto com duas camas *queen size*. Justin entrou no quarto bem rápido e bateu a porta.

Ele estava furioso desde que ela o pegara na escola. Já era ruim o suficiente ela não o ter deixado pegar o celular no armário, mas, quando disse que eles não poderiam ir para casa, Justin explodiu em um ataque de raiva que ela não testemunhava desde suas birras de quando era bebê. Isso tudo era uma besteira total, ele gritou. Não tinha medo de repórteres estúpidos, queria ir para casa, *precisava* estar em casa. Ele protestou assim durante cinco minutos e não dissera mais nem uma palavra desde então.

Lexie, por outro lado, achou que se tratava de uma grande aventura. Ela ficou fascinada pelos frascos de sabonetes e xampus em miniatura e, durante cinco minutos, divertiu-se abrindo e fechando as duplas camadas de cortinas. Ela encontrou o Cartoon Network na TV da sala e se acomodou alegremente no sofá.

Talvez tudo isso fosse mesmo besteira, pensou Kelly. Ela podia estar exagerando. Esperava que sim. No entanto, mesmo assim, ela girou a fechadura, prendeu a corrente na porta e postou-se na janela, observando os carros indo e vindo na rua abaixo. Alternadamente, olhava para o telefone enquanto ele vibrava com chamadas e mensagens de texto recebidas. Kelly corria as mensagens conforme elas apareciam — Cazzadee perguntando "*Onde você está? Você está bem*?" e Javi relatando estar de olho em Benedict e Anton na faculdade de medicina. Mas ela deixou todas as ligações irem para o correio de voz. Tinha um medo irracional de atender, como se a voz de quem ligasse pudesse extravasar o sinal e transmitir sua localização para o mundo. Ou melhor, para Benedict.

Kelly não sabia se ele tinha a capacidade de localizar o telefone dela e descobrir, assim, onde ela estava, mas Benedict era um gênio de carteirinha — ele conseguia descobrir qualquer coisa. Mesmo no palco de um simpósio, mesmo sob o olhar atento de Javier, ele poderia de alguma forma rastrear o telefone dela. Kelly gostaria de poder desligá-lo, mas não conseguia cortar o contato com Todd. Em vez disso, o que ela fez foi desligar os serviços de localização de todos os aplicativos de seu telefone, e, como isso não a tranquilizou por completo, ela voltou e excluiu todos os aplicativos que poderiam ter usado os serviços de localização.

Ela não sabia o que mais poderia fazer, exceto ir à polícia, como Javier insistia. Mas mesmo isso não a manteria segura. As autoridades da Pensilvânia poderiam abrir uma investigação, mas não prenderiam Benedict enquanto ele estivesse em Massachusetts. E ela sabia que eles não iriam prendê-lo. Ainda não havia evidências suficientes.

Ou seja, não havia provas suficientes de *assassinato*. Havia evidências incontestáveis contra ele de outro crime. O crime contra *ela*, capturado em vídeo e copiado de seu *laptop*, e agora armazenado em um *pen drive* em um envelope lacrado no fundo de sua bolsa. Era uma prova que levaria à prisão imediata de Benedict — mas apenas se ela estivesse disposta a se declarar vítima dele. Só se ela estivesse disposta a sacrificar a sua reputação, a sua posição, toda a sua carreira.

Ele já tinha feito bastante mal a ela. Kelly se recusava a deixá-lo fazer mais.

Lexie estava assistindo a uma maratona de *Meu Pequeno Pônei* na TV da sala, e Justin travava uma batalha feroz de um videogame qualquer no quarto. Kelly sentou-se à pequena escrivaninha do hotel e tentou trabalhar em meio aos volumes conflitantes das TVs. Ela abriu o *laptop*, mas não se conectou ao Wi-Fi do hotel, só para garantir. Abriu a pasta também. Ali dentro estava o envelope pardo endereçado à mão ao repórter científico, Aidan Dunwoodie. Aquele que ela planejava deixar no correio a caminho de casa. Ela olhou para ele com tristeza. Jamais poderia enviá-lo, não agora que Ashley havia desfeito o hackeamento. O envelope estava cheio de documentos que não seriam mais encontrados no sistema da UniViro. Eram falsificações óbvias.

Sua mente se voltou para sua última escapada, o fim de semana das garotas no condomínio de quatro unidades em Jersey Shore. Duas dessas mulheres estavam mortas e duas estavam escondidas, e tudo isso por nada.

Foi isso que sua sede de vingança provocara. Sem dúvida, não a vitória, e nem mesmo apenas a derrota. Não! Trouxera morte. Ela podia não ser responsável pela morte de Reeza, mas era responsável pela morte de Tiffy e de Emily, tão certo como se ela própria as tivesse cortado e queimado. Kelly as arrastara para seu esquema mal concebido, e agora elas estavam mortas.

A TARDE SE ARRASTOU. Justin saiu do quarto na hora do jantar, murmurando um pedido de desculpas por seu comportamento anterior e se perguntando o que havia para comer. Kelly encontrou o cardápio do serviço de quarto e prometeu pedir tudo o que quisessem. Justin e Lexie discutiram suas escolhas de um modo ruidoso, e, incapaz de chegar a um acordo, Kelly fez um pedido enorme que custou uma quantia exorbitante.

Chegaram dois carrinhos, um bufê bizarro de *comfort food* (comida reconfortante) para um paladar infantil: macarrão com queijo e batatas fritas e palitos de mozarela e *cheeseburgers* e bolo de chocolate e *sundaes*, que, claro, eles comeram primeiro. Depois de detonarem aquilo tudo, Justin entrou em coma alimentar em uma ponta do sofá, enquanto o consumo de açúcar de Lexie teve o efeito oposto: ela começou a pular na outra ponta do sofá como se estivesse num trampolim.

Kelly sentou-se à escrivaninha e tentou voltar ao trabalho, com um olho no *laptop* e outro no telefone enquanto as chamadas perdidas se acumulavam: Cazzie e Javi mais uma vez. Harry Leahy. Ela ficou surpresa e irritada ao ver que tinha uma ligação de Rick Olsson; o assunto entre eles já havia acabado.

Às 17h00, Javi mandou outra mensagem: *Conferência encerrada por hoje. Seguindo Benedict e Anton até o hotel no centro da cidade.*

Ela piscou com força ao ler estas palavras: hotel no centro da cidade. É claro que Benedict ficaria num hotel no centro da cidade. Ele poderia estar hospedado ali mesmo, no Four Seasons. Ele poderia estar no quarto ao lado.

Ela colocou as duas mãos na cabeça e ficou mexendo nos cabelos. Que idiota ela era. Hospedar-se em um hotel de classe executiva na mesma cidade em que Benedict estava a negócios. Ela deveria ter levado as crianças para Cape, ou para uma cabana em Vermont.

A vigilância de Javier de nada adiantava agora. Ele não poderia ficar de olho em todas as saídas de todo hotel em que Benedict estivesse. E se Benedict e Anton se separassem, ele não poderia seguir os dois. Anton podia estar atrás dela neste exato minuto. Iria primeiro à sua casa e, se não a encontrasse lá, a todos os hotéis de Boston. Perguntaria por Kelly McCann a princípio, mas não demoraria muito para que perguntasse por Kelly Fineman. Adam Fineman era um pseudônimo muito fraco. Eles a descobririam, apesar disso, num piscar de olhos.

Uma batida suave soou na porta, e Kelly teve um espasmo tão violento que parecia ter sido eletrocutada.

— Limpeza — disse uma voz com forte sotaque.

Ela atravessou a sala, foi até a porta e olhou pelo olho mágico. Uma funcionária uniformizada aguardava no corredor ao lado de um carrinho cheio de toalhas.

— Não, obrigada — disse Kelly. — Não precisamos de nada.

A funcionária deu de ombros e empurrou o carrinho para longe, e Kelly manteve os olhos fixos no olho mágico até muito tempo depois de ela ter desaparecido de vista. Kelly voltou para a janela. A rua estava congestionada pelo trânsito da hora do *rush*, e os hóspedes afluíam à entrada do hotel. Ela pensou em pegar as crianças e a bagagem e fugir da cidade, mas não podia se arriscar. Benedict poderia entrar a qualquer momento pelas mesmas portas pelas quais eles precisariam sair.

De repente, a sala pareceu silenciosa demais. Ela se virou e viu que Lexie não estava mais pulando no sofá. Seu alto nível de açúcar a levara ao colapso inevitável, e agora ela estava enrolada ao lado de Justin; os dois dormiam um sono profundo.

Seu celular vibrou na mesa com outra chamada recebida. Ela congelou quando viu o nome na tela: George Benedict. Ela se apressou, atrapalhada, para apertar "recusar" antes que ele pudesse tocar de novo. Mas então aconteceu. Ele estava ligando mais uma vez.

Ele estava à caça dela neste momento.

Poderia estar neste mesmo prédio, andando pelos corredores do hotel, ligando para o telefone dela e ouvindo o toque de resposta através das portas do quarto.

O celular estava no mudo, e então ela desativou também o toque vibratório, para evitar que ele pudesse ouvi-lo.

Ela se esgueirou até a porta de novo, olhou pelo olho mágico e espiou mais uma vez o corredor. Estava vazio. Atravessou a sala e foi até as janelas outra vez. A noite começava a cair, e os faróis de meia dúzia de carros brilhavam, para-choques com para-choques, alinhados na entrada do hotel lá embaixo.

Ele ligou pela terceira vez.

A boca de Kelly estava seca, então, ela engoliu com dificuldade. Só havia uma maneira de manter a si mesma e os filhos seguros: Benedict deveria ser preso, de imediato, com base em evidências que não poderiam ser negadas. No entanto, se ela mesma não conseguia nem olhar para essas evidências, não havia como deixar ninguém vê-las.

Ela se sentou à mesa e pegou o envelope lacrado no fundo da bolsa. Quando o abriu, o *pen drive* deslizou para fora, gerando um tinido metálico. Sua mão tremia quando ela o pegou e o inseriu na entrada USB de seu *laptop*. Kelly abriu o arquivo intitulado *Garantia*, silenciou o volume do computador e cravou as unhas nas palmas das mãos enquanto o vídeo começava a ser reproduzido.

Ela fechou os olhos. Já conseguia imaginar a cena que se desenrolaria. A câmara de terror toda branca do escritório dele em casa. Aquela escrivaninha de vidro que mais parecia uma mesa de autópsia. Tudo visto daquele olho no alto, a câmera escondida instalada em uma prateleira elevada ao lado do onisciente Jonas Salk.

Teve de se forçar a abrir as pálpebras a fim de olhar para a tela. Então, ela piscou. Uma vez. Duas vezes. O ângulo da câmera estava totalmente errado. Não estava gravando de cima; estava na altura dos olhos. E a sala não era branca. Essas paredes eram de madeira escura. E Benedict não estava curvado sobre sua mesa. Estava sentado atrás dela, totalmente vestido. E a mulher no vídeo não era Kelly. Era Reeza Patel.

Kelly não entendeu. Aquilo não era uma gravação de seu estupro. Não era uma gravação do estupro de ninguém. Ela tinha certeza de que havia uma câmera na prateleira ao lado do gato, mas este fora o único arquivo de vídeo que encontrara no *laptop* doméstico de Benedict. Será que ele havia escondido o vídeo dela em outro lugar? Talvez ele não a tivesse filmado…

Benedict havia nomeado o arquivo como *Garantia*, então ela presumiu que ele queria dizer que seu silêncio estava garantido. O que aquele título tinha a ver com uma reunião normal de trabalho em seu escritório? E por que filmar isso?

Kelly olhou para as crianças. Elas ainda estavam dormindo. Ela baixou o volume para um nível de sussurro e voltou ao início do vídeo. Ela se inclinou para assistir.

34

CENA: Início da noite na sede executiva da UniViro. O escritório de quina do doutor George Benedict. Ele está sentado atrás da mesa e se inclina para a frente com os dedos entrelaçados. À sua frente, a doutora Reeza Patel. Ela está de jaleco branco e com as mãos nos bolsos.

George Benedict: Presumo que você entenda o conceito de trabalho contratado.

Reeza Patel, balançando a cabeça: É claro. E, além disso, meu contrato de trabalho especifica que tudo o que eu invento ou descubro pertence à empresa.

GB: Exatamente.

RP: Não pretendo lucrar com isso. No âmbito financeiro, quero dizer.

GB, sorrindo: Não preciso dizer que esta descoberta é monumental.

RP, também sorrindo: Obrigada.

GB: Você não entendeu. A identificação desse vírus é importante demais para se arriscar que o mundo a ignore.

RP, confusa: Eu concordo.

GB: É fundamental que todos sejam alertados de imediato, que fiquem sabendo e acreditem nisso. Essa é a única maneira de se criar alguma iniciativa para desenvolver uma vacina. Vontade. Financiamento.

RP, hesitante: OK.

GB: Isso não pode ser descartado como o sonho impossível de um pesquisador júnior qualquer. É absolutamente essencial que alguém com prestígio e destaque indubitáveis seja quem o descobriu. Alguém com reputação internacional.

RP: Quer dizer... você?

GB: Estamos falando da possibilidade de cura para o Alzheimer! Pense nas consequências disso. É importante demais para deixar o ego atrapalhar.

RP: Entendo.

GB, deslizando um documento pela mesa: É por isso que você precisa assinar este documento.

RP: O que é isso?

GB: Um simples reconhecimento de que fui eu quem concebeu o projeto. Que você era membro da equipe, mas fui eu quem identificou esse vírus como a causa dos depósitos de amiloide.

RP, lendo o documento: É um acordo de confidencialidade também.

GB: Isso mesmo.

RP: Então, nunca poderei contar a ninguém sobre o meu trabalho.

GB: Não. Porque, veja bem, é o *meu* trabalho.

RP, olhando diretamente para a câmera: Você está filmando isso?

GB: Claro. Para que você nunca possa alegar que não assinou isso por livre e espontânea vontade.

RP, depois de uma longa pausa: Assinarei isto com uma condição.

GB, fechando a cara: Isto não é uma negociação.

RP: Que você dê todo o seu apoio à minha proposta ao comitê de financiamento.

GB: Você quer dizer… o estudo de causalidade *versus* correlação?

RP: Quero dizer que o vírus não coexiste apenas com o acúmulo de amiloide. Ele de fato causa isso. Porque nenhuma vacina terá valor sem essa causalidade. Quero sua palavra de que o estudo será totalmente financiado.

GB, suspirando: Sim, tudo bem. Tem minha palavra. Agora, assine.

RP: Você vai me dar uma cópia do vídeo?

GB: Você terá uma cópia, e eu terei uma, e isso ficará entre nós dois. Concorda?

RP, assinando o documento: [Silêncio]

35

KELLY FICOU OLHANDO PARA A TELA por alguns minutos após o vídeo terminar. Seu brilhante *brainstorming* naquela última noite passada na casa em Shore — *Vamos fazer parecer que Reeza encontrou o vírus!* — revelou-se ser a verdade. A ficção delas acabou se tornando um fato. Elas não falsificaram os registros. Benedict os falsificou.

Salvem nosso salvador, gritavam os manifestantes diante do fórum, mas eles estavam torcendo pelo partido errado. A mulher que eles estavam vaiando foi quem de fato encontrou a cura para o Alzheimer. A mulher que fugiu do tribunal derrotada e em desgraça. NÃO CANCELEM O DOUTOR GEORGE, diziam os cartazes, enquanto o tempo todo a doutora Reeza foi cancelada.

Reeza, que se preocupava apenas com a ciência. Que abriu mão da glória em troca da garantia de que as pesquisas necessárias seriam feitas.

Kelly afastou-se da mesa e caminhou com passadas duras por toda a suíte. Sua respiração saía ofegante enquanto sua indignação criava uma potente força motriz dentro de seu peito. Ele era um estuprador e um assassino, e ali estava mais um crime monstruoso para acrescentar à sua lista. Ele apagara Reeza e todas as suas realizações. Trepara em seus ombros e a esmagara no chão. Ele a enterrara.

Literalmente. Enfim, Kelly entendeu o motivo do assassinato de Reeza. Ele a matou porque ela poderia tê-lo destruído com aquele vídeo. Depois que o júri o absolveu, depois que ela perdeu toda a esperança de justiça, ele deve ter ficado com medo de que ela tornasse pública a verdade sobre o estudo do vírus. Ele tinha acesso aos registros de saúde dos funcionários da UniViro; teria conhecimento de sua condição médica e de suas receitas; ele poderia ter produzido uma dose superconcentrada de oxicodona para matá-la de um modo bem fácil.

E agora, Kelly, enfim, sabia a resposta para "*Por que agora?*". Fora a própria bobagem que ela fizera que o provocou. Ela se desviou do plano delas quando procurou e excluiu o arquivo de vídeo do *laptop* doméstico de Benedict. Quando ele descobriu que o arquivo havia sumido, logo depois da visita dela com os falsos agentes do FBI, percebeu o que ela havia feito. E, de alguma forma, descobriu o envolvimento das outras três mulheres e presumiu que elas também sabiam do vídeo. Ele não as estava matando para revidar. Ele as estava matando antes que pudessem divulgar o vídeo ou revelar a verdade sobre quem de fato havia descoberto o vírus. Benedict as estava matando para silenciá-las.

Luzes começaram a girar e piscar na visão periférica de Kelly. Ficara olhando por tempo demais para a tela de vídeo congelada, pensou, até que piscou e percebeu que as luzes vinham de fora. Ela foi até a janela. Três carros de polícia estavam estacionados de modo aleatório na entrada do hotel, com as luzes girando. Havia dois policiais uniformizados posicionados ao lado da porta. Tinha outro policial parado ao lado de sua viatura, falando no rádio. *Uma ameaça de bomba?*, ela imaginou. Kelly olhou para os filhos, ainda dormindo no sofá, e depois olhou de volta para a rua, pela janela. Ninguém parecia estar em pânico, nenhum ambiente fora evacuado, ninguém sequer impedia que os hóspedes que chegavam entrassem no hotel. Devia ter sido apenas uma pequena briga que trouxe a polícia, concluiu ela. Mas tê-los no local deu-lhe algum conforto. Benedict não a atacaria, não enquanto a polícia estivesse lá.

A NOITE PASSOU. Eles pediram serviço de quarto de novo, dessa vez, algo com vegetais, e encontraram um filme ao qual Justin e Lexie concordaram em assistir. Kelly sentou-se do outro lado da sala e observou-os assistindo à TV e lembrou-se de todas as vezes em que levantou a cabeceira da cama de Adam para que os quatro pudessem assistir à TV juntos. Para que ela pudesse fingir que estavam assistindo à TV juntos. Mesmo quando os olhos de Adam permaneciam fechados e sua mão permanecia sem vida sobre a mão dela.

Tudo pela vitória. Qualquer coisa pela vitória.

Lexie foi se arrastando para a cama antes das nove. Justin foi trotando para sua cama às dez, e Kelly fechou a porta e arrumou a cama da sala. Ela estava se despindo quando seu celular tocou.

Ela congelou por um instante, mas não era o nome de Benedict na tela. A pessoa que ligou não era ninguém de sua lista de contatos, mas ela reconheceu o código de área 484. Era Ashley, fazendo *check-in*, Kelly esperava, depois de ter chegado em segurança ao seu esconderijo.

— Alô? — ela atendeu.

Um choro estrangulado soou na linha.

— O que foi? — ela disse. — Você está bem?

— Ah, senhora McCann... Kelly. Eu... sinto muito incomodá-la a esta hora.

Kelly voltou a olhar para o número.

— Quem está falando?

— É a Jane. — A voz da mulher foi interrompida por outro soluço. — Jane Benedict.

— Senhora Benedict?

— Houve um incidente. Lá em Boston. É... É o doutor Benedict. Ele foi preso!

— O quê?

— Uma mulher, uma empregada de hotel, eu acho, está alegando que algo aconteceu, não sei exatamente o quê. Ele tentou entrar em contato com você, mas acho que você estava no tribunal. De qualquer forma, ela chamou a polícia, e eles o prenderam!

Kelly desabou com força sobre a cama dobrável. Ele havia feito de novo. Ali, naquele mesmo hotel. Os policiais que ela vira antes — eles deviam estar ali para prendê-lo. Benedict tinha estuprado uma funcionária neste hotel. Poderia ter sido a mesma funcionária que ela observara pelo olho mágico naquela tarde.

Aquelas três ligações que ele havia feito antes para o telefone dela. Ele não a estava caçando. Estava ligando para ela consertar a situação, como fizera tantas vezes antes. Benedict pensou que poderia drogá-la, paralisá-la, brutalizar seu corpo e sua alma, e que ela ainda estaria à sua disposição, feliz por aparecer e salvar o dia com outro NDA. Isso ia além do direito, da arrogância, da presunção e de todos os outros atributos masculinos com os quais ela aprendera a lidar em sua prática.

— Eu sei que é tarde e sinto muito… — Jane chorou baixinho. — Mas você poderia ir até a delegacia e fazer o que puder por ele?

Kelly pegou uma caneta e o bloco de notas do hotel. Era como uma memória muscular, repetindo os movimentos do que ela fez centenas de vezes ao receber ligações como essa.

— Qual é a delegacia? — Kelly perguntou.

ELA TENTOU falar com Gwen para que ela ficasse com as crianças, mas, como Gwen não ligou de volta nos dez minutos seguintes, Kelly fez algo que sempre tentou evitar. Ela ligou para Cazzadee, para a casa dela.

Um homem atendeu.

— Kelly… Caramba! Eu estou tentando entrar em contato com você.

— Javier? — Ela checou de novo a tela, mas concluiu que não havia discado errado. — Eu estava ligando para Cazz…

— Sim, ela está no banho agora.

— Você está no apartamento dela? — Kelly demorou muito para entender. Cazzadee Johnson, a profissional consumada/feminista fervorosa que nunca demonstrou nada além de desdém por Javier e seus encantos malandros. — Oh — ela disse quando percebeu.

— Escute — disse Javi. — George Benedict foi preso. Ele estuprou uma empregada no Four Seasons. A polícia o prendeu no Distrito A-1. Anton também foi preso, como cúmplice após o ato. Ele tentou tirá-lo escondido do hotel. Enfim, os dois estão sob custódia. Liguei para Ashley a fim de lhe dizer que ela estaria bem pelo menos até eles pagarem a fiança.

Se Kelly mexesse os pauzinhos como sempre, poderia livrá-los em seis horas.

— Javi — disse ela. — Eu preciso de um favor.

36

ELA SE VESTIU COM UM TERNO PRETO, uma blusa branca e sapatos de salto alto. Puxou o cabelo para trás em um coque apertado e borrifou-o com uma camada de *spray* de cabelo. Ela se olhou no espelho e ouviu a voz de Adam em sua cabeça. *Sim, eu posso*, ela disse a si mesma.

Javier e Cazzadee estavam esperando por ela no saguão. Cazz não conseguiu olhá-la nos olhos, mas aceitou o cartão-chave, acenou com a cabeça seguindo as instruções de Kelly e pegou o elevador até o quarto.

— Não entendo — disse Javi. — Por que você trouxe seus filhos para conhecer seu cliente? — Ele cuspiu a palavra cliente como se fosse uma obscenidade. Ele estava furioso pelo fato de ela estar respondendo ao chamado de Benedict mais uma vez.

— É uma longa história — disse ela.

— Meu carro está parado lá na frente — disse Javi, de cara fechada, e deu meia-volta.

Ele a levou para além do Public Garden e ao redor do Common e o mais longe que pôde em Sudbury antes que as vans dos noticiários de TV bloqueassem seu caminho. A multidão já estava reunida atrás das barricadas. Repórteres. Manifestantes. Os curiosos e os policiais tentando encurralá-los.

— Eu vou descer aqui. — Ela estendeu a mão em direção à maçaneta da porta.

Javi a deteve colocando a mão em seu braço.

— Kell, você não precisa fazer isso.

— Sim — ela disse. — Eu preciso.

Ele apertou ainda mais o braço dela com os dedos.

— Você e suas regras idiotas!

Kelly afastou a mão dele com um safanão e saiu do carro.

Alguém a avistou, e um grito percorreu a multidão. As pessoas a rodearam enquanto ela contornava as barricadas. A entrada da delegacia era subterrânea, e um lance de largos degraus de granito levava da rua até as portas de vidro. Ela parou no topo da escada e se virou para a multidão. Em todos os seus discursos de vitória no tribunal, os degraus estavam sempre à sua frente. Agora, eles estavam atrás de Kelly, e ela sentiu a queda como se estivesse oscilando na beira de um penhasco.

Ela percorreu a multidão com o olhar. Registrou os logotipos nas vans de notícias e reconheceu a rede de Rick Olsson um segundo antes de avistá-lo atrás das barricadas. Ele estava olhando para ela com o cenho franzido.

— Kelly! Kelly! — gritavam os repórteres como se fossem velhos amigos em uma festa lotada.

— Você está representando o doutor Benedict também neste caso? — outro repórter perguntou.

— Ele é culpado? — alguém gritou.

— Você vai pedir fiança?

— Reeza Patel! — uma mulher berrou.

Kelly procurou quem gritava e a encontrou no fundo da multidão, entre um grupo de manifestantes agitando cartazes de protesto. #MeToo. Acredite nas mulheres. Ela viu um novo *slogan* entre eles. Pare o silêncio.

Ela não sabia se conseguiria fazer isso. A voz de Adam estava em sua cabeça — *Você é Kelly McCann, não Kelly McCan't* — mas ainda assim ela não se sentia confiante. Seus olhos percorreram a multidão de novo, e outra frase surgiu em sua cabeça — palavras que ela havia dito para si mesma naquela manhã. *Você pode ganhar o caso ou pode manter seu segredo. Você não pode fazer as duas coisas.*

Kelly respirou fundo. Uma última vez, ela iria em busca da vitória.

E LÁ ESTAVA ELA DE NOVO: sentindo a onda de adrenalina em suas veias enquanto encarava uma explosão de *flashes* de câmeras, um mar de rostos voltados para cima, um buquê de microfones apontados em sua direção.

A voz de Kelly ressoou pela rua e ecoou pela praça e ricocheteou pelo complexo de edifícios governamentais.

— No mês passado, George Benedict foi julgado pelo estupro da doutora Reeza Patel — disse ela. — Ele foi absolvido de todas as acusações. — Kelly aguardou um pouco antes de falar a próxima palavra. — Injustamente.

Um silêncio se abateu sobre a multidão, seguido por sussurros confusos.

— Eis o que eu sei — disse ela. — Eu sei que ele era culpado por estuprar a doutora Patel. Sei que ele também era culpado por estuprar outras mulheres. Mulheres que não conseguiram revelar a verdade sobre o que ele fez com elas, porque eu as convenci a assinar acordos de confidencialiade. No entanto, eu sabia que elas estavam dizendo a verdade, assim como sabia que a doutora Patel estava dizendo a verdade.

Um zumbido baixo surgiu da multidão quando os espectadores começaram a sussurrar e comentar. Um único manifestante contrário, um homem, levantou mais alto o seu cartaz. NÃO CANCELEM O DOUTOR GEORGE! Kelly ergueu o queixo um centímetro e também a voz.

— Eu não apenas suspeito de que ele seja culpado. Eu sei que ele é culpado. Sei disso porque, depois do nosso triunfo sobre Reeza Patel, George Benedict me convidou para um jantar de celebração em sua casa. Ele deu uma desculpa para eu ficar sozinha com ele em seu escritório. E lá ele me drogou, me paralisou e me estuprou.

A reação da multidão foi como uma faísca acendendo o pavio e fazendo tudo irromper em chamas. Seus arquejos incrédulos explodiram no ar.

Então, Javier apareceu em seu campo de visão. Ele estava parado na barricada mais distante, mas não tão longe que ela não pudesse ver seu rosto. Seus olhos e sua boca formavam três círculos perfeitos.

— Então, eu me tornei vítima dele, assim como a doutora Patel e todas as outras mulheres. Mas eu também fui sua cúmplice. Eu possibilitei seus crimes, defendendo-o com unhas e dentes no julgamento e impedindo que todas as outras mulheres chegassem ao tribunal. Sou cúmplice de seus estupros. Sou cúmplice inclusive do meu próprio estupro, porque optei por não denunciá-lo. Fiquei em silêncio para proteger minha reputação como advogada. Eu me importava mais com a minha carreira do que com a justiça. E não consigo expressar o quanto estou arrependida. Como me sinto culpada.

No fundo da multidão, os manifestantes baixaram os cartazes e olharam em silêncio para Kelly. A rua inteira estava silenciosa agora, tão silenciosa que o barulho do trânsito se avolumou na Bowdoin até parecer o rugido dos motores de uma pista de corrida. Todos ficaram paralisados. Era como um quadro congelado em um vídeo, exceto por uma pessoa que ia abrindo caminho contornando as outras, aproximando-se da frente da multidão. Rick Olsson.

— Esta noite, George Benedict é acusado de mais um estupro — disse Kelly. — Dessa vez, de uma funcionária de um hotel, uma mulher que trabalha em um dos cargos mais vulneráveis do mundo. Eu não conheço os fatos. Não posso ter certeza de que ele seja culpado desse estupro em particular. Mas de uma coisa eu sei: ele é um estuprador, e seu lugar é na prisão...

"Nunca mais comparecerei ao tribunal para defender George Benedict — Kelly prosseguiu. — Ou para defender qualquer outra pessoa. Depois desta noite, minha carreira acabou. Ninguém vai me contratar e, mesmo que alguém o faça, eu com certeza serei expulsa da ordem. No entanto, se George Benedict for para a prisão, se a justiça de fato for feita, tudo valerá a pena.

Ela fez uma pausa para observar os inúmeros homens e mulheres que estavam diante dela e então olhou direto para as câmeras.

— Agradeço por vocês me ouvirem aqui esta noite. Entretanto, eu sei que só tenho esta atenção por causa de quem eu sou. Ou de quem eu fui. Porque fui a advogada que representou George Benedict. Mas, por favor, deixem-me pedir uma coisa a vocês: ouçam todas as outras mulheres também.

"E, por último, deixem-me pedir isso a essas mulheres — ela continuou —, vítimas de Benedict, mas também às vítimas de todos os outros homens ricos e poderosos: por favor, denunciem. Pronunciem-se. Digam a verdade sobre o que eles fizeram com vocês!"

Kelly soltou a respiração. Era isso. Não tinha mais nada a dizer. Ela se virou para ir embora, e foi nesse momento que perdeu o equilíbrio. Kelly oscilou sobre seus saltos de dez centímetros, um pé escorregou e ela começou a cair para trás na escada, que terminava no duro poço de granito lá embaixo — até que alguém a agarrou e a puxou de volta à borda. Ela olhou para o poço lá embaixo e estremeceu, e então olhou para Rick Olsson, que estava ao seu lado.

— Está tudo bem — disse ele, segurando-a com firmeza. — Peguei você.

Kelly removeu a mão dele de sua cintura.

— Rick, ligue para o seu departamento jurídico e peça-lhes que me enviem uma liberação para eu assinar. Esta noite. Agora mesmo.

— Para quê?

— Quando você publicar esta história, quero que use aquele vídeo. Do heliporto.

Ele assentiu, mas não havia triunfo em seus olhos, nem mesmo satisfação. Kelly não entendeu a reação dele. Sim, a declaração pública dela o privara da exclusividade, mas o vídeo do helicóptero seria apenas dele.

— Espere — ela disse, enquanto procurava o *pen drive* na bolsa. Ela pressionou-o na palma da mão dele. — Fique com isto também. É a maior história de todas.

Se a primeira história não o satisfez, esta com certeza o satisfaria. A exclusividade da história de Reeza valia muito mais do que a dela.

No entanto, mais uma vez, Ricky mal reagiu. Ele enfiou o *pen drive* no bolso da camisa com uma das mãos e segurou-a pelo cotovelo com a outra.

— Deixe-me levá-la para casa.

A essa altura, Javi estava ao seu lado.

— Eu tenho uma carona — ela disse e se desvencilhou dele.

37

ELA AFUNDOU NO BANCO DO CARRO de Javi e deixou a cabeça pender para trás. Sentia-se esgotada, mais exausta ainda do que se sentia depois de três semanas de julgamento. Toda a sua adrenalina havia baixado. Seu fogo havia se apagado.

— Você me leva para casa? — ela pediu a Javi.

Kelly não queria acordar Cazz nem as crianças no hotel, e ela sentia que precisava muito ver Adam.

Javi assentiu. Seus dentes estavam cerrados com força. Ele ainda estava fervendo de raiva enquanto dirigia para fora da cidade.

— Aquele filho da puta — ele murmurou, várias vezes. Parte de sua raiva também era dirigida a Kelly. — Não acredito que você não me contou isso antes!

— Eu sei. Desculpe. Eu deveria ter contado. — Ela disse isso várias vezes também.

— Durante todo esse tempo... — ele disse para si mesmo, então, quando o restante lhe ocorreu. — É por isso que você estava no hotel. Você não o encontraria lá. Você estava se escondendo dele.

Ou foi o que ela achou que estivesse fazendo. Kelly ainda estremecia ao pensar que Benedict estava hospedado no mesmo hotel para onde ela levara os filhos.

— Eu vou à polícia — disse Javi. Ele ergueu o queixo de forma desafiadora. — Com tudo isso. Você não pode me impedir agora.

— Eu nem tentaria — respondeu ela.

— Amanhã, logo cedo. Voltarei para a Pensilvânia. Vou pressionar todos os policiais de todos os departamentos do Podunk até que alguém acorde e escute.

Todos estavam atentos agora. Seu telefone soava com alertas enquanto todos os meios de comunicação divulgavam a história. Sua própria imagem apareceu em miniatura pixelizada na tela. Ela parecia pálida e abatida e uma década mais velha.

— Você também terá que prestar depoimento — disse Javi.

— Eu vou — disse ela, embora soubesse que era inútil.

Eles nunca acusariam Benedict por seu estupro. Ela não havia preservado nenhuma das evidências. Não tinha uma testemunha corroborativa. Não tinha feito nada certo. Não havia nem mesmo a evidência em vídeo da qual ela tinha tanta certeza. Perguntou-se se a gravação ainda poderia estar naquela câmera no alto da prateleira ou se ele a havia escondido em algum outro lugar de sua mansão. Kelly se perguntou se alguma vez existiu uma câmera. Sobre que outros detalhes ela poderia ter se enganado? Mesmo que o acusassem, qualquer advogado de defesa decente a destruiria no depoimento.

Competente, ela reforçou a afirmação em sua mente. Não *decente*.

— Então… — Ela forçou um sorriso enquanto tentava aliviar o clima. — Você e Cazzie estão namorando!

Javi olhou direto para a frente pelo para-brisa.

— Não.

— Oh — ela disse ao perceber que era apenas algo casual.

Não era da conta dela, mas não pôde deixar de se sentir um pouco desapontada.

— Porque somos casados — disse Javi, enquanto um sorriso brotava em seu rosto.

— O quê? Oh, meu Deus, você e Cazz, casados? Quando foi?

— Em junho passado. — Ele ergueu a mão esquerda do volante para mostrar o aro em volta do dedo anular.

Kelly ficou boquiaberta.

— Como eu nunca percebi isso?

— Não usamos nossas alianças no trabalho.

— Eu não entendo. Por que o sigilo?

— Ideia de Cazzie. Ela não queria arruinar a reputação dela.

— Que reputação?

— Você sabe… Toda feminista. Trabalho, trabalho, trabalho. Sem tempo para homens em geral e para o meu tipo em particular.

— Seu tipo. — Kelly tentou não rir. — Você quer dizer… mulherengo?

Javi fez uma careta.

— Eu prefiro o termo *conquistador*.

Então, ela riu.

— Mas de alguma forma você a fez mudar de ideia.

— Não — ele disse de novo. E sorriu. — Eu mudei a mim mesmo.

AS LUZES DA VARANDA estavam apagadas quando ele entrou no caminho da garagem de Kelly, mas as janelas do quarto dela brilhavam acesas no andar de cima. Todd ainda estava em serviço.

Javi ficou parado na entrada da garagem com os faróis iluminando o caminho que levava à porta da frente até que Kelly estivesse em segurança lá dentro. Ela desarmou o sistema de segurança e depois tornou a armá-lo, embora já não parecesse necessário. Benedict e Anton estavam sob custódia, e Kelly sabia que eles não pagariam fiança até de manhã. Se conseguissem.

Ela largou a bolsa no *hall* de entrada e gritou enquanto subia as escadas.

— Todd? Sou só eu. Cheguei em casa mais cedo.

Ela desceu o corredor e entrou no quarto. O aposento tinha um cheiro diferente. Todd sempre o mantinha limpo e esterilizado, mas naquela noite o cheiro de antisséptico era quase insuportável. Adam estava deitado, de olhos fechados, todas as suas máquinas apitavam em um ritmo perfeito. No entanto, Todd não estava lá, e a câmera do circuito interno de TV fora desligada.

Não havia motivos para ele ainda estar no trabalho — afinal, era uma da manhã —, mas ele sempre deixava a câmera ligada quando ela não estava lá. Isso permitia que ele fizesse uma verificação visual no monitor de seu apartamento se algum dos alarmes de Adam disparasse. Kelly olhou pela janela da alcova. As luzes estavam apagadas na garagem. Ela franziu a testa. Não era típico de Todd ir para a cama com a câmera desligada quando Kelly não estava lá.

Ela deu um pulo quando ouviu a descarga do vaso sanitário e soltou uma risadinha. Todd tinha apenas feito uma pausa para ir ao banheiro. A torneira soou em seguida, e através da porta entreaberta ela teve um vislumbre de seu uniforme hospitalar lilás.

— Oi, voltei mais cedo — ela disse.

— Ah, que ótimo — ele respondeu.

Kelly inclinou a cabeça. Havia algo errado com sua voz.

— Todd? Você está bem?

— Ah, ele está bem... — disse a mulher que saiu apressada do banheiro. — Ele foi para a cama assim que desliguei a câmera. Eles estão dormindo agora, os dois.

Kelly ficou boquiaberta ao vê-la. Isso não fazia sentido. Todd nunca contratava uma enfermeira substituta sem antes combinar tudo com Kelly. E não havia nenhum cenário em que ele contrataria esta enfermeira em particular.

— Senhora Benedict? — ela abriu a boca de espanto.

— Jane. Por favor. — A mulher usava um terno de *tweed* lilás, sapatos de salto baixo e um colar de pérolas em volta do pescoço murcho.

Ela ergueu um papagaio hospitalar. — Eu estava esvaziando o coletor urinário do seu marido — disse ela. — Espero que não se importe. Notei que estava cheio.

Kelly ficou olhando para ela, perplexa.

— Eu não... O que você está fazendo aqui?

— Aqui em Boston? Vim cuidar de George, é claro.

Jane colocou o papagaio na mesa ao lado da cama de Adam.

— Mas cheguei tarde demais, então, vim aqui para cuidar do seu marido. Pobre alma. — Ela estendeu a mão e deu tapinhas gentis em seu ombro.

— Mas... Como você entrou aqui? O sistema de segurança...

— Oh, isso não foi um problema. Eu tenho a senha.

Kelly sentiu a sala começar a girar.

— Você... Foi você quem invadiu nosso Wi-Fi?

— Oh, meu Deus, não! — Jane soltou uma risada enquanto pegava uma luva de látex da mesa. — Como se eu fosse capaz de tal coisa!

Kelly semicerrou os olhos, confusa.

— Então, como...

— Ora, Justin me deu, é claro. Depois que você garantiu a ele que outra pessoa estava espionando seus aparelhos eletrônicos, ele ficou feliz em me dar acesso de novo. — Ela mexeu os dedos no interior da luva. — Tínhamos combinado que esta noite seria nosso primeiro encontro pessoal. Eu ia entrar nas pontas dos pés depois que você estivesse na cama. Só que você não estava aqui, estava? Você estava no centro, fazendo um discurso. — Ela esticou a luva, colocando-a no lugar, e a soltou emitindo um estalo.

Agora, o estômago de Kelly estava se revirando junto com sua cabeça. Ela tateou em busca da cabeceira da cama para se manter firme.

— Você quer dizer que era com você que ele estava trocando mensagens?

— *Sexting*, acho que é assim que chamam. Sim.

— Aquelas fotos...

— Hummm... É tanta coisa nojenta que se pode encontrar na internet.

Uma náusea a invadiu. Ela quase vomitou.

— Mas por quê?

Jane colocou a segunda luva na outra mão.

— Bem, eu tinha que saber, não é? Todas aquelas horas que você passou sozinha com George se preparando para o julgamento... Eu precisava ter certeza de que você não era uma ameaça para ele. E obviamente não era. Você se comportou de maneira correta em todos os momentos. Até esta noite, é claro. — Ela balançou a cabeça com tristeza. — Você me decepcionou muito esta noite.

A ameaça não foi verbalizada, mas a atingiu como um soco no estômago. Em meio ao desespero, Kelly procurou o celular até se lembrar de que estava em sua bolsa lá embaixo. Ela correu para a porta.

— Saia desta sala, e ele estará morto antes de você voltar.

A voz de Jane soou uma oitava mais grave e cortante como uma faca. Kelly parou de repente. A compreensão também a atingiu como um soco. Quando Jane disse que estava ali para cuidar de Adam, não quis dizer como enfermeira.

Ela deu uma olhada rápida na câmera do circuito interno. O liga/desliga era um botão lateral. Se conseguisse ligá-lo, se Todd estivesse acordado, se por acaso olhasse para o monitor ou para o telefone... Ela deu alguns passos arrastados em direção ao tripé.

— Vá para aquele canto — disse Jane, apontando o queixo para o piso ao lado da cama de Adam.

Um soluço morreu na garganta de Kelly quando ela se afastou da câmera e foi até a cabeceira da cama.

— Assim é melhor — disse Jane em seu habitual gorjeio melódico. — As mortes violentas são muito piores, você não acha? — Ela pegou um pequeno frasco de vidro. — As mortes farmacêuticas são tão pacíficas…

Kelly olhou para o frasco. Tinha um rótulo em preto e branco e, em sua visão, ele ficou borrado e girando até que as palavras se transformassem em uma caveira com ossos cruzados.

— Veneno — ela sussurrou e, então, toda a escala do horror a atingiu. Aquelas palavras: *Esfaqueamento. Envenenamento. Incêndio.* Era assim que a ciência médica tratava o câncer — cirurgia, quimioterapia, radiação —, e foi assim que Jane Benedict, a enfermeira oncológica, escolheu tratar as vítimas do seu marido. Começando com… — Reeza Patel — ela arfou.

— Ora, sim, agora que você mencionou ela… — disse Jane. — No caso dela, a morte foi uma bênção, na verdade… com tanta dor nas costas e a asma. Seu corpo parecia uma almofada de alfinetes por causa de todas as injeções de epinefrina. — Ela mergulhou a agulha da seringa no frasco e observou com atenção enquanto um líquido transparente subia pelo cilindro.

Se algum dos alarmes de Adam disparasse, Todd acordaria. Ele ligaria a câmera e veria o que estava acontecendo. Chamaria a polícia. Os olhos de Kelly seguiram um dos cabos de alimentação do monitor de Adam até a tomada elétrica na parede. Se ela pudesse estender a perna para baixo da cama e soltá-lo com um chute…

— Pare aí mesmo — disse Jane sem virar a cabeça. — A menos que queira que eu quebre este frasco e perfure sua artéria carótida com ele.

Kelly congelou.

O apartamento de Todd estava escuro, mas mesmo assim ele poderia estar acordado. Se ele visse que as luzes do quarto estavam acesas e a câmera estava desligada, poderia perceber que algo estava errado. Talvez ele já tivesse chamado a polícia. Talvez estivesse escondido no escuro enquanto esperava os policiais chegarem. Talvez a polícia já estivesse a caminho.

Mas ela não conseguia adivinhar quanto tempo levariam, porque não conseguia saber se Todd tinha mesmo feito a ligação. Talvez Jane já estivesse ali havia uma hora, mas também poderia ter acabado de chegar. O tempo era o grande desconhecido. Entretanto, também era a única arma de Kelly. Ela precisava protelar. Ganhar tempo era sua única jogada.

— Foi por isso que não descobriram que você havia injetado algo nela — disse Kelly. — Ela já tinha muitos locais com marcas de injeção.

Jane não respondeu. Ela estava concentrada na linha de preenchimento da seringa.

Kelly tentou pensar em alguma coisa, qualquer coisa, para enrolá-la. Ela se aproximou um pouco mais de Jane, chegou perto o suficiente para sentir algo por trás do odor de desinfetante no quarto. Algo doce. Doce demais. Enjoativo. Era o perfume de Jane, ela percebeu, e o choque de odores fez seu estômago revirar ainda mais. Ela se engasgou, e uma ânsia subiu em sua garganta. Ela se dobrou e expeliu uma poça de vômito no piso de madeira.

— Oh, meu Deus! — Jane recuou, e o frasco e a seringa caíram sobre a mesa emitindo um ruído. — Olhe só o que você fez!

Kelly manteve a cabeça baixa enquanto seu estômago se embrulhava e revirava.

— E logo depois de eu ter esterilizado totalmente este quarto!

— Desculpe. Desculpe... — Kelly ofegou.

— Limpe isso. Deixei papel-toalha e desinfetante no banheiro. Vá buscar agora.

Kelly sentiu uma onda de alívio que não tinha nada a ver com seu estômago. Ali estava sua melhor esperança de matar o tempo até a chegada da polícia. Ela se arrastou até o banheiro, devagar, cambaleando como se estivesse prestes a desmaiar. O desinfetante e o papel-toalha estavam sobre a penteadeira, e, quando ela se viu no espelho, percebeu que sua pele estava pálida e que algumas gotas de suor escorriam por sua testa.

Ela voltou para o quarto. De uma forma lenta e cuidadosa, caiu de joelhos para limpar o vômito. Acima dela, Jane fez um ruído de frustração, e Kelly espiou por entre os cílios, vendo-a olhar feio para a seringa e depois esvaziá-la de volta no frasco e recomeçar a enchê-la.

Kelly continuou limpando o chão, arrancando uma folha após a outra de papel-toalha e limpando e esfregando até que as tábuas do piso brilhassem.

— Já basta — disse Jane.

Aquilo lhe rendera dois minutos, talvez três, pensou Kelly. Não mais que isso.

Ela se levantou e levou as toalhas de papel encharcadas para a lata de lixo do banheiro. A janela ali também dava para o apartamento de Todd, e ela percebeu que ainda estava escuro. Ele e Bruce deveriam estar ocultos pela escuridão, era pelo que esperava e rezava, mas sabia que eles poderiam apenas estar dormindo. Ela lavou as mãos na pia e olhou para o interruptor de luz. Se ela conseguisse acender e apagar as luzes algumas vezes, o *flash* poderia acordá-los. Ela começou a fechar a porta do banheiro.

— O que você está fazendo? Volte aqui. Agora.

Seu rosto se franziu no espelho. Jane estava alerta a cada movimento que ela fazia, e então ela percebeu que não sabia mais o que fazer. Logo o tempo se esgotaria, e ela não conseguia evitar que as lágrimas escorressem.

No entanto, algo estava diferente quando ela voltou para o quarto. Seus olhos percorreram a sala em busca do que poderia ter mudado até pousarem na câmera atrás de Jane. A luz verde estava acesa, a câmera estava ligada, e Kelly quase desmaiou de alívio. Todd estava acordado. Ele havia ativado a câmera. Poderia ter estado ligada o tempo todo em que ela esfregara o chão, talvez até antes de vomitar. O resgate estava a caminho. Adam seria salvo a tempo.

Mas só se ela conseguisse evitar que Jane percebesse a luz verde. Ela foi até o outro lado da cama de Adam.

Jane inclinou o corpo para mantê-la à vista enquanto pegava uma segunda seringa.

— Espero que você perceba que não era isso que eu queria — disse ela. — Eu esperava mesmo que não chegasse a este ponto. O que você fez por George… Eu fiquei muito grata a você. E, depois de observar você nos últimos meses, admirei de verdade o quanto você é dedicada ao seu marido.

Ela estava vigiando… Adam. As crianças. Essa ideia fez o estômago de Kelly revirar de novo. Ela respirou fundo.

— Assim como você é dedicada ao doutor Benedict — disse ela.

— Sim — Jane disse com um suspiro de satisfação. — Ele é um grande homem. Um homem magnífico. Eu vi isso no momento em que o conheci. Mas também vi que ele precisava de proteção.

— *Ele* precisava…? Contra o quê?

— Todos os grandes homens têm um calcanhar de Aquiles, não é? Suas pequenas fraquezas. Winston Churchill era um bêbado. O reverendo King era um namorador. Alan Turing era homossexual. E assim por diante.

— E qual é o ponto fraco do doutor Benedict?

— Ele é muito suscetível a mulheres manipuladoras.

Kelly não foi rápida o suficiente para esconder sua reação a essa afirmação, porque Jane se apressou em acrescentar:

— Ah, você não, querida. Eu assisti ao vídeo. Eu sei que você não se jogou nele. Não como as outras fizeram. — Ela inseriu a segunda seringa no frasco. — Elas eram como um câncer o corroendo.

— Veneno — disse Kelly. — Esfaqueamento. Incêndio. Reeza. Tiffy. Emily.

Jane sorriu para ela enquanto tampava o frasco.

— Sim, você é esperta, não é mesmo? E agora voltamos ao veneno. — Ela ergueu as duas seringas. — *Oxi* em forma líquida. Numa dosagem ainda mais potente do que a que usei na doutora Patel. — Ela olhou para Adam. — Ele também está cheio de locais de injeção, assim como ela. Mas você... — Ela inclinou a cabeça enquanto observava Kelly. — Acho que você não tem nenhum tipo de hábito de usar agulhas.

O coração de Kelly bateu forte. Ela deu uma rápida olhada para a câmera. A luz verde ainda estava brilhando.

— Não que isso importe, no entanto. Isto será um assassinato-suicídio. E muito compreensível, dadas as circunstâncias. Ninguém vai questionar isso.

— Mas por quê? Você acabou de dizer que não foi minha culpa!

— Não, isso não foi culpa sua. Mas você estava tramando alguma coisa, não estava? Eu soube disso quando vi a série de mensagens de texto no telefone daquela garota. Então, você apareceu na minha casa com aqueles falsos agentes do FBI. — Ela estalou a língua enquanto puxava as cobertas para expor o braço de Adam. — No entanto, mesmo depois de tudo isso, ainda lhe dei uma chance de se redimir. Se você tivesse feito o que pedi esta noite, nada disso seria necessário. Em vez disso, porém, você fez aquela *performance* em frente à delegacia. — Ela franziu os lábios para Kelly. — Receio que você tenha ultrapassado os limites, querida.

Ela pegou o lenço com álcool e limpou com cuidado a pele branca e macia da parte interna do cotovelo de Adam; depois, jogou o lenço no recipiente de lixo hospitalar debaixo da cama. Ela pegou um pedaço de tubo de borracha.

Kelly respirou fundo. Ela tinha que fazer mais uma jogada para ganhar tempo.

— Tiffy Jenkins — ela deixou escapar. — Como... Como ela se atirou no doutor Benedict?

Jane fez uma pausa para considerar.

— Não sei os detalhes. Só sei o nome dela pelos papéis que descobri no escritório dele. Mas eu fiz algumas pesquisas. Descobri quem ela era. Como ela vivia. Conheço muito bem o tipo dela. — Jane se virou para Adam e amarrou a tira de borracha em volta do braço dele; depois, bateu dois dedos com força contra sua pele até que uma veia subiu.

— Emily Norland — disse Kelly em seguida. — Como ela se atirou nele?

— Viajar para outra cidade com ele? Ficar em um quarto de hotel contíguo? Com certeza, ela pretendia seduzi-lo. — Jane pegou uma das seringas.

— Não, espere! — Kelly disse. — Você esfaqueia, envenena e incendeia para salvar vidas. Não para destruí-las.

— Ah. Aí está ela. — Jane apontou para ela com a seringa. — A advogada dentro de você. Saiu para brincar. Fazer jogos de palavras para tentar ganhar pontos. Mas é tarde demais, minha querida. Você já perdeu. — Ela bateu no braço de Adam de novo e apontou a agulha para sua veia.

— Não! — Kelly gritou.

Seu grito soou como um guincho. Foi um grito estridente e penetrante que reverberou dentro de sua cabeça e continuou mesmo depois de ela ter fechado a boca. Então, Kelly percebeu: o grito não vinha dela. Era o alarme de segurança disparando.

A mão de Jane congelou acima do braço de Adam.

— O que é isso? — Por um instante, seus olhos se arregalaram por trás dos óculos. Mas, então, eles se estreitaram e ficaram rígidos. Ela se virou e apontou a agulha mais uma vez para o braço de Adam.

— Não! — Kelly se lançou sobre a cama, agarrou a mulher pelo pulso e puxou a mão dela para impedi-la de injetar a seringa em Adam.

— Tudo bem, então! Você primeiro! — Jane gritou e enfiou fundo a seringa no pescoço de Kelly.

A picada logo se transformou em uma queimadura incandescente. Os joelhos de Kelly se dobraram, e ela despencou no chão. Ela ouviu passos trovejando escada acima e no corredor, mas eles estavam diminuindo, ficando cada vez mais fracos enquanto ela derretia nas tábuas do piso.

— Parada! — alguém rugiu a um quilômetro de distância.

Um caleidoscópio preto e branco se abriu atrás de seus olhos, os ângulos foram se dobrando e se abrindo, formando um padrão diferente a cada vez, até que as formas brancas ficaram cada vez menores e as vozes desapareceram e tudo ficou preto.

38

Kelly McCann

ADAM DEU SEU ÚLTIMO RESPIRO em 8 de dezembro. Ele não morreu em 8 de dezembro; eu entendi isso, por fim, depois que também estive morta por um breve período.

Não vi uma luz brilhante, não caminhei por um túnel e nenhum dos meus avós estava lá para me receber. Para mim, havia apenas um vazio. Nenhum som, nenhuma luz, nenhum movimento. Sem dimensão nem duração. Era um nada sem fim.

Até que, de repente, algo como um gêiser irrompeu abaixo de mim. Era como uma propulsão a jato. Isso me levantou cada vez mais, cada vez mais alto, lançando-me do vazio e jogando-me no mundo de novo. Foi um poder maior do que qualquer coisa que eu já havia experimentado, de que já tive consciência, mas de alguma maneira eu sabia que vinha de dentro de mim e que esteve lá o tempo todo. Era minha força vital e, enfim, eu entendi que Adam não a tinha mais.

O médico foi à nossa casa no dia seguinte ao Dia de Ação de Graças para retirar o tubo de alimentação. Ele descreveu o que estava fazendo em voz baixa e suave e depois explicou o que poderíamos esperar que acontecesse a seguir. Adam não sentiria sede nem fome, ele nos disse. Ele não sentiria dor. Mesmo que não estivesse em estado vegetativo, não sentiria nenhuma dor. A retirada do tubo de alimentação garantiria isso. A desidratação era amiga do moribundo, disse ele. Causaria uma liberação de endorfinas que daria a Adam uma sensação de bem-estar até o fim.

No entanto ele alertou que as mudanças físicas poderiam ser alarmantes. Adam começaria a parecer mais magro à medida que os tecidos de seu corpo perdessem fluido. Seus olhos e seus lábios pareceriam secos. Seus músculos se contrairiam. Sua respiração se tornaria irregular, com períodos de respiração rápida e superficial e outros períodos de respiração lenta e profunda. As toxinas se acumulariam, levando-o à falência de órgãos e, eventualmente, à morte; em geral, isso ocorre num prazo de duas semanas.

Eu não queria que nossos filhos vissem nada disso, por isso, chamei-os para suas últimas despedidas logo depois que o médico saiu. Então, Todd desconectou todo o equipamento e empacotou-o para devolvê-lo aos fornecedores.

Depois que todos foram embora, baixei a cama de Adam e puxei uma cadeira para perto dele.

Durante os dez dias seguintes, passei um bom tempo sentada naquela cadeira, segurei sua mão e contei-lhe a história de sua vida. Foi uma narrativa que remendei a partir de relatos seus sobre sua infância e juventude, de minhas próprias lembranças em primeira pessoa sobre nossa vida juntos e de várias anedotas que coletei de seus colegas e amigos ao longo dos anos. Courtney vinha todas as noites depois do trabalho e acrescentava cenas dos anos em que conheceu melhor o pai, junto com histórias que sua mãe e seus avós lhe contaram. Costuramos as histórias como uma colcha de retalhos, feita de pedacinhos colhidos aqui e ali, repleta de cores vivas e pequenos detalhes. Alguns de nossos pontos eram irregulares, algumas de nossas bordas eram imperfeitas e, às vezes, o peso era quase demais enquanto trabalhávamos. Mas tudo se encaixou no fim. Foi um conforto caloroso e aconchegante para nós duas.

Todd vinha passar cerca de uma hora todas as noites. Ele já havia começado trabalhar em um novo emprego em uma clínica de reabilitação em Wellesley, mas insistiu em me ajudar com os cuidados de Adam e não aceitou nenhum pagamento por isso. Ele se culpava por ter dormido durante o ataque de Jane, não importava quantas vezes eu lhe dissesse que não era culpa dele. Ninguém podia ficar de plantão vinte e quatro horas por dia, embora Todd, sem dúvida, tivesse chegado quase a isso.

Gwen mudou-se para o quarto de hóspedes e assumiu o cuidado e a alimentação das crianças. Alimentação abundante. Ela servia bufês de comida vinte e quatro horas por dia, para que sempre houvesse algo para oferecer aos visitantes que apareciam. Não recebi nenhum deles; saía do meu quarto apenas por algumas horas todas as noites na hora de dormir, apenas o tempo suficiente para fazer o clube do livro com Lexie e depois atravessar o corredor para conversar com Justin enquanto jogávamos *Overwatch*. Entretanto, os visitantes continuaram chegando mesmo assim. Eles mantiveram uma espécie de vigília no andar de baixo enquanto eu velava Adam no andar de cima.

Courtney foi a única visitante que admiti no quarto, mas ela trazia mensagens do andar de baixo, votos de estima e notícias. O senhor Sealy, o professor de ciências, vinha com ela todas as noites e mantinha as crianças entretidas com quebra-cabeças, projetos e jogos de tabuleiro. Todd e Bruce muitas vezes participavam. Os vizinhos apareciam com mais comida para adicionar à lamentosa mesa do bufê.

Minha própria equipe aparecia com regularidade. Embora eu não pudesse mais chamá-los assim, desde que renunciara à minha licença de advocacia. Meus amigos e colegas me incentivaram a contestar a exclusão da ordem. Eles tinham certeza de que eu poderia vencer. Mas eu estava cansada de lutar.

Eu não sentiria falta da advocacia, não da maneira como a pratiquei, e definitivamente não sentiria falta de Harry Leahy, com quem tive uma negociação breve e amarga sobre minha saída da firma. O valor final da aquisição da minha parte foi menor do que seria meu por direito, mas romper esse relacionamento foi uma compensação suficiente pelo desconto.

De qualquer maneira, o fluxo de caixa não seria um problema, pelo menos, em curto prazo. Todd e Bruce queriam ficar no apartamento, dessa vez como inquilinos que pagavam aluguel. Isso ajudaria com a hipoteca. Graças a Courtney, a educação das crianças estaria paga. O dinheiro da aquisição deveria dar conta do restante. Pela primeira vez em dez anos, tive o luxo de pensar e decidir que tipo de trabalho eu de fato queria fazer.

Algumas organizações de direitos das mulheres me fizeram ofertas. A Time's Up me convidou para fazer parte do conselho e ajudar na arrecadação de fundos, mas eu não queria mais ficar sob os olhos do público, ainda que fosse por uma boa causa. Rick Olsson queria que eu fosse coautora de seu livro, mas também recusei. Colocar meu nome na capa seria apenas uma estratégia de vendas, e bastante grosseira. Kevin Trent me ofereceu um emprego em sua empresa como gestora de casos, título muitas vezes atribuído a advogados afastados da profissão que ainda atuavam às escondidas. Recusei categoricamente. Apenas uma oferta me pareceu atrativa. Um juiz que eu conhecia me abordou para servir como mediadora, para ajudar os litigantes a chegarem a acordos extrajudiciais. Facilitar um processo em que ninguém ganhava e ninguém perdia — essa poderia ser a mudança que eu precisava na minha vida.

Pensei muito sobre ganhar e perder durante os dias que passei ao lado de Adam, sobretudo depois que Patti mandou notícias a respeito de Tommy Wexford. Margaret Staley desistiu por completo do caso. Patti ficou perplexa, mas acho que eu entendi. Staley nunca esteve nessa por dinheiro e, quando percebeu que isso era tudo o que conseguiria, abandonou sua cruzada. Isso significa que Tommy conseguiu fazer o que eu considerava impossível: ele guardou seu segredo e, ainda assim, conseguiu vencer o caso.

E ele ganhou mais do que isso também. Ele conseguiu o papel principal em uma nova versão cinematográfica de *The Flash*.

EU NÃO SENTIRIA FALTA DA LEI, mas sentiria falta do meu time. Marquei entrevistas para Patti em vários escritórios de advocacia importantes, onde sabia que ela teria sucesso. Mas ela não estava interessada. Esperava assumir meu lugar, e Harry estava acenando com a promessa de parceria em alguns anos, se ela conseguisse. Cazzadee também ficaria na Leahy & McCann, mas apenas o tempo suficiente para ajudar Patti a se estabelecer. No outono seguinte, começaria a estudar Direito. Ela seria brilhante.

Javier já tinha saído. Havia retornado ao escritório do promotor público do condado de Suffolk, onde nos conhecemos. Ele não tinha permissão para trabalhar no caso Benedict — *regras estúpidas sobre conflitos*, reclamou —, mas se mantinha informado sobre cada desenvolvimento e me enviava atualizações com regularidade.

Benedict foi acusado do estupro de Rosita Vega. A senhora Vega era uma camareira de 40 anos, uma imigrante sem documentos e sem educação formal, que, mesmo assim, fez tudo certo. Ela ligou para o 911 logo depois do ataque; relatou-o ao gerente, ao marido e a três colegas de trabalho; foi para um centro de crise de estupro, onde todas as evidências biológicas foram preservadas; e deu um depoimento detalhado aos policiais que a encontraram lá.

A única defesa possível de Benedict era o consentimento, e não havia esperança de que isso acontecesse à luz do vídeo das câmeras de vigilância do hotel; mostrava-o agarrando a senhora Vega e arrastando-a para seu quarto.

Os vídeos provaram ser sua ruína. Acontece que havia uma gravação do meu próprio estupro. Uma busca na mansão de Benedict pelas autoridades da Pensilvânia revelou um cartão de memória na caixa de joias de Jane. A câmera escondida, ao que parecia, era dela.

Portanto, apesar de eu ter feito tudo errado, havia provas suficientes para acusá-lo também na Pensilvânia. Ele estava lá agora, sozinho em sua mansão com uma tornozeleira eletrônica conectada, entrevistando advogados de defesa em busca de alguém para me substituir. Havia muitos candidatos, mas até então nenhum vencedor.

Foram as evidências em vídeo que também selaram o destino de Jane.

Eis o que Courtney me contou. Depois de me ver no noticiário naquela noite, ela ficou chocada e se sentiu confusa e, de imediato, repleta de dúvidas sobre seu pedido de tutela. Ela se revirou na cama e, por fim, pegou o celular para abrir o aplicativo que eu havia enviado a ela. Ela ativou a câmera do circuito interno de TV, esperando encontrar seu pai deitado sozinho e inerte. Ela esperava ter a certeza de estar fazendo a coisa certa.

O que ela não esperava era ver uma mulher estranha enchendo seringas enquanto confessava três assassinatos distintos. Ela fez uma ligação desesperada para o 911 enquanto Sealy, seu namorado experiente em tecnologia, gravava o vídeo ao vivo e ao mesmo tempo o enviava para a polícia de Weston para que eles pudessem assistir em tempo real também.

O restante, eu descobri com a polícia. O primeiro policial a chegar ao local derrubou Jane no chão enquanto o segundo policial aplicava uma dose de Narcan em minha coxa. Isso acionou o gêiser que me trouxe de volta à vida e me manteve lá até a chegada dos paramédicos.

Mais tarde, o policial recebeu um elogio por suas ações rápidas naquela noite, e eu acrescentei meus profundos agradecimentos por ele salvar minha vida. Embora, na verdade, tenha sido Courtney quem fez isso. Courtney e o vídeo.

Jane Benedict foi acusada de tentativa de homicídio, juntamente com uma série de crimes menores aqui em Massachusetts. No entanto, os residentes locais ficaram felizes em enviá-la de volta à Pensilvânia para enfrentar acusações maiores — os assassinatos de Reeza Patel, Tiffy Jenkins e Emily Norland. Jane se encontrava agora em um hospital psiquiátrico. Supostamente, seu advogado estava elaborando uma defesa de insanidade.

UMA NOITE, COURTNEY entrou em meu quarto com notícias não muito boas.

— Rick Olsson está aqui — disse ela.

— De novo? — Eu retruquei.

Eu ficava exasperada com suas visitas. Os nossos assuntos já estavam encerrados. O que quer que eu lhe devesse por tentar fazer dele o bode expiatório do meu esquema, eu mais do que havia pagado. Eu o autorizei a divulgar o vídeo do heliporto e entreguei a ele o vídeo do encontro de Benedict com Reeza. Isso deveria ter nos deixado quites.

O problema era que, no fim das contas, ele não usou o vídeo do heliporto em sua transmissão — *não foi necessário*, foi a única explicação que ele deu. E também não revelou a história sobre a fraude do vírus; passou o vídeo do *pen drive* para Aidan Dunwoodie, do *New York Times*, que publicou a história e lançou a maior bomba que já aconteceu no setor de ciência e medicina. George Benedict, outrora salvador do mundo, era uma fraude.

Foi uma bela ironia, pensei: Benedict nunca receberia o Prêmio Nobel, mas o *New York Times* tinha chances claras de ganhar um Pulitzer.

De qualquer maneira, foi escolha de Rick não usar nenhum dos vídeos. Eu não lhe devia mais nada. No entanto, ainda assim, ele permaneceu em Boston. Continuou ligando. Continuou passando por aqui. Conversou com meus amigos e caiu nas boas graças de meus filhos, e eu, por fim, me cansei.

Deixei Courtney sozinha com o pai dela e desci correndo. Encontrei Rick na cozinha, lavando louça na pia.

— Por que você está aqui? — Eu exigi saber.

Eu me plantei atrás dele com as mãos nos quadris, embora duvidasse que parecesse muito intimidadora, mais de trinta centímetros mais baixa com meus pés descalços.

— Eu disse que não estava interessada em você. Não significa "não", certo?

Ele não se virou da pia.

— Você apenas disse "não" ao livro.

— O que isso deveria significar?

Ele enxaguou um prato e colocou-o no escorredor.

— Não posso dizer.

— Por que não?

— Porque não seria certo. — Ele pegou um pano de prato e secou as mãos antes de se virar para mim. — Eu me declarar enquanto seu marido está morrendo lá em cima.

Fiquei tão vermelha que minhas orelhas queimaram. Minhas mãos despencaram dos meus quadris.

— Isso nunca seria certo — eu disse, por fim, com uma voz estrangulada.

— Veremos — foi tudo o que ele disse antes de eu me virar e fugir escada acima.

NAQUELA NOITE, DEPOIS que Lexie dormiu, atravessei o corredor e fui até o quarto de Justin para nosso jogo de *Overwatch*. Peguei meu *game pad* e esperei que ele ligasse a tela. Mas ele não o fez. Nossas partidas estavam sendo, na melhor das hipóteses, indiferentes nos últimos dias, então, naquela noite, ele nem se preocupou em pegar seu controle do jogo. Interpretei isso como um sinal de que ele queria conversar.

— Como foi a escola hoje?

Ele deu de ombros.

— Bem.

Sempre fora uma dança lenta fazê-lo se abrir a respeito de qualquer coisa e, nos últimos tempos, vinha sendo um rastejar de caracol, desde que ele descobrira a verdade sobre sua namorada na internet. Eu não tinha planejado contar a ele, ainda não, talvez nunca. No entanto, ele era um garoto inteligente e ouviu conversas suficientes para juntar as peças. Ficou constrangido e envergonhado e um pouco enojado quando viu a foto real dela em vários *feeds* de notícias.

Contudo, naquela noite, ele queria falar sobre outra coisa.

— Eu estive... hã... pensando sobre o que... hã... aconteceu com você — disse ele.

Conseguimos proteger Lexie disso, mas Justin assistiu à minha declaração no noticiário. Ele sabia de tudo.

— Está bem... — eu disse e esperei.

— Simplesmente, nunca me ocorreu, sabe? Que alguma coisa... como isso pudesse acontecer com minha própria mãe.

Balancei a cabeça.

— Eu sei o que você quer dizer — respondi. — Só que... não é certo dizer que isso aconteceu comigo. Porque a verdade é que alguém fez isso comigo. E ele fez isso com outras mulheres também. Mulheres com quem você nem tem parentesco. Mulheres que você nem conhece. Mas elas são tão reais quanto eu.

— Entendi — disse ele, mas a expressão em seu rosto parecia dizer *Aonde quer chegar?*

— O que quero dizer é que isso foi feito por alguém que você admirava...

— Não mais — Justin protestou. — Ele é uma fraude total. Um bandido!

— Mas e se ele não fosse? — eu questionei. — E se ele fosse mesmo o gênio que encontrou a cura para esta terrível doença, mas ao mesmo tempo tivesse cometido esses crimes horríveis contra as mulheres? O que você acharia dele nesse caso?

— Oh — disse ele, e sua voz continha toda a incerteza contra a qual o restante do mundo parecia lutar também.

Nossa conversa naquela noite durou muito além da hora prevista.

UM DIA, CAZZIE mandou avisar que Ashley LaSorta havia ligado. Ela tinha um novo número comercial, e eu liguei para ela no mesmo instante.

— Você também? — ela disse em vez de olá.

— Eu também.

— Hum. Você nunca deixou transparecer. Durante todo esse tempo em que trabalhamos juntas, você nunca deixou transparecer que isso também havia acontecido com você. Você nunca disse uma palavra.

— Eu deveria ter dito. Deveria ter ido à polícia. Deveria ter contado a todos. Achei que estava me protegendo. Mas, na verdade, estava protegendo Benedict.

— Todas as nossas teorias estavam erradas. Ele não estava matando suas vítimas e também não estava matando as mulheres que desejavam se vingar dele. Ele não estava matando ninguém.

— Estávamos erradas a respeito de tudo — concordei. — Sabe... — hesitei. — Você poderia vir a público agora também.

A resposta de Ashley foi rápida e direta.

— Não.

— Você não precisa se preocupar com o NDA — eu disse. — Ele não ousaria fazer uso dele agora. E nenhum tribunal permitiria isso, se ele tentasse.

— Eu não me importo com a porra do NDA.

— Então, por que não ir a público?

— Porque não é da conta de ninguém além de mim! Isso aconteceu na minha vida particular, e eu tenho o direito de manter privado. Não preciso me levantar em uma reunião e ter todos os membros do conselho da UniViro tentando me imaginar nua e amordaçada em vez de ouvir o que tenho a dizer.

Eu entendi o que ela queria dizer. Mas foi outra coisa em sua fala que chamou minha atenção.

— UniViro? — eu repeti.

Esse era o outro propósito da ligação de Ashley. Ela voltara a ocupar o escritório executivo da empresa. A demissão de Benedict abrira caminho para que o conselho a trouxesse de volta com o mesmo cargo e vantagens ainda melhores.

— Eu deveria mandar fazer uma camiseta — ela brincou. — *Eu sobrevivi a George Benedict.*

— A Jane também — eu disse baixinho, e nenhuma de nós falou por um tempo depois disso; ficamos pensando nas três mulheres que não tinham sobrevivido.

Mulheres como Ashley sempre sobreviveriam, pensei depois que nossa ligação se encerrou. Não que ela fosse mais esperta do que as outras, e também não era por causa de sua boa aparência, embora isso, com certeza, não causasse mal algum. Acontece que ela era teimosa e obstinada. Ela *se dobrava*, mas *não se afastava.*

Eu sabia que tinha feito praticamente o mesmo. Mas agora? Eu não queria me dobrar nem me afastar. Eu queria ficar em pé.

NO FIM, eu estava sozinha com Adam. Ele havia perdido tanto peso que parecia ter mirrado dentro de si mesmo. Um balão vazio. Sua respiração era ofegante, pontuada por longos momentos em que não respirava, e eu prendia a respiração junto com ele, perguntando-me a cada vez se aquele seria o momento. Então, ele ofegava e voltava a respirar, e eu apertava sua mão com mais força e retomava a história de sua vida.

Eu o conduzi desde o nascimento, passando por suas aventuras de infância e educação superior, triunfos profissionais, casamento e paternidade, e novo casamento e de novo paternidade. No último dia de sua vida, cheguei ao primeiro dia de Lexie. Eu lhe disse como ele foi calmo e controlado naquele dia. Como fiquei maravilhada com a maneira como ele percorreu as ruas cobertas de neve até o hospital, ao mesmo tempo que delegava tarefas, orquestrava o cuidado das crianças e cronometrava minhas contrações, enquanto contava piadas péssimas. E o quanto eu o amava, naquele momento e ainda e sempre.

Ele puxou o ar de forma longa e trêmula quando a história de sua vida chegou ao fim. Aguardei e observei-o voltar a respirar, mas não restava nada. Seu corpo também havia chegado ao fim, afinal.

Fechei os olhos e deixei minha cabeça rolar para trás, e fiquei assim por um longo tempo até que seus dedos ficaram frios contra os meus.

Por fim, abri os olhos e olhei para o teto acima de mim. Virei a cabeça e olhei para Adam e pela janela além dele. A neve estava caindo lá fora. Era a primeira neve da estação, espessa, suave e silenciosa.

Agradecimentos

Devo muito a

Jennifer Weltz, minha primeira leitora e minha maior defensora.

Sara Nelson e sua equipe da Harper Books, por todo o esforço e a *expertise* que empregaram para conduzir este romance até a publicação. Foi um privilégio trabalhar com eles.

Addison Duffy e sua equipe da United Talent Agency, por me guiarem na experiência mais inebriante da minha vida.

Jean Naggar, que me incentivou a continuar escrevendo com três palavras simples: “Bonnie, arranje tempo!”.

À minha família, pelo amor, pelo apoio e pela riqueza de conhecimentos arcanos.

E, acima de tudo, a meus leitores. Sou-lhes imensamente grata.

Violência Doméstica e Assédio Sexual[13]

A Central de Atendimento à Mulher, o Ligue 180, é um serviço de utilidade pública para o enfrentamento da violência contra a mulher. Além de receber denúncias de violência contra mulheres, a central encaminha o conteúdo dos relatos aos órgãos competentes e monitora o andamento dos processos.

Segundo a página do Ministério dos Direitos Humanos e da Cidadania, além do número de telefone 180, é possível realizar denúncias de violência contra a mulher pelo aplicativo Direitos Humanos Brasil e na página da Ouvidoria Nacional de Diretos Humanos (ONDH) do Ministério da Mulher, da Família e dos Direitos Humanos (MMFDH), responsável pelo serviço. No site, há disponível atendimento por chat e com acessibilidade para a Língua Brasileira de Sinais (Libras).

O Conselho Nacional de Justiça (CNJ) mantém um programa de apoio às mulheres vítimas de violência e em seu portal há uma página sobre "Como denunciar", que inclui os contatos (endereço, telefone e *e-mail*) das Delegacias Especializadas de Atendimento à Mulher (Deam) em funcionamento em todo o Brasil.

13 Informações sobre órgãos no Brasil. (N. da T.)